PRECES
ATENDIDAS

OBRAS DA AUTORA PUBLICADAS PELA RECORD

Acidente
Agora e sempre
A águia solitária
Álbum de família
Amar de novo
Um amor conquistado
Amor sem igual
O anel de noivado
O anjo da guarda
O apelo do amor
Ânsia de viver
Asas
O beijo
O brilho da estrela
O brilho de sua luz
Caleidoscópio
Casa forte
A casa na rua Esperança
O casamento
O chalé
Cinco dias em Paris
Desaparecido
Um desconhecido
Desencontros
Doces momentos
Entrega especial
O fantasma
Final de verão
Forças irresistíveis
Galope de amor
Honra silenciosa
Imagem no espelho
Jogo do namoro
Jóias
A jornada
Klone e eu
Maldade
Meio amargo
Mergulho no escuro
Momentos de paixão
Um mundo que mudou
Passageiros da ilusão
Pôr-do-sol em Saint-Tropez
Porto seguro
Preces atendidas
O preço do amor
O rancho
Recomeços
Relembrança
Resgate
O segredo de uma promessa
Segredos de amor
Segredos do passado
Segunda chance
Tudo pela vida
Uma só vez na vida
Vale a pena viver
A ventura de amar
Zoya

DANIELLE STEEL

PRECES ATENDIDAS

Tradução de
Michele Gerhardt McCulloch

2ª EDIÇÃO

EDITORA RECORD
RIO DE JANEIRO • SÃO PAULO

2009

CIP-Brasil. Catalogação-na-fonte
Sindicato Nacional dos Editores de Livros, RJ.

Steel, Danielle, 1948-
S846p Preces atendidas / Danielle Steel; tradução de
2ª ed. Michele Gerhardt McCulloch. – 2ª ed. – Rio de
Janeiro: Record, 2009.

Tradução de: Answered prayers
ISBN 978-85-01-07480-5

1. Ficção americana. I. McCulloch, Michele
Gerhardt. II. Título.

CDD – 813
06-0944 CDU – 821.111(73)-3

Título original norte-americano:
ANSWERED PRAYERS

Direitos exclusivos de publicação em língua portuguesa somente para o Brasil adquiridos pela
EDITORA RECORD LTDA.
Rua Argentina 171 – Rio de Janeiro, RJ – 20921-380 – Tel.: 2585-2000
que se reserva a propriedade literária desta tradução

Impresso no Brasil

ISBN 978-85-01-07480-5

PEDIDOS PELO REEMBOLSO POSTAL
Caixa Postal 23.052
Rio de Janeiro, RJ – 20922-970

Para meus maravilhosos filhos,
que são as respostas para as minhas orações,
Beatrix, Trevor, Todd, Samantha,
Victoria, Vanessa, Maxx e Zara,
e Nick, que foi não apenas a resposta
para as minhas orações, mas que agora
também tem minhas orações,
e meu coração, como sempre terá.
Amo todos vocês, de todo coração.

Com todo meu amor,
Mamãe / d.s.

Capítulo 1

FAITH MADISON PARECIA pequena, séria e elegante ao colocar a mesa, preparar uma salada e examinar no forno o jantar que preparara. Estava vestindo um terno preto bem cortado e, aos 47 anos, ainda era tão esbelta quanto fora quando se casou com Alex Madison, 26 anos atrás. Parecia uma bailarina de Degas, com seus olhos verdes e longos cabelos louros, presos em um coque perfeito. Suspirou e sentou-se tranqüilamente em uma das cadeiras da cozinha.

A pequena e elegante casa no estilo *brownstone* na 74th Street em Nova York estava quieta demais, e ela conseguia escutar o tique-taque do relógio enquanto esperava Alex voltar para casa. Fechou os olhos por um minuto, pensando em onde estivera naquela tarde. E, quando abriu-os de novo, ouviu o barulho da porta da frente. Não houve mais nenhum som, nenhum passo no carpete, nenhum grito de "olá" enquanto ele entrava. Sempre entrara dessa forma. Trancava a porta, guardava a pasta, pendurava o casaco no *closet* e olhava a correspondência. No devido tempo, entraria procurando por ela. Verificaria no pequeno escritório e depois na cozinha, para ver se ela estava lá.

Alex Madison tinha 52 anos. Conheceram-se quando ela estava na faculdade, em Barnard, e ele, na Universidade de Columbia cursando Administração. As coisas eram diferentes naquela época. Ficara encantado pelo seu jeito natural e livre, seu entusiasmo, sua alegria. Ele sempre fora quieto e reservado, cuidadoso com as palavras. Casaram-se assim que ela se formou e ele terminou o MBA. Desde então, ele trabalhava em bancos de investimento. Faith chegou a trabalhar como editora júnior na *Vogue* por um ano, depois da formatura, e adorara, mas parou para cursar Direito por um ano. Largou quando sua primeira filha nasceu. Eloise acabara de completar 24 anos e mudara-se para Londres no início de setembro. Estava trabalhando na Christie's e aprendendo bastante sobre antigüidades. A sua outra filha, Zoe, com 18 anos, era caloura em Brown. Depois de 24 anos sendo mãe em tempo integral, Faith estava sem trabalho há dois meses. As meninas se foram, e de repente ela e Alex estavam sozinhos.

— Oi, como foi? — perguntou Alex ao entrar na cozinha, parecendo cansado. Ele mal olhou para ela e sentou-se. Estivera trabalhando duro na abertura da oferta de ações ao público de duas empresas. Nem lhe ocorreu tocá-la ou abraçá-la. A maior parte do tempo, ele conversava com ela quando estava do outro lado da sala. Não agia por mal, mas já fazia anos desde a época em que ele chegava do trabalho e a abraçava. Ela não se lembrava quando ele tinha parado. Estivera tão ocupada com as filhas que nem notou, até que um dia percebeu que ele não a tocava mais quando chegava em casa. Estava sempre fazendo o dever de casa com as filhas ou dando banho em uma das duas, quando ele chegava em casa à noite. Mas já fazia muito, muito tempo desde que ele demonstrara afeto por ela. Tanto tempo que nenhum dos dois sabia ou se importava em lembrar. Havia um abismo entre eles agora que há muito tempo aceitaram, e, enquanto lhe servia uma taça de vinho, ela sentia como se estivessem muito distantes.

— Foi tudo bem. Triste — respondeu, enquanto ele olhava o jornal e ela tirava o frango do forno. Ele preferia peixe, mas ela não tivera tempo de comprar no caminho de casa. — Ele parecia tão pequeno. — Estava falando de seu padrasto, Charles Armstrong, que morrera dois dias antes, aos 84 anos. O rosário fora naquele dia, e o caixão ficara aberto para que a família e os amigos pudessem "ver" Charles.

— Ele era velho, Faith. Estava doente há muito tempo. — Como se isso não apenas explicasse, mas desconsiderasse o fato. Alex fazia isso. Desconsiderava as coisas. Como há anos havia deixado de considerá-la. Ultimamente, ela sentia-se como se tivesse cumprido seu papel, feito seu trabalho, e fora dispensada não apenas pelas filhas, mas também pelo marido. As meninas agora tinham suas próprias vidas, saíram de casa. E Alex vivia em um mundo no qual ela não estava incluída, exceto em raras ocasiões, quando esperava que ela entretesse seus clientes ou o acompanhasse a um jantar. O resto do tempo, esperava que ela se divertisse. Às vezes, via algumas amigas durante o dia, mas a maioria delas ainda estava com os filhos em casa e tinha pouco tempo. Nos últimos meses, desde que Zoe partira para a faculdade, Faith passava a maior parte do tempo sozinha, tentando descobrir o que fazer com o resto de sua vida.

E Alex tinha uma vida cheia. Parecia uma eternidade desde que os dois passaram horas na mesa do jantar, conversando sobre o que achavam importante. Já fazia anos desde a última vez que saíram para uma longa caminhada em um fim de semana ou para ir ao cinema, de mãos dadas. Mal conseguia lembrar como era fazer essas coisas com Alex. Ele raramente a tocava ou conversava. Mas, mesmo assim, sabia que ele a amava, ou pelo menos achava isso, mas ele parecia não sentir necessidade de se comunicar. Eram sempre palavras curtas e diretas, o silêncio se adequava melhor a ele, como agora, enquanto Faith servia seu jantar e afastava uma mecha de cabelo louro. Ele parecia não notá-la, absorvido por alguma coisa que lia no jornal. Levou um bom tempo até que respondesse quando ela falou de novo.

— Você vai amanhã? — perguntou com educação. O funeral de seu padrasto era no dia seguinte. Ele balançou a cabeça ao levantar o olhar.

— Não posso. Vou para Chicago. Reuniões com a Unipam. — Ele estava tendo problemas com uma conta importante. Os negócios vinham antes de qualquer coisa, era assim há muito tempo. Ele se tornara um homem muito bem-sucedido. E esse sucesso comprara a casa em que moravam, a educação de suas filhas e muitos luxos que Faith nunca imaginara usufruir. Mas havia muitas outras coisas que teriam significado mais. Conforto, risos, calor. Sentia como se não risse mais, há bastante tempo, exceto quando estava com as meninas. Não que Alex a tratasse mal. Ele nem a tratava. Tinha outras coisas na cabeça e não hesitava em deixar isso claro. Até seus silêncios prolongados diziam que preferia pensar a conversar com ela.

— Seria bom se você estivesse lá — comentou Faith com prudência, enquanto sentava-se à mesa em frente a ele.

Alex era um homem bonito, sempre fora. Aos 52, também parecia distinto, com a cabeça grisalha. Tinha olhos azuis penetrantes e uma estrutura atlética. Um de seus sócios morrera de repente dois anos antes, e desde então Alex ficara mais cuidadoso com a alimentação e com os exercícios. Era por isso que preferia peixe a qualquer outra coisa e estava deixando o frango que ela preparara de lado. Ela não tivera tempo de ser criativa. Passara toda a tarde na capela funerária com Allison, filha de Charles, enquanto as pessoas apareciam para prestar condolências. As duas mulheres não se viam desde o funeral da mãe de Faith no ano anterior e por dez anos antes disso. Allison não viera para o funeral de irmão, Jack, dois anos antes do de sua mãe. Nos últimos anos houve muitos funerais. Sua mãe, Jack, agora Charles. Muitas pessoas haviam desaparecido. E, apesar de ela e o padrasto nunca terem sido íntimos, ela o respeitava e ficava triste em pensar que ele se fora. Parecia que todas as suas referências familiares estavam desaparecendo de sua vida.

— Tenho de estar nesta reunião em Chicago amanhã — respondeu Alex, olhando para o prato com atenção. Estava apenas brincando com o frango, mas não se deu ao trabalho de reclamar.

— Outras pessoas vão a funerais — retrucou Faith de forma suave. Não havia nada insistente em Faith. Ela não discutia com ele, não brigava. Raramente discordava. De qualquer forma, não tinha por quê. Ele tinha seu jeito de agir. Fazia o que queria, geralmente sem perguntar a Faith ou consultá-la, e era assim há anos. Ele se comportava como uma entidade separada dela a maior parte do tempo, e o que o motivava eram os negócios e a carga que colocavam em cima dele, não o que Faith queria que fizesse. Ela sabia como ele funcionava e o que pensava. Era difícil atravessar o muro que ele construíra ao redor de si. Nunca teve certeza absoluta se era uma defesa ou simplesmente o que o deixava confortável. Fora diferente quando eram jovens, mas era assim há anos. Ser casada com ele era solitário, mas estava acostumada. Só sentia mais agora porque as meninas tinham ido embora. Elas foram toda a alegria de que precisou por anos. Era a ausência delas que sentia agora, mais do que a dele. E parecia ter sido carregada para longe de muitos de seus amigos. O tempo, a vida, o casamento e os filhos de alguma forma entraram no caminho.

Zoe partira para Brown dois meses antes. Parecia feliz lá e ainda não viera para um fim de semana, apesar de Providence não ser longe. Estava ocupada com os amigos, sua vida, as atividades na faculdade. Assim como Eloise estava feliz em Londres com seu emprego. Faith vinha sentindo há um tempo o fato de todos terem uma vida mais cheia do que a sua e vinha tentando decidir o que fazer com o resto de sua vida. Pensara em conseguir um emprego, mas não fazia idéia de que tipo de trabalho poderia realizar. Passaram-se 25 anos desde que trabalhara na *Vogue,* antes de Eloise nascer. Também pensara em voltar para a faculdade de Direito e mencionara isso com Alex umas duas vezes. Ele achara a idéia ridícula, na idade dela, afastando-a com um aceno de mão.

— Na sua idade, Faith? Não se volta para a faculdade de Direito aos 47. Já estará com 50 anos quando se formar e passar para a Ordem. — Dissera isso com um olhar de puro desprezo, e embora ela ainda pensasse nisso de vez em quando, não contava para ele. Alex achava que ela podia continuar fazendo trabalhos filantrópicos, como fizera por anos, e saindo para almoçar com amigas. Tudo isso começara a parecer sem sentido para Faith, particularmente agora que as meninas estavam longe. Queria algo mais substancial para preencher sua vida, mas ainda tinha de traçar um plano que lhe parecesse razoável, para convencer seu marido de que valia a pena.

— Ninguém vai sentir minha falta no funeral do Charles — disse Alex para encerrar o assunto, enquanto Faith limpava seu prato e lhe oferecia sorvete, que ele recusou. Era cuidadoso com o peso, e estava em boa forma. Jogava *squash* várias vezes por semana e tênis nos fins de semana, quando o tempo de Nova York permitia. Quando as meninas eram pequenas, eles costumavam alugar uma casa de fim de semana em Connecticut, mas já não faziam isso há anos. Alex gostava de ir para o escritório, se precisasse, nos fins de semana.

Ela queria dizer que sentiria a falta dele no funeral do padrasto no dia seguinte. Mas sabia que não adiantaria. Uma vez que ele colocava uma coisa na cabeça, de um jeito ou de outro, não desistia. Nem pensara que ela podia precisar dele lá. E não era da natureza do relacionamento deles que ela se comportasse dessa forma. Ela era capaz e podia tomar conta de si. Nunca apoiara-se nele de forma opressiva, mesmo quando as meninas eram pequenas. Tomava boas decisões e era autoconfiante. Fora a esposa perfeita. Nunca se "lamentava", como ele dizia. E não se lamentou agora. Mas estava decepcionada por ele não querer estar lá. A decepção se tornara um modo de vida para Faith. Alex praticamente nunca estava ao seu lado quando precisava. Ele era responsável, respeitável, inteligente e lhe dava um bom padrão de vida. E o lado emocional dele desaparecera anos atrás. Eles acabaram com o mesmo tipo de relacionamento que os pais dele tinham. Quando os conheceu, Faith ficou chocada com a frieza e com a incapacidade de expressarem sua afeição um pelo outro. Em particular, o pai dele era distante, exatamente como Alex se tornara com o tempo, embora Faith nunca tenha comentado com ele como era parecido com o pai. Alex não era do tipo efusivo e, na verdade, sentia-se desconfortável quando os outros eram, principalmente Zoe e Faith. Suas constantes exibições de afeição sempre o deixavam constrangido e ainda mais distante e crítico em relação a elas.

Das duas meninas, Zoe era a mais parecida com a mãe, sensível, afetuosa, afável, com um senso de humor que lembrava Faith quando mais jovem. Era uma excelente aluna e uma menina brilhante. Eloise era mais chegada ao pai, tinham uma espécie de vínculo silencioso que o deixava mais confortável. Era mais quieta do que a irmã, sempre fora e, como Alex, costumava ser mais crítica em relação a Faith e ser sincera a esse respeito. Talvez porque ele fosse. Zoe era rápida em vir em defesa da mãe e apoiá-la. Ela quisera vir para o funeral de Charles, apesar de não ser íntima dele. Ele nunca tivera uma verdadeira afeição pelas duas meninas. Mas Zoe tinha provas e não poderia faltar. E não havia motivos para Eloise vir de Londres para o funeral do padrasto de sua mãe, já que ele nunca passara um dia de sua vida com ela. Faith não esperava isso delas, mas teria sido gentil se Alex tivesse se esforçado para estar lá.

Faith não mencionou isso. Assim como fazia com um monte de outras coisas, deixou passar. Sabia que não venceria a discussão. No que dizia respeito a ele, ela era perfeitamente capaz de ir sozinha. E ele sabia, assim como as filhas, que ela e o padrasto nunca foram chegados. Era uma perda mais simbólica. E Faith não verbalizou que isso era mais doloroso, pois fazia com que se lembrasse dos outros que já partiram. Sua mãe e seu irmão Jack, cuja morte acabou com Faith. O avião dele caíra a caminho de Martha's Vineyard, três anos antes, quando tinha 46 anos. Era um excelente piloto. O motor pegou fogo, o avião explodiu em pleno vôo, um choque do qual apenas recentemente ela começara a se recuperar. Ela e Jack sempre foram almas gêmeas e os melhores amigos. Ele fora seu único suporte emocional e fonte de conforto durante a infância e a vida adulta. Era sempre generoso, nunca crítico, e extremamente leal. Havia dois anos de diferença entre eles, e quando cresceram a mãe sempre dizia que pareciam gêmeos. Principalmente quando o pai deles morreu repentinamente de um ataque no coração, quando Faith tinha 10 anos, e Jack, 12.

O relacionamento de Faith com o pai fora difícil; na verdade, um pesadelo. Era um assunto do qual nunca falava, e que levara boa parte de sua vida adulta para resolver. Trabalhara isso na terapia, e fizera as pazes com o passado da melhor maneira que pôde. Suas lembranças mais antigas eram do pai molestando-a. Ele fora sexualmente inadequado e abusivo com ela, começando quando a filha tinha 4 ou 5 anos. Nunca ousara contar para a mãe, e seu pai ameaçara matar tanto ela quanto o irmão se ela contasse. O amor profundo pelo irmão fez com que mantivesse o silêncio até que Jack descobrisse, quando tinha 11 anos, e Faith, 9. Ele e o pai tiveram uma briga feia por causa disso. E ele dissera a Jack a mesma coisa, que mataria Faith se um dos dois contasse. Era um homem doente. Isso fora tão traumático para ambos que nunca conversaram a respeito de novo, até que os dois fossem adultos e ela estivesse na terapia, mas criou um vínculo inseparável entre eles, um amor nascido da compaixão e de uma tristeza profunda de que isso tivesse acontecido. Jack ficara atormentado pelo fato de não ter sido capaz de proteger Faith do pesadelo que o pai infligia a ela física e emocionalmente. Ficava arrasado de saber o que estava acontecendo e de ser impotente para inverter o jogo. Mas era apenas uma criança. E um ano depois que descobriu, o pai morreu.

Anos mais tarde, quando Faith estava na terapia, tentara contar para a mãe, mas seu mecanismo de negação era insuperável. Recusou-se a escutar, ou acreditar, e repetia que o que Faith estava falando era uma mentira perversa, criada para denegrir a imagem do pai e magoar a todos eles. Como Faith temera por toda a vida, sua mãe se culpava e refugiava-se em suas fantasias e negação.

Insistia que o pai de Faith fora um homem amável, que adorava a família e venerava a esposa. De alguma forma, ela conseguira canonizá-lo nos anos desde sua morte. Isso deixou Faith sem ter com quem compartilhar suas lembranças, exceto Jack, como sempre. Ele fora à terapia com ela, e trouxera à tona lembranças dolorosas para ambos. Faith soluçara em seus braços por horas.

Mas, no final, o amor e o apoio de Jack ajudaram-na a superar antigos fantasmas. A lembrança que tinha do pai era a de um monstro que violara a inocência e a santidade de sua infância. E Jack levou anos para superar o fato de que não poderia ter evitado que isso acontecesse com ela. Era um vínculo doloroso que compartilhavam e uma ferida que ambos lutavam com coragem para que cicatrizasse. Faith acabou conseguindo superar isso, em grande parte graças a Jack.

Contudo, as cicatrizes cobraram seu preço. Ambos tiveram relacionamentos difíceis, com pessoas frias e críticas em relação a eles. Tentaram rivalizar a frieza da mãe em seus casamentos e encontraram cônjuges que os culpavam por tudo que acontecesse de errado. A esposa de Jack era neurótica e difícil, e deixou-o várias vezes, por motivos que ninguém conseguia entender. Alex manteve Faith à distância por anos, enquanto a culpava por qualquer problema que aparecesse. Faith e Jack costumavam conversar sobre suas escolhas, e apesar de ambos entenderem o que acabaram fazendo, nenhum dos dois nunca conseguiu dar a volta por cima. Era como se tivessem escolhido situações que reproduzissem muitas de suas tristezas da infância, para que desta vez pudessem vencer e conseguir um resultado diferente, mas escolheram pessoas que não podiam ser vencidas, e o resultado nos dois casos foi tão decepcionante quanto suas infâncias, embora menos traumático. Jack lidava com isso sendo um pacificador e tolerando quase tudo que a esposa fazia, incluindo os freqüentes abandonos, a fim de não deixá-la com raiva nem arriscar-se a perdê-la. E Faith fizera a mesma coisa. Raramente discutia com Alex, se é que algum dia o fez, nem o desafiava. As lições que seu pai lhe ensinara marcaram fundo. Ela sabia em seu íntimo que era culpada por tudo. O pecado era seu, não dele. Seu pai a convencera disso. E por pior que tenha sido, seu castigo final foi abandonar ambos quando morreu. De alguma forma, Faith sentira, ou temera, que também era culpada, e isso fez com que fosse cuidadosa em seu casamento para que Alex não a deixasse. Passara muito tempo tentando ser a menina perfeita, para compensar os pecados que ninguém sabia, a não ser seu irmão. Durante esses anos, algumas vezes pensara em contar para Alex a verdade sobre sua infância, mas nunca contou. Em algum nível de seu subconsciente, tinha medo que, se ele soubesse o que o pai fizera, não a amaria mais.

Nos últimos anos, perguntava-se se Alex já a tinha amado. Talvez ele a amasse do jeito dele, mas era um amor que se sustentava no fato de ela fazer o que ele dissesse e não discutir. Logo percebera que ele não suportaria escutar a verdade sobre o que o pai fizera com ela. Seu terrível segredo permaneceu com Jack, e o amor dele foi o único incondicional que já conheceu. Era mútuo entre eles. Ela o amava total e incondicionalmente, assim como ele a amava, o que tornou a morte dele ainda mais difícil. Foi uma perda quase insuportável, principalmente à luz de tudo que não tinha em casa.

Fora difícil para os dois quando a mãe se casou com Charles, Faith com 12 anos e Jack, 14. Faith suspeitara dele, e realmente esperava que fizesse as mesmas coisas que seu pai fizera. Mas ele ignorava-a completamente, o que foi uma graça. Ele era um homem que não se sentia confortável perto de meninas ou mulheres. Mesmo a própria filha era uma estranha para ele. Era militar e foi severo com Jack, mas pelo menos conseguiu demonstrar algum carinho. Tudo que fez por Faith foi assinar seus boletins e reclamar sobre suas notas, o que ele parecia achar que era sua obrigação. Era seu único papel. Além disso, para ele, Faith não existia, o que para ela era confortável. Ela ficou surpresa quando ele não tentou iniciar práticas sexuais com ela, esperara isso, e ficou atordoada por ele não demonstrar nenhum interesse. O alívio que ela sentiu compensava a frieza que Charles demonstrava em relação a ela e a todo mundo. Pelo menos, esse era um estilo familiar.

Charles acabou conquistando Jack fazendo coisas de homem com ele, mas nunca deu muita atenção a Faith simplesmente porque ela era menina. Ela mal existia para ele. Jack fora seu único modelo masculino, seu único laço saudável com o mundo dos homens. E, diferente de sua mãe e de Charles, Jack fora afetuoso, amável, feliz e generoso, assim como Faith. A mulher com quem ele se casou era como a mãe deles, distante, insensível e fria. Parecia incapaz de ficar feliz por ele. Eles se separaram várias vezes, e em um casamento de 15 anos nunca tiveram filhos porque Debbie não suportava essa idéia. Faith nunca conseguiu entender a atração que ele sentia por ela. Mas ele era dedicado e, apesar das dificuldades, sempre inventava desculpas para sua personalidade e via coisas nela que ninguém mais via. Ela permanecera como uma pedra em seu funeral, sem derramar uma lágrima. E, seis meses depois, Debbie casou-se e mudou-se para Palm Beach. Desde então, Faith não tinha notícias dela. Nem um cartão de Natal. De uma certa forma, era outra perda, embora Faith não gostasse muito dela. Ela era um pedaço vivo de Jack, mas desaparecera.

Na verdade, Faith não tinha mais ninguém agora, só Alex e as meninas. Sentia-se como se seu mundo estivesse diminuindo cada vez mais. As pessoas que conhecera e amara, ou pelo menos gostara, estavam partindo uma a uma. Eram pessoas de seu mundo, assim como Charles. E no final, a sanidade e a saúde dele, mesmo que distante e arredio, eram um porto seguro para ela. E agora todos se foram. Seus pais, Jack, Charles. Isso tornava Alex e as meninas ainda mais preciosos e importantes.

Ela temia o funeral de Charles no dia seguinte. Sabia que se lembraria pelo menos do funeral de Jack, e isso já seria duro o suficiente. Estava pensando nisso quando passou pelo escritório onde Alex gostava de ler à noite. Estava estudando alguns papéis e não olhou quando ela parou na porta. Ele tinha um jeito de se isolar, de fazer com que as pessoas soubessem que não queria ser tocado nem perturbado. Isso o tornava inatingível, mesmo estando na mesma sala que ela. Não havia como construir uma ponte para cobrir a vasta distância que havia crescido entre eles com o passar dos anos. Como geleiras, moveram-se de forma imperceptível, distanciando-se lentamente um do outro, e agora tudo que podiam fazer era olharem-se à distância e acenar. Não havia mais como se aproximar dele. Alex fora bem-sucedido na tarefa de isolar-se, mesmo vivendo sob o mesmo teto que ela.

E há muito tempo ela desistira. Simplesmente aceitara e continuara com sua vida. Mas o vazio que sentia, agora que as filhas tinham ido embora, era esmagador. Ainda não encontrara um jeito de preencher a lacuna. Enquanto observava Alex afastar os papéis sem dizer uma palavra, perguntava-se se algum dia encontraria, depois seguiu em silêncio até a escada.

Ele seguiu-a para o quarto meia hora mais tarde. Ela já estava na cama, lendo um livro que Zoe recomendara. Era um romance divertido, e estava sorrindo quando ele entrou no quarto. Parecia cansado, mas conseguira ler quase tudo que precisava para a reunião em Chicago no dia seguinte. Ele olhou para ela e foi se trocar, poucos minutos depois deitou na cama a seu lado. Contudo, era como se existisse uma barreira invisível no meio da cama. Uma linha de segurança que nenhum dos dois cruzava, exceto para as necessidades carnais, uma vez em muitas semanas, às vezes uma vez por mês. Fazer amor era uma das poucas coisas que fazia com que Faith se sentisse mais próxima dele, mas até isso era efêmero. Era mais uma lembrança do que um dia compartilharam, antes de seguirem caminhos distintos, do que algo que compartilhassem agora. O ato do amor era breve e superficial, mas às vezes prazeroso. Era um reflexo da realidade, não a realização de um sonho que um dia compartilharam. Simplesmente era o que era, nada mais. Por incrível que pareça, devido à boa terapia, Faith não tinha problemas sexuais apesar dos abusos do pai. Mas devido à falta de comunicação e calor entre ela e Alex, a falta de atividade sexual às vezes era um alívio.

E esta noite, quando Alex deitou, rolou para seu lado da cama e se afastou. Era um sinal de que não queria nada esta noite. Jantaram juntos, ele disse aonde iria no dia seguinte. Ele sabia onde ela estaria. E ela sabia pela agenda dele que iriam a um jantar de negócios na noite seguinte, depois do funeral. Era tudo que precisavam saber um do outro e eram capazes de compartilhar. Se ela precisasse de algo mais, de algum gesto de proximidade ou afeição em sua vida, teria de conseguir com suas filhas, e sabia disso. E era isso que fazia com que sentisse ainda mais saudade de Jack. Com os casamentos que tiveram, precisaram um do outro para aconchego, conforto e calor.

Faith amara o irmão desesperadamente e pensou que ia morrer quando ele morreu. Ela não morreu, mas uma parte sua vagava como uma alma penada desde aquele dia, como se tivesse perdido seu abrigo. Não podia falar com as filhas nem com mais ninguém as coisas que sempre compartilhara com Jack. Nunca houve ninguém como ele em sua vida. Ele nunca a decepcionara ou deixara de estar disponível quando ela precisava. Ele nunca se esquecera de fazê-la rir ou de dizer o quanto a amava, e ela fizera o mesmo por ele. Jack era o sol da vida dela, o coração, o salva-vidas a quem ela às vezes se agarrava. E agora, com Alex roncando de leve ao seu lado e suas filhas longe, Faith apagou a luz em silêncio e sentiu-se à deriva em um mar de solidão.

Capítulo 2

ALEX JÁ TINHA SAÍDO para Chicago quando Faith acordou com o despertador às oito da manhã seguinte. O funeral era às onze, e ela prometera pegar a filha de Charles com a limusine. Allison era 14 anos mais velha do que Faith mas, aos 61, a diferença parecia ser de mil anos. Allison tinha filhos com quase a mesma idade de Faith. O mais velho tinha 40, e Faith mal o conhecia. Todos eles moravam no Canadá, ao norte de Quebec. Allison nunca tivera nenhum tipo de laço particular com a madrasta nem com Faith. Ela já era casada e tinha filhos quando o pai casou-se com a mãe de Faith. E seus irmãos postiços, Faith e Jack, não eram de seu interesse.

Allison e o pai não eram chegados, pela mesma razão de ele não ter sido chegado a Faith. Charles Armstrong não via nenhuma utilidade para as meninas. Ele se formara em West Point, academia militar americana, e tivera uma carreira no Exército. Tinha 49 anos quando se casou com a mãe de Faith e logo se aposentou. E tratara seus enteados como cadetes de West Point. Inspecionava seus quartos, dava ordens, impunha castigos e uma vez deixou Jack do lado de fora na chuva a noite toda por ir mal em uma prova na escola. Faith deixou-o entrar pela janela e escondeu-o embaixo da cama; de manhã, respingaram água nele para que suas roupas ficassem molhadas, e ele saiu sorrateiramente quando amanheceu. Charles não os pegou, mas teria sido o inferno se tivesse.

A mãe deles nunca interferiu em favor deles, da mesma forma que nunca interferira na vida anterior. Ela evitava confrontos a todo custo. Tudo que queria era uma vida pacífica. Ela tivera um primeiro casamento difícil, emocionalmente estéril. E dois anos de problemas financeiros sérios quando o marido morreu deixaram-na afogada em dívidas. Era grata por Charles tê-la salvo e estar disposto a cuidar dela, de Jack e de Faith. Ela não ligava para o fato de Charles raramente falar com ela, exceto para dar ordens. Tudo que ele parecia querer dela era que estivesse lá para limpar a casa. E tudo que ele queria de Faith e Jack era que obedecessem às suas ordens, tirassem boas notas e ficassem longe dele. Isso ajudou no fato de ambos terem se casado com pessoas tão frias e sem emoção como Charles e a mãe deles tinham sido, e o pai deles antes disso.

Faith e Jack conversaram muito a esse respeito no ano anterior à morte dele, quando ele e a esposa se separaram de novo. Ambos tinham consciência dos paralelos em seus relacionamentos. Casaram-se com pessoas frias, distantes, que não eram afetuosas nem generosas. Embora no início Alex parecesse afetuoso, esfriara rapidamente quando Eloise nasceu. E fora um processo progressivo de esfriamento depois disso, simplesmente como ele era. Faith não se ressentia mais por isso, mas aceitava-o do jeito que era.

Alex também era muito mais sofisticado do que Charles, que fora um homem rude, de West Point, até a morte. Mas de alguma forma, com o passar dos anos, Alex começara a lembrá-la de Charles. Sua mãe sofrera com isso por muito tempo. Era seu mecanismo de defesa. Ela conseguira transmitir, mesmo sem dizer uma palavra, que a vida a decepcionara, e mesmo assim fazia o que esperavam que fizesse e, quando morreu, estava casada com Charles havia 34 anos. Ela nunca pareceu feliz para Faith ou Jack. Não era um casamento que Faith gostaria de ter e, mesmo assim, por mais estranho que pareça, era o casamento que tinha agora. Perguntava-se por que não vira isso quando ela e Alex se casaram. E Debbie, a esposa de Jack, também era fria com ele.

A história deles foi o que fez Faith decidir ser extremamente carinhosa com Zoe e Eloise. No princípio, esforçara-se ao máximo para ser diferente com Alex. Mas ele deixara claro com o passar dos anos que afeto era uma coisa que não apenas o deixava desconfortável, como não precisava que ela lhe desse. Ele precisava de uma vida disciplinada, uma carreira de sucesso, uma casa bonita e uma esposa que estivesse ao seu lado, fazendo o que ele esperava que ela fizesse, enquanto ele conquistava o mundo dos negócios. Mas ele não queria os enfeites, as bajulações, o carinho que Faith teria gostado de lhe oferecer. Então, em vez disso, todo o amor que transbordava dela era dedicado ao irmão e às filhas.

A limusine estava esperando do lado de fora quando Faith saiu, às 10h15. Estava usando vestido e casaco pretos, assim como meia-calça e *escarpins* altos de couro também pretos. Seu cabelo louro estava preso para trás no mesmo coque do dia anterior, e a única jóia que usava era um par de brincos de pérola que fora de sua mãe e que Charles lhe dera. Faith estava linda, transpirava tranqüilidade e nobreza, e, apesar da roupa, parecia mais jovem do que realmente era. Havia algo franco e afável em seu rosto, e tinha um sorriso fácil e maneiras gentis. Quando estava de calça *jeans* e com o cabelo solto, ainda parecia quase tão jovem quanto as filhas. As tristezas que tivera nos últimos anos não apareciam em seu rosto, e quando sentou no banco de trás da limusine estava pensando em Jack. De alguma forma, ele tentaria ser irreverente, mesmo em um dia sombrio. Teria facilitado as coisas para ela e encontrado alguma frivolidade sutil ou absurda que sussurraria em seu ouvido. Pensar nisso, enquanto seguia para o hotel de Allison, fez com que sorrisse para si mesma. Ele fora cheio de travessuras até seu final inesperado.

Jack era advogado de uma empresa de Wall Street e era adorado por seus colegas e amigos. Só Alex o considerava indigno e tinha problemas com ele. Os dois estavam em pólos opostos em todos os assuntos, e Jack achava seu cunhado enfadonho, embora raramente o expressasse, por respeito a Faith. Sabia que não tinha por que discutir sobre isso. Faith também não gostava de sua esposa, e dizê-lo só o deixaria mais constrangido. Seus cônjuges eram um tabu a maior parte do tempo, exceto quando eles próprios resolviam tocar no assunto. E Jack era sábio o suficiente para ser o menos crítico possível, devido ao amor profundo pela irmã.

Allison e o marido estavam esperando do lado de fora do hotel quando Faith parou para pegá-los. Um casal respeitável. Há quarenta anos, administravam uma fazenda próspera no Canadá. Tinham três filhos quase da idade de Faith que os ajudavam, mas que não vieram para o funeral, e uma filha que ficara em casa porque estava doente. Allison e o marido, Bertrand, pareciam desconfortáveis com Faith, que era educada e cosmopolita, e, embora Allison a conhecesse desde que era uma criança, mal tinham se visto na vida adulta, e suas vidas estavam baseadas em mundos diferentes.

Eles perguntaram sobre Alex e ela explicou que ele tivera de voar para Chicago naquele dia. Allison assentiu, encontrara-o poucas vezes, e ele era como um ser de outro planeta para ela. Alex não tinha nenhum interesse neles e não se esforçara para conversar quando se conheceram nem quando os viu no funeral da mãe de Faith.

Elas eram virtualmente estranhas depois de terem sido parentes por mais de três décadas, e enquanto seguiam para a igreja, Faith não pôde deixar de se perguntar se voltariam a se ver algum dia depois de hoje. Não tinham nenhum vínculo real, e saber disso aumentava sua sensação de perda. Allison era outra pessoa que desapareceria de sua vida, que parecia um processo de descamação. Ninguém entrava mais, só saía. Jack, sua mãe, Charles, suas filhas de um certo modo... agora Allison... nos últimos meses começara a se sentir como se estivesse para perder tudo em sua vida. E a morte de Charles, embora oportuna e apropriada aos 84 anos, parecia outro golpe. Outra partida. Outra pessoa afastando-se dela, abandonando-a.

Faith, Allison e Bertrand falaram pouco no caminho para a igreja. Allison parecia quieta e serena. Ela e o pai raramente se viam e nunca foram íntimos. Ela disse a Faith que queria convidar as pessoas para irem ao hotel depois, caso quisesse incluir alguém. Alugara uma sala de estar grande e contratara um *buffet*, o que Faith achou uma oferta comovente e atenciosa de sua parte. Seria bom para os amigos de seus pais.

— Não tenho certeza de quantas pessoas eu conhecerei — comentou Faith, sendo honesta.

No obituário que colocaram no jornal estava escrito onde o funeral seria, e ela ligara para alguns amigos de seus pais. Mas muitos deles já tinham morrido ou estavam em asilos. O casal morou em Connecticut por muitos anos e tinha amigos lá, mas depois da morte da mãe de Faith, Charles mudou para um asilo na cidade e esteve doente a maior parte do último ano. Sua morte chegou sem surpresa para nenhum deles. Mas era difícil dizer quantas pessoas iriam ao funeral. Faith suspeitava de que poucas pessoas compareceriam. Iriam para o cemitério logo após o funeral, para enterrá-lo. E ela e Allison concordaram que provavelmente à uma e meia já estariam de volta ao hotel. Acreditavam que receberiam as pessoas pelo resto da tarde, e Allison e Bertrand voariam de volta para o Canadá às oito horas daquela mesma noite. Faith e Alex iriam a um jantar, que seria uma boa diversão depois de uma tarde depressiva.

Ao entrarem por uma porta lateral da igreja, os três ficaram surpresos pelo número de pessoas que vieram e já estavam sentadas nos bancos. Charles fora um membro respeitado da comunidade na pequena cidade em Connecticut onde viviam. Faith sempre sentira que as pessoas gostavam de Charles e achavam-no decente e íntegro, e até interessante. Na juventude, ele servira em alguns lugares exóticos e sempre tinha histórias para contar, sendo que não costumava compartilhá-las com a esposa ou com os enteados. Mas as pessoas que estavam fora de seu círculo imediato sempre tiveram uma boa impressão. Ele não era tão frio e esforçava-se de forma considerável para ser mais simpático, o que Faith sempre estranhara. Principalmente desde que ele e a mãe dela pareciam não trocar mais do que algumas palavras, e ela nunca conseguiu entender o que a mãe vira nele, além de ele ser um cidadão honesto e, um dia, um homem de boa aparência. Mas, para Faith, seu padrasto não era nem um pouco carismático ou charmoso.

O serviço começou pontualmente às onze horas. Faith e Allison tinham escolhido as músicas no dia anterior, e o caixão ficou alguns metros à frente delas, embaixo de um grande arranjo de flores brancas. Faith usara seu próprio florista para as flores da igreja e oferecera-se para pagar, o que foi um alívio para Allison. O serviço foi simples, ele era presbiteriano, apesar de a mãe de Faith ter sido católica e eles terem se casado na igreja católica. Mas nenhum dos dois fora dedicado à sua fé, ao contrário de Faith e Jack. Eles sempre iam à missa juntos, até a morte dele.

O sermão foi rápido e impessoal, como parecia apropriado. Charles não era o tipo de homem sobre quem alguém faria poesias ou contaria anedotas. O ministro listou suas realizações, falou sobre seu passado em West Point, sua carreira militar e referiu-se a Allison e Faith. Ele se confundiu e presumiu que as duas fossem filhas de Charles, mas Allison não pareceu se importar. Todos cantaram "Amazing Grace" no final, e enquanto cantavam Faith sentiu lágrimas escorrerem por seu rosto. Por alguma razão, ela só tinha a visão de quando Charles era mais jovem, uma vez quando eles eram crianças e ele os levou para um lago e estava tentando ensinar Jack a pescar. Jack tinha olhos grandes e brilhantes e olhara com carinho para ele naquele momento raro, quando Charles não estava repreendendo-os, e tudo que ela conseguia ver em sua mente era o padrasto em pé, atrás de Jack, mostrando como segurar a vara de pescar, e Jack sorrindo de orelha a orelha... Isso fez com que sentisse mais saudades de Jack do que de Charles, quando fechou os olhos e quase conseguiu sentir em seu rosto o calor do sol de agosto daquele dia. Pensar no passado causou dor em seu coração. Tudo se fora agora, parte de uma vida de lembranças.

Não conseguiu evitar as lágrimas que escorriam em seu rosto nem o soluço preso em sua garganta quando alguns homens pegaram o caixão e lentamente o carregaram, assim como fizeram com o de Jack três anos antes. Os amigos carregaram o caixão, e ele tinha muitos amigos. Havia centenas de pessoas em seu funeral e, para Faith, essa lembrança era apenas um vago borrão. Estava tão perturbada naquele dia que mal conseguia se lembrar, o que era uma graça. Mas assistir o caixão de Charles ser levado lentamente pela nave da igreja trouxe lembranças angustiantes, principalmente ao seguir Allison e Bertrand. Pararam na entrada da igreja onde os homens que carregavam o caixão o colocaram no carro fúnebre, e os três parentes vivos de Charles esperaram para apertar as mãos dos amigos.

Já estavam na metade da fila de cento e poucas pessoas, quando Faith escutou uma voz muito familiar atrás de si, e tudo que pôde fazer foi congelar. Estava apertando a mão de uma senhora que fora amiga de sua mãe, e antes que pudesse se virar, ele disse uma única palavra.

— Fred. — Isso trouxe um sorriso ao seu rosto apesar das circunstâncias, e ela estava radiante ao virar-se. Só havia uma pessoa no mundo que a chamava assim, além de Jack. Na verdade, ele inventara isso e Jack adotara. Fora o apelido dela durante os anos em que cresciam. Ele sempre dizia que Faith era um nome estúpido para um menina, então a chamava Fred.

Faith virou-se com um sorriso aberto e olhou para ele, incapaz de acreditar que estava ali. Ele não mudara nem um pouco com os anos, apesar de ter a mesma idade de Jack, dois a mais do que ela. Aos 49, Brad Patterson ainda parecia um menino quando sorria. Tinha olhos verdes como os dela, um corpo esguio e comprido que sempre fora muito magro, mas parecia mais razoável agora. Quando eram crianças, ela sempre dizia que as pernas dele pareciam as de uma aranha. Ele tinha um sorriso que se espalhava pelo rosto de forma irresistível, uma covinha no queixo e um cabelo negro que ainda não começara a ficar grisalho. Brad era o melhor amigo de Jack desde os 10 anos. Faith tinha 8 quando o viu pela primeira vez, e ele pintou o cabelo dela de verde para o dia de St. Patrick, que é uma festa em que tudo é verde, até a cerveja. Ela, Jack e Brad acharam a idéia ótima, mas a mãe deles não gostou tanto assim.

Brad sempre aparecia com milhões de planos e travessuras. Ele e Jack foram inseparáveis por uns 12 anos. Foram para Penn State juntos e só pararam de se ver quando ambos foram para a faculdade de Direito. Brad fora para Boalt, em Berkeley, e Jack, para Duke. Brad se apaixonou por uma menina e acabou ficando na Costa Oeste, e então, de alguma forma, a vida real interveio. Ele casou e teve gêmeos da mesma idade de Eloise. E, conforme o tempo passava, Jack voava para vê-lo a cada dois anos. Mas Brad parou de vir para o leste. Fazia anos que Faith não o via, desde o funeral de seu irmão. Ambos estavam acabados naquele dia e passaram horas conversando sobre Jack, como se o simples fato de contarem tudo que lembravam fosse trazê-lo de volta. Brad voltara para casa com ela, onde conheceu Zoe e Eloise. As meninas tinham 15 e 22 anos na época. Alex não ficou muito impressionado com ele, achou-o muito californiano, como dissera, e foi indiferente, principalmente por ser amigo de Jack. Mas Faith não se importou, tudo que queria era apegar-se a ele. Ela e Brad trocaram cartas por um ano e acabaram perdendo contato de novo. Ele parecia ser devorado pela própria vida. Ela não o via desde o funeral de Jack e não tinha notícias há quase dois anos. Estava maravilhada por vê-lo no funeral de Charles e não conseguia imaginar como viera parar ali.

— O que você está fazendo aqui? — O sorriso que trocaram poderia ter iluminado a igreja inteira.

— Estava na cidade para uma conferência e vi o obituário no jornal de ontem. Achei que seria apropriado vir. — Ele sorriu para ela como fazia quarenta anos antes. Ainda parecia um menino para ela, e em seu coração sempre seria, independentemente da idade que tivesse. Só conseguia lembrar da juventude. Ele era um dos três mosqueteiros, ela e Jack completavam o grupo. Ela sorriu para ele, agradecida por ter vindo. De repente, ficou mais fácil, sentiu que Jack ainda estava ali. — E sabia que a encontraria aqui. Você está ótima, Fred.

Quando crianças, ele implicava com ela sem piedade, e quando ela tinha uns 13 anos, teve uma paixão por ele. Mas quando ele foi para a faculdade, três anos depois, ela já superara e estava namorando meninos da sua idade. Mas ele continuou sendo um de seus melhores amigos. O fato de terem perdido contato entristecia Faith, mas era difícil vencer o tempo e a distância para manter a amizade. Tudo que tinham era a história e o carinho enorme que ela ainda sentia por ele. Ambos valorizavam as intermináveis lembranças dos anos em que cresceram juntos.

Ela convidou-o para ir ao hotel e ele aceitou, os olhos parecendo absorvê-la. Ele parecia tão emocionado por vê-la quanto ela estava por reencontrá-lo.

— Estarei lá — prometeu ele. Ele a vira chorar ao cantar "Amazing Grace", assim como ele também chorara. Ele não conseguia mais escutar o cântico sem lembrar-se do funeral de Jack, três anos antes. Fora um dos piores dias de sua vida.

— Foi delicado de sua parte vir — disse ela, sorrindo para ele, enquanto as pessoas na fila de cumprimentos moviam-se em volta deles ao apertar as mãos de Allison e Bertrand.

— Charles era um cara bacana — respondeu Brad de forma benevolente. Tinha algumas lembranças boas com ele, melhores do que as de Faith. Ele e Jack fizeram coisas com Charles que Faith nunca tivera a chance de fazer, como caçar cervos e pescar no lago.

Ele era bom em coisas desse tipo, e nunca pensaria em incluir Faith.
— Além disso — acrescentou Brad —, eu queria ver você. Como estão suas filhas? — perguntou, e ela sorriu mais uma vez.

— Ótimas. Mas longe, infelizmente. Eloise está em Londres, e Zoe é caloura em Brown. Como estão os gêmeos?

— Muito bem. Estão passando um ano na África, perseguindo leões. Eles se formaram na UCLA em junho e partiram logo depois. Quero ir vê-los um dia desses, mas ainda não tive tempo. — Faith sabia que ele estava trabalhando sozinho havia alguns anos, fazendo algum tipo de trabalho comunitário, defendendo menores acusados de delitos. Jack comentara com ela a respeito um pouco antes de morrer, e ela e Brad conversaram sobre isso no funeral dele. Mas não tinha tempo para perguntar sobre trabalho agora, Allison estava sinalizando que tinham de ir para o cemitério. Faith assentiu e olhou de volta para Brad.

— Tenho de ir. Você vai ao hotel mais tarde? No Waldorf. — Ela parecia uma criança de novo ao lembrá-lo, e ele sorriu. Ele queria abraçá-la. Alguma coisa nos olhos dela dizia que estava passando por tempos difíceis. Ele não sabia se era Jack ou alguma outra coisa, mas havia algo forte e triste nos olhos dela que tocou seu coração, como quando ela era uma criança e parecia triste. Sempre fora protetor em relação a ela, e ainda era.

— Estarei lá. — Faith assentiu e duas pessoas se colocaram entre eles para oferecer suas condolências.

Brad acenou e saiu. Tinha algumas pequenas coisas para resolver antes de ir para o hotel. Não vinha a Nova York com freqüência e queria ir a alguns lugares que preferia e umas duas lojas das quais gostava. Teria preferido ir ao cemitério com ela, para oferecer apoio, mas não quis se impor. Sabia que seria difícil para ela por causa de Jack. Funerais e cemitérios agora eram muito familiares para ela. E ele percebeu ao observá-la entrar na limusine e sair atrás do carro funerário que não vira o marido com ela. Imaginava se algo tinha acontecido entre eles, se tinham se separado, e se isso era a causa da tristeza que vira em seus olhos. Ele e Jack conversaram sobre isso depois de Faith se casar, nenhum dos dois ficara entusiasmado com Alex. Ele sempre parecera distante e frio com eles, mesmo naquela época, mas Faith insistira com Jack que ele era uma boa pessoa, mais caloroso do que parecia. E Brad não era mais íntimo o suficiente para perguntar como estavam as coisas. Mas achou estranho Alex não estar lá.

O breve interlúdio no cemitério foi superficial e soturno. O ministro leu vários salmos, e Allison disse algumas palavras enquanto o marido continuava quieto. E então cada um deles colocou uma rosa no caixão de Charles e se afastou. Concordaram em não ficar quando abaixassem o caixão. Teria sido muito triste. Apenas poucas pessoas vieram, e meia hora depois já estavam voltando para a cidade. Era um lindo dia ensolarado de outubro, e Faith estava feliz por pelo menos não ter chovido. Caíra uma tempestade no dia em que enterraram Jack, o que tornou o dia ainda pior. Não que o sol teria ajudado. Nada teria. Sem dúvida, fora o dia mais angustiante de sua vida.

Enterrar Charles era diferente, tranqüilo e triste. Fez com que pensasse em sua mãe, no casamento que tiveram e na infância que ela e Jack passaram com eles. Devido à experiência que tivera com seu próprio pai, Faith tivera medo dele no princípio, quando casou-se com sua mãe. Não sabia o que esperar. Mas ficara aliviada ao descobrir logo que ele não tinha nenhum interesse sexual por ela, embora fosse inflexível e severo. Costumava gritar com eles. Na primeira vez em que fizera isso, ela chorara, e Jack segurara sua mão. Sua mãe não dissera nada para defendê-los. Ela nunca queria criar atritos e não os apoiara, o que Faith considerou uma traição. Tudo que sua mãe queria era que as coisas funcionassem, independente do preço, mesmo se tivesse de se sacrificar ou Faith ou Jack. Ela submetia-se a Charles em todos os sentidos, até quando se tratava de seus filhos. Jack foi quem sempre protegeu Faith. Ele fora seu herói por toda a vida, até o dia em que morreu. Isso fez com que pensasse em Brad de novo, e em como estava feliz por ele ter vindo. Encontrá-lo no hotel era algo que estava esperando ansiosamente, enquanto tentava afastar seus pensamentos das lembranças dolorosas. Havia muitas delas.

O carro parou na porta do hotel, e Faith e Allison concordaram em dispensá-lo. Faith poderia ir andando ou pegar um táxi para casa, e Allison e Bertrand pegariam um táxi para o aeroporto às seis horas. Tudo que precisavam fazer agora como parte do funeral de Charles era passar algumas horas com os amigos dele. Ao entrarem no hotel, Allison ainda segurava a bandeira dobrada que tiraram do caixão no cemitério. Fazia com que parecesse uma viúva de guerra, Faith pensou, enquanto cruzavam o saguão e pegavam o elevador.

A sala que Allison alugara para a tarde era simples e elegante. Havia um grande piano no canto e um *buffet* de sanduíches, biscoitos e bolos. Havia café e um garçom servindo bebidas e vinho. O que ela encomendara para comer era básico mas adequado, e as primeiras pessoas começaram a chegar assim que Faith pendurou seu casaco. E ficou aliviada ao ver que Brad foi o terceiro a entrar.

Ela apenas ficou parada e sorriu por um minuto enquanto ele cruzava a sala até ela. Isso fez com que pensasse em como ele era desengonçado quando criança. Ele sempre fora bem mais alto do que ela, e quando era bem nova ele costumava jogá-la para cima ou empurrá-la no balanço. Ele estava sempre presente em suas lembranças da infância e da adolescência.

— Como foi? — perguntou ele, enquanto o garçom lhe entregava uma taça de vinho branco e ele dava um gole.

— Bem. Não vou mais a enterros, só quando não posso evitar. Mas não pude evitar este. Odeio cemitérios — disse ela, franzindo a testa, e ambos sabiam por quê.

— Eu também não gosto muito de funerais. A propósito, onde está Alex? — Seus olhos se encontraram e se fixaram, ele estava perguntando mais do que apenas isso, e ela sorriu e depois suspirou.

— Ele teve de ir para Chicago encontrar clientes. Voltará à noite.

Não havia nada de crítico no tom dela, mas Brad achou que ele deveria estar lá, por ela. Ficou aborrecido pelo fato de Alex não estar, mas também ficou contente. Isso lhe dava tempo para ficar sozinho com ela, conversar e colocar o papo em dia. Já fazia tempo demais que não conversavam.

— Isso é muito chato. Ele estar em Chicago, quero dizer. Como está tudo? — Ele encostou no braço de uma poltrona, e ficou quase da mesma altura que Faith tinha de pé.

— Tudo bem, eu acho. É estranho não ter mais as meninas em casa. Não sei o que fazer com a minha vida. Fico dizendo que vou trabalhar, mas não tenho nenhuma habilidade profissional. Estava pensando em voltar para a faculdade de Direito, mas Alex acha que é loucura. Diz que sou muito velha para voltar para a faculdade ou passar na prova da Ordem.

— Na sua idade? Várias pessoas fazem isso. Por que você não conseguiria?

— Ele diz que, quando passar para a Ordem, ninguém vai querer me contratar. — Só escutá-la dizendo isso deixou-o chateado. Nunca gostara de Alex mesmo.

— Isso é um absurdo. Você seria uma excelente advogada, Fred. Acho que deveria. — Ela sorriu em resposta e não tentou explicar como seria impossível convencer Alex disso. Ele era um homem teimoso.

— Alex acha que devo apenas ficar em casa e relaxar, aprender a jogar *bridge* ou algo parecido. — Soava horrível para ela, e Brad concordava. Ao olhar para ela, ele se lembrou do longo cabelo louro que tinha quando era menina e desejou poder tirar os grampos de seu coque, em homenagem aos velhos tempos. Sempre adorara o cabelo dela.

— Você ficaria entediada. Definitivamente acho que a faculdade é a solução ideal. Deve pensar nisso. — Era exatamente o que Jack teria dito, e isso reacendeu seu entusiasmo, enquanto ia cumprimentar um grupo de pessoas que acabara de chegar. Reconheceu vários rostos e agradeceu por virem, e um pouco depois voltou para Brad.

— Então, o que Pam tem feito ultimamente? Não estão mais trabalhando juntos mesmo? — Ambos eram advogados e se conheceram na faculdade de Direito, sendo que Pam estava um ano na frente dele. Jack fora padrinho do casamento deles, mas Faith só a vira uma vez. Pam pareceu-lhe insensível e bem assustadora, mas com certeza inteligente. Brad encontrara seu par em Pam.

— Graças a Deus, não. — Brad sorriu. — Ela ainda está trabalhando na firma do pai. Ele vive dizendo que vai se aposentar, mas já está com 79 e ainda não se aposentou, nem sei se um dia vai. Ela me acha louco pelo que faço.

— Por quê? — O que ele fazia soara tanto interessante quanto nobre para Faith. De acordo com o que ele dissera na última vez que se encontraram, ele defendia várias crianças acusadas de crimes maiores.

— Não recebo dinheiro, por nada. A maior parte das vezes, sou designado pela corte, as outras vezes não me pagam ou não me pagam o suficiente, de acordo com ela. Trabalho dia, noite e fins de semana. Ela acha que abri mão de um emprego confortável na firma do pai dela para ficar na porta da cadeia com um bando de meninos alegadamente irrecuperáveis. O bom disso é que alguns deles realmente dão uma guinada em suas vidas, se têm a oportunidade. É um trabalho interessante. E funciona para mim. Você pode aparecer e trabalhar como minha estagiária por um verão se voltar para a faculdade de Direito — implicou ele. — Você teria de trabalhar de graça, é claro, ou poderia me pagar, isso seria bom. — Ambos riram enquanto vagavam pelo *buffet*, e Allison apresentou-os a um casal que Faith não conhecia. Pelo meio da tarde as pessoas começaram a ir embora, mas Allison achou que deveriam ficar até as cinco, por educação, caso algumas pessoas chegassem atrasadas. Isso deu a Faith a chance de passar mais tempo conversando com Brad.

— Então, conte mais, Fred. — Brad provocou enquanto sentavam-se de novo, após comerem sanduíche de salada de ovos com agrião, alguns morangos e *petit fours*. — Alguma contravenção? Delitos? Multas de trânsito? Casos? Pode confessar para mim, estou preparado para confidências — disse ele, e ela riu. Enquanto estavam sentados juntos, ele percebeu o quanto sentira falta dela nos últimos anos. Era tão fácil se afastar por causa do tempo e da distância, e da vida ocupada, pelo menos a dele. E mesmo assim, quando estavam juntos era como se nada tivesse mudado. E a morte de Jack até os reaproximou, apertando seus laços. — Então, qual é o crime?

— Sem crimes — respondeu ela, cruzando as pernas, enquanto se encaravam. Ao olhar para ele, Faith percebeu que ainda era um homem muito bonito. As meninas sempre ficavam loucas por ele, mas era sempre Jack quem conseguia as melhores. Ele tinha um charme irresistível, e sob certos aspectos, Brad era tímido. Faith sempre adorara isso. — Você vai ficar decepcionado. Nenhuma contravenção nem delito. Tenho uma vida bem chata. Por isso quero voltar para a faculdade. Não faço nada desde que Zoe foi para Brown. Alex está sempre ocupado. Ellie também foi embora. Isso é tudo. De vez em quando, faço algum trabalho filantrópico, organizando eventos para arrecadar fundos. Posso fazer isso até de olhos fechados.

— E casos, Fred? Você está casada há muito tempo. Não me diga que se comportou bem todo esse tempo! — Ele fazia a mesma coisa quando eram crianças. Sempre conseguia descobrir todos os seus segredos com seu jeito de irmão mais velho, e depois implicava com ela. Mas desta vez ela realmente não tinha nada a contar.

— Já disse. Minha vida é muito chata. E não, nunca tive um caso. Acho que não teria coragem, muito complicado, além disso nunca vi ninguém que me interessasse. Sempre me ocupei com as meninas. Parece um tédio, não é? — Ela riu e ele sorriu, seus olhos verdes presos aos dela.

— Então você ainda deve ser completamente apaixonada por Alex — comentou ele, e ela afastou o olhar, pensativa, e depois concentrou nele de novo. Era estranho, ainda existia a mesma intimidade entre eles, mesmo depois de todos esses anos. Confiava nele, em quem ele era agora e em quem sempre fora para ela. E, de certo modo, estava aqui representando Jack. Sob certos aspectos, em alguns momentos fora até mais próxima de Brad do que do irmão. Ela e Brad eram muito parecidos. Jack sempre fora mais sociável do que os dois e às vezes até mais indelicado. Ela e

Brad sempre tiveram muito em comum. E no passado ela contara coisas para ele que não contara para Jack.

— Não — respondeu ela honestamente. — Não sou apaixonada por ele. Não completamente, como você disse. Eu o amo, ele é uma boa pessoa, um bom pai, um bom homem. Somos bons amigos. Na verdade, não sei mais o que somos. Acho que em primeiro lugar vem o trabalho dele, e ele não precisa de ninguém perto, nunca precisou. Moramos na mesma casa, temos filhas, vamos a jantares de negócios juntos e, de vez em quando, visitamos amigos. A maior parte do tempo, temos nossas próprias vidas. Não temos mais muito o que dizer um para o outro. — Ele percebeu então que essa era a tristeza que vira em seus olhos.

— Que solidão, Fred — disse ele de forma suave, embora sua vida não fosse melhor do que a dela. Há anos, ele e Pam eram pouco mais do que meros conhecidos. As coisas não correram bem entre eles depois que ele seguiu seu caminho profissional, e ela ainda tinha de perdoá-lo por deixar a firma do pai. Ela via isso como um abandono, até uma traição. Levou para o lado pessoal, e não conseguia ver que o que ele estava fazendo era melhor para ele. Era extremamente oposto a tudo que ela queria e acreditava, para os dois. Ganhar dinheiro, muito dinheiro, era muito mais importante para ela.

— É solitário às vezes. — Não quis dizer que era solitário o tempo todo. Não parecia justo com Alex dizer isso, e soava deplorável admitir isso para Brad. — Ele é uma pessoa muito solitária, e temos necessidades diferentes. Eu adoro pessoas, estar com as meninas, adorava visitar os amigos, ir ao cinema, sair juntos nos fins de semana. Nós meio que perdemos tudo isso. Alex não vê motivo para fazer nada que não seja relacionado ao trabalho. — Mesmo seus jogos de golfe eram com clientes ou pessoas que ele queria conhecer para fazer negócios.

— Meu Deus — sussurrou Brad, passando a mão pelo cabelo e sentando-se, com um olhar agitado. Detestava pensar na vida dela desse jeito. Ela merecia muito mais, e era isso que Jack sempre falava, e Brad concordava. — Ele parece a Pam. Tudo que importa para ela é quanto dinheiro ganhamos. E francamente — ele sorriu para Faith com timidez — eu não ligo. Claro que não gostaria de morrer de fome. Mas isso não vai acontecer. Ela faz uma fortuna na firma do pai, tem alguns clientes muito importantes. E ele vai deixar tudo para ela quando se aposentar ou morrer, o que vier primeiro. Temos mais do que suficiente. Temos uma casa ótima. Filhos maravilhosos. O que mais poderíamos querer? Quanto mais precisamos ganhar? O bonito disso é que posso fazer o que quero, não tenho de trapacear clientes ou fazer declaração de imposto de renda para eles. Amo o que faço, isso significa muito para mim. Acho que Pam fica constrangida com isso, porque não estou ganhando tanto dinheiro quanto ela acha que deveria. E no final quem liga, sem ser o Tio Sam? Temos mais do que suficiente para deixar para os meninos e temos uma vida muito confortável. Achei que estava na hora de eu devolver. Alguém deveria.

— Faz sentido para mim — comentou Faith, pensativa. Parecia que ele tinha tomado a decisão certa, pelo menos para ele mesmo. Mas também parecia que tinha criado uma desavença séria entre eles.

— Para Pam, tudo que importa é prestígio e *status*, quem você conhece, o que as outras pessoas pensam, a quais clubes pertence, para quais festas foi convidado. Não sei, talvez eu esteja ficando velho, ou estranho, mas prefiro estar em uma cela de cadeia conversando com um menino do que em algum jantar *black-tie* chato, sentado ao lado de algum inútil que não trabalha e não tem nada a dizer. — Ele ficava acalorado ao falar sobre isso, e Faith sorriu para ele.

— Acho que é de mim que você está falando. Acho que este é o melhor argumento que já escutei para voltar para a faculdade.

— Talvez seja — concordou ele, com sinceridade. — Não sei. Eu simplesmente sabia que tinha de fazer algo melhor com a minha vida do que ficar planejando e escutando pessoas reclamarem sobre os impostos, e ajudá-los a preservar suas fortunas para seus filhos, que, afinal de contas, precisam sair e fazer suas vidas, mas provavelmente nunca farão. Acho que eu teria matado alguém se tivesse continuado. — Ele detestara os anos em que trabalhara na firma do pai dela e sempre desejara sair.

— Fico tão entediada sem ter nada para fazer o dia inteiro — confessou Faith. — Sinto que estou desperdiçando minha vida. As meninas têm as próprias vidas. Alex tem o trabalho. Não sei o que fazer com a minha vida agora que não estou mais cuidando delas. Só o que tenho de fazer é aparecer e preparar o jantar à noite. A única coisa que tenho para fazer é ir a museus e almoçar com amigas.

— Você definitivamente deveria voltar para a faculdade. — Ele parecia firme. — Ou voltar a trabalhar.

— E fazer o quê? Não trabalho desde antes de Ellie nascer, e eu era apenas uma estagiária. Podemos fazer isso aos 22 anos, mas não na minha idade. Não faz sentido. Mas Alex vai ter um infarto se eu voltar para a faculdade.

— Talvez isso seja uma ameaça para ele — opinou Brad, enquanto Faith pensava a respeito. — Talvez ele goste de saber que você não tem nada para fazer e é dependente dele. Acho que em parte era assim com a Pam. Acho que ela gostava de saber que eu trabalhava para eles. Isso me deixava com uma sensação de claustrofobia. Preferi seguir em frente e me ferrar sozinho.

— Tenho certeza de que isso não vai acontecer — animou-o Faith, segura. — Parece que você está indo bem, ou pelo menos está fazendo a coisa certa. E parece que o dinheiro não é um problema para nenhum de vocês. — Era uma boa posição para se estar.

— O dinheiro é um problema para ela. É como ela se avalia, pelo sucesso e pelo dinheiro que ganha. Não acredito que no final isso seja o que conta. Quando eu morrer, quero saber que fiz diferença para alguém, que mudei a vida de uma ou duas pessoas, que salvei uma criança e impedi que destruíssem suas vidas. Não posso me exprimir economizando dólares nos impostos de pessoas que têm muito dinheiro.

— Acho que Alex e Pam são gêmeos. — Faith sorriu para ele. Sempre adorara seus valores e pontos de vista, mesmo quando eram crianças. E ela ficou triste quando Allison lembrou a ela que tinham de liberar a sala às cinco horas, e que estava partindo para o aeroporto às seis.

— Acho que correu tudo bem — comentou Allison. Todos eles pareciam cansados, mas todos os velhos amigos de Charles compareceram, e fora uma tarde de afeto e respeito.

— Você fez um trabalho maravilhoso — elogiou-a Faith, de repente perguntando-se se algum dia elas se veriam de novo, e apesar de nunca terem sido nem amigas, pensar nisso entristeceu-a. — Charles teria ficado feliz.

— Acho que teria — concordou Allison, enquanto ambas pegavam seus casacos, e Bertrand assinava o cheque. Ele insistira que queriam pagar por isso. Faith pagara as flores da igreja, que acabou sendo quase o mesmo valor.

Brad acompanhou-os até o elevador. Allison e Bertrand iam subir para pegar suas coisas. E Faith tinha de descer para o saguão para pegar um táxi.

— Quando você vai embora? — perguntou Faith a Brad enquanto esperavam o elevador com Allison e Bertrand.

— Amanhã de manhã — respondeu ele quando o elevador que subia chegou e Faith e Allison se abraçaram, enquanto Bertrand segurava o elevador.

— Cuide-se, Faith — disse Allison. Era muito agradecida por tudo que Faith fizera nos últimos dois anos. Ambas tinham a mesma sensação de que seus caminhos provavelmente não se cruzariam novamente.

— Pode deixar, você também. Qualquer dia desses, me ligue. — Essas eram palavras de pessoas que não têm nada para conversar, mas tinham um pedaço de história em comum.

Eles entraram no elevador, e Faith acenou enquanto as portas se fechavam e virou-se para Brad com lágrimas nos olhos.

— Estou tão cansada de perder pessoas... de dizer adeus... e de as pessoas saírem da minha vida e não voltarem mais. — Ele assentiu e pegou a mão dela na sua quando o elevador chegou, e eles entraram e desceram em silêncio.

— Está com pressa de ir para casa? — perguntou ele enquanto cruzavam o saguão até as portas para Park Avenue.

— Não muita. Vamos sair à noite, mas não antes das oito. Tenho tempo.

— Gostaria de tomar um drinque em algum lugar? — perguntou ele, apesar de terem passado a tarde toda comendo e bebendo no salão.

— Que tal andar comigo até em casa? — Eram 24 quadras, uma boa caminhada, e ela queria um pouco de ar. Brad gostou da idéia e eles passaram pela porta giratória e foram na direção norte da Park Avenue de braços dados.

Ficaram em silêncio por um tempo, e então ambos falaram ao mesmo tempo.

— O que você vai fazer agora, Fred?

— Em que você vai trabalhar quando voltar?

Eles riram e ele respondeu primeiro.

— Estou tentando inocentar um garoto que acidentalmente atirou no melhor amigo. É possível que não tenha sido tão acidental quanto parece. Os dois estavam apaixonados pela mesma menina. Ele tem 16 anos e foi acusado de tentativa de assassinato em primeiro grau. É um caso difícil, e ele é um bom garoto. — Isso era rotina para ele.

— Páreo duro para mim — brincou ela enquanto caminhavam em um passo agradável lado a lado, apesar das pernas compridas dele. Ele estava se lembrando de adequar seus passos aos dela. Fizeram muitas caminhadas juntos nos velhos tempos. — Na verdade, não tenho nada para fazer.

— Tem sim — opôs-se ele tranqüilamente, e ela pareceu surpresa. — Você vai procurar a Columbia, a Universidade de Nova York e qualquer outra faculdade que lhe agrade e pegar os formulários de matrícula das faculdades de Direito. Terá de descobrir as provas que terá de prestar. Tem muito o que fazer.

— Você já resolveu tudo por mim, não é? — Faith parecia divertida, mas tinha de admitir que gostava da idéia, assim como ele.

— Vou ligar para você na semana que vem para saber dos progressos. E se deixar a peteca cair, vou brigar com você. Está na hora de se mexer, Fred. — Ele voltara para a vida dela como um irmão mais velho substituto. Como nos velhos tempos. Ela não discordava do que ele estava falando, mas ainda não sabia como convencer Alex, ou se conseguiria. E também não sabia se era corajosa o suficiente para enfrentá-lo. Isso não parecia uma boa idéia, e enfrentá-lo sempre a assustava. Algumas lembranças remanescentes das censuras e traições de seu pai sempre a deixavam hesitante a respeito de fazer frente aos homens. Lá no fundo, bem escondido, ela suspeitava que estava com medo. Os únicos homens dos quais nunca tivera medo eram Jack e, claro, Brad.

— A propósito, você tem *e-mail*? — Ele perguntou de forma prática enquanto atravessavam a 65th Street. Estava escurecendo, e a Park Avenue tinha uma luz alegre, enquanto as pessoas voltavam dos seus trabalhos para casa.

— Tenho. Acabei de comprar um *laptop* para poder trocar *e-mails* com Zoe. Estou ficando boa.

— Qual é o endereço?

— FaithMom@aol.com.

— Devia mudar para Fred — brincou ele, sorrindo para ela. — Escreverei para você quando chegar em San Francisco.

— Eu adoraria, Brad — respondeu ela. Seria bom manter o contato com ele desta vez. A vida dele era muito mais cheia do que a dela. — Obrigada por ter estado lá hoje. Você facilitou muito as coisas para mim.

— Tive alguns momentos bons com Charles muito tempo atrás. Acho que devia isso a ele. — Ela ainda tinha dificuldade em pensar em Charles nesse contexto, mas com certeza ele tivera muito mais interesse em Jack e Brad do que nela ou em Allison. — E eu queria ver você. — A voz dele ficou mais suave enquanto caminhavam, estavam na metade do caminho para a casa dela. — Como você está se virando sem ele? — Ambos sabiam a quem ele se referia, estava falando do irmão dela.

— Em alguns momentos não tão bem — confidenciou, olhando para a calçada ao andar e pensando em Jack. Ele fora uma pessoa tão extraordinária. Nunca houve alguém como ele, e nunca haveria na vida dela. — Em outros, um pouco melhor. É estranho, às vezes fico bem durante meses, e então, de repente, tudo volta. Pode ser que seja assim para sempre. — Ela passara muito tempo sozinha, lutando com sua tristeza, desde que ele morreu. Isso fora outra coisa que a isolara de suas amigas. A tristeza era um sentimento solitário. E costumava ir à igreja sozinha para rezar por ele. Era reconfortante. Tentara falar com Alex sobre quanto sentia saudades do irmão, mas isso o deixou desconfortável, e era embaraçoso conversar com ele sobre isso. Ele não gostava de escutar. Fora ver um médium uma vez, que fizera "contato" com Jack, e Alex tivera um ataque quando ela lhe contou, e proibiu-a de fazer isso de novo ou tocar no assunto com ele. Disse que era uma coisa doentia para se fazer, e que o médium se aproveitara dela. Mas, na verdade, Faith gostara. Voltara mais duas vezes e não contou a Alex. E conforme caminhavam, contou a Brad. Ele também não ficou convencido da veracidade do fato, mas não viu nenhum mal se isso a fazia sentir-se melhor. Para ele, não parecia ter nada errado com isso.

— Sinto falta dele também, Fred — solidarizou-se ele. Brad era uma pessoa gentil. — É tão estranho pensar que ele se foi. Ainda não consigo acreditar. Às vezes me pego indo para o telefone ligar para ele quando algo engraçado acontece, ou quando estou triste ou aborrecido com alguma coisa, ou quando preciso de um conselho... aí eu lembro. Não parece possível. Como alguém como Jack simplesmente desaparece? Ele era o tipo de pessoa que deveria viver para sempre. Teve alguma notícia da Debbie? — Por escolha própria, ela também desaparecera. Não mantivera contato nenhum com a família de Jack. Faith nem sabia onde ela estava agora, a não ser que nos arredores de Palm Beach. Pelo menos foi para onde ela fora quando partiu, e então desaparecera.

— Não tenho notícias dela — respondeu Faith. — Não sei se algum dia terei. Acho que ela sabe que eu nunca gostei dela, apesar de ter tentado por Jack. Ela realmente o tratava mal. — Ela ameaçava deixá-lo com freqüência, separava-se dele repetidas vezes, e nunca valorizava a pessoa maravilhosa que ele era. Isso sempre aborrecia Faith, embora Jack tenha defendido Debbie com firmeza ao longo de todos os anos que foram casados. — Sempre achei o relacionamento deles doentio. Não sei por que ele agüentava isso. Ela mal trocou duas palavras comigo no funeral dele, deixou a cidade duas semanas depois sem nem se despedir, e o advogado de Jack me contou que ela casou de novo. Usou o dinheiro do seguro para comprar uma casa e depois casou. Acho que Jack passou maus pedaços com ela.

— Sempre achei isso também. Acho que foi muito ruim eles não terem tido filhos.

— De qualquer forma, ela provavelmente não me deixaria vê-los — ponderou Faith de forma triste, depois olhou para Brad de novo. Era tão bom conversar com ele a respeito de Jack, da vida, dos velhos tempos. — Você vai me mandar *e-mail* mesmo? — perguntou ela, parecendo jovem de novo, e ele queria pedir para ela soltar o cabelo para que parecesse a Fred que ele sempre amara. Ela era a irmãzinha que ele nunca teve, sempre fora. E em alguns aspectos, para ele, ainda parecia uma menina, e ele sentia-se protetor dela.

— Já disse que vou. — Ele passou os braços em volta dela e abraçou-a forte enquanto andavam. Ela estava quase em casa.

— Não vai sumir de novo? Sinto sua falta quando não tenho notícias. Não sobrou mais ninguém da minha infância, só você.

— Vou dar notícias, Fred. Prometo. Mas quero que se informe sobre as faculdades. O mundo precisa de mais advogados como você. — Ambos riram disso. E poucos minutos depois, estavam parados do lado de fora da casa dela. Parecia elegante e respeitável, com adornos pretos recém-pintados por cima dos tijolos e uma cerca viva recortada e estreita na frente.

— Obrigada por vir hoje, Brad. É estranho dizer, mas acabou sendo um bom dia. É engraçado falar isso de um funeral. — Mas significara muito para ela passar esse tempo com ele. Há muito tempo não se sentia tão feliz. Sentia-se à vontade e em paz, e segura, e amada, quase como quando era uma menina, quando estava reunida com ele e com Jack. Eles eram a única coisa que amara em sua infância.

— Acho que Charles teria aproveitado se estivesse lá. Estou feliz por ter ido. Já fazia muito tempo que eu e você não conversávamos. Cuide-se, me preocupo com você. — Ele lhe deu um olhar apreensivo, e ela lhe devolveu um sorriso corajoso.

— Ficarei bem. Tenha uma boa viagem de volta à Califórnia, e não trabalhe demais.

— É o que mais gosto de fazer — admitiu ele. A não ser pelos filhos, era a única coisa que realmente tinha valor em sua vida. Não tinha muito em comum com Pam, e não tinha mais certeza se algum dia tivera.

Brad deu um forte abraço em Faith e acenou para um táxi, e ela observou-o entrar e se afastar. Ele abaixou o vidro um pouco antes de virar a esquina, e acenou pela última vez. Faith não estava totalmente certa de que receberia notícias dele de novo. Ele desaparecera de sua vida diversas vezes. Depois da faculdade de Direito, depois do funeral de Jack. Mas pelo menos compartilharam este dia encantador. E, de uma forma estranha, fora como ter um encontro não só com ele, mas com Jack. Ainda estava sorrindo quando virou a chave e entrou em casa.

Escutou Alex andando no andar de cima. Pendurou seu casaco e subiu devagar, pensando em Brad.

— Como foi? — perguntou Alex enquanto ela entrava no quarto, e ela olhou para ele com um sorriso.

— Bem. Tudo correu bem. Allison alugou uma sala no Waldorf, e muitas pessoas compareceram. Vários amigos dele... amigas da mamãe. E Brad Patterson, não o via desde... há muito tempo.

— Quem é ele? — Alex parecia distraído. A televisão estava ligada e ele estava assistindo ao jornal. Ele estava de cueca e meias, abotoando uma camisa branca recentemente engomada. Enquanto conversava com ela, ele fazia o nó na gravata.

— É um amigo de Jack. O melhor amigo, na verdade. Nós crescemos juntos. Você o conheceu no funeral de Jack. Ele mora em San Francisco. Provavelmente, você não se lembra dele. — Tinham muitas pessoas lá, e Alex nunca prestou muita atenção a detalhes como esse, ou a pessoas que não tinham nenhuma utilidade para ele. Brad se encaixaria nessa categoria.

— Não lembro. Você fica pronta a tempo? — Ele parecia preocupado. Era uma noite importante. Um jantar oferecido por um sócio sênior da firma para um cliente novo que acabara de assinar o contrato. E ele não queria se atrasar. Mas Faith raramente se atrasava.

— Estarei pronta em meia hora. Vou tomar um banho rápido e arrumar meu cabelo. Como foi em Chicago?

— Cansativo. Mas necessário. Correu tudo bem. — Ele não perguntou nada sobre o funeral, mas ela não se surpreendeu. No momento em que ele decidiu que não iria, varreu isso da cabeça.

Ela foi para o banheiro então, e, como prometido, saiu de lá meia hora depois, usando um vestido de seda preto e um colar de pérolas, a maquiagem pronta e o cabelo solto. Ela parecia mais uma de suas filhas do que a esposa dele. Ambas tinham o cabelo louro de Faith. Alex olhou para ela avaliando-a e assentiu, e não disse nada. Seria bom escutá-lo dizendo que ela estava bonita, mas ele não fazia isso havia muito tempo.

Eles saíram de casa cinco minutos depois e pegaram um táxi. O jantar era dez quarteirões abaixo na Park Avenue, e Alex não disse nada a Faith no percurso. Ela nem percebeu. Seus pensamentos estavam a quilômetros de distância. Estava pensando em Brad. Fora tão bom conversar com ele a tarde toda. Não confiava em ninguém dessa forma há muito tempo. Não desde a última vez que conversara com ele, quando Jack morreu. Isso fez com que sentisse que de repente alguém estava interessado em sua vida, nas suas preocupações, seus medos, as coisas que importavam para ela. Encontrara nele a família que tanto desejava e perdera nos últimos anos. Isso fez com que se lembrasse de algo que às vezes esquecia nesses dias: que alguém se importava com ela e que era amada.

Capítulo 3

ALEX VOLTOU A CHICAGO na semana seguinte e quando voltou, realmente se esforçou para passar mais tempo com Faith durante o fim de semana. Foram caminhar no Central Park no sábado e jantaram em um restaurante próximo no dia seguinte. Alex passou o dia de domingo no escritório, mas foi uma surpresa quando convidou-a para jantar depois que ela voltou da igreja. Ele raramente ficava com ela nos fins de semana, e Faith ficou feliz por ter ficado neste. Ele estava planejando ir a Chicago de novo na semana seguinte.

Faith ligou para Zoe na segunda-feira à noite e perguntou se ela tinha algum tempo livre. Faith estava sentindo muito a sua falta e sugeriu ir visitá-la, e Zoe ficou animada. Ela e a mãe sempre foram próximas. Queria ficar no hotel com Faith, embora tivesse duas colegas de quarto de quem gostava. E Faith estava sorrindo quando ligou e reservou um quarto.

Na terça-feira à noite, Faith saiu do avião, pegou um táxi até Providence e fez *check-in* no hotel. Zoe chegou meia hora depois, com uma pequena bolsa para passar a noite, e as duas pareciam mais irmãs do que mãe e filha enquanto conversavam e riam e se abraçavam, confortavelmente espalhadas pelo quarto aconchegante. Saíram para jantar naquela noite, e Faith contou-lhe sobre o funeral de Charles e o encontro com Brad. Ela contara para ambas as filhas inúmeras histórias sobre crescer com ele e com Jack, e Zoe percebeu logo como reencontrar o velho amigo a deixara feliz.

— Conversei com ele sobre voltar para a faculdade — contou Faith na hora da sobremesa. Ela e Zoe já tinham conversado sobre isso antes de a filha partir para Brown e ela achara uma excelente idéia. Mas não ouvira mais nada desde então, e ficou feliz ao perceber que a mãe não abandonara a possibilidade. Sabia que a mãe precisava de algo para fazer com sua vida.

— Acho uma ótima idéia, mãe — encorajou Zoe. Sabia o quanto Faith estava sozinha desde que ela e Ellie saíram de casa. — Já fez alguma coisa em relação a isso?

— Pensei em conseguir uns catálogos e verificar as provas que teria de prestar. Teria de me preparar para o LSAT.* Nem sei se eu conseguiria passar, muito menos entrar na faculdade de Direito.

Ela parecia nervosa em relação a esse assunto, mas também excitada, e Zoe ficou entusiasmada. Faith parecia mais feliz e animada do que Zoe vira em meses.

— Eu poderia fazer alguns cursos gerais de Direito na Escola de Educação Continuada da Universidade de Nova York e um curso preparatório para o LSAT, que é necessário para mim. Ainda não decidi, mas seria divertido e muito mais interessante do que as aulas de *bridge* que seu pai acha que eu deveria fazer. — Ela sorriu arrependida para Zoe.

---

*LSAT (Law School Admission Test), prova de admissão para as faculdades de Direito em todos os Estados Unidos. (*N. do T.*)

— Bom para você, mãe. — E então a bonita loura, que era uma cópia da mãe, franziu a testa. Sabia os obstáculos que a mãe teria de enfrentar. E Faith também sabia. — Você já falou com o papai?

— Ainda não. Falamos sobre isso um tempo atrás. Ele não gostou muito. — Era uma declaração modesta dos fatos, como Zoe sabia.

— Que surpresa! O Homem de Gelo não gosta da idéia de vê-la independente, mãe. Ele simplesmente quer que você fique em casa esperando para cuidar dele.

— Não é uma coisa legal para se falar de seu pai — observou Faith mantendo-se leal, mas ambas sabiam que era verdade. — De fato, ele sugeriu que eu fizesse mais trabalhos filantrópicos. Ele gosta quando estou ocupada.

— Contanto que seja algo que não o ameace. — Ela era de uma esperteza surpreendente. — E você já fez trabalho filantrópico suficiente. Cuidou de todos nós, agora precisa fazer algo por você. — Zoe sempre era rápida em defender a mãe, e ela e o pai disputavam uma batalha há anos. Ela falara abertamente que tudo com que o pai se importava era o trabalho. No que dizia respeito a ela, seu pai não fora um membro participante da família a maior parte de sua vida. Tinha consciência de que a mãe sempre estivera lá quando precisaram. Ela e a irmã mais velha tiveram brigas acaloradas a esse respeito. Eloise sempre fora uma feroz defensora do pai, apesar de também amar a mãe. Mas Zoe falava abertamente sobre como o pai era indisponível emocionalmente, e ela achava que a mãe passara por maus bocados. — Eu realmente quero que você faça isso, mãe. Vou insistir até que faça.

— Você e Brad. — Faith sorriu. — E se eu não me der bem no exame? Posso nem conseguir entrar. Você acredita mais em mim do que eu mesma. Veremos. — E ainda tinha de falar com Alex. Essa era a chave da questão.

— Isso são só desculpas, mãe. Acho que você seria uma ótima advogada. E não deixe o papai convencê-la a não fazer isso. Se você decidiu, não há nada que ele possa fazer para impedir. Ele simplesmente terá de se adaptar.

— Talvez eu deva deixar você discutir com ele — implicou Faith. Mas estava grata pelo voto de confiança e pelo apoio. Zoe sempre fora seu maior apoio na família.

Então Faith perguntou à filha sobre a faculdade, as aulas e os amigos. Elas foram as últimas a deixar o restaurante, voltaram para o hotel e conversaram durante horas. E naquela noite, dormiram juntas na cama *king size*, e Faith sorriu para Zoe quando ela caiu no sono, pensando em como tinha sorte. As filhas foram o maior presente que Alex lhe dera. E esperava ir a Londres ver Eloise logo. Ela prometera vir para o Dia de Ação de Graças, e Faith estava planejando passar alguns dias lá depois disso. Tinha muito tempo em suas mãos. Mas isso mudaria se realmente voltasse para a faculdade.

Zoe saiu no dia seguinte às nove da manhã. Só tiveram tempo de comer ovos mexidos, *muffins* ingleses e um bule de chá antes de Zoe dar um abraço e um beijo na mãe e sair. E às dez horas Faith estava a caminho do aeroporto, perdida nos próprios pensamentos. No caminho do aeroporto até sua casa, pediu ao motorista de táxi para levá-la à Universidade de Nova York. Foi até a faculdade de Direito e pegou diversos panfletos e catálogos, e algumas informações sobre as provas que teria de prestar; depois parou na Escola de Educação Continuada e pegou brochuras também. E ligou para Columbia quando chegou em casa.

Espalhou as informações que conseguira sobre a escrivaninha e sentou-se, encarando-as com um olhar de terror. Uma coisa era pegar os catálogos, outra bem diferente era entrar na faculdade, e ainda não fazia idéia de como convenceria Alex. Zoe achava que ela deveria enfrentá-lo com o fato já consumado, mas Faith achava que seria falta de consideração e rudeza de sua parte. Ele também tinha voz ativa no assunto. Era um compromisso importante que ela assumiria, principalmente se entrasse na faculdade de Direito no próximo outono. Teria de fazer deveres de casa e provas, e estudar durante muitas horas. Não estaria tão disponível quanto era, e ela sabia que isso seria uma grande mudança para ele. Ainda estava pensando nisso quando olhou para o computador e viu que tinha recebido *e-mail*. Supôs que fosse de Zoe e clicou na caixa de entrada, e ficou surpresa e feliz ao ver que era de Brad.

"Oi, Fred. Como você está? Alguma novidade? Já pegou os catálogos? Se ainda não, levante esse traseiro daí imediatamente e vá até a porta. Não quero ter notícias suas até que você tenha feito a pesquisa. Não temos tempo a perder. Talvez você possa começar as aulas em janeiro. Apresse-se.

Quanto ao mais, como você está? Foi bom vê-la na semana passada. Está mais bonita do que nunca. Seu cabelo ainda está tão comprido quanto costumava ser? Ficarei feliz em pintá-lo de verde quando precisar, sendo ou não dia de St. Patrick. Cor-de-rosa para o dia dos namorados? Vermelho e verde para o Natal? Acho que o verde ficou muito bom, se não me falha a memória.

Desde que cheguei, tenho estado ocupado trabalhando no caso do qual lhe falei. O pobre garoto está morrendo de medo. Tenho de conseguir livrá-lo. O que não é fácil. A propósito, qual área do direito lhe interessa? Acho que você seria ótima nessa área, a não ser que queira pegar os grandes casos. Se for assim, deve conversar com Pam. Direito Corporativo é legal, apesar de não ser a minha, mas talvez seja a sua.

Tenho de voltar ao trabalho... Volte para a faculdade. Cuide-se. Escreva. Com amor, Brad."

Faith ficou sorrindo para a tela e clicou no botão Responder na mesma hora. Estava muito orgulhosa de si mesma por já estar com os catálogos da Universidade de Nova York em sua escrivaninha e poder contar isso a ele. Sentia-se como uma adolescente ao escrever.

"Olá, Brad, acabei de voltar de Providence. Passei ótimos momentos com Zoe ontem à noite, jantamos, conversamos, rimos e nos abraçamos muito. Ela apoiou sua idéia. Parei na Universidade de Nova York quando estava vindo para casa — é melhor ficar orgulhoso de mim! — e peguei os catálogos, milhares deles, e todas as informações de que precisava. Liguei para Columbia e também peguei as informações deles. Não sei se devia tentar mais faculdades. De qualquer maneira, estabeleci meus objetivos. Vou ler os catálogos com bastante cuidado nesta semana. Alex está em Chicago. Ainda tenho de conversar com ele. Não sei como vai reagir, ou talvez até saiba. Ele vai subir pelas paredes. E quando voltar ao chão, como será? Não vale a pena começar a Terceira Guerra Mundial por causa da minha carreira de advogada. Talvez seja o fim dela. Vamos ver.

Gostei da sua idéia sobre Direito da Família. Pelo menos soa bem. Não sei bem tudo que engloba, mas meu ponto fraco sempre foram as crianças. Mas acho que estamos colocando o carro na frente dos bois. Primeiro, Alex. Depois as provas, solicitações... será que conseguirei entrar? E se não conseguir??? Parece que estou no colégio de novo."

Ela sofrera as agonias disso com Zoe no ano anterior enquanto esperava o resultado das faculdades que escolhera. Brown era sua preferida e ficou muito feliz por conseguir entrar. Alex queria que ela fosse para Princeton, Harvard ou Yale, e ficou arrasado quando ela recusou todas as três para ir para Brown. Ele estudara em Princeton e queria que ela também fosse, mas Zoe foi inflexível, embora o pai chamasse Brown de "faculdade *hippie*". Zoe apenas riu. Segundo ela, Brown fora "a primeira opção de todo mundo".

Ela continuou o *e-mail* para Brad: "Quanto ao mais, nada novo por aqui. Nenhuma notícia de Eloise. Suponho que esteja bem. Ela ama Londres. Quero ir visitá-la enquanto ainda tenho tempo. Ficarei presa de verdade se começar a faculdade." Só o fato de falar com ele e com Zoe sobre seus planos já os tornava reais. "Se vier de novo a Nova York, me ligue. Por enquanto, assim está bom. Mande-me outro *e-mail* quando tiver tempo. Sei como é ocupado, então não se preocupe com isso. Quando puder, está bom. Com amor, Fred." Sorriu de novo ao assinar seu nome.

Estava vendo um dos catálogos quando o computador mais uma vez disse: "Você recebeu uma mensagem."

Ela sorriu e clicou no ícone de novo. Ele devia estar em sua mesa quando o *e-mail* chegou porque já respondera.

"Boa menina! Agora leia os catálogos e matricule-se nas aulas de Educação Continuada para o próximo período. Não vai doer e vai lhe deixar com mais vontade. E dane-se o Alex. Fred, ele não pode tomar as decisões por você. Ele não tem o direito de impedi-la, se isso é realmente o que você quer fazer, e acho que é. Ele vai se acostumar. Se tivesse um emprego, também ficaria ocupada e presa. Não pode simplesmente ficar aí sentada, vagando pela casa, esperando ele chegar para poder servi-lo. Você também precisa de uma vida! Ele tem a dele. Agora está na sua vez. Tem de se apressar. Logo. Matricule-se. Seja uma boa menina. Com amor, Brad."

Era divertido receber notícias dele e responder. Ela excluiu os *e-mails* que trocaram, principalmente por causa da parte "dane-se o Alex", que soava como algo que Jack teria dito. Passou o resto da tarde lendo os catálogos. Mas não disse nada a Alex quando ele ligou de Chicago naquela noite. Algo tão delicado quanto ela voltar para a faculdade tinha de ser resolvido pessoalmente. E, quando ele voltou para casa na sexta-feira, parecia esgotado.

Faith teria de estar inscrita para as provas da faculdade de Direito até o dia primeiro de dezembro. Seus exames estavam marcados para primeiro de fevereiro. A resposta viria em abril. Preencheu os formulários para inscrever-se em dois cursos gerais de Direito em janeiro e um curso preparatório para o LSAT que começaria logo e duraria oito semanas, a tempo de prestar o LSAT depois do Natal. Mas ainda não enviara os formulários. Queria realmente conversar com Alex primeiro. E ele não estava com disposição para fazer nada além de comer e dormir quando voltou para casa. Ele foi para o escritório no sábado e ficou lá até tarde da noite. Já era domingo quando ela sentiu que poderia tocar no assunto. Ele estava lendo o *Times* de domingo, e a televisão estava ligada em um jogo de futebol, quando ela trouxe para o marido uma caneca de sopa e um sanduíche. Ele não desgrudou os olhos do jornal, nem disse nada, quando ela se sentou na sua frente, folheando nervosamente a revista do *Times* de domingo.

— Vi Zoe esta semana — começou ela, quando ele aumentou o volume da televisão. — Ela parece ótima e está adorando aquilo lá. — Faith continuou, tentando se fazer ouvida.

Ele respondeu, sem olhar para ela.

— Eu sei, você já disse. Como estão as notas dela?

— Boas, acho. As provas vão começar logo.

— Espero que ela esteja estudando e não apenas brincando por lá. — Zoe sempre fora uma excelente aluna, e Faith não estava preocupada com ela. Estava procurando uma brecha para discutir os próprios estudos, mas não era fácil entre a televisão e o jornal. Ele parecia absorvido pelos dois, e tinha uma pilha de papéis para ler ao seu lado. Ela teria de atacar em algum momento, ele não lhe daria atenção a não ser que o forçasse. Ela esperou mais cinco minutos e então começou.

— Quero discutir algo com você — disse ela com cuidado. Podia sentir as palmas das mãos suadas, e esperava que ele fosse razoável. Às vezes não era fácil conversar com Alex; e quando ele olhou para ela e tomou um gole da sopa, ela já estava começando a se perguntar se não podia esperar.

— Sopa gostosa.

— Obrigada. Conversei com Zoe sobre a Universidade de Nova York. — Ela deu o primeiro passo e sentiu que estava afundando em cimento fresco. Podia ver por que Zoe o chamava daquela maneira. Ele às vezes parecia um homem de gelo, até para ela. Faith dizia para si mesma que não era que ele não se importava com elas, ele tinha coisas mais importantes na cabeça. Era o que sempre falara para si mesma e para as meninas. Não era fácil para nenhuma delas se aproximar de Alex, exceto, talvez, Eloise, que parecia ter jeito com ele. Mas cabia a Faith convencê-lo agora. Ninguém mais faria isso.

— Ela está pensando em pedir transferência? — Ele parecia chocado. — Achei que você tivesse dito que ela estava gostando. Disse a ela que deveria ter ido para Princeton ou Yale.

— Não — continuou Faith suavemente. — Não é para ela. É para mim.

— O que é para você? — Ele parecia pálido. Ela de repente viu Brad e Zoe apoiando-a e dizendo o que deveria fazer.

— Eu gostaria de freqüentar algumas aulas na Universidade de Nova York. — Era como jogar uma bomba. Faith sabia.

— Que tipo de aulas? — Na mesma hora, ele suspeitou dela.

— Algumas aulas gerais de Direito na Escola de Educação Continuada. Parecem muito interessantes — acrescentou ela, sentindo-se nervosa. Ele estava encarando-a, e parecia tudo menos contente.

— Isso é ridículo, Faith. Você não precisa estudar Direito. O que faria com isso? Por que não faz aulas no museu, seria muito mais interessante. — Ele estava tentando fazê-la desviar do assunto antes que terminasse. Mas ela sabia que tinha de continuar. Tudo que podia fazer agora era rezar para que ele aceitasse. A natureza de seu casamento fora assim, durante 26 anos ele tivera o poder de veto sobre tudo que ela fazia. E era muito tarde para mudar agora. Começara como concordância mútua sobre vários assuntos, e com o passar dos anos ficou claro que Alex conduzia uma ditadura. Ele dava a palavra final e ditava as regras. Por causa da própria história psicológica dela, acabou aceitando que fosse assim.

— Já fiz muitos cursos no *Metropolitan*, Alex. Quero fazer algo mais interessante. — Ela acabara de puxar o pino de uma granada. Tudo que tinha de fazer agora era jogá-la nele.

— E depois? Qual é o objetivo disso, Faith? — Ele sabia a resposta antes de ela responder, mas queria escutar dela.

— Quero me candidatar a uma vaga para a faculdade de Direito no outono. — Ela disse isso com uma forçada tranqüilidade e sem desculpas, enquanto prendia a respiração.

— Isso é um absurdo. Já tivemos esta conversa antes. Uma mulher da sua idade não pode ir para a faculdade de Direito, Faith.

Ninguém vai contratá-la quando se formar. Você estará muito velha.

— Gostaria de fazer mesmo assim. Acho que seria fascinante. E talvez alguém me contrate. Afinal de contas, não sou tão velha — argumentou ela, perseguindo com determinação o objetivo que finalmente traçara para si, independente da opinião dele.

— Isso é irrelevante. Você tem idéia de quanto terá de estudar? Ficará trancada estudando nos próximos três anos. E depois? Arranjará um emprego para trabalhar 14 horas por dia? Não poderá viajar, nunca poderá sair à noite. Você me dirá que não podemos nos divertir nem ir a lugar algum porque você tem provas. Se era isso que você queria, tinha de ter pensado antes de as meninas nascerem. Poderia ter terminado a faculdade de Direito quando começou, mas não terminou. Agora é tarde demais. Você simplesmente tem de encarar isso.

— Não é tarde demais. As meninas saíram de casa, Alex. Não tenho nada para fazer. E posso fazer malabarismo com meus horários de estudo para que ainda possamos sair à noite. Não viajamos mais juntos, exceto umas poucas semanas no verão, quando poderei ir, prometo. Farei meu melhor para administrar isso para que não interfira em sua vida. — Ela parecia suplicante, sem resultado.

— Isso é impossível! — explodiu ele finalmente. — Não tem objetivo em ficar casado se você vai ficar trancada em casa nos próximos três anos. Seria a mesma coisa se fosse presa ou para a faculdade de Medicina! Não posso acreditar em como você é irracional. Como pode sugerir uma coisa dessas? Qual é o seu problema?

— Estou entediada — confessou ela com calma. — Você tem o seu trabalho e a sua vida, Alex — falou ela, citando Brad. —

Gostaria de ter a minha também. As minhas amigas trabalham ou os filhos ainda estão em casa. Estão ocupadas, e eu não quero aprender a jogar *bridge* ou fazer trabalho filantrópico ou cursos no *Met*. Quero fazer algo real. E já fiz um ano da faculdade de Direito. Se eles me derem os créditos, faltará menos.

— É muito tarde para tudo isso — rosnou ele, batendo com a caneca de sopa vazia. Parecia visivelmente ameaçado pela proposta. Talvez percebesse que isso significava que ela teria uma vida própria, e ele teria menos controle.

— Não é tarde demais. Tenho 47 anos. Terei 50 quando passar na prova da Ordem.

— *Se* você passar. A prova é difícil, você sabe. — Ele estava deixando subentendido que ela não era capaz, o que era outra forma de controle. As implicações do que ele dissera não se perderam nela. Mas Faith forçou-se a ficar calma. Sabia que era a única forma de vencer.

— Alex, isso é importante para mim. — A maneira com que ela disse silenciou-o, mas não por muito tempo.

— Vou pensar, Faith. Mas acho que esse é um projeto volúvel. — Agora ele já parecia irritado, e aumentou tanto o volume da televisão que ficou impossível conversar. Mas pelo menos ela falara o que queria fazer e sabia que agora tinha de deixá-lo pensar a respeito. O que ele decidiria no final era outro assunto. Poderia argumentar com ele então. E Zoe estava planejando falar com ele também. Queria ajudar a mãe a convencê-lo, já que para Faith era tão importante que ele concordasse. Sentia que precisava dessa aprovação para fazer o que queria.

Faith recolheu-se silenciosamente em seu escritório, e abriu seu *e-mail*.

Começou um *e-mail* para Brad: "Comunicado de Hiroshima. Joguei a bomba. Falei com Alex. Ele está furioso. Acha que não consigo entrar na faculdade, passar nas provas nem na Ordem. Diz que é uma completa perda de tempo e uma enorme inconveniência. Não estou ganhando nenhuma disputa por popularidade aqui. E acho que ele não vai concordar. Ainda assim, gostaria de fazer mas não posso se ele se opuser, não seria justo com ele. Afinal de contas, sou casada, e ele tem o direito de esperar algo de mim. Alex diz que ficarei muito ocupada estudando para sair à noite ou viajar, o que é uma alegação razoável, principalmente quando eu começar a faculdade de Direito. É muito estudo. Em todo caso, veremos. Acabarei me matriculando para aulas de *bridge*. Logo. Espero que tudo esteja bem com você. Com amor, Fred."

Verificou o computador naquela tarde, mas não tinha resposta dele até a noite. Alex não falara com ela a tarde inteira, e jantaram em um silêncio glacial. E logo depois, ele fora para a cama sem dizer nenhuma palavra. Ele sairia de casa às quatro horas da manhã para pegar um vôo para Miami, para dois dias de reuniões. No que dizia respeito a ele, Faith passara dos limites, e estava claro para ela a raiva que ele estava sentindo. Estava castigando-a.

Já era quase meia-noite em Nova York quando o *e-mail* de Brad chegou.

"Querida Fred, não se preocupe com o que é justo com ele. E o que é justo com você? Não estamos na idade da pedra... ou estamos??? Ele me lembra Pam e todos os argumentos dela quando decidi seguir meu caminho. Você tem o direito de correr atrás do seu sonho. Não é justo da parte dele se colocar no seu caminho. Entendo as preocupações dele, mas estou convencido de que você conseguiria lidar com tudo isso. E, embora ele não admita, acho que ele também pensa assim. Isso provavelmente o ameaça.

Então não ceda! Não desista. Como seu irmão auto-designado, proíbo-lhe de fazer aulas de *bridge.* Vá para a faculdade, como uma boa menina!!! Fique firme.

Estou no escritório, trabalhando até mais tarde. Temos uma audiência amanhã de um caso novo. Um garoto de 15 anos acusado de estuprar uma menina de oito anos de idade. Odeio casos assim. O tribunal designou. Parece um garoto decente, mas é claro que tem sérios problemas. Abuso pesado em casa. Crianças fazem o que aprendem e o que foi feito com eles. Ligarei para você esta semana e poderemos conversar sobre como as coisas estão indo.

Conversaremos em breve. Com amor, Brad."

Ele estava certo, claro. Faith sabia disso. Mas era fácil falar, o difícil era viver com isso. Afinal de contas, era casada com Alex, que ainda estava visivelmente irado quando se levantou às três da manhã para a viagem. Faith levantou, como sempre fazia quando ele saía da cidade, e preparou café e torradas. Mas devido à hora e à conversa que tiveram na véspera, ele não disse uma palavra e olhou ameaçadoramente para ela quando saiu, às quatro. Não tiveram tempo de discutir os planos acadêmicos dela de novo, mas ele deixou bem claro que considerava isso um ato de guerra. Ela ficou chateada a manhã toda e ligou para o escritório de Brad naquela tarde. Era bom escutar sua voz. Ele acabara de voltar do tribunal.

— Fico feliz por me ligar — disse ele, tentando não parecer distraído. Havia um milhão de coisas acontecendo, mas estava preocupado com ela e queria lhe dar apoio. — Fiquei preocupado com você o dia todo.

— Dados os seus problemas, sinto-me culpada até por estar ligando. — Mas de repente estava muito grata por tê-lo de volta em sua vida. Era o tipo de ligação que teria feito para Jack. Queria compartilhar seus sentimentos e pensamentos e ouvir o que ele tinha a dizer.

— Ele está sendo totalmente irracional, Fred. Você sabe disso tão bem quanto eu. Como você deixou-o escapar impune todos esses anos? Pelo amor de Deus, você não é escrava dele, ele não é seu dono. Você é casada com ele. Ele também tem de escutar o que você quer.

— Ninguém disse isso para ele ainda — observou Faith sorrindo culpada enquanto escutava Brad.

— Então você deveria. Não conheço mais nenhuma mulher que toleraria esse tipo de coisa. Pam me mataria se eu dissesse a ela o que fazer. Temos algumas discussões bem feias, e brigamos por meses quando saí da firma do pai dela, mas mesmo assim ela respeitou meu direito de fazer o que eu precisava fazer. Ela não gostou, mas sabia que no final teria de aceitar e viver com isso. Você não pode deixá-lo dizer o que fazer.

— Ele sempre diz. É isso que ele espera — comentou ela, constrangida por admitir.

— Então traga-o para este século, Fred. É seu dever. Ele pode não gostar da notícia, mas a escravidão já acabou.

— Não para ele — e então, na mesma hora, ela sentiu-se culpada pelo que acabara de dizer. — Eu não deveria dizer isso. Ele está apenas acostumado a resolver as coisas e espera fazer o mesmo em casa.

— Escute, gostaria de ser o rei da Califórnia, ou até o presidente dos Estados Unidos, se não fosse um cargo corrompido, mas não é provável que isso aconteça. Todos gostaríamos de mandar no mundo se tivéssemos uma chance. Mas não podemos simplesmente mandar uns nos outros. Que tipo de vida você vai ter se não fizer isso? O que fará nos próximos quarenta anos? Ficar em casa assistindo a TV?

— Acho que esses são os planos dele. — Ela parecia desanimada, sabia que Brad estava certo. Mas ele não conhecia Alex. Ele transformaria sua vida em um inferno se não fizesse o que ele queria. Sempre foi assim.

— Ele não pode fazer isso. Você não pode deixar. E eu não vou permitir que deixe. Acho que tinha uma razão para eu ir ao funeral de Charles. Acho que Jack me mandou para dar uns bons tapas em você.

— Muito promissor — disse ela rindo. — Talvez você esteja certo.

— O que Jack diria se você contasse isso para ele? — perguntou Brad. Era uma pergunta interessante, e ele sabia a resposta antes de ela dizer as palavras.

— Ele ficaria louco da vida. Detestava Alex, que também não gostava muito dele. Um não engolia o outro.

— Jack tinha bons motivos se era isso que Alex fazia quando ele estava vivo. Você não respondeu à minha pergunta. O que Jack diria? — Queria que ela pensasse a respeito. Sabia que o irmão dela daria ainda mais força do que ele.

— Ele me diria a mesma coisa que você está dizendo. Vá para a faculdade.

— Caso encerrado.

— Você não tem de conviver com Alex.

— Talvez nem você devesse. Se ele não pode se comportar como um ser humano decente, civilizado, então não merece você. E eu acho que Jack também teria dito isso.

— Provavelmente. Mas olha com quem ele vivia. Debbie faz parecer fácil viver com Alex. Ela era muito mais irracional do que ele.

— Olhe, tudo que eu quero é que você seja feliz. Você não pareceu feliz quando a vi. Parecia entediada, triste e sozinha. Se é isso que quer, corra atrás. Mais do que qualquer outra coisa, você precisa de um sonho. Todos precisamos. Aqui é o meu. Nunca fui tão feliz em minha vida como sou desde que abri este escritório. — O único problema é que ainda tinha de voltar para casa toda noite, mas não disse isso para Faith. Se pudesse dormir no escritório, para evitar Pam, dormiria. As coisas atingiram um nível intolerável ultimamente. Ele e Pam eram como água e óleo, não se misturavam. Mas os pais dele tiveram um divórcio complicado quando ele era adolescente, e não queria fazer a mesma coisa. Então aceitara pacificamente suas diferenças com Pam. Era ela quem estava pegando no seu pé nos últimos dias, reclamando sobre tudo que ele fazia e discutindo sobre o fato de ele nunca estar em casa. E ela estava certa. Não queria que estivesse. Mas ele não tinha intenção de deixá-la e sabia que nunca deixaria. Era mais simples assim.

— Estou tão mal assim? — Faith pareceu aflita. — Não estou tão infeliz assim, Brad. Apenas temos diferenças sobre algumas coisas.

— E ele nunca está aí. Você mesma disse isso. Ele nem foi ao funeral do Charles com você. Por que isso? — Ele sabia melhor do que ninguém sobre problemas conjugais.

— Já disse. Ele precisava ir a Chicago. Tinha reuniões na Unipam.

— E daí? Eles poderiam esperar um dia. Charles só seria enterrado uma vez. Você poderia precisar de apoio.

— Foi tudo bem... você estava lá.

— Fico feliz por ter estado. Escute, não posso criticar seu casamento. O meu não é nada do qual possa me gabar. Só estou dizendo que, se ele não está ao seu lado a maior parte do tempo, ele deve isso a você. Ele não pode ter tudo ao mesmo tempo. Não pode só fazer as coisas dele o tempo todo e achar que você tem que ficar sentada em casa esperando. Se ele tem uma vida, então você também deve ter uma.

— Ele não vê dessa forma. — Ela soava desanimada.

— Ele vai acabar vendo, se você se recusar a ceder. Prometo. Você tem de se defender.

— Não é assim tão fácil — respondeu ela, triste. Alex tinha uma força de vontade de aço e iria torturá-la até que desistisse, assim como fez antes.

— Sei que é difícil, Fred. Mas vale a pena. Você não tem escolha. Se não se defender com as suas armas, sua vida será infeliz, e então se sentirá velha e deprimida. Acho que sua saúde mental e seu bem-estar estão em jogo.

— Você faz parecer como um caso de vida ou morte. — Ela sorriu sentada em seu pequeno escritório e pensou nele. Era um amigo maravilhoso.

— Em certos aspectos, é. Quero que realmente pense nisso.

— Vou pensar. — O que ele dissera fazia sentido, ela só não sabia como convenceria Alex. Mas talvez Brad estivesse certo, talvez com bastante convicção e energia, conseguisse. Valia a pena pelo menos tentar. — Como você está?

— Ocupado. Louco. Tenho uma meia dúzia de casos novos, grandes. Estamos atolados de trabalho até o pescoço.

— Sorte sua. Parece divertido — comentou ela, com inveja.

— E é.

Eles conversaram por mais alguns minutos e então ele teve de ir, mas prometeu enviar um *e-mail* ou ligar para ela em breve, e ela sabia que ele faria. Ele tinha sido tão prestativo nessas últimas duas semanas. Dera a ela foco, perspectiva e força, assim como amor e apoio. Era uma combinação insuperável e ela era grata a ele. Mais do que isso, ele dera forças para ela resolver enfrentar Alex e ganhar.

Capítulo 4

QUANDO ALEX VOLTOU DE MIAMI, estava com um humor pavoroso. Faith o conhecia bem o suficiente para não perguntar nada. Era óbvio que as reuniões não tinham sido boas. Preparou o jantar para ele em silêncio e, assim que ele terminou a última garfada, levantou-se, subiu, tomou banho e foi para a cama. Não dissera uma palavra enquanto comiam. E foi apenas na manhã seguinte, no café-da-manhã, que ele perguntou como ela estava.

— Bem — respondeu ela, servindo uma xícara de café para ele. Preparara mingau de aveia, cereais e *muffins,* e ele parecia com um humor um pouco melhor. — Viagem difícil? — Ele assentiu, mas não se ofereceu para dar detalhes. Ele era assim. Quando as coisas não corriam do jeito que queria, não falava muito. E se as coisas corressem bem, ela conseguiria perceber por sua postura, mas ele guardava as novidades para si mesmo.

— Falei com Eloise em Londres — contou Faith enquanto ele lia *The Wall Street Journal.* Ele pareceu não escutar o que ela disse, e já tinham se passado uns cinco minutos quando ele falou por trás do jornal.

— Como ela estava?

— Bem. — Faith estava acostumada com seu estilo e sabia o que ele estava perguntando. — Ela virá para casa para o Dia de Ação de Graças, passará o fim de semana prolongado.

— Bom. — Ele então abaixou o jornal, levantou, olhou para o relógio e depois para a esposa. — Não tenho tempo para conversar com você agora, Faith. Mas quero que saiba que pensei muito sobre nossa discussão.

— Sobre o quê?

— Sobre seu sonho fantástico de ir para a faculdade de Direito. Quero que saiba que não vou concordar. Você terá de encontrar outra coisa para fazer. — Ele não esperou ela comentar, simplesmente virou-se e saiu da sala. E a maneira como ele agiu deixou-a furiosa na mesma hora. No passado, ela teria se dado por vencida. Mas desta vez, por alguma razão, se sentia insultada, e seguiu-o até o vestíbulo. Ele estava vestindo sua capa, estava chovendo muito do lado de fora.

— Você não pode simplesmente me dispensar assim, Alex. E não é um sonho fantástico. É uma coisa razoável que quero fazer. Estou disposta a me dedicar a isso e a fazer funcionar para nós dois.

Ele lançou um olhar gélido que por anos a subjugara.

— Mas eu não estou. Não vou viver com uma estudante em tempo integral e todo o estresse e afetação que isso envolve. Você é minha esposa, Faith. Tem obrigação de cumprir sua parte no acordo.

— Você também — respondeu ela. — Isso não é justo. Por que você não consegue me respeitar como pessoa e perceber que preciso de algo em minha vida, alguma coisa inteligente para fazer, agora que as meninas saíram de casa?

— Vá a um psiquiatra se está tendo dificuldades em se adaptar à saída das meninas. Não saia por aí precipitadamente tentando recapturar sua juventude. A verdade é que você não pode.

— Você fala como se eu tivesse cem anos. Eu não tenho.

— Tenho plena consciência da sua idade, Faith. Você não é mais uma menina, não aja como se fosse. Essa história toda é infantilidade e imaturidade. Aja como uma adulta. Suas filhas foram embora. Você é casada, tem responsabilidades comigo. Não poderá dar conta delas se for para a faculdade. — Tudo tinha a ver com ele. Sempre tinha.

— Com o que você está preocupado? Que eu não possa ir a um jantar ocasional porque estou na faculdade? Não vou para a lua, pelo amor de Deus. Estarei aqui, posso arranjar as coisas. — Ela parecia desesperada e estava à beira das lágrimas. Ele nunca fora tão irracional quanto desta vez. Mas ela nunca o desafiara a este ponto.

— Não faz idéia do que está falando, Faith. A faculdade de Direito vai consumir você. Não terá tempo para mais nada. E eu tenho voz ativa nisso.

— E eu não? — perguntou ela, enquanto lágrimas brotavam em seus olhos.

— Não neste caso. No que me diz respeito, esse assunto está encerrado. Encontre outra coisa para fazer. — E com isso, antes que ela pudesse dizer mais alguma coisa, ele abriu a porta e saiu na chuva, enquanto Faith ficou parada encarando-o. O Homem de Gelo. Zoe tinha razão.

Alex fechou a porta com firmeza ao sair, e Faith voltou para a confortável cozinha com paredes revestidas de madeira e sentou-se. A louça do café ainda estava na mesa, e ela só conseguia chorar. Soluços longos, altos, nervosos. Sentia-se como se estivesse na prisão. Ele agia como se fosse seu dono, como se o que ela sentia ou queria não fosse de nenhum interesse para ele. Nunca se sentira tão impotente em toda a vida. Ainda estava chorando quando finalmente ficou de pé e subiu para seu quarto.

Ficou parada na janela, olhando a chuva cair, por muito tempo. No momento, estava deprimida. E, quando recebeu um *e-mail* de Brad naquela tarde, não respondeu. Sentia-se como se tivesse fracassado com ele também. Ele esperava muito dela, mas não conhecia Alex. Ninguém conhecia. Não assim. As outras pessoas achavam-no razoável, inteligente e atencioso. Só Faith e suas filhas sabiam como ele era frio, ou podia ser. Tudo tinha de ser do jeito dele. Zoe e Alex tiveram inúmeras discussões desse tipo até que ela acabou desistindo de conversar qualquer assunto com ele. Apenas Eloise parecia capaz de conversar com ele. Ele considerava o mundo delas como seu feudo, e Faith sentia-se sua escrava. Brad tinha razão.

Nos dois dias seguintes, Faith sentiu-se deprimida, e eles mal se falaram no café-da-manhã ou no jantar. E finalmente, dois dias depois de Alex dar seu ultimato, Brad enviou-lhe outro *e-mail*.

"Ei, você está bem? Tem estado muito quieta. Alguma coisa errada? Estou preocupado com você. Dê notícias para que eu saiba que pelo menos está viva. Com amor, Brad."

Com um longo suspiro, ela começou a digitar, mas não tinha muito o que dizer.

"Perdi a guerra. Alex me disse que a faculdade de Direito está fora de questão. Do ponto de vista dele, a faculdade entraria em conflito com as minhas responsabilidades com ele. Alex não falou comigo a semana toda. Estabeleceu a regra e pronto. E agora estou deprimida. Além disso, aqui choveu a semana toda. Estou infeliz e me sentindo para baixo. Conversando com as formigas, acho. Agora o que farei pelo resto da minha vida? Com amor, Fred."

A resposta dele chegou quase imediatamente. Ele estava na mesa quando o *e-mail* chegou. E assim que leu, ficou profundamente chateado. Pensou em ligar para ela, mas acabou decidindo mandar um *e-mail*.

"Isso é péssimo. Agüente firme, Fred. Você está deprimida porque sente como se tivesse perdido o controle de sua vida. Por uma boa razão. Não quero dizer o que deve fazer, só cabe a você decidir. Mas se deixar ele fazer isso, dar-lhe ordens e ultimatos, vai ficar deprimida. Muito. Acha que tem algo que você possa fazer para reconquistar sua força? Como for melhor para você. Decida o que e quando. Mas tem de fazer alguma coisa. Não pode ser tratada como uma criança. Pior, como uma coisa. Ele também tem de respeitar suas necessidades. E se ele não consegue, você tem de se respeitar. Se não fizer isso, pagará um preço alto demais. Eu sei, já passei por isso. Desafiar parece muito arriscado, principalmente com pessoas como Pam e Alex. Mas se não desafiar, você se perderá. O que é horrível.

Descubra o que precisa fazer para sentir-se um pouco mais controlada, ou muito mais se preferir, e então levante e dê a volta por cima. Vale a pena. Estarei segurando a sua mão. Agora, pegue um guarda-chuva e saia para uma caminhada. Parece que você precisa de ar. Estou aqui se precisar de mim. E se você matá-lo, defenderei você. Homicídio justificado, com certeza. Simples assim. Com amor, Brad."

Ela sorriu ao ler o *e-mail* e apagou-o para que ninguém pudesse ler o que ele escreveu. A parte sobre matar Alex poderia aborrecer as meninas, no mínimo. E então ela decidiu seguir o conselho dele. Calçou botas e uma capa de chuva e saiu de casa. Ele estava certo, ela precisava de ar, e isso lhe deu tempo para pensar. Desceu a Lexington e pegou a Fifth Avenue até o parque.

Enquanto caminhava, não percebeu, mas ficou fora por duas horas, e isso lhe fez muito bem. Brad estava absolutamente certo. Tinha de reconquistar algum tipo de força. Alex estava tratando-a como se fosse seu dono, como se ela fosse um objeto que ele comprara. E ela não estava mais disposta a deixá-lo fazer isso. Era uma enorme mudança para ela. Esperara que ele fosse razoável e aceitasse, mas como não aceitou, ela sabia o que queria fazer agora. Enviaria os formulários para a Escola de Educação Continuada e para o curso preparatório para o LSAT. Pelo menos, era um começo. Mas dessa forma, fizera sua escolha. O curso preparatório para o LSAT começaria na semana seguinte, e ele não precisaria saber. Faith ainda tinha três meses para conversar com ele, fazer o LSAT, preencher seus requerimentos e decidir-se. Tentar entrar na faculdade de Direito lhe daria opções, e só o fato de decidir ir para a Escola de Educação Continuada já lhe deu uma sensação de controle.

Faith enviou os formulários naquela tarde. Enquanto eles caíam na caixa do correio, ela ficou parada lá, debaixo de chuva, e sorriu. Havia um nó em seu estômago, mas ao mesmo tempo seu coração estava mais leve e a mente mais clara. Sabia que tinha feito a coisa certa. Correu de volta para dentro de casa e ligou para Brad. Ele atendeu.

— Eu consegui! — exclamou ela, e ele soube na mesma hora quem era. Ela parecia uma criança que ganhou uma gincana na escola. Primeiro lugar.

— O que você fez? — perguntou ele sorrindo ao se recostar na cadeira e balançá-la sobre duas pernas.

— Você estava certo. Primeiro, saí para uma caminhada. Uma longa caminhada. E quando voltei para casa, juntei os formulários e enviei. Acabei de deixá-los na caixa do correio na esquina e me sinto ótima. O curso preparatório para o LSAT começa na próxima semana. Não vou dizer nada a Alex. Simplesmente vou. — Ela se sentia desonesta, mas poderosa e no controle. — Pelo menos fiz alguma coisa para reconquistar minha força. Agora, me sinto humana de novo.

Ela estava impressionada de como suas ações trouxeram um alívio rápido para a forte depressão em que estava.

— Estou feliz, Fred. Fiquei preocupado com você. Parecia muito mal. — Na verdade, pior do que isso. — E estou muito orgulhoso!

— Estava me sentindo como nada. A propósito, como você está? Desculpe, só falei de mim mesma. Fiquei péssima a semana toda.

— É natural. O discurso dele não foi feito exatamente para você se sentir ótima. Você sabe, passei por isso com Pam quando saí da firma do pai dela. Ameaças, ultimatos, culpa, acusações, achei que ela fosse me deixar quando me demiti. Mas no final, eu sabia que precisava me arriscar. Se não me arriscasse, perderia o respeito por mim mesmo, e minha vida teria ido por água abaixo.

— Você é mais corajoso do que eu — comentou ela, impressionada pelo que ele fizera. Pam parecia bem difícil, e era.

— Você está indo muito bem. Hoje merece nota dez. Estou realmente orgulhoso de você, Fred.

— Obrigada, também estou orgulhosa de mim mesma. Se você não tivesse dito o que disse, eu ainda estaria aqui sentada, chorando. — Ele detestava pensar nela assim e estava feliz por tê-la ajudado. — Obrigada, Brad.

Ela ainda não fizera nada definitivo para desafiar Alex, mas estava começando a abrir as asas. Apenas o suficiente para ressuscitar seu auto-respeito.

— De nada — agradeceu ele com gentileza. Ela fez com que ele se sentisse útil e importante. Era uma sensação boa, e ele se sentiu mais próximo dela.

— Como está o trabalho? — Ela parecia alegre e interessada de novo, e sentia-se viva.

— Louco como sempre. Vamos ao tribunal na semana que vem com o garoto acusado de homicídio em primeiro grau. Tenho muito o que fazer.

— Acha que vai ganhar?

— Espero que sim. Ele está confiando em mim. Eu também. Serei duro. Ele é um bom garoto, merece uma oportunidade. Não foi premeditado, mas no momento que se põe uma arma na mão de uma criança, na mão de qualquer um, na verdade, coisas ruins acontecem e pessoas se machucam. É assim que funciona. Em todo caso, não me deixe começar com isso. Então, o que você vai fazer agora? Espero que não esteja pensando em contar a Alex que enviou os formulários.

— Ainda não — respondeu ela com honestidade. Detestava mentir para ele sobre o curso preparatório para o LSAT. Simplesmente desapareceria todas as manhãs por três horas, e ele nunca saberia. Ele raramente ligava durante o dia, exceto para falar sobre alguma mudança de planos. E ela estaria em casa na hora do almoço todos os dias. — Não tem por que brigar com ele por enquanto. Vamos nos enlouquecer. Em todo caso, talvez o LSAT seja muito difícil para mim. Vamos ver como vou me sentir depois que começarem as aulas.

— Você vai se dar bem — encorajou-a. Ela era uma das mulheres mais inteligentes que conhecera, sempre fora boa aluna e já entrara na faculdade de Direito antes.

Mas ambos sabiam que ela acabaria tendo de enfrentar Alex, e Brad não tinha dúvidas de que ela seria aceita na faculdade de Direito. E então teria de decidir. Ela mal podia acreditar em como estava se sentindo melhor desde que enviara os formulários para as aulas. Afastara totalmente a depressão. Não se sentia mais impotente e indefesa.

— Você fez a coisa certa, Fred — apoiou-a ele. — Tenho de voltar ao trabalho. Preferia conversar com você, mas o dever me chama.

— Obrigada, Brad. Em breve nos falaremos de novo — prometeu ela. Fez pequenos serviços em casa no resto da tarde e estava com um bom humor surpreendente quando Alex chegou em casa. Ela estava cantando na cozinha enquanto preparava o jantar.

Alex comentou a esse respeito assim que entrou na cozinha.

— Você está de bom humor. O que fez hoje? — perguntou ele com cautela, enquanto ela sorria. Ele esperara mais daquela tensão que pesara sobre eles no café-da-manhã. E em vez disso, ela parecia relaxada e feliz.

— Nada demais. Dei uma longa caminhada e fiz algumas coisas sem importância — respondeu ela vagamente. Detestava mentir para ele, mas sentia que não tinha escolha.

— Choveu o dia todo — objetou ele, parecendo desconfiado, como se não acreditasse nela.

— Eu sei. Caminhei na chuva — retrucou ela ao colocar o jantar deles na mesa. Não contou para ele sobre a conversa com Brad. Não tinha motivos para contar. Ele se tornara seu amigo secreto e defensor de suas causas, exatamente como fora quando eram crianças. Era inofensivo. E em todo caso, Alex não se interessaria. Nunca se interessara por suas amigas, a não ser que os maridos fossem importantes. Ele não tinha nenhum interesse nas amigas dela. Nem teria em Brad, já que ele era apenas um amigo de infância de Jack.

Alex não fez mais perguntas sobre seu bom humor. Em vez disso, comeu em silêncio, e ela perguntou como estavam indo os negócios com a Unipam. Ele pareceu feliz por ela perguntar e fez um resumo dos progressos que fizeram. Foi uma daquelas noites raras em que eles realmente conversavam. E no final da noite, ela se sentiu mais próxima dele e perdoou sua atitude sobre a faculdade de Direito. Ainda tinha esperanças de convencê-lo nos próximos meses. Foram para cama cedo naquela noite e, como era previsto, quando ele se abriu um pouco, Faith se aninhou a ele. Fizeram amor e foi, como sempre, superficial e sem criatividade, mas confortável, satisfatório e familiar. Se ele pensasse a respeito, teria percebido a diferença de ser mais atencioso. E, com um pouco mais de esforço, eles poderiam até ter se curtido. Mas o relacionamento deles não era algo em que ele costumava pensar muito, nunca fora. O casamento era simplesmente algo que ele tinha como certo, assim como Faith.

Faith começou o curso preparatório para o LSAT na segunda-feira, e era emocionante e desencorajador ao mesmo tempo. Havia muita matéria para absorver. Não fazia idéia de como conseguiria fazer isso em oito semanas. E todos os dias depois da aula, estava de volta em casa à uma hora.

As semanas seguintes antes do Dia de Ação de Graças passaram sem nenhum incidente entre ela e Alex. Ela estava sendo muito cuidadosa para não irritá-lo, e ele estava feliz e convencido de que ela vira a luz. Ela vira, mas não a que ele pensava. E ele também estava ocupado. Viajou para Boston e para Atlanta e fez outra viagem rápida para Chicago. Faith estava ocupada com as aulas. Os dois outros cursos nos quais se inscrevera não começariam antes de janeiro. E ela estava organizando o Dia de Ação de Graças e estava animada por rever Eloise e Zoe. Falou com Brad uma ou duas vezes, e ele enviou poucos *e-mails*. Estava atolado com o julgamento, e ela mal teve notícias dele até que terminasse, dois dias antes da Ação de Graças. E para deleite dela e alívio dele, o cliente foi absolvido da acusação de homicídio em primeiro grau. Ele foi considerado culpado por homicídio culposo e pegou três anos de condicional e crédito pelos sete meses que passou na prisão antes do julgamento. Era uma vitória enorme para Brad.

— Este foi por pouco — admitiu Brad no primeiro telefonema depois do veredito. — O júri ficou fora seis dias. A pobre mãe do menino estava praticamente histérica, e ele estava morrendo de medo. Na verdade, eu também. Era difícil saber por qual caminho eles seguiriam. Havia muitos argumentos bons para os dois lados. Tudo fica bem quando acaba bem. Eles vão ter um Dia de Ação de Graças muito bom — concluiu ele, com um suspiro de alívio. — E você?

— As meninas vêm para casa amanhã. Mal posso esperar para vê-las. Vamos jantar aqui, só nós quatro. — Eles não tinham uma família grande. Os pais de Alex morreram anos atrás, e agora a família dela também se fora. — O que você vai fazer, Brad? — perguntou ela, feliz por falar com ele. Não tinha notícias há vários dias. E no último mês conversar com ele se tornara um hábito que ela cultivava. Era difícil acreditar que ele sumira de sua vida por tantos anos. Era como encontrar um irmão há muito tempo perdido, e ela adorava conversar com ele. Brad lhe dava conselhos íntegros e uma enorme sensação de bem-estar. Ele estava no topo da lista do que agradeceria no Dia de Ação de Graças, junto com suas filhas.

— Pam vai oferecer um grande jantar — respondeu Brad, com a voz cansada. Foram duas semanas estafantes para ele durante o julgamento e a espera do veredicto, sem mencionar as horas de preparação necessárias antes disso. — Acho que devem vir umas trinta ou quarenta pessoas. Já perdi a conta. Ela convidou algumas pessoas do escritório. O pai dela vai estar aqui, claro, a madrasta, os filhos, alguns velhos amigos. E umas pessoas que eu nunca vi, provavelmente dos comitês e diretorias de que ela faz parte. Pam adora estar cercada por muita gente.

— E você? — perguntou Faith com suavidade. Tinha o tipo de voz que sempre o acalmava. Era uma daquelas pessoas que sempre traziam paz e ofereciam conforto. Sua qualidade maternal sempre o comovia, e ao mesmo tempo um lado feminino ingênuo fazia com que aparentasse ser mais jovem.

— Honestamente? Preferia passar o dia tranqüilamente com poucas pessoas que eu realmente amo. Mas Pam se sentiria traída se não pudesse transformar isso em um grande evento. Esse é o jeito dela. De qualquer forma, terei de vir ao escritório de manhã. Tenho muita coisa para pôr em dia depois de ficar com a cara enterrada no julgamento.

— No Dia de Ação de Graças? Você não pode tirar o fim de semana de folga? Parece exausto.

Ele sorriu.

— E estou, Fred. Exaurido. Mas tem outros garotos que contam comigo. Não posso deixar o caso deles de lado no feriado. Posso usar o tempo para me atualizar.

— E seus filhos? Vêm para casa?

— Estão muito longe para vir. Jason e Dylan vão ficar na Zâmbia. Não posso culpá-los. Vou tentar ir até lá depois do Ano-Novo, se conseguir. Eles estão adorando. Você já foi lá?

— Não. Alex já. Ele foi em um safári com um grupo de amigos uns anos atrás. Eu queria ir mas nenhuma das outras esposas foi. Acabei indo para as Bermudas com as meninas.

— Um pouco mais civilizado. — Brad sorriu. — A que horas você estará celebrando Ação de Graças? — perguntou ele, bocejando. Ela não o estava deixando entediado, mas estava muito cansado depois do julgamento. O abatimento era sempre enorme. Só queria ir para casa, tomar um banho e cair na cama. Mas quisera ligar para ela primeiro para celebrar a vitória. Era estranho, mas quando não se falavam pelo telefone ou trocavam *e-mails* por mais de dois dias, ele ficava preocupado.

— Costumamos comer no meio da tarde, por volta das três horas. É uma hora estranha, mas as meninas gostam. E às cinco ou seis, podemos ir ao cinema ou elas podem sair com as amigas. E você?

— O jantar está marcado para as sete. Vamos comer por volta das oito. Ligarei para você antes de sair do escritório. Você provavelmente já vai ter acabado antes de eu voltar para casa, ligar o motor e encontrar os amigos de Pam. — Ele fez parecer como se fosse um estranho na própria casa, e nesses dias às vezes era. — A propósito, como estão as aulas? — Ela mandara alguns *e-mails* para ele sobre isso e parecia estar se sentindo desafiada e curtindo.

— Ótimas. Mas assustadoras. Não me concentrava assim há anos. — E sempre que Alex não estava por perto, ela estudava em casa.

— Estou orgulhoso de você, Fred — repetiu ele, como sempre fazia, e realmente estava.

Desligaram uns minutos depois. Faith arrumou os quartos das meninas aquela noite e colocou vasos com flores frescas neles. Queria tudo perfeito na vinda delas para casa, e sentia-se feliz e relaxada quando foi para seu quarto. Começou a dizer algo para Alex mas percebeu que ele estava dormindo com um livro nas mãos. Gentilmente, colocou-o na mesa de cabeceira e apagou a luz. Ele parecia tranqüilo e bonito deitado ali, e ela não pôde deixar de perguntar-se por que às vezes ele era tão rígido e tão duro com ela e com as meninas. E de repente, lembrou-se de Charles Armstrong. Em alguns aspectos, os pontos de vista de Alex não eram tão diferentes dos dele. Ele tinha muitas expectativas com relação às filhas, queria que elas trabalhassem duro, tirassem boas notas e fossem bem-sucedidas. Era o que Charles exigia de Jack quando ele era jovem, embora esperasse muito menos de Faith por ser "apenas" uma menina. Alex tinha as mesmas idéias ultrapassadas, apesar de tê-las modificado um pouco porque teve filhas em vez de filhos: suas expectativas estavam sobre elas como se fossem homens. Mas ele tratava Faith quase da mesma forma que Charles tratara sua mãe, como se ela não existisse a maior parte do tempo e não entendesse o que ele fazia durante os dias, como se ela fosse de certo modo menos competente que ele. Era uma forma sutil de desvalorização que a incomodava quando criança. Ficava aborrecida por a mãe deixar Charles tratá-la daquela forma. E agora Faith percebia que fizera a mesma coisa. Deixara Alex colocá-la para baixo, criticá-la, depreciá-la e ignorá-la. Deixar que ele a proibisse de ir para a faculdade de Direito era algo que sua mãe teria feito. E ao deitar na cama ao seu lado, enquanto ele roncava de leve, ela prometeu não deixar que ele fizesse a mesma coisa. A maré estava começando a mudar.

Não podia deixar de se perguntar se escolhera Alex por ele ser parecido com Charles. Seu silêncio e distância eram familiares, apesar de não serem tão perceptíveis no início. Mas alguma coisa nele deve ter lhe despertado alguma lembrança. O que ela temia agora era ter se tornado a sua mãe, que era precisamente o que não queria ser. A principal diferença era que sua mãe lamentava-se, reclamava, tornando-se amarga e depois resignando-se. Era a última coisa que Faith queria que lhe acontecesse. Sua mãe parecia impotente frente ao domínio de Charles, um exemplo que Faith não queria dar para suas filhas. Queria ser um modelo de integridade, dignidade e força. Mas era uma batalha. Uma batalha que Alex não queria que ela vencesse. O Homem de Gelo, como Zoe o chamava. O triste era que ele não era inteiramente assim, havia uma essência calorosa em algum lugar dele que Faith conhecera e amara no início de seu casamento. Mas a essência calorosa fora coberta por camadas de gelo ao longo dos anos. Era difícil chegar ali, e ela só conseguia vê-la de relance ocasionalmente.

Ao cair no sono naquela noite, ela esperou ter um bom Dia de Ação de Graças. Não havia nenhuma razão para não ter, principalmente com as meninas lá. De repente sentiu-se útil, estando com elas de novo. Elas precisavam dela, ou pelo menos costumavam precisar, e precisariam agora, mesmo que por alguns dias. Só o fato de saber que elas estariam em casa fazia com que se sentisse feliz, segura e amada. Ficava triste ao perceber que Alex não causava mais essa sensação nela. A única alegria que ainda tinha eram as meninas.

Capítulo 5

FAITH SE SURPREENDEU AO VER que tanto Eloise quanto Zoe transformaram-se em jovens mulheres independentes nos poucos meses desde que saíram de casa. Eloise partira para Londres em setembro, e Zoe, para Brown em agosto, e ambas mudaram de forma drástica em um tempo muito curto. Eloise de repente parecia elegante e sofisticada. Perdera alguns quilos, comprara um guarda-roupa novo em pequenas lojas, em Londres, e estava apaixonada por seu emprego. Conhecera várias pessoas novas e tinha um novo namorado, um jovem inglês que também trabalhava na Christie's. E apesar de Faith ficar feliz por ver como ela estava florescendo, sentiu uma angústia ao perceber quão vazio seu ninho realmente estava. E que continuaria assim. Eloise estava falando sobre ficar em Londres por dois ou três anos, se não mais, e talvez conseguir um emprego em Paris ou Florença depois desse tempo. Ela amava tudo que estava aprendendo e as pessoas com quem trabalhava. Tudo estava bem no mundo dela.

E Zoe adorava tudo em Brown. Era o que sempre sonhara. Projetara um currículo para si em Belas Artes com uma cadeira em Economia. No futuro, queria administrar uma galeria de arte ou estabelecer um negócio de compra de obras de arte para importantes colecionadores. Ela já tinha seus objetivos traçados, mesmo aos 18 anos.

Faith estava festejando a felicidade de tê-las de volta. A casa parecia cheia de barulhos e risos de novo: portas batendo, as meninas subindo e descendo as escadas correndo, suas vozes na cozinha tarde da noite. Alex já estava dormindo nesta hora. Ele e Eloise tinham tido uma conversa tranqüila e longa em seu gabinete, enquanto Faith e Zoe conversavam no quarto da filha. Faith desceu na ponta dos pés para se juntar às meninas.

— Oi, mãe. — Zoe olhou-a com um sorriso. Estava sentada no balcão comendo sorvete no próprio pote com uma colher, enquanto Eloise estava esparramada em uma cadeira tomando uma xícara de chá.

— É muito bom ter vocês duas aqui. — Faith sorriu para elas. — Esta casa parece um túmulo sem vocês. — Zoe lhe ofereceu uma colher cheia de sorvete, que ela aceitou e depois beijou o longo cabelo louro da filha, que ia até a cintura. Eloise acabara de cortar o seu curto, que lhe caiu bem.

— O que vocês duas vão fazer neste fim de semana? — perguntou Faith ao sentar-se à mesa com Eloise e sorrir para ela, que era uma moça bonita, mais alta do que a irmã mais nova, mas não muito. Ambas tinham a altura de Alex e sua aparência magra e comprida, mas puxaram da mãe a forma física e o rosto de camafeu. Ambas foram convidadas para serem modelos diversas vezes, mas nenhuma das duas se interessou, para alívio de Faith. Considerava esse um mundo assustador, cheio de exploração e perigos na forma de homens e drogas. Tinha consciência de que tivera sorte com as duas filhas.

— Vou ver todos os meus amigos — exclamou Zoe, contente. — Todos voltaram da faculdade e estão em casa.

— Eu também — concordou a irmã mais velha. — Tem um monte de gente que quero ver. — Embora alguns de seus amigos estivessem trabalhando em outras cidades ou fazendo pós-graduação, muitos deles ainda estavam em Nova York. Ela trabalhara na Christie's de Nova York por dois anos antes de ser transferida. Para ela parecia o emprego perfeito.

— Gostaria que vocês pudessem ficar mais tempo — comentou Faith de forma melancólica. — É tão bom tê-las em casa. Não sei o que fazer sem vocês.

— Você deveria arranjar um emprego, mãe — sugeriu Ellie, sendo prática, e Faith não contou que voltara a estudar e estava se preparando para prestar o LSAT em poucas semanas. Nesse momento, Zoe já estava ao telefone com uma de suas amigas e não escutou o que elas falavam.

— Vou fazer isso um dia desses — assentiu a mãe de imediato. — Seu pai acha que eu devo fazer trabalho filantrópico ou aprender a jogar *bridge*.

— Isso seria legal — aprovou Eloise, tomando um gole do chá, não querendo contrariar o que o pai dissera. A princípio, ela costumava concordar com ele. Sempre fora assim. Para ela, ele era o centro do universo. E, ao contrário, Zoe criticava quase tudo que ele fazia ou dizia. Ela sentia que ele nunca tinha estado lá quando elas precisaram, enquanto Ellie o considerava o pai perfeito. Ela era mais crítica em relação à Faith e brigara com ela ferozmente durante a adolescência, diferente de Zoe, que fora dócil com Faith e ainda era. Apesar de serem muito parecidas na parte física, as meninas tinham personalidades e pontos de vista totalmente diferentes sobre tudo.

As três ficaram sentadas na cozinha por uma hora, conversando sobre nenhum assunto em particular, e então Faith finalmente colocou a louça na pia, apagou as luzes, e elas subiram para seus respectivos quartos. Faith deitou ao lado de Alex e dormiu como um anjo naquela noite, sabendo que as meninas estavam em casa. E acordou ao raiar do dia, na manhã seguinte, para preparar o recheio, colocar o peru no forno e deixar tudo pronto antes que os outros descessem.

Tomaram café-da-manhã tarde e leram os jornais de pijama enquanto Faith verificava o peru e colocava a mesa na sala de jantar. Zoe se ofereceu para ajudar, e Ellie sentou-se para conversar com o pai. Havia uma atmosfera agradável e festiva que eles curtiam. E até Alex parecia feliz por estar com elas. Já era meio-dia quando todos subiram para se vestir. Eles costumavam se reunir às duas horas na sala de estar no Dia de Ação de Graças e comer às três.

E quando as meninas desceram vestidas, maquiadas e lindas, sentaram-se com o pai e assistiram ao jogo de futebol americano com ele. Ellie era uma verdadeira fã desse esporte e contou ao pai que fora a algumas partidas de *rugby* com uns amigos, mas não era a mesma coisa. Zoe foi para a cozinha ajudar a mãe, e às três horas as velas estavam acesas, a mesa estava linda, e eles estavam prontos para sentarem-se para a refeição. Não costumavam nem almoçar nem jantar naquele dia. Em vez disso, comiam as sobras tarde da noite, o que era quase uma tradição depois da enorme refeição que Faith preparava. Era um tradicional banquete de Ação de Graças e parecia coisa de revista. O peru estava em um tom marrom dourado, e havia batatas-doces com *marshmallows*, espinafre, ervilhas, purê de batata, recheios, molho de mirtilo, purê de castanha, tortas de maçã e abóbora para sobremesa. Era a refeição do ano preferida de todos.

Faith fez a oração de Ação de Graças, como sempre fazia, Alex trinchou o peru, e todos conversaram com animação. Faith ficou um pouco triste ao pensar nos anos em que Jack e Debbie também estavam com eles, e Charles e sua mãe. Era estranho pensar que todos eles se foram, e apenas sua família ficou, mas tentou não pensar nisso enquanto ela e Alex conversavam com as meninas. Falaram sobre tudo, de negócios a política para as escolas. E já estavam comendo a sobremesa quando Alex olhou para Faith e comentou com as filhas, com um olhar debochado, que a mãe delas estivera pensando em voltar para a faculdade. Ele disse isso como se fosse algo muito tolo, e mais que tudo, ele parecia divertido.

— Felizmente, ela recobrou o juízo. Teve algumas idéias malucas sobre ir para a faculdade de Direito, até eu mostrar que ela é um pouco velha para isso. Nós comeríamos sanduíches de pasta de amendoim no Dia de Ação de Graças do ano que vem enquanto ela estivesse estudando para as provas — brincou, e Ellie riu, enquanto Faith parecia magoada e Zoe lançava um olhar penetrante para ele. Era o tipo de coisa que ele fazia, e ela odiava. Ela detestava quando ele humilhava sua mãe, algo que ele fazia com freqüência.

— Não acho que seja uma idéia maluca, pai — retrucou Zoe com rudeza, encarando-o do outro lado da mesa com um olhar determinado. Queria abraçar a mãe e protegê-la dele. Ficava furiosa ao ouvi-lo desfazer-se dela. Ele costumava fazer isso com Zoe também. — Acho que é uma excelente idéia. — Então virou-se para a mãe, que estava chateada. — Espero que ainda esteja planejando seguir adiante, mãe. — Elas conversaram sobre isso várias vezes, e ela queria que o pai soubesse que aprovava o plano. Ele ficou irritado assim que Zoe deu sua opinião, o que não significava nada para ela. Não tinha medo dele. Tinha idéias próprias.

— Veremos, meu amor. Papai acha que eu não conseguiria continuar com minhas obrigações domésticas, embora eu ache que sim. Conversaremos sobre isso outra vez qualquer hora dessas — concluiu ela, tentando mudar o assunto da conversa, enquanto Alex a encarava diretamente do outro lado da mesa.

— Não temos nada para conversar, Faith. Resolvemos isso um tempo atrás. Achei que estivéssemos de acordo. — Ela não sabia o que dizer para ele. Não queria mentir no Dia de Ação de Graças, com as meninas em casa. E não estava pronta para contar que já estava freqüentando as aulas na Escola de Educação Continuada da Universidade de Nova York, estudando para prestar o LSAT em dezembro. Não era nem o lugar nem a hora certos para discutir isso, mas ele parecia querer tomar uma decisão na frente das meninas, para demonstrar que tinha a palavra final. Mas Zoe rapidamente engoliu a isca, mesmo antes de Faith conseguir responder.

— Eu acho que a mamãe deve ir para a faculdade de Direito. Tudo que ela tem para fazer é ficar sentada aqui e esperar você chegar em casa, pai. Isso não é vida. E você viaja muito. Por que ela não pode ser uma advogada se é isso que ela quer? — Faith estava comovida com a defesa, mas queria mudar de assunto assim que possível antes que aquilo se transformasse em uma discussão, o que parecia inevitável.

— Ela é muito velha para ser advogada — rebateu Alex com teimosia. — E ela tem um emprego. Um emprego de tempo integral. Ela é minha esposa. Isso devia ser suficiente. E acho que ela sabe disso. — Alex olhava de forma implacável de Zoe para Faith, e Ellie encarava os restos da sobremesa, sem querer entrar na discussão, se possível. Ela achava que a mãe devia conseguir um emprego de meio expediente ou fazer trabalho voluntário. Faculdade de Direito parecia demais para ela também.

— Alex, por que não discutimos isso quando as meninas não estiverem aqui? — perguntou Faith, parecendo magoada. Não queria que uma discussão estragasse o pequeno tempo que tinham juntos, principalmente o Dia de Ação de Graças. Mas ele olhava diretamente para ela, e sua voz elevou-se um pouco.

— Esse assunto está encerrado. Estava apenas contando para as meninas o que você estava planejando. Mas é ridículo, e você sabe disso. Não é uma opção, só achei que as meninas se divertiriam ao saber que você pensou nisso. — Sua maneira de falar a humilhou, e ela resolveu entrar na briga.

— Não é ridículo, Alex. Falo sério em relação a isso. E acho que é uma idéia muito boa — retrucou ela, e ele parecia perplexo, enquanto Ellie começava a se sentir seriamente desconfortável. Detestava quando seus pais brigavam. E Zoe parecia furiosa em favor da mãe. Ela parecia um vulcão a ponto de entrar em erupção quando a irmã mais velha interveio.

— Acho que seria demais para você assumir, mãe. Os meus amigos que estão na faculdade de Direito estão odiando, estão atolados de trabalho e mal conseguem ficar em dia com tudo. Papai está certo. Seria difícil para ele se você fosse para a faculdade. — Para ela parecia um argumento razoável, mas fez com que Zoe estourasse, olhando para Ellie com olhos furiosos.

— Então talvez seja um sacrifício que o papai teria de fazer, pelo bem da mamãe, pelo menos uma vez. É uma idéia inusitada. — Ela olhou de Ellie para o pai, e Faith ficou em pânico pela direção que a refeição estava tomando. Olhou para Zoe com gratidão, mas tentou virar a maré antes que todos se afogassem.

— Acho que eu e o papai teremos de resolver isso por nossa conta. Mas obrigada, querida. Não temos de decidir isso neste momento — ponderou ela, a eterna pacificadora, embora seu coração estivesse acelerado pelo que ele falara.

— Já resolvemos, Faith. O assunto está encerrado.

— Então você não deveria tê-lo trazido à tona — advertiu-o Faith, sendo sensata. — Eu não teria. E na verdade, o assunto não está encerrado. Enviei os formulários para duas matérias na Escola de Educação Continuada da Universidade de Nova York. Começarei em janeiro. — Não disse que faria o LSAT para que pudesse se candidatar para a faculdade de Direito se quisesse, e para ver como se sairia. Mas não podia se privar de dizer pelo menos o que dissera. Não queria começar uma guerra com ele e arruinar o Dia de Ação de Graças das meninas, mas ele fora tão arrogante e a humilhara tanto que não pôde resistir a mostrar que ele que não estava no controle total da situação. Mas arrependeu-se na mesma hora quando ele bateu com o punho na mesa, o que fez com que toda a prataria e os cristais pulassem, e também as meninas. Elas estavam perplexas com a veemência dele, assim como Faith. E, independente da vontade dela, a guerra recomeçara. Era uma guerra de poder para ele, que não tinha a intenção de perder.

— Cancele, Faith. Ligue para lá. Não existe razão para fazer isso. Você *não* vai para a faculdade de Direito e ponto final. Não vou tolerar isso! — Ela só queria freqüentar as aulas para se preparar para a faculdade de Direito no outono e retomar o ritmo de estudo. Além disso, era uma atividade mais inteligente do que almoços e compras com as amigas.

— Quem você pensa que é? — gritou Zoe para o pai, enquanto ele se levantava, parecendo furioso.

— Como ousa falar comigo assim? — gritou ele em resposta, enquanto lágrimas enchiam os olhos de Faith. Ela não queria que isso acontecesse. Queria que tudo fosse perfeito enquanto elas estivessem lá. E tinha a sensação de que tudo era culpa sua, já que estavam discutindo sobre ela.

— Zoe, por favor — falou Faith com suavidade, tentando acalmá-la, mas Alex estava furioso com o que ela dissera. Era o clímax de antigas batalhas entre os dois. Zoe sempre o criticara, desde criança. Mas desta vez foi mais franca com ele. Não suportava o jeito com que ele falava à mãe, nem sobre a mãe. E fora difícil para Faith se defender. Anos sendo criticada e dominada como uma criança tinham o seu preço.

— Não, mãe — negou-se Zoe, virando-se para a mãe, seus olhos também cheios de lágrimas. — Não sei como você deixa que meu pai fale dessa forma. Fico horrorizada com isso. E se você não der um basta, eu vou dar. — E então ela virou-se para Alex, tremendo de raiva. — Você não respeita minha mãe, *nunca* respeitou. Como pode tratá-la assim? Será que não pode tratá-la como um ser humano depois de tudo que ela fez por você, por todos nós? Quando vai chegar a vez dela de ser tratada com respeito? E se ela quer ir para a faculdade de Direito, por que não? Francamente, eu preferia comer cachorro-quente no ano que vem e saber que ela está feliz.

Ellie então começou a falar, parecendo superior e irritada, enquanto Faith desejava ter uma varinha de condão para fazer com que todos se comportassem.

— Você sempre estraga tudo — repreendeu-a Ellie. — Está sempre pegando no pé do papai.

— Pelo amor de Deus, olhe o jeito que ele trata a nossa mãe! Está tudo bem para você? Você acha que é isso que ela merece? Você sabe que o papai não é um santo, El. Ele é apenas um homem e trata a mamãe como se ela fosse lixo.

— Parem com isso! — gritou Faith. Todos estavam se comportando de forma abominável, pior ainda, estavam fazendo isso por causa dela. A refeição já tinha terminado, mas seu final seria uma lembrança triste da qual nenhum deles jamais se esqueceria, e tudo porque Alex mencionara que Faith queria ir para a faculdade de Direito. Estava furiosa consigo mesma por ter respondido para ele, deixando uma brecha para as meninas continuarem. Sabia que deveria ter feito diferente e estava arrasada por ter sido a causa de uma situação que entristecera todo mundo. E, sem dizer outra palavra, Alex saiu da sala, foi para seu gabinete e bateu a porta.

— Olhem o que vocês fizeram! — gritou Ellie para a mãe e para a irmã. — Vocês acabaram com tudo para o papai.

— Até parece! — gritou Zoe em resposta. — Você está sempre protegendo o papai, mas foi ele quem começou. Ele humilhou a mamãe na nossa frente. Você acha que ela gosta disso?

— Você não deveria ter dito que enviou os formulários para a escola. — Ellie estava reprovando sua mãe. — Sabia que isso o deixaria irritado. Por que contou? — Ela estava chorando agora.

— Porque eu estava irritada — desculpou-se Faith, querendo que as duas se acalmassem. Detestava quando elas brigavam, principalmente por causa dela, e sempre se sentia culpada quando isso acontecia. — Se eu decidir ir, acabaria tendo de contar para ele de toda forma. Ainda não me resolvi. — Ela estava dividida entre tomar uma posição firme e não querer chateá-los. Ainda poderia decidir não freqüentar mais as aulas, nem prestar o LSAT dali a poucas semanas.

— Você deve ir, mãe. — Zoe estava zangada com ela. — Nunca perdoarei você nem o papai se você não for. É o que quer fazer, e tem tanto direito quanto nós temos, ou o papai tem, de fazer o que quiser.

— Não se isso irritar tanto seu pai e criar esse tipo de briga entre vocês duas. — O coração de Faith estava despedaçado. Por que algo tão razoável para ela tinha de custar um preço tão alto para os outros?

— Ele vai superar isso — argumentou Zoe, encarando Eloise com raiva. Odiava quando a irmã defendia o pai quando ele estava errado. Ellie sempre o defendia, não importava o assunto, e isso lhe parecia irracional. — A mamãe também tem uma vida — completou ela, enquanto Ellie saía da sala de jantar. Estava indo consolar o pai.

Faith estava tirando a mesa, com lágrimas escorrendo pelo rosto.

— Detesto quando vocês brigam — disse ela, infeliz, enquanto Zoe a abraçava forte, e Faith fazia malabarismo com os pratos, perturbada.

— Detesto quando ele trata você como lixo, mãe. Como sempre. Ele faz isso apenas para torturar você na nossa frente.

— Ele não me tortura — negou Faith ao colocar os pratos na mesa e abraçar Zoe. — Mas obrigada por me defender. Não é uma boa idéia se deixa todo mundo aborrecido. É apenas o jeito dele — contemporizou Faith, perdoando-o com mais facilidade do que Zoe jamais conseguiria. Tinha uma conta de anos para acertar com ele, o que levaria uma vida para resolver. Faith também odiava isso, mas nunca conseguiria convencer Zoe do contrário. Alex fora duro demais com ela por muito tempo.

— Ele é arrogante, indelicado, indiferente, desrespeitoso e frio — desabafou Zoe, dizendo que o que sentia era culpa dele, quando Ellie voltou para a sala. O pai dissera que queria ficar sozinho.

— E você é uma vagabunda! — gritou Eloise do outro lado da sala.

— Meninas! Parem com isso! — gritou Faith por sua vez, depois juntou os pratos e saiu da sala. Foi um final horripilante para o que deveria ser uma tarde maravilhosa. Zoe seguiu-a para a cozinha, e Ellie subiu para ligar para os amigos. Faith estava arrasada pelo desastre que fora a tarde.

— Mãe, detesto ter de deixá-la e sair — desculpou-se Zoe. — Marquei de encontrar com alguns amigos às seis horas. — Já estava quase na hora.

— Tudo bem, meu amor. Não achei que fôssemos resolver isso tudo esta noite. Espero que todos estejam mais calmos amanhã.

— Ele estará do mesmo jeito, mãe. Ele é assim.

— Ele ainda é seu pai, e não importa o quanto discorde dele, ainda lhe deve respeito.

— Ele tem de conquistar isso primeiro — rebateu Zoe, não querendo amolecer. Tinha princípios fortes e integridade, e só respeitava Faith. O pai perdera seu respeito anos atrás.

Beijou a mãe e, dez minutos depois, saiu. Em seguida, Eloise desceu carregando seu casaco e sua bolsa. Tinha marcado um encontro com uns amigos e estava ansiosa para sair. O clima da casa estava pesado depois da explosão no final da refeição.

— Sinto muito por tudo — disse Faith com tristeza. Quisera que tudo fosse perfeito. Não contava com a discussão que ela causara.

— Tudo bem, mãe — respondeu Ellie de forma pouco convincente. Ainda parecia chateada. Todos pareciam.

— Eu não devia ter reagido ao que seu pai disse — continuou Faith. Não disse, como Zoe teria dito, que ele não devia tê-la incitado a fazer isso. Fora um gesto de desrespeito, admitisse Eloise ou não. — Tudo ficará bem.

— É, eu sei... Espero que não vá para a faculdade, mãe. Isso deixará o papai muito chateado.

E eu? Faith queria gritar. *Que tipo de vida eu terei se não for? Nenhuma.*

— Vamos resolver isso. Não se preocupe. Apenas saia e se divirta esta noite. A que horas acha que voltará?

— Não sei, mãe. — Ela sorriu. Tinha 24 anos e morava sozinha em Londres. Não estava mais acostumada a ter a mãe controlando-a. — Tarde. Não me espere acordada.

— Só queria saber a hora que deveria começar a me preocupar. — Ela sorriu. — Às vezes esqueço quantos anos você tem.

— Pode ir para a cama. Ficarei bem. — Zoe dissera que voltaria por volta das dez. E ela se preocupava com as duas quando não estavam em casa. Eram bonitas e mais vulneráveis do que pensavam.

Eloise saiu poucos minutos depois, e Faith passou a hora seguinte tirando a mesa e arrumando a cozinha. Jogou fora os restos, o balcão estava limpo; a mesa da sala de jantar, brilhando de novo; e a máquina de lavar louça, trabalhando na força máxima.

Já passava das sete quando apagou as luzes e bateu na porta do gabinete de Alex. Esperou um longo tempo, não teve resposta, mas sabia que ele estava ali. Acabou abrindo a porta e olhando para dentro. Ele estava sentado em uma poltrona, lendo um livro, e olhou para ela com a testa franzida.

— Posso entrar? — Ela o respeitava muito, como a seu espaço. Falou com ele do outro lado do gabinete.

— Por quê? Não temos nada para conversar.

— Acho que temos. Sinto muito por termos perdido o controle. Fiquei irritada com o que você disse.

— Você já tinha concordado em desistir da idéia da faculdade de Direito, Faith. Voltou atrás com a sua palavra. E não tem por que freqüentar aulas nesta primavera. Suponho que você tenha se inscrito em aulas de direito? — Ela assentiu e ele pareceu soturno, irado e frio. E ela sentiu o mesmo desprezo gélido que tivera de todos os homens em sua vida, desde a infância. Mas desta vez, estava determinada a lidar com isso de forma diferente.

— Nós não concordamos. Você me mandou fazer o que você queria. — Ela sentou-se em uma poltrona em frente a ele. Era um pequeno e aconchegante escritório com paredes de madeira, com um divã de couro, duas grandes poltronas de couro e uma lareira que Alex costumava acender nas noites de inverno, mas não nesta noite. Não tivera vontade. — Alex, é importante para mim. Preciso de um novo propósito para minha vida, uma razão para viver, algo em que me concentrar agora que as meninas foram embora. — Ela queria fazê-lo entender o quanto isso significava para ela e esperava que assim ele concordasse.

— Você tem um propósito. Está casada comigo. É minha esposa. — Era o único papel no qual ele conseguia vê-la, e não tinha intenção de mudar isso agora. Era adequado para ele, sendo ou não suficiente para ela.

— Preciso de mais do que isso. Você é um homem ocupado. Tem a sua vida. Eu não.

— Essa é uma declaração triste sobre o nosso casamento — comentou ele, parecendo sombrio. As súplicas dela estavam entrando por um ouvido e saindo pelo outro.

— Talvez seja — respondeu ela com calma. — Talvez seja uma afirmação ainda mais triste sobre mim. Preciso de um propósito na vida, maior do que o que tenho. Vamos encarar os fatos, tenho sido mãe em tempo integral há 24 anos, e agora estou sem emprego. É duro.

— A vida é assim. Todas as mulheres enfrentam isso quando os filhos vão para a faculdade.

— Várias delas têm empregos e carreiras. Quero ser uma delas. E só posso lhe dizer que farei o meu melhor para não deixar isso interferir com você. — Ela estava implorando, e ele não mostrava nenhum sinal de que cederia.

— Faith, as coisas vão ficar feias entre nós se você não voltar atrás.

— Não me ameace, Alex. Não é justo. Eu não faria isso com você. Se algo fosse importante para você, eu tentaria e o apoiaria o máximo possível.

— É importante para mim que você *não* vá para a faculdade. — Eles estavam em um impasse, e Faith não fazia idéia de como resolvê-lo, ou conseguir o que queria. Odiava a idéia de desistir. De repente, parecia ter tanta coisa em jogo, não apenas o fato de ela ir ou não para a faculdade. Tinha a ver com respeito e auto-estima, e uma nova vida que ela queria desesperadamente, mas a vida que eles tinham era muito mais confortável para ele.

— Podemos esquecer isso por enquanto? — Ela não sabia mais o que fazer. Só podia esperar que o tempo o amolecesse quando se acostumasse com a idéia.

— Não vou discutir isso com você de novo — respondeu ele, e então surpreendeu-a com o que falou a seguir: — Faça o que quiser, Faith. Acho que fará de qualquer forma. Mas não espere meu apoio. Sou cem por cento contra a sua volta para a faculdade. Só quero que isso fique claro. Faça isso por sua conta e risco.

— O que você quer dizer com isso? — A ameaça velada a amedrontava, o que era exatamente a intenção dele.

— O que eu disse.

Ela se perguntava se ele a castigaria de alguma forma se ela voltasse para a faculdade. Mas bem no fundo sabia que valia a pena correr o risco. Era algo que sabia que tinha de fazer. Independente de tudo. Pela primeira vez na vida, iria fazer algo por si mesma.

— Quer subir? — perguntou ela com voz suave, grata por ele ter cedido, mesmo que um pouco, apesar da ameaça subentendida. Talvez fosse o melhor que ele conseguia fazer, e ela estava grata por não ser pior. Poderia ter sido.

— Não — disse ele, baixando os olhos para o livro de novo e expulsando-a, como sempre fazia.

Ela levantou-se calmamente e saiu. Tocou no ombro dele, e ele não respondeu. Ele parecia uma estátua quando ela o tocou e não disse nenhuma palavra. Ela subiu para tomar banho, então sentou-se em seu pequeno escritório para esperar Zoe voltar. Verificou sua caixa de *e-mail,* mas nenhuma notícia de Brad.

O Dia de Ação de Graças certamente fora difícil, e ela vencera uma batalha. Mas a um alto preço. Mas pelo menos, consolou-se no silêncio da casa, ganhara esse *round* quando ele disse para ela fazer o que quisesse. Pela primeira vez na vida, tinha essa intenção, e tomar a decisão de prosseguir deixou-a mais forte. Seria um mundo totalmente novo para Faith. Na verdade, já era.

Capítulo 6

BRAD FICOU NO ESCRITÓRIO até as cinco horas no Dia de Ação de Graças. Os meninos estavam na África, e Pam disse que estava jogando golfe com as amigas. Seus amigos chegariam às seis, e não jantariam antes de sete ou oito horas. Ela convidara umas quarenta pessoas, pelo menos metade ele não conhecia. Mas nem se incomodou em reclamar. Não havia por quê. Pam fazia o que queria. A única diferença que suas reclamações faziam era que ela preparava desculpas melhores para convencê-lo. Mas no final, talvez por falta de energia da parte dele, a vontade de Pam prevalecia. Ele preferia poupar suas energias para coisas maiores, como seu trabalho.

Fizera vários trabalhos burocráticos e se atualizara sobre diversos assuntos. E, em um momento sentimental, escrevera uma longa carta para seus filhos, dizendo o quanto estava orgulhoso deles e que era muito agradecido por tê-los. Ambos eram meninos ótimos. Admirava a coragem deles em ir para a África e ficar lá um ano. Eles estavam trabalhando em uma reserva de caça, atendendo animais feridos e socorrendo animais que de alguma forma correram perigo na selva. E nas horas livres eram voluntários em uma igreja no povoado. Dylan estava ensinando crianças e seus pais a ler, e Jason estava cavando valas para uma nova rede de esgotos. Até agora, as cartas deles eram cheias de entusiasmo e animação por tudo que viram e fizeram. Era uma experiência inesquecível. Ficariam lá até julho, e Brad prometera a si mesmo e a Pam que tiraria uma folga do trabalho e passaria umas duas semanas com eles. Mas até agora ainda não tivera tempo. Nem Pam. Ela estava muito menos entusiasmada que Brad com a idéia de ir para a África. Ficava aterrorizada com a possibilidade de doenças, acidentes em uma viagem como essa, e insetos. A idéia dela de viagem de aventura era voar para Los Angeles e ficar com os amigos no Bel-Air.

Ela e Brad fizeram algumas viagens ao longo dos anos, mas nunca para lugares exóticos, geralmente Europa ou algum lugar nos próprios Estados Unidos. Ficavam em hotéis luxuosos e comiam em restaurantes de três ou quatro estrelas. Pam adorava ir para *spas* quando tinha tempo e jogar golfe com sócios ou clientes que estava tentando atrair para a firma. Quase tudo que fazia tinha como objetivo se projetar de alguma forma, tanto social quanto profissionalmente. Ela não costumava fazer nada apenas pelo prazer de fazer. Sempre tinha um plano. E era completamente diferente de Brad. Ele não tinha ambições sociais, não desejava ser o dono do mundo, não necessitava de enormes quantias de dinheiro, e a única paixão que tinha era por seu trabalho. O resto não lhe interessava. Pam às vezes implicava com ele sobre isso e tentava mostrar o caminho da ambição e do sucesso. Essas eram lições que, para dissabor dela, ele se recusava a aprender. E, desde que saíra da firma para seguir sozinho, ela desistira. A maior parte do tempo, na verdade quase sempre, cada um deles fazia suas coisas, o que era um alívio para Brad. A dedicação dela à vida social e aos negócios deixavam-no exausto. Ele não ligava para se exibir, aparecer nos jornais ou impressionar as pessoas do mundo dela.

Brad selou a carta para os filhos e disse que estava mandando todo seu amor. Eles ligaram apenas poucas vezes nos últimos meses. Não havia telefone na reserva de caça, só rádios que se conectavam com fazendas das redondezas e com a cidade mais perto. Para ligarem para casa, tinham de ir até a cidade e esperar durante horas na agência dos correios por um telefone e uma linha externa. Para ele, soava como estar em outro planeta. Mas pelo menos eles escreviam às vezes. Pam continuava mandando pacotes com vitaminas e repelentes contra insetos, comprados pela secretária. E, até agora, apenas dois pacotes não tinham sido roubados nem perdidos. Em algum lugar na Zâmbia, havia carteiros ou atendentes das agências dos correios tomando as vitaminas e que não precisavam mais se importunar com os insetos. Mas Brad achava que os meninos estavam bem.

Pensou em ligar para Faith antes de sair do escritório, mas, quando olhou para o relógio, percebeu que eles provavelmente estariam comendo. Era um verdadeiro prêmio para ele tê-la reencontrado. Ela era um pedaço de sua infância, de sua história, uma lembrança de uma época feliz. As coisas se complicaram depois que ele saiu da faculdade. Seus pais se divorciaram, e Brad sempre teve a impressão de que a amargura do divórcio matara ambos. Sua mãe morrera de câncer de mama aos 43 anos, depois de ficar obcecada pelas coisas que o pai de Brad fizera para ela; e o pai tivera um ataque cardíaco dois anos depois. Eles se tornaram pessoas amargas e irritadas, cujo único interesse era machucar o outro. Seu pai se recusara a ir ao funeral da ex-esposa, como uma última desfeita a ela, e no final a única pessoa que saiu ferida foi

Brad. Prometera para si mesmo que nunca se casaria. E, quando conheceu e namorou Pam, ela demorou até convencê-lo a se casar. Quando finalmente conseguiu, depois de dar um ultimato, ele ficou igualmente determinado a nunca se separar. Não queria que seus filhos sentissem a mesma angústia que ele sentira, vendo os pais travando uma batalha para se destruírem. Quando disse "na alegria e na tristeza, na saúde e na doença" ao se casar com Pam, quis dizer cada palavra. Já sabia que, independente do que acontecesse depois, estava se casando pela vida toda.

Ele ficou filosófico quando seus caminhos começaram lentamente a seguir direções opostas, e ela passou a decepcioná-lo repetidas vezes. Ele sabia que também a decepcionava. No ponto de vista dela, ele não era ambicioso o suficiente nem compartilhava seus interesses. Na época em que os meninos terminaram a faculdade, mesmo quando começaram, Pam e Brad já não tinham nenhum interesse em comum e poucos amigos que ambos gostavam. Os valores de Brad eram completamente diferentes dos dela, e a única alegria que ainda compartilhavam eram os filhos.

Brad apagou as luzes do escritório e entrou no jipe que usava para trabalhar. Tinha uma Mercedes parada na garagem de casa, mas raramente a usava. Era uma idéia errada para se passar de um defensor público ou de um advogado que não cobrava para defender garotos indigentes acusados de crimes violentos. A Mercedes o constrangia, e vinha pensando em vendê-la, embora Pam tivesse acabado de comprar um Rolls para ela. A diferença nos carros parecia simbólica, para ele pelo menos, ou talvez a diferença entre eles em tudo o mais.

Ele não se iludia de que era feliz com ela. Não tinha mais ilusões a respeito de seu casamento há muito tempo, mas tinha claro em sua cabeça que nunca faria nada para mudar isso. Assim também era confortável para Pam. Ele suspeitava que de tempos em tempos ela tinha casos passageiros, e ele se envolvera com uma secretária casada por dois anos. Mas ela acabou se separando e querendo um envolvimento mais sério. Ele nunca a enganara sobre seus planos; eles se separaram e ela se demitiu, casando-se com outra pessoa. Desde então, Brad não se envolvera com mais ninguém, e isso fora três anos atrás. Teria se sentido solitário se tivesse pensado a respeito, mas não se permitia. Simplesmente aceitava as coisas como eram e mergulhava no trabalho.

Mas conversar com Faith acrescentara outra dimensão à sua vida nos últimos dois meses. Não tinha ilusões românticas com ela, pelo contrário, ela era sagrada para ele, que alimentava a amizade que tinham. Ela parecia entendê-lo perfeitamente, compartilhar vários pontos de vistas, e a solidão dela permitia que o procurasse de formas que outros não ousariam. E em sua cabeça, ela ainda era como sua irmã mais nova, e isso fazia com que interagissem de uma forma totalmente casta. Ele adorava o que sentia por ela e o que conversavam. Adorava ajudá-la e estar ao seu lado quando precisava. Estava determinado a fazer tudo que pudesse para encorajá-la a voltar para a faculdade, e esperava que ela voltasse. Sentia-se útil para ela, e isso fazia com que se sentisse bem. Ela era, em todos os sentidos da palavra, sua amiga.

Brad estava na estrada logo depois das seis. Tivera a intenção de chegar em casa às cinco e mudar de roupa, mas levou mais tempo do que esperava para colocar o trabalho em dia. Sabia que não levaria mais de alguns minutos para tomar banho e se vestir, e ficou assustado ao ver, quando chegou em casa, que já tinham convidados. Eles estavam no *hall* de entrada, vestidos em *black tie*, e ficaram surpresos quando ele entrou de *jeans* e suéter.

Pam apresentou-o a uma dúzia de pessoas que não conhecia, e ele foi para o quarto. Ainda dividiam o mesmo quarto e a mesma cama, embora não fizessem amor há cinco anos. Isso não o incomodava mais, sublimara seus desejos sexuais em outras coisas. O que realmente o surpreendera nas pessoas que acabara de conhecer era que estavam usando *black tie*. Esquecera-se completamente que Pam transformara o Dia de Ação de Graças em um evento formal este ano, o que lhe parecia ridículo. Ação de Graças para Brad eram famílias e pessoas que se gostam profundamente sentadas em volta de uma mesa ou perto de uma lareira. Só tinha algum significado se fosse compartilhado com pessoas que se amam ou bons amigos, não estranhos em *smokings* e vestidos de festa, circulando e bebendo champanhe. Mas prometera a Pam que participaria, e sentia como se devesse a ela pelo menos tentar. Evitava a maioria dos eventos sociais que ela freqüentava, intencionalmente ou porque não podia abandonar o trabalho. Então havia certos eventos em que comparecia religiosamente, Ação de Graças, Natal, estréia da ópera e do balé todos os anos, e a sinfonia, se ela não conseguisse encontrar outra pessoa para acompanhá-la. Ele sempre a encorajava a tentar.

Ele entrou na sala de estar meia hora mais tarde, de *smoking*, bonito e bem-vestido, e para qualquer pessoa que o conhecesse bem, entediado. Estava conversando com o pai dela sobre dois novos clientes que conseguiram. Eram grandes corporações e representavam uma verdadeira conquista para Pam, como disse seu pai. Ele estava orgulhoso dela de uma forma fora do comum. Ela aprendera tudo com ele, a perspicácia nos negócios, as habilidades como advogada, os valores, as ambições e a capacidade de conseguir o que queria em praticamente qualquer circunstância, estando certa ou errada. Pam não era uma mulher para quem se podia dizer não com facilidade, ou que aceitasse ser deixada de lado. Com certeza, ela era a mulher mais determinada que Brad já conhecera. Aprendera a não medir forças com ela, sempre que possível, e quando era necessário evitar ser massacrado, ele se afastava. Funcionava melhor para ele assim, o que permitiu que seu casamento sobrevivesse. O amor dele por ela fora um acidente pela maneira como ela o tratava, mas mesmo depois da morte de seus sentimentos ele se esforçava para manter intacta a aparência de seu casamento. O interior, a alma do casamento, já morrera há muito tempo.

— Quer que eu apresente você às pessoas que não conhece? — perguntou Pam generosamente ao se aproximar de Brad e colocar a mão no braço do pai. Brad virou-se para ela e sorriu.

— Estou bem. Seu pai e eu estávamos cantando suas vitórias. Você teve algumas conquistas importantes recentemente pelo que ele está me dizendo. Está fazendo um trabalho incrível. — Ela pareceu feliz com o elogio dele. Brad tentava reconhecer o mérito dela sempre que achava que ela merecia, apesar de não ter muito respeito pela arena em que ela competia. Pam raramente fazia o mesmo, e na maior parte do tempo repudiava o que ele fazia, independente da importância que parecia ter para ele ou para o resto do mundo. Também se incomodava com a influência de Brad sobre os filhos. Considerava as tendências altruísticas deles sem importância e há anos vinha tentando convencê-los a ingressarem na faculdade de Direito e juntarem-se a ela na firma do avô. Teria sido uma vitória enorme para ela. Mas até agora nenhum dos meninos ficara interessado, para alívio de Brad.

Ela era uma mulher bonita, embora não de uma forma feminina. Era alta, atlética, com uma aparência forte e vigorosa. Jogava muito tênis e golfe e estava em ótima forma. Tinha olhos castanhos e cabelo tão escuro quanto o de Brad. Parecia mais irmã dele do que esposa. E as pessoas costumavam dizer que eles se pareciam.

Pam então afastou-se de onde o pai e Brad estavam. E Brad esforçou-se um pouco antes de sentarem-se. Apresentou-se para várias pessoas e tomou duas taças de vinho para tornar a noite mais tolerável. Conversou com uma mulher que jogava tênis com Pam. Ela dirigia uma agência de propaganda de que já ouvira falar, mas enquanto a escutava, sua cabeça começou a divagar, e ele finalmente deixou-a e juntou-se a um círculo de advogados que estava perto do bar. Conhecia praticamente todos e trabalhara com dois na firma. Eram pessoas legais e a conversa estava agradável e familiar, diferente das duas mulheres ao lado de quem se sentara quando finalmente foram para a mesa. Ambas eram extremamente sociais e casadas com homens de que Brad já escutara a respeito mas não conhecia. Era exaustivo tentar manter a conversa fluindo. E depois do jantar ficou aliviado por escapar. A sala de estar estava cheia de pessoas saciadas e felizes, tomando *brandy*. E a maioria parecia estar planejando ficar a noite toda. Pam estava ocupada em um debate acalorado a esta altura, sobre alguma nova lei de impostos que não o interessava. E o tipo de advocacia que praticava era ainda menos interessante para eles.

Brad sentiu uma onda de exaustão invadir seu corpo, escapuliu para seu escritório, acendeu a luz e fechou a porta. Tirou a gravata-borboleta de seda preta e jogou-a na mesa, depois sentou-se na cadeira e suspirou. Fora uma noite interminável, e só conseguia pensar em como sentia saudades dos meninos. Desejava o tipo de feriados que tinham quando eles eram pequenos, quando Ação de Graças ainda tinha significado para ele, e não era uma desculpa para convidar estranhos para sua casa. Pam usava todas as oportunidades para encher a sala com pessoas que eram úteis para ela, em vez daquelas que realmente tinham significado na vida deles. Apesar de haver poucas preciosidades dessas e de ele e Pam não mais compartilharem os mesmos amigos. Os dele eram defensores e promotores públicos, os dela eram *socialites*, alpinistas sociais e executivos de empresas que ela queria atrair para a firma. Brad sabia que nenhuma noite era completa para ela, a não ser que conquistasse o que chamava uma "vitória".

Olhou para o computador e desejou poder mandar um *e-mail* para Jason e Dylan para desejar um feliz Dia de Ação de Graças. Em vez disso, digitou o *e-mail* de Faith em Nova York. Para ela já eram quase duas horas da madrugada.

"Oi... ainda está acordada? Como foi seu Dia de Ação de Graças? Você provavelmente não vai ver este *e-mail* até amanhã de manhã. Finalmente, escapei. Um jardim zoológico completo. Quarenta pessoas usando *black tie* para jantar. Não dá para evitar ficar impressionado com o absurdo e com a solidão de passar o Dia de Ação de Graças usando *black tie.* Senti saudades dos meninos. É para isso que servem os feriados. E você? Paz e tranqüilidade? Deve estar feliz por estar com as meninas em casa. Sinto inveja de você. Vou trabalhar amanhã. Mais dois garotos presos e um terceiro que acho que o tribunal vai designar para mim. A princípio, o que acontece com o caminho desses garotos? Seria bom se não precisassem de mim e tivessem uma vida comum e feliz, de alguma maneira. Senti-me tão estúpido passando a noite de Ação de Graças com um bando de estranhos, todos vestidos como garçons. Pam adorou. Gostaria de poder dizer o mesmo. Desculpe por reclamar. Creio que só esteja cansado. Falo com você em breve. E a propósito, feliz Dia de Ação de Graças. Com amor, Brad."

Mexeu em alguns papéis em sua mesa, não querendo voltar para a festa e ficar entre os convidados. Estava planejando sair sorrateiramente pelas escadas dos fundos e ir para a cama. O dia seguinte seria longo. E Pam estava acostumada a suas saídas precoces das festas. Sempre fazia isso com discrição, para não interromper a festa ou fazer os convidados acharem que tinham de ir embora. Tinha certeza de que Pam e vários outros ficariam lá até depois da meia-noite. Mas estava feliz de não estar entre eles.

Já estava apagando as luzes de seu escritório quando o computador avisou-lhe que tinha *e-mail.* Clicou no botão e viu que era de Faith. Sorriu e sentou-se.

" Oi... que surpresa boa... ainda estou acordada. Seu Dia de Ação de Graças pareceu muito elegante. Ficamos só nós quatro, mas não foi agradável. Começou bem, o clima estava bom, todos gostaram da comida. E então, no final, começamos uma briga feia sobre a minha volta para a faculdade. Zoe gritou com o pai, Alex teve um ataque, as meninas discutiram. Cada um foi para seu canto, e depois as meninas saíram com amigos, e Alex foi para a cama. Zoe já chegou em casa, Ellie ainda não voltou. As meninas estão com raiva uma da outra, ou estavam, e Alex não queria falar comigo depois do jantar. Realmente é minha culpa. Ele foi debochado sobre a minha ida para a faculdade, e perdi o controle e respondi. Isso o enfureceu e o fez falar coisas bem duras, e Zoe veio em minha defesa. Eu não devia ter reagido, em primeiro lugar, e aí tudo teria ficado bem. Não deveria ter caído nessa. Sou uma mulher adulta. Acho que ele só se irritou. No final, ele disse que devo fazer o que quiser, mas deixou subentendido que, se der errado, estarei encrencada. É um tipo de vitória, mas não às custas das meninas brigando. Elas passam tão pouco tempo juntas, e o jantar acabou sendo um desastre. Espero que elas se acertem antes de irem embora. Por que as coisas sempre se complicam tanto? O que aconteceu com o Dia de Ação de Graças pacífico em família, entre as pessoas que se amam, que não se enfurecem com as outras e dizem coisas agradáveis? Pelo menos as meninas estavam aqui. Fico grata por isso. Desculpe por reclamar. Estava tentando ficar acordada até Ellie chegar para pedir desculpas a ela, mas já são duas da madrugada e vou para cama. Feliz Dia de Ação de Graças para você também, irmão. Com amor, Fred."

Brad ficou feliz ao ler o *e-mail*, mas triste por ela. Soou como uma tarde tensa. Pelo menos, ele e Pam não discutiram desta vez. Não caíra nessa e fizera o possível para evitar fazer cenas.

Foi rápido em mandar uma resposta para Faith, no caso de ela ainda não ter ido dormir. Mas sabendo que ele costumava responder rapidamente, ela decidira esperar mais uns minutos para ver se receberia outro *e-mail* dele. E, claro, recebeu. Seus *e-mails* eram como um pote de balas, nenhum deles conseguia resistir a responder na mesma hora, se possível, quando recebiam um *e-mail* do outro.

"Querida Fred, parece que teve um dia difícil. Sinto muito. Mas também conseguiu uma vitória, se Alex lhe deu uma 'permissão' implícita (detesto admitir ou endossar que ele tenha tal poder sobre você) para voltar para a faculdade. Isso é realmente uma boa notícia. O lado bom de um dia tão duro. Sinto pelas meninas. Também é difícil para elas, se Alex as coloca nessa posição. Se você ainda é como costumava ser quando tentava apaziguar as minhas brigas com Jack, é uma pacificadora de primeira, e suspeito de que ainda seja. Você não pode consertar tudo para todo mundo, Fred. É normal que elas discordem às vezes, ou até mesmo para defender você dele. O importante foi que estavam todos juntos e você se defendeu. É bom que elas vejam isso, mesmo se causou algumas discordâncias entre elas. Elas vão superar. Mais importante, estou impressionado por ele ter lhe dado carta branca para a faculdade, para pelo menos você se sentir menos culpada e realmente fazer isso. Acho que deve ir para faculdade de Direito da Universidade de Nova York no ano que vem.

A propósito, sempre esqueço de lhe falar. Terei de ir a Nova York daqui a algumas semanas. Um pouco antes do Natal. Será um congresso nacional de defensores públicos da área criminal, e acho que devo aprender algumas coisas interessantes. Só ficarei aí por dois dias e estarei bem ocupado. Espero que possa jantar ou almoçar comigo."

Ele estava satisfeito por terem mantido contato desta vez. Na verdade, formaram um vínculo mais estreito do que o que tinham há anos. Estava determinado a não perdê-la de vista agora, pelos velhos tempos, por Jack e por si mesmo. E ela também estava agradecida por isso.

"Quando estiver no escritório, passarei as datas e os horários. Será divertido revê-la. Espero que o tempo não esteja muito ruim na época. Não posso me dar ao luxo de ficar preso pela neve. Já é difícil fugir dois dias. Boa noite, Fred, feliz volta às aulas para você!"

Ela sorriu ao ler o *e-mail*, e escreveu mais algumas palavras para ele.

"Obrigada pela força. Você faz o dia parecer menos trágico. Passei a noite toda chateada. Mal posso esperar para vê-lo quando vier para cá. Tentarei encaixá-lo na minha agenda cheia." Ela implicou com ele. "Pedirei para minha secretária informá-lo de que dia é bom para mim. Sério, estou inteiramente ao seu dispor. É só me dizer quando. Boa noite, tenha um bom dia amanhã. Com amor, Fred."

Ele leu, sorriu e desligou o computador. Fora um longo dia, uma noite entediante e triste. Mas pelo menos tinham um ao outro. Já era alguma coisa. O querido dom da amizade e amor fraternal entre dois velhos amigos. Para Brad, Ação de Graças era isso, e estava grato pela presença dela em sua vida.

Capítulo 7

O CLIMA AINDA ESTAVA TENSO entre Zoe e Ellie quando a mais nova pegou o avião de volta para Brown no domingo de manhã. Todos tomaram café-da-manhã juntos, e as meninas pareciam estar se falando, mas Faith não pôde deixar de notar que as saudações não eram calorosas. E a mãe estava particularmente sentida por não terem tido tempo de se acertarem antes de irem embora. Eloise pagaria um vôo para Londres naquela noite. E Alex sumiu antes do almoço para passar a tarde com um amigo. Despedira-se de Eloise antes de sair.

— Sinto muito que as coisas tenham perdido o controle no Dia de Ação de Graças — desculpou-se Faith à filha. Estava triste principalmente por causa da briga entre as meninas.

— Ainda acho que papai está certo, que você não deve voltar para a faculdade. Será muito estressante para você e não teria tempo para ficar com ele. — Eloise sempre pensava no pai primeiro.

— Preciso de algo melhor com que gastar meu tempo do que jogar *bridge* e almoçar com minhas amigas. — Faith continuava a defender suas idéias, mas Ellie parecia não se convencer. E em pé ali, parecia alta, bonita e fria. Muito parecida com Alex quando era mais jovem. E tinha aquela mesma distância, uma postura levemente afastada. Tinha fronteiras para as pessoas não se aproximarem mais, a não ser que fossem convidadas. E, ao contrário, parecida com Faith, Zoe parecia não ter nenhuma fronteira, ou muito poucas. E ocorreu a Faith, enquanto a observava, que algum lugar entre essas duas posições seria bom.

— Ele vai ficar aborrecido se você fizer isso — avisou Ellie, e Faith assentiu.

— Farei o melhor que puder para isso não acontecer. E se acontecer, sempre poderei desistir. — Não era uma boa posição para se estar, mas queria ter espaço para se movimentar.

— Creio que sim — assentiu Eloise vagamente. — Talvez nem devesse começar, em primeiro lugar.

— Só estou fazendo duas aulas — comentou Faith, e sorriu para ela. — A faculdade de Direito ainda não é uma certeza. — Ainda tinha de ter notas decentes no LSAT, senão tudo seria irrelevante.

— Não tome nenhuma decisão precipitada, mãe — aconselhou Ellie como se Faith fosse uma criança e não sua mãe. — Tente pensar no papai também.

Faith só queria lembrá-la quando não pensara nele. Tudo que fizera e tivera em sua vida fora de acordo com ele. Mas percebeu que nem sempre mostrara isso para as filhas. Era algo que fazia com discrição enquanto planejava sua vida de acordo com a dele. Mas parecia não ter nenhum mérito por isso, nem dele nem das meninas. Ellie, pelo menos. Zoe reconhecia muito mais os sacrifícios que a mãe fizera.

Ellie foi terminar de fazer sua mala, e Faith preparou sanduíche e sopa para ela comer antes de partir. Não importava o quão estranha fora a conversa nem quão estressante fora o Dia de Ação de Graças, estava feliz por Ellie ter vindo para casa, e agradeceu antes de ela sair.

— Verei você nas próximas semanas — disse Faith ao abraçá-la. Ellie estava planejando vir para casa no Natal e insistira que a mãe não a levasse ao aeroporto. Era perfeitamente capaz de pegar um táxi sozinha, na verdade, preferia que fosse assim. Alex também teria preferido. Faith e Zoe gostavam de companhia o tempo todo. Eloise era muito diferente delas.

Um silêncio assombroso caiu sobre a casa depois que as meninas foram embora. Faith ficou deprimida ao arrumar seus quartos, tirar os lençóis da cama e lavá-los. Havia uma faxineira que vinha três vezes por semana, mas com uma preocupação maternal, que ainda permitia que cuidasse delas, preferiu ela mesma arrumar seus quartos e lavar as roupas. Era tudo que podia fazer por elas. E, ao vagar pela casa vazia, lembrou-se de como sua vida estava vazia sem elas.

Ficou até aliviada quando Alex voltou para casa naquela noite. Ele passara a tarde em um museu marítimo no centro da cidade com um amigo de Princeton que o convidara para embarcar. Alex disse que tivera um dia agradável e pareceu levemente mais feliz do que de costume ao ver Faith, o que a surpreendeu. Perguntou-se se ele também se sentia solitário sem as meninas. A ausência delas causava um impacto em todo mundo, até Zoe se sentia como filha única quando vinha para casa e não gostava disso. Mas era mais difícil para Faith.

Ela e Alex tiveram uma noite tranqüila juntos. Ele contou sobre o museu marítimo que visitara e os planos para a semana seguinte. Era a conversa mais longa que tinham em meses, e após a discussão no Dia de Ação de Graças e a veemência dele sobre ela não voltar para a faculdade, ela estava perplexa. Isso lhe deu a chance de compartilhar com ele a solidão que sentia sem as meninas.

— Você sabia que isso acabaria acontecendo — observou ele, de forma sensata, parecendo surpreso por isso incomodá-la tanto assim. Era difícil para ele entender que isso não fora apenas o coração dela, mas o trabalho, por 24 anos. Se ele perdesse o dele, entenderia. — Você tem de encontrar outras coisas para fazer. Voltar para a faculdade só parece muito extremo para mim. E sem razão, Faith. A maioria dos advogados quer se aposentar na sua idade, não começar uma carreira.

— Abriria muitas portas para mim. Todas as outras coisas parecem ser muito a curto prazo, como um *Band-Aid* em uma ferida. Seria uma vida inteiramente nova. E quem sabe o que eu realmente acabaria fazendo com isso. Não tenho certeza de nada. — Ele ainda parecia não entender, mas não estava mais levando de forma tão pessoal, o que era um alívio. Conversar sobre isso tornou a noite agradável para eles, e abrandou a falta que ela sentia das meninas. Era uma daquelas raras noites que só aconteciam entre eles uma vez ou outra. E naquele momento pelo menos, ele pareceu perdoá-la por querer voltar para a faculdade. Ou controlara sua raiva pelo projeto. Pelo menos por enquanto. E, ao fazer isso, ele criou um calor necessário e inesperado entre eles.

Nas duas semanas seguintes, Faith manteve-se ocupada preparando-se para o Natal. Comprou presentes para Alex e para as meninas. Ele fez várias viagens, e eles se viram tão pouco que o assunto sobre ela voltar para a faculdade não reapareceu. No pouco que ela o viu entre as viagens de negócios e depois do trabalho à noite, ele só comia, dizia algumas palavras e ia para a cama. Ela estava ocupada se preparando para as festas e concordara em ajudar a organizar um evento beneficente, que aconteceria na primavera, para o Instituto Sloan-Kettering, que se dedicava ao tratamento do câncer. Já dissera a eles que só poderia ajudar nas próximas semanas. Quando começasse a estudar em janeiro, não teria mais tempo para continuar trabalhando nisso, mas eles concordaram. Eram gratos pelo tempo que ela poderia oferecer.

Ela e Brad ainda trocavam *e-mails* regularmente mas, depois de Ação de Graças, eram mais curtos. Ele tinha de se preparar para dois julgamentos e um monte de novos casos que tinha de avaliar. A vida dele estava uma loucura. Duas semanas depois de Ação de Graças, ela estava na cozinha comendo um iogurte antes de ir a uma reunião na Sloan-Kettering e abrindo sua correspondência casualmente. A confirmação para as aulas na Escola de Educação Continuada estava lá. Uma delas era Direito Constitucional, a outra era uma aula sobre o Direito em um aspecto mais amplo. Soara bem abstrato para Faith. Mas foi bom receber a confirmação, e fazer planos pareceu mais real. Mencionou isso a Brad quando ele ligou. Ele prometeu sair com ela para comemorarem com uma garrafa de champanhe quando viesse para a cidade, e ela ficou encantada.

— Quando você vem? — Quase esquecera da viagem dele. Entre o comitê beneficente, as compras de Natal e suas aulas para o LSAT, o tempo voara.

— Daqui a uma semana. Dia 14. Até 16. Espero muito que você esteja livre. — Ele já lhe passara as datas antes, mas não fora específico sobre quando estaria livre para vê-la, e ainda não tinha certeza, mas queria passar o máximo de tempo possível com ela.

— Não temos nada planejado. Vou ver com Alex. Ele tem estado bem ocupado no escritório. Talvez eu e você possamos sair para jantar, ou pelo menos para almoçar.

— É melhor ter tempo para mim! — avisou ele.

— Terei. — Conversaram mais alguns minutos sobre a faculdade, e ela passou os dois dias seguintes se preocupando com a prova do LSAT que ia prestar. Estava rezando para se dar bem. Sempre se subestimara. Alex também não ajudava no assunto. Ele a humilhava às vezes sem querer, e outras vezes com intenção.

— Quando você vai contar para o papai que suas aulas vão começar em janeiro? — perguntou Zoe, que estava preocupada sobre quando conversariam a esse respeito. Sabia o quanto era importante para a mãe ter a aprovação do pai no que estava fazendo. E tinha medo de que, se ele não cedesse, a mãe acabaria não fazendo, o que Zoe achava que para ela seria um desastre e muito deprimente. Estava tão ansiosa quanto Brad para ver a mãe começar um novo ciclo de sua vida e voltar para a faculdade.

— Vou falar neste fim de semana. Espero que ele esteja de bom humor.

— Eu também — disse Zoe, ansiosa. — Vou cruzar os dedos, mãe. Respire fundo e dê tudo de si. E, independente do que ele falar, você tem de fazer o que é certo. Você me diria isso.

— É, acho que sim. — Ela não perecia convencida.

A conversa, quando aconteceu, foi quase tão difícil quanto Faith temera. Eles mal se viram no sábado. Alex trabalhou no escritório o dia inteiro, tentando colocar em dia alguns projetos que tinha de terminar até o final do ano. Naquela noite, foram a um jantar em que chegaram atrasados, e quando voltaram para casa, ele estava exausto e foi direto para a cama e caiu no sono.

Ela finalmente se forçou a mencionar o assunto com ele na tarde de domingo. Ele estava lendo alguns papéis que trouxera do trabalho para casa, sentado perto da lareira na sala de estar. Faith trouxe uma xícara de chá para ele e sentou perto de seu pé.

— Alex — começou ela com cuidado. Mas sabia que tinha de contar. Ele tinha de saber o que ela estava planejando fazer, e ela não queria mentir para ele sobre isso. Deixar o assunto em suspenso sem ser resolvido estava deixando-a doente. — Posso falar com você um minuto? — Ele pareceu irritado pela interrupção quando olhou para ela.

— O que houve? — Ele poderia ter dito da mesma forma "fale rápido". Não estava no clima para conversas.

Ela decidiu ser breve.

— Fiz a inscrição em duas matérias na Universidade de Nova York. Vou começar em janeiro. E você sabe o quanto isso significa para mim. — Ele sabia que ela enviara os formulários, mas agora estava definido na cabeça dela o que faria. E Faith sentia-se obrigada a compartilhar isso com o marido. Houve um silêncio interminável da parte de Alex, enquanto olhava para ela de onde estava sentado. Ele não disse nada por um longo momento e tomou um gole do chá fumegante. A pausa pareceu eterna para ela. — Sei que você não gosta da idéia de que eu volte para a faculdade, mas ainda não é a faculdade de Direito. Podemos ver como vai ser e como conseguimos lidar com isso. Só vou ter duas matérias, e se realmente não conseguirmos lidar com isso, já saberemos quando o período terminar. Mas, Alex... eu realmente quero tentar. Darei o melhor de mim para que você nem perceba o que está acontecendo. — Ela sentia que devia a ele deixá-lo participar da decisão e concordar, se pudesse.

Ele a encarou longa e duramente e a conhecia muito bem. Não queria que ela voltasse para a faculdade, mas também sabia que, se dissesse não a esta altura, causaria um impacto neles. Não havia como evitar agora.

— Não quero lhe dar a minha bênção — reagiu ele finalmente, enquanto o estômago dela revirava. — Mas também não quero a responsabilidade de dizer que você não pode. Acho que terei de deixar que você decida. Acho que é uma tolice e uma péssima idéia. E não sei como poderá evitar que eu perceba o que está acontecendo. Acho que está se enganando a esse respeito. Se você fizer da maneira certa, causará um impacto no seu tempo e na possibilidade de gastá-lo comigo, ou mesmo com as meninas quando elas estiverem em casa. — Mas ela já pensara nisso e achara que valia a pena a inconveniência para todos eles nos próximos anos, e tudo que tinha de fazer, dizia para si mesma, era organizar suas horas de estudo.

— Eu gostaria de tentar — insistiu Faith tranqüilamente, olhando para ele com olhos suplicantes, que teriam derretido o coração de qualquer homem, menos o dele. Alex sabia se defender melhor do que a maioria e era inacessível às artimanhas femininas.

— Então faça o que quiser. Mas mesmo se você conseguir lidar com essas duas matérias, o que acho uma perda de tempo, a faculdade de Direito seria outra história. É algo maior e exigirá todo seu tempo. Não se engane. E não vou tolerar isso — concluiu ele de forma ameaçadora, e depois voltou para seus papéis. O assunto estava encerrado. Não comentou mais nada nem a parabenizou por seus planos. Não aprovara nem reprovara. Colocara a responsabilidade sobre ela, e ela se agarrou ao que conseguiu e saiu. Estava mais do que disposta a se responsabilizar inteiramente pelo que queria e a fazer todos os esforços possíveis para que desse certo. Saiu da sala silenciosamente, foi para seu escritório e pegou o telefone. Ligou para Zoe em seu dormitório e contou que ia voltar para a faculdade. Sua voz era vitoriosa.

— O papai disse sim? — Ela parecia perplexa.

— Mais ou menos. Não foi bem assim. — Ela parecia feliz. — Ele simplesmente disse que não impediria e que acha uma péssima idéia, mas deixou que eu resolvesse. — Zoe deu um grito de comemoração. Estava emocionada. Assim como Faith. Era uma verdadeira vitória.

Depois de falar com a filha, escreveu um *e-mail* para Brad, contando que Alex não se colocara em seu caminho. Era o melhor que poderia ter conseguido dele. Não era de sua natureza dar mais apoio do que isso, ou desdizer o que dissera antes. E para ela já estava bom. Ele não precisava ficar contente, apenas não exigir que ela desistisse nem proibi-la de ir.

Ela preparou o jantar de Alex depois. Ele não mencionou mais os planos dela nem perguntou a respeito. Ficou quieto naquele noite, leu seus papéis na mesa do jantar e comentou antes de levantar da mesa que iria a Los Angeles naquela semana. Partiria na terça e ficaria lá quatro dias. Não deu muitos detalhes sobre a viagem mas garantiu que estaria de volta no sábado, a tempo de comparecer a uma festa de Natal a que iam todos os anos. Faith não o questionou, apenas concordou com o que ele disse. Não queria entornar o caldo e estragar o progresso que fizera. Estava em seu escritório naquela noite quando recebeu um *e-mail* de Brad.

"Eu estava jogando tênis quando seu *e-mail* chegou. Desculpe, Fred. Bravo! O que você fez com ele? Do que teve de abrir mão para conseguir o que queria, ou é melhor que eu não saiba? Em todo caso, estou feliz por você. Notícias maravilhosas! Mal posso esperar para vê-la esta semana. Chegarei na quarta de noite e voltarei na tarde de sexta. Podemos jantar na quarta? Também devo poder na quinta de noite. Não saberei até ver o cronograma completo da conferência. Assim que souber, eu a aviso. Quando chegar ao hotel, ligarei para você. Meu vôo chega às cinco. Devo chegar no hotel às seis. Verei você em breve. Parabéns de novo! Estou orgulhoso de você, Fred. Com amor, Brad."

Ele sempre era afetuoso e a apoiava. Mal podia esperar para vê-lo. A viagem de Alex se encaixara perfeitamente. Não estava escondendo dele que encontraria Brad, mas teria sido mais difícil ser flexível em relação ao tempo para passar com Brad se Alex estivesse na cidade. Sua viagem para L.A. viera na hora exata.

Ficara muito ocupada nos dias seguintes e avisou ao comitê beneficente que só estaria disponível para trabalhar até metade de janeiro, depois disso teria de se afastar. Eles estavam compreendendo bem, e ela passava o dia no escritório deles. E mais um dia de compras de Natal. Zoe chegaria em casa no final de semana, logo depois que Brad partisse. Seria uma semana agitada. E estava planejando comprar a árvore de Natal com a filha. Ainda não sabia quando Ellie viria para casa. Ela havia sido vaga a respeito de datas até agora. E na terça à noite, ligou para casa. Já era quase meia-noite para Faith, e de manhã cedo para ela, antes de ir para o trabalho.

— Olá, querida, que surpresa. — Faith ainda não contara para ela sobre sua volta à faculdade. Estava esperando até que Eloise estivesse em casa.

— Espero não tê-la acordado — disse Eloise.

— Não. Estava terminando os cartões de Natal. — Escolhera uma linda foto dos quatro no verão anterior em Cape Cod e a usara como cartão de Natal. Mandava fotos deles todos os anos, mas estava ficando cada vez mais difícil reunir todos. Estava grata por ter esta. — Quando vem para casa?

Houve uma pequena pausa.

— Eu... é... — O coração de Faith quase parou ao escutar as palavras. — Gostaria de conversar com você sobre uma coisa. Não sei como você vai se sentir. Fui convidada para ir esquiar em Saint Moritz. — Ansiedade e culpa exalavam de sua voz. Faith conhecia bem sua filha.

— Parece divertido. Que coisa chique! Alguém que eu conheça?

— Os pais de Geoff alugam um chalé lá todo ano, e ele me convidou para ir. — Geoffrey era o rapaz com quem ela estava namorando havia três meses. Faith não achou que fosse sério, pelo menos Ellie não dissera que era, mas ele parecia divertido, e os dois estavam curtindo.

— Parece que vou ter de voar até Londres um dia desses para conhecê-lo. É sério, El? — perguntou Faith, sendo direta, e Eloise riu.

— Mãe, ir esquiar com ele não significa casamento.

— Que boa notícia. Pelo menos por enquanto. — Ela era jovem e ainda era muito cedo. Mas Eloise era sensata, ambas as meninas eram, e não era provável que ela metesse os pés pelas mãos depois de apenas três meses, embora nunca se saiba, Faith lembrou-se. Certamente era o envolvimento mais sério dela em um bom tempo. — Quando você está pensando em ir?

Houve outra pausa.

— Eu... é... Bem, na verdade, ele me convidou do dia 21 até o Ano-Novo. — Tinha conseguido falar.

— Natal? — Faith soou perplexa. — Você não viria para casa?

— Eu não tenho tempo suficiente. Só teremos esta semana de folga e os finais de semana antes e depois. Ficaremos fechados nessa semana, então, se eu for para casa, perderia a oportunidade de esquiar com ele. Não poderia ir. Eu pensei que... Talvez vocês não se importassem... Eu me sinto meio egoísta por fazer isso, mas realmente adoraria ir. — Seria a primeira vez que não teriam as duas meninas para as festas.

— Puxa, querida, estava tão ansiosa pela sua chegada. Não vai parecer Natal só nós três. Você não poderia vir para casa um pouco antes e talvez ir para Saint Moritz no dia 26? — Estava agarrando-se a qualquer possibilidade, mas seus olhos encheram-se de lágrimas ao pensar em não ter Eloise em casa. Era um tremendo golpe para Faith.

— Não posso tirar mais dias de folga — respondeu Eloise, parecendo estressada. — Tudo bem se você não deixar, mãe... Eu entendo... — Mas ela pareceu chateada com a idéia. Era óbvio que queria ir para Saint Moritz com Geoff em vez de vir para casa. E agora Faith se sentiria como um monstro se não concordasse.

— Posso pensar por uns dois dias? Seu pai viajou para L.A. esta manhã, mas eu gostaria de falar com ele.

— Eu já falei — deixou escapar Eloise, e Faith ficou chocada mais uma vez. Alex não falara uma palavra com ela. Sempre houvera cumplicidade entre eles dois. Eram aliados contra todos os outros.

— Falou? O que ele disse?

— Disse que por ele tudo bem. — Isso realmente aborreceu Faith. Ele dera permissão sem nem ao menos discutir com Faith. Parecia algo egoísta para se fazer, principalmente sabendo o quanto a vinda de Ellie para casa significava para a mãe. Isso também a tornaria a má da história se dissesse não.

— Creio que não haja muita coisa para eu dizer — respondeu Faith mais triste do que permitia transparecer. — Eu gostaria que você viesse para casa e estávamos esperando por isso. Mas não quero impedir que se divirta. Você decide, querida.

— Eu gostaria de ir — justificou-se Ellie, sincera. Aquilo foi como um golpe físico para Faith.

— Tudo bem, eu entendo. Mas não quero que faça isso todo ano. Quero que o Natal seja sagrado para todos nós. Quero que vocês duas planejem voltar para casa. Tem autorização para este ano, mas planeje estar aqui no Natal do próximo ano, aconteça o que acontecer. Se precisar, pode trazer Geoff, se ele ainda estiver com você.

— Não se preocupe com isso, mãe — exultou Eloise, parecendo aliviada. — E obrigada... tenho de correr. — Já desligara o telefone um segundo depois, e Faith sentou-se em seu escritório sentindo-se arrasada enquanto lágrimas rolavam por seu rosto.

Estava perdendo as filhas, não havia como negar. Elas cresceram. E isso só pioraria. Namorados, maridos, empregos, amigos, viagens. Um milhão de coisas apareceriam na vida delas agora para afastá-las da mãe. E a idéia de não ter Ellie em casa no Natal partiu seu coração. O mais triste era que Alex concordara com o plano e não falara com Faith. Isso a abalara e a colocara em uma posição embaraçosa. Quando apagou a luz de seu escritório e subiu para o quarto, perguntou-se como mandaria os presentes de Natal para Ellie, mal havia tempo suficiente. Só esperava que Zoe não tivesse nenhuma idéia quando descobrisse. Faith não podia deixar de se perguntar se a discussão entre as duas no Dia de Ação de Graças motivara Ellie a não vir para casa. Era difícil afirmar. Talvez fosse apenas a vida. Teria de esperar por isso agora. Mas a mudança era dolorosa. Principalmente para Faith.

Apenas quando apagou a luz, lembrou-se de que Brad chegaria no dia seguinte. Estivera ansiosa para encontrá-lo, mas a ligação de Eloise abafara todo o resto. Seria bom vê-lo, claro, e ele sempre a fazia lembrar do irmão, Jack. Mas sua visita não substituía a presença de Eloise no Natal. Não havia substitutos para isso, e nada para amenizar sua sensação de perda. Seu coração estava tão pesado quanto uma bola de boliche quando deitou-se na cama.

Capítulo 8

FAITH ESTAVA PENSANDO em ligar para Zoe na manhã seguinte para contar os planos de Ellie. Mas acabou decidindo não ligar. Zoe estava estudando para suas provas naquela semana; e, sendo egoísta, Faith não queria lhe dar idéias. Não tinha dúvidas de que queria Zoe em casa. Não queria que ela decidisse ir esquiar em Vermont ou ir para a Costa Leste com amigos, já que ela só tinha 18 anos e Faith ainda podia controlar o que fazia. Natal era Natal, e queria Zoe em casa. Decidiu que contaria que Ellie iria esquiar em Saint Moritz no fim da semana, a não ser que as meninas se falassem primeiro. Mas elas raramente ligavam uma para a outra. O fuso horário complicava as coisas, e elas viviam em mundo diferentes. Entretanto, Faith ainda estava triste por Ellie ter ligado para o pai primeiro, e ele ter aprovado os planos dela sem discutir com Faith. Isso fez com que se sentisse excluída, como se eles estivessem fazendo uma conspiração, o que até certo ponto estavam. Era a natureza do relacionamento deles e de quem eram. Ambos eram quietos, reservados e um tanto introvertidos, e ao pensar nisso Faith percebeu que esquecera de contar a Ellie que recebera a confirmação de suas aulas na Universidade de Nova York. Mas ficara tão desconcertada com os planos da filha de não vir para casa, que isso sumira de sua cabeça. Talvez Alex tenha contado a ela, mas Faith duvidava. Ela não considerava isso uma boa notícia. E, se tivesse contado, Faith tinha certeza de que Ellie teria comentado, mesmo que fosse apenas para desaprovar. Ela era definitivamente a "filhinha do papai", e provara isso mais uma vez.

Faith passou o restante do dia ocupada com pequenas tarefas que tinha para fazer. Comprou papel para embrulhar os presentes, comida e mais uma lista de coisas que Zoe pedira que a mãe comprasse antes de ela chegar. Estava de volta em casa por volta das quatro, e na banheira quando Brad ligou. Sorriu assim que escutou a voz dele. Era como costumava se sentir quando tinha notícias de Jack.

— Oi, Fred, estou no hotel. Acabei de chegar. Quais são seus planos?

— Nenhum. Sou toda sua. Alex está em Los Angeles. Encaixou perfeitamente. Quer que eu prepare o jantar? — Ela comprara algumas coisas extras caso ele quisesse, mas Brad riu.

— Que tipo de irmão mais velho eu seria se não levasse minha irmãzinha para um jantar decente? Que tal jantarmos no SoHo ou algo parecido? Ou prefere algum lugar mais perto?

— O que você quiser. — Ela sorriu encantada. Era bom escutar a voz dele. — Tudo que quero é ver você.

— Tenho uma idéia. Vou pegá-las às sete e meia. Tem um restaurante italiano que eu amava em East Village. Vou perguntar ao recepcionista aqui do hotel o que ele acha.

— Mal posso esperar para encontrá-lo.

Ela estava sorrindo quando desligou e percebeu que a perspectiva de vê-lo amenizou a dor do abandono de Ellie. Pensar que eles quatro não estariam juntos no Natal a chateara de verdade. E percebeu que Brad estava passando pela mesma coisa, ou até pior, com os dois filhos na Zâmbia. Era deprimente. Acabaram-se os dias de deixar biscoitos e leite para o Papai Noel e pendurar meias na chaminé. Comemorar o Natal sem uma de suas duas filhas era uma perspectiva desanimadora.

Mas tirou Ellie da cabeça quando Brad tocou a campainha às sete e meia. Ela estava usando calças pretas, uma suéter de *cashmere* também preta, um grande casaco vermelho de *cashmere* e botas pretas de camurça de salto alto. Seus cabelos louros estavam presos em um rabo-de-cavalo e ela usava grandes brincos de ouro.

— Nossa, Fred! Você parece um dos ajudantes do Papai Noel! — Ele envolveu-a com seus braços e deu-lhe um grande abraço, levantando-a do chão. Era a mesma coisa que ele fazia quando eram crianças. E quando colocou-a no chão, deu um passo para trás para olhar para ela e sorriu encantado. — Você está linda. Todos os rapazes da faculdade de Direito vão se apaixonar por você.

— Até parece. Tenho idade para ser a mãe deles. — Ele também estava muito bonito. Tinha um leve bronzeado que conseguira jogando tênis na Califórnia, que realçava mais seus olhos verdes, e o cabelo escuro parecia mais grosso e bem tratado. Ele tinha sorte, o tempo não tocara em seu cabelo. E seu corpo parecia forte e musculoso mesmo sob o terno e o casaco que usava.

— Você não parece mãe de ninguém, Fred. Está pronta para jantar? Fiz uma reserva em um restaurante que o recepcionista recomendou. Ele achou que você fosse gostar.

— Não me importaria de comer cachorro-quente no metrô. O que importa é que estou com você — exclamou ela ao trancar a porta da frente. Tinha um táxi esperando-os, e Brad pegou a mão dela para conduzi-la pela calçada. Ele estava com ótimo humor e feliz por vê-la.

Ela se sentou ao lado dele no táxi, e conversaram no caminho. Jantariam no Soho. Ela contou a ele sobre a ligação de Ellie no dia anterior e de sua decepção.

— É uma droga, não é? — reagiu ele com honestidade. — Detestei o dia de Ação de Graças sem Dylan e Jason. Foi nosso primeiro feriado sem eles. E o Natal não vai ser muito melhor. Pam está planejando uma nova forma de tortura. Um jantar no Dia de Natal para cem pessoas. Com sorte, estarei visitando um cliente na cadeia. Não importa onde os meninos estejam no ano que vem, vou vê-los. Deveria ter feito isso este ano. Talvez todos vocês devessem ir para Saint Moritz e surpreender Ellie.

Faith riu da idéia.

— Aposto que ela ia adorar, assim como o namorado dela. Pelo menos, teremos Zoe. Ainda não contei para ela, não quis dar nenhuma idéia genial como a da irmã. — Mas Zoe era mais nova. Aos 18, Faith ainda podia insistir que ela viesse para casa. Na idade de Eloise, era mais difícil, principalmente porque ela tinha a aprovação do pai. — Ela ligou para Alex antes de falar comigo, e aparentemente ele disse que não tinha problema. Não quis ser a chata, então concordei. Ele nem me contou.

As reclamações dela sobre Alex não eram novidade para Brad. Vinha compartilhando-as com ele havia dois meses. Brad achava que ela passava maus bocados com ele, sempre passara, mas até agora estava sendo cauteloso na forma de verbalizar isso. Não queria ofendê-la. Mas seu ponto de vista era o mesmo que Jack tivera, e o irmão dela sempre fora franco sobre o quanto não gostava de Alex.

— É surpreendente como os filhos pregam peças na gente, não é? Junto com nossos cônjuges. Um ano, quando os meninos estavam na faculdade, Pam disse que não precisavam se preocupar em voltar para casa no Natal porque ela queria fazer um cruzeiro sem eles. Ela não me contou nada até comprar as passagens, e quando isso aconteceu eles já tinham outros planos. Passei duas semanas mareado naquele cruzeiro infernal e disse a ela que da próxima vez que fizesse isso, eu me divorciaria dela. — Mas pelo que Faith podia perceber, ela continuava fazendo o que queria. — Os meninos ficaram extasiados. Foram para a casa de um amigo em Las Vegas e passaram o feriado com duas dançarinas. Até hoje, falam que aquele foi o melhor Natal que tiveram. — Ele sorriu e ela riu com ele. Só o fato de vê-lo e estar com ele fazia com que ela se lembrasse do irmão de uma forma positiva. Poder estar com ele fora seu melhor presente de Natal, e não apenas trocar *e-mails*. Ele fora de uma dedicação notável nesses últimos dois meses, e desta vez nenhum deles tinha a intenção de perder o contato com o outro. Passaram a contar com a constante comunicação, por telefone ou *e-mail*.

Conversaram com tranqüilidade no caminho para o restaurante. Ele falou sobre os últimos casos em que trabalhou, e quando passaram pela Universidade de Nova York, lembrou com otimismo que logo ela estaria ali, na Faculdade de Direito, e ela sorriu. Era confortável estar com ele e conversar. Ela admitiu para ele o quanto ficara magoada quando Ellie disse que não viria para casa.

— É difícil, Fred — comentou ele, olhando para ela de forma gentil. — Temos de ser bem duros. Não é fácil vê-los crescendo e indo embora. Nem eu consigo acreditar como senti falta dos meninos este ano. Mas eles têm de voar com as próprias asas, e nós temos de permitir que eles façam isso. Sei que é difícil — repetiu, pegando a mão dela.

Ficaram de mãos dadas até chegarem ao restaurante. E ela ficou encantada de como era aconchegante. Era um pequeno e adorável restaurante italiano. O garçom ofereceu a eles uma mesa em um canto tranqüilo, e ela e Brad se acomodaram. Ela deixou o casaco nas costas da cadeira para o caso de sentir frio. E Brad não pôde deixar de notar mais uma vez como ela estava bonita.

— Às vezes esqueço como você é — implicou ele. — Quando recebo seus *e-mails*, na minha cabeça é como se você tivesse 10 anos de novo, no máximo 14. E de repente quando vejo você, é uma adulta.

— É engraçado. Também acontece comigo. Na minha cabeça, você sempre terá 14 anos e eu, 12. Lembra daquela vez que colocamos um sapo na cama do Jack? — Ela riu só de lembrar, assim como Brad.

— Lembro. Ele quase me matou por causa disso. Na outra vez que dormi na casa de vocês, ele colocou uma cobra na minha cama para se vingar. Eu detestava aquelas cobras não-venenosas dele.

— Eu também.

Pediram o jantar então, e meia garrafa de vinho branco. Era o lugar perfeito para terem vindo, calmo e agradável, era confortável ficar ali sentada conversando com ele. E com Alex fora da cidade, tinham todo o tempo do mundo.

— Então, o que acha que vai acontecer quando começarem suas aulas em janeiro? — Para ambos, as aulas preparatórias não contavam realmente, apesar de serem bem puxadas. Brad perguntou com curiosidade quando terminaram a salada e esperavam o prato principal. — Acha que Alex vai se acostumar ou vai ficar louco de raiva? — Ele não sabia sobre as aulas para o LSAT, então não podia fazer objeção.

— Acho que ele vai reclamar. Mas a verdade é que mal nos vemos. Mal nos falamos. Ele chega, janta e vai para a cama. E passa uns dois dias por semana viajando a negócios. Ele quer muito menos atenção de mim do que pensa — contou ela, sendo prática. Tinha tudo planejado em sua cabeça.

— E você? — perguntou Brad de forma bem direta. — O que quer dele? — Era o tipo de pergunta que Jack costumava fazer e que ela raramente fazia a si mesma. Faith era uma mulher que exigia pouco e tinha poucas necessidades. Tomara conta de sua parte emocional sozinha por muito tempo, assim como quando era criança, com exceção do apoio de Jack.

— Não preciso de muito — respondeu ela com calma, baixando os olhos e olhando para as mãos. — Tenho tudo que quero — completou, voltando a olhar para ele.

— Não quero dizer coisas materiais, e sim o que precisa dele para fazer com que sua vida dê certo? — Essa era uma pergunta que ele se fizera recentemente.

— Minha vida está dando certo da maneira que está. Além disso, Alex não é o tipo de homem disposto a pensar nas necessidades das outras pessoas. — Ele era fechado e sempre fora. Era algo que aceitara nele havia muito tempo.

— Que bom para ele, se consegue escapar impune disso. E quem fica ao seu lado, Fred? — A pergunta era abrupta e direta, e Faith deu de ombros. Por diversos motivos, se isolara nos últimos anos. Precisara de tempo para chorar a perda de Jack. E concentrara todas as suas energias nos últimos anos das meninas em casa. E nesse período, Alex não gostava de se socializar com ela. Estava consumido pelo trabalho. E particularmente desde a morte de Jack, ela se afastara das amigas. Tornara-se muito solitária, o que a deixava ainda mais grata pela amizade de Brad. Era mais fácil permitir que ele entrasse em sua vida já que fazia parte de sua infância e fora tão íntimo de Jack. Em alguns aspectos, ainda não se refizera da morte do irmão.

— Só preciso realmente das minhas filhas. Elas estão sempre ao meu lado. — Ela reduzira suas necessidades a isso, e era tudo que importava agora.

— Mesmo? Não me parece que Ellie esteja nesse time, já que vai passar o Natal em Saint Moritz. Ela está correndo atrás de suas próprias necessidades, embora isso seja normal no comportamento dos filhos. — Ele era direto em relação ao que via, e ficava aborrecido por Eloise ser tão doce com o pai e tão dura com Faith.

— Ela é jovem — respondeu Faith na mesma hora, disposta a inventar desculpas para a filha, assim como sempre fizera com todos. Enquanto as pessoas a sua volta eram críticas, Faith sempre se esforçava para desculpar e perdoar. Era generosa demais.

— Em todo caso, a verdade é que na maior parte do tempo nossos filhos não estão ao nosso lado. Não é dever deles estar. Estão muito ocupados organizando suas próprias vidas — disse Brad, filosofando. — Mas isso faz com que de vez em quando nos perguntemos quem está ao nosso lado, se é que alguém está. É maravilhoso ter uma família grande, irmãos e irmãs, um cônjuge que dê apoio. Mas se não temos, o que nos sobra? Não é uma pergunta difícil, mas eu mesmo não sei responder. Estava pensando no avião quando vinha para cá. Pam está tão ocupada com a própria vida e os próprios interesses, que não sei se ela estaria ao meu lado se eu precisasse dela. É algo triste de perceber. Tive de ir ao hospital para fazer um *check-up* há pouco tempo, rotina, mas me perguntaram para quem deveriam ligar em caso de emergência. Depois de pensar, coloquei o nome da minha secretária, porque sabia que se ligassem para Pam, ela provavelmente não atenderia. Isso fez com que eu acordasse.

— O que você vai fazer a esse respeito? — perguntou ela, enquanto colocavam um *steak* suculento na frente dele, e um linguado grelhado na frente de Faith.

— Absolutamente nada. — Ele sempre era honesto. — Mas de vez em quando me faz bem encarar a realidade. Eu costumava ter muitas ilusões sobre o que o casamento deveria ser. E a verdade é que nunca foi. No meu caso, nem o meu nem o dos meus pais. Eles se odiaram por anos até se divorciarem. E quando isso aconteceu, fizeram muitas coisas feias um para o outro, depois mal se falaram por anos. Nunca quis ter um casamento assim, e não tenho. Pam e eu não nos odiamos, graças a Deus, mas também não sei o que sentimos um pelo outro, se é que sentimos alguma coisa. Somos amigos, eu acho, ou alguma coisa parecida. Ou talvez apenas estranhos que moram na mesma casa. — Era uma admissão difícil de se fazer, mas resignara-se a isso anos atrás, assim como Faith aceitara a forma que Alex a tratava e o pouco que se envolvia com sua vida diária. Ela esperava que ele estivesse ao seu lado se um dia ficasse doente. Fora isso, ele oferecia muito pouco em termos de envolvimento diário e apoio. Ele estava mais interessado em sua própria vida, e estivera por muito tempo. Ela nem conseguia se lembrar de quando começou a ser assim, ou o quanto fora diferente antes. Provavelmente não muito. Ela simplesmente se ocupara com as meninas e não tivera tempo de perceber como ele estava ausente. Mesmo quando o corpo dele estava lá, o coração e a cabeça não estavam.

— Sabe — disse Faith de forma pensativa —, é mais um balanço sobre nós mesmos do que sobre eles. As necessidades deles estão sendo supridas, ou estão vivendo suas fantasias sobre casamento ou suas histórias. Nenhum deles parece precisar muito de nós ou querer se envolver. Vemos isso de formas diferentes, e acho que queremos mais, mas estamos dispostos a aceitar o pouco que eles oferecem. O que você acha que isso diz sobre nós?

— Eu costumava pensar que isso fazia de mim um bom rapaz. Mas agora já não tenho essa certeza. Acho que tem mais a ver com covardia e manutenção do *status* do que qualquer outra coisa. Não quero me revoltar. Não quero brigar com Pam. Nunca quis o divórcio. Quero terminar a minha vida da mesma forma que comecei, no mesmo caminho, na mesma casa, com a mesma esposa, com o mesmo trabalho que tenho agora. Acho que odeio mudanças por causa do modo como fui criado. Meus pais se ameaçavam constantemente, um deles estava sempre prestes a ir embora. Cresci me preocupando com o que ia acontecer, e finalmente aconteceu. Não quero viver assim agora. Não quero nenhuma surpresa.

— Nem eu — concordou Faith, soltando um suspiro de conforto. Era bom conversar com ele sobre isso. Fazia isso com Jack, mas não tivera ninguém para preencher este vazio desde que ele morreu.

— Mas pagamos um preço alto por isso — comentou Brad, terminando seu *steak* e colocando o garfo e a faca sobre o prato. Faith só comera metade de seu peixe, mas tinha um apetite moderado, que se refletia em sua pequena figura. — Sacrificamos muito quando assumimos um compromisso, principalmente quando estamos dispostos a deixar que a outra pessoa dite os termos. Acho que eu devo acreditar que vale a pena, senão, não faria. O preço do sossego. — Ele era muito franco, e ela o admirava por ser assim. Ele sabia do que abrira mão e parecia confortável com isso. Em certos aspectos, a vida dele não era diferente da dela. Exceto que Alex era um pouco mais ditatorial com Faith do que Pam era com Brad. Eles pareciam ter resolvido isso seguindo caminhos separados. Ela e Alex ainda tinham uma vida em comum, pelo menos a maior parte do tempo, mesmo não se comunicando muito nem compartilhando seus pensamentos. Ela não confiava nele há anos.

— É solitário às vezes — sussurrou Faith, como se com medo de dizer as palavras. Era algo que raramente admitia para si mesma, mas sentia-se segura em dizer para ele agora. Sentia-se segura com ele, como sempre se sentira.

— É verdade — concordou ele, pegando a mão dela mais uma vez. Era maravilhoso estar com ela. — Você sente tanta falta do Jack quanto eu, Fred? — perguntou ele depois de um longo momento, e ela assentiu e olhou para ele, com os olhos transbordando de lágrimas.

— Sinto, principalmente nesta época do ano. Não sei por quê. Sinto saudade dele o tempo todo. O Natal não deveria ser diferente das outras épocas, mas de alguma forma é.

— Mas não sinto falta de Debbie — comentou Brad com sinceridade, e Faith riu.

— Deus, não. Ela era uma cretina. Falando de sacrificar tudo por sossego, nunca entendi por que Jack a suportava. Era péssima para ele. Nem sei quantas vezes ela o deixou ou ameaçou deixar. Debbie teria me deixado louca. Pelo menos Alex segue a vida dele, faz as coisas dele, assim como parece que Pam também faz. Mas Debbie estava constantemente atrapalhando a vida de Jack.

— Mas ele era doido por ela — lembrou Brad. — Nunca consegui entender. Acho que foi uma das razões de ele e eu nos vermos cada vez menos. Debbie me odiava, e eu também não gostava muito dela. Ela meio que se colocou no caminho entre mim e Jack.

— Sabe, ela foi embora sem nem olhar para trás — explicou Faith, recostando-se na cadeira contra seu casaco vermelho, que parecia uma flor gigante envolvendo-a. — O advogado dela nos avisou que ela ia se casar e mudar. Ela nunca ligou. Nunca escreveu. Nunca mais tive notícias.

— Isso é horrível — sentenciou Brad, e Faith concordou.

— Por mais que eu não goste dela, gostaria que Jack tivesse tido filhos com ela, ou com outra pessoa. Seria tão maravilhoso acompanhar os filhos dele agora. Desse jeito, não ficou nada... apenas lembranças... não mais que isso — queixou-se Faith, lutando contra as lágrimas de novo, enquanto Brad apertava sua mão.

— Temos um ao outro, Fred. Foi isso que ele nos deixou. Todos os bons momentos que passamos, todas aquelas lembranças, todos aqueles anos de quando éramos crianças. — Ela assentiu em resposta e, por um momento, não conseguiu falar.

Tomaram *cappuccino* depois do jantar e decidiram pular a sobremesa. E Faith ficou surpresa quando Alex olhou bem em seus olhos.

— Você acredita que existam casamentos bons, Fred? Às vezes me pergunto. Quando olho a minha volta, para as pessoas que conhecemos, acho que nenhum tem algo que eu gostaria de ter. Parece cinismo, mas estou começando a achar que os sonhos de ninguém se realizam. Todos nos enganamos a respeito do que vamos conseguir quando chegarmos lá, como vai ser, e no fim, todos acabam como você e eu. Assumindo compromissos que custam caro demais e agradecendo pelos nossos filhos e velhos amigos.

— É uma forma triste de encarar as coisas, Brad. Gosto de pensar que existem pessoas felizes. Tenho amigas que são. Pelo menos, acho que são. Não posso dizer que não sou. Só não tive o que achei que teria com Alex. É diferente, só isso. — Ela não disse, mas sua fé a sustentava e acrescentava outra dimensão a sua vida. Sempre fora muito devota, como Jack. Brad sempre admirara ambos por isso e invejava a fé que tinham.

— Acho que está se enganando, Fred. Não estaríamos trocando *e-mails* pelos velhos tempos se tivéssemos o que desejamos em nossos casamentos. Nossos filhos não seriam o ponto central de nossas vidas como são. Talvez até ficássemos felizes quando crescessem e saíssem de casa. O que você acha que tem com Alex, Fred? Honestamente? Acho que eu tive uma amiga e uma sócia em Pam, e agora que não trabalhamos juntos, talvez ainda sejamos amigos. Somos colegas de quarto, não mais que isso.

Escutar o que ele dizia soava triste, mas ele parecia tranqüilo em relação a isso. Ele era muito honesto com ela e consigo mesmo. Sobraram-lhe poucas ilusões e nenhum sonho.

— Acho que Alex e eu somos amigos — respondeu ela séria, apesar de ele achar que ela estava sendo generosa demais, por tudo que já escutara dela mesma. Mas ela não se iludia de que ainda eram apaixonados. Não eram mais, mas um dia foram. Ou pelo menos ela foi apaixonada por ele. Não sabia mais quanta emoção Alex era capaz de sentir. Provavelmente menos do que um dia esperara. — Damos apoio um ao outro. Não, não é assim — corrigiu-se ela. — Eu o apóio. E ele me sustenta. É um bom pai para as meninas, é responsável. É um ser humano decente. — Ela estava esforçando-se para lembrar mais e tendo dificuldade para encontrar as palavras para descrever o que ele era para ela. Era sólido, podia contar com ele. Mas na parte emocional não oferecia muito a ela há muitos anos.

— Vê o que quero dizer? Não é exatamente o que você esperava do casamento, é, Fred? Quando olho com atenção, vejo a mesma coisa. Mas assim como você, eu não mudaria nada. Não acho que teria por quê. A conclusão a que cheguei é que o que tem de ser será. Mas a verdade é que fica um monte de buracos em nossas vidas que não conseguimos preencher. Preenchemos com filhos, amigos, trabalho, sonhos, fantasias, arrependimentos, o que quer que funcione. Mas independente com o que preenchemos esses buracos, ou o quanto tentamos nos enganar, os buracos ainda estão lá.

— É uma forma dura de se ver as coisas — comentou Faith, um pouco chocada pelo que ele dissera, mas não podia discordar.

— Prefiro ser honesto comigo mesmo. Quando eu não era, estava desesperadamente infeliz e tentando sempre transformar o meu relacionamento com Pam em algo que nunca poderia ser, e transformá-la em alguém que nunca foi. Quando aceitei o meu relacionamento pelo que ele era, ou não era, e Pam pelo que ela era em minha vida, e quem nunca poderia ser, acho que finalmente fiz as pazes com tudo isso.

— Existe outra pessoa em sua vida? — perguntou ela de forma aberta. Era uma pergunta que teria feito a Jack, mas nunca fora necessário. Ele era muito obcecado por Debbie para traí-la, embora ela o tivesse traído e o deixado arrasado quando descobriu. Mas não importava o que ela fazia, ele sempre a recebia de volta. Faith sempre achara que o irmão levara o perdão e a fidelidade a um grau doentio, pelo menos quando se tratava da esposa. Mas também amara isso nele.

— Já tive alguém — respondeu Brad, com tanta sinceridade quanto seu irmão teria tido. — Acho que Pam suspeitou, mas nunca transformou isso em um problema. Acho que ela não queria saber. Mas essas coisas não vão a lugar nenhum. Frustram todo mundo quando queremos continuar casados, e eu queria, e ainda quero. As pessoas se machucam. Não me sentia bem em fazer isso, e nunca mais fiz. É mais fácil assim. — Ele parecia tranqüilo com a situação como estava.

— Você se separaria de Pam se se apaixonasse por outra pessoa? — perguntou Faith, curiosa agora. O que ele dissera durante o jantar a deixara fascinada, e ele estava igualmente intrigado com ela e com o que a fazia palpitar agora que era adulta, quais compromissos assumira em comparação com os dele.

— Nunca — respondeu ele, parecendo completamente convencido. — Quando me casei com Pam, fiz as promessas de coração. Na saúde e na doença. Até que a morte nos separe. Não vou cometer os mesmos erros que meus pais cometeram. Devo isso aos meus filhos e, mesmo agora que eles cresceram, não precisam de toda a infelicidade de pais que se odeiam, que não se falam e que destroem tudo que construíram. Simplesmente não me divorciaria dela. E não vou me apaixonar por ninguém. Não deixaria isso acontecer de novo.

— Nem eu — concordou Faith com calma, embora não tivesse tido as oportunidades, não as teria aproveitado se tivesse. Pelo menos por razões religiosas. Mas principalmente por respeito ao próprio casamento. — Também penso assim — concordou ela. — Tudo que se faz é trocar um tanto de problemas por outro tanto. Não existem vidas perfeitas.

— Nós dois somos um par desgostoso. — Ele riu ao preencher o cheque, e depois olhou para ela sério. — Estou feliz por termos nos reencontrado, Fred. Você é como um presente em minha vida. De repente faz com que tudo valha a pena... Como uma moeda de ouro que você acha que perdeu há muitos anos e encontra em uma gaveta, e ela não apenas continua tão bonita quanto antes, como você descobre que ela se tornou ainda mais valiosa do que era. Adoro conversar com você e trocar *e-mails*. Você realmente ilumina meus dias.

Ela sorriu, grata pelo que ele falara. E sentia-se da mesma forma.

— A culpa é sua por eu estar voltando para a faculdade. Quando estiver fazendo trabalhos às três da manhã, vou culpar você — implicou ela.

— Quando você passar para a ordem, pode largar Alex e vir trabalhar comigo.

— Isso faria os piores pesadelos dele virarem realidade! — Ela riu, e eles saíram do restaurante de braços dados. Já passava das onze e ele tinha de acordar cedo no dia seguinte.

— Terá tempo para me ver amanhã? — perguntou ele, enquanto desciam a Prince Street, e ele sinalizava para um táxi.

— Claro. Alex ficará em Los Angeles até o final da semana. E Zoe só chegará sábado ou domingo. Sou uma mulher livre e já terminei as compras de Natal — anunciou ela com orgulho, quando ele fez uma careta.

— Nem comecei as minhas. Terei de fazer isso quando voltar para casa. — No caso dele, significava uma parada rápida na Tiffany para Pam. Ela adorava jóias e costumava falar para ele exatamente o que queria e vira recentemente para facilitar. E era muito complicado mandar qualquer coisa para os meninos. Levaria presentes quando fosse visitá-los na primavera. Além disso, queria comprar um relógio para sua secretária, e poderia fazer isso na Tiffany também. As compras dele eram do tipo masculino, feitas em uma ou duas lojas, com duração de no máximo uma hora, na véspera de Natal. — Quer jantar amanhã de novo? Parece que terá um jantar da conferência mas posso me esquivar. Por que não pego você às seis? Falarei com o recepcionista de novo para ver o que ele recomenda. Achei que a recomendação de hoje foi muita boa.

— Também adorei. Meu peixe estava perfeito e amei o vinho. — Ela nem bebera uma taça, e Brad riu do que ela disse.

— Você ainda come como um passarinho, Fred. Não sei como não morre de fome. — Mas ela sempre fora assim, mesmo na adolescência. Parte do tempo, ela beliscava quantidades invisíveis de comida e então surpreendia todo mundo comendo dois cachorros-quentes e uma *banana split.* Ela adorava *banana split* quando era criança.

No táxi, ele passou um braço em volta dela, e ela aninhou-se confortavelmente no caminho para casa. Era aconchegante, e ela sentia-se segura só de estar com ele. Brad nutria uma parte íntima dela que estava faminta desde a morte de Jack. Era uma parte que Alex nunca alimentara.

Ele saiu do táxi e pediu ao motorista para esperar, então observou-a desligar o alarme e entrar em sua elegante casa *brownstone.*

— Vejo você amanhã à noite. Ligarei antes de vir para avisar aonde vamos. Quer ir a algum lugar elegante? — Ele a levaria onde ela quisesse ir, mas ela logo balançou a cabeça.

— Adorei a noite de hoje. Para mim pode ser pizza, massa, *burritos.* Só quero estar com você — frisou ela. Ele abraçou-a de novo, enquanto ela sorria. A noite fora tudo que ela desejara que fosse.

— Vejo você amanhã! — prometeu ele da janela do táxi, ao se afastar, com um aceno, e ela fechou a porta e trancou. E ao subir as escadas até seu quarto vestida em seu grande casaco vermelho, teve uma sensação de paz que não tinha há anos.

Capítulo 9

COMO PROMETIDO, BRAD pegou-a às seis horas na noite seguinte. Tudo que disse era que teriam um jantar simples e que ela deveria vestir roupas quentes, o que ela fez. Colocou um grande casaco comprido e uma suéter de gola alta verde, da mesma cor de seus olhos, calças de veludo preto e botas forradas com pele. Esfriara naquele dia.

— Então, aonde vamos? — perguntou ela quando ele passou para pegá-la. Ele dera o endereço para o motorista antes de ela entrar.

— Você verá — respondeu ele, fazendo mistério.

Pararam em frente à loja Saks na Fifth Avenue e atravessaram a rua. Foi quando ela percebeu que estavam indo para o Rockefeller Center para jantarem e assistirem às pessoas patinarem no rinque. Sentaram-se em uma mesa em frente à grande janela que dava para o rinque, e foi divertido assistir às pessoas girarem, fazerem piruetas e rodopios, e outros cambalearem e caírem. Parecia que todos estavam se divertindo, e havia muitas crianças entre os adultos.

— Você se lembra quando nós três íamos patinar no Central Park? — perguntou Faith com os olhos cheios de lembranças felizes e um amplo sorriso.

Brad pensara em levá-la ao parque, mas decidira por aquele restaurante. Achou que o Wollman Rink no parque teria feito com que ela se lembrasse muito de Jack, assim como ele. Tiveram tantas aventuras juntos, e Brad adorara todas elas. Ser criança em Nova York fora divertido. Eles moravam em Upper East Side, em uma verdadeira vizinhança ao norte de Yorktown, e ele e Jack freqüentaram a mesma escola.

— É claro que lembro — respondeu ele com uma expressão superior. — É por isso que estamos aqui. Pensei que, talvez depois do jantar, pudéssemos dar uns giros. Ou levar uns tombos, se for o caso. Não patino há mais de vinte anos. Não patinamos muito no gelo na Califórnia. — Quando crianças, os três costumavam patinar pelo menos uma ou duas vezes por semana. Jack fora até do time de hóquei do colégio.

— Você está dizendo patinar? Aqui? — Ela pareceu surpresa e encantada, mas adorou a idéia. — Seria divertido!

— Fico feliz que tenha gostado da idéia também. Pode me levantar quando eu cair de bunda no chão.

— Não conte com isso. Não patino desde que éramos crianças. — Ela costumava levar as filhas para patinar freqüentemente quando eram pequenas, mas só assistia.

— Bom. Somos um par perfeito.

Pediram o jantar, e Faith percebeu que estava comendo rápido para poder ir para o gelo. Ele calculara o tempo com exatidão. Tinham uma reserva para às seis e meia, terminaram pontualmente às oito horas, bem a tempo da próxima sessão. Foram até a sala dos armários para alugar patins, enquanto um homem alisava o gelo usando uma máquina apropriada. E assim que acabaram de calçar os patins, a sessão começou.

Com cuidado, Faith aventurou-se no gelo antes de Brad. Primeiro sentiu-se insegura e imaginou que já fazia muito tempo. Mas, depois de dar duas voltas no rinque, ficou surpresa de como estava começando a se sentir segura. Brad já estava patinando ao lado dela, inseguro no começo, mas como Faith, percebeu que suas longas pernas estavam mais velozes do que imaginara. Um dia, ambos foram patinadores muito bons. E em meia hora, estavam felizes patinando pelo rinque de mãos dadas e se divertindo muito.

— Não acredito que ainda sei fazer isso — disse Faith, sentindo-se muito competente, com bochechas rosadas e brilhantes e o cabelo voando ao vento, ao olhar para Brad. Estava satisfeita por ter trazido luvas depois do aviso dele para vestir roupas quentes. Não fazia idéia de seus planos, e imaginou que ele talvez quisesse fazer algo tão sossegado quanto uma longa caminhada. Nunca poderia pensar nisso, mas estava feliz por ele ter pensado. Era como voltar ao passado.

— Você ainda é muito boa, Fred. — Tão logo ele disse isso, ela se estatelou no gelo, mas ele estendeu a mão para ajudá-la a levantar enquanto ambos riam e continuavam a patinar.

Duas horas depois, ambos estavam exaustos, mas encantados com o que tinham feito. Tiraram os patins com tristeza, mas Brad admitiu que se continuasse patinando por mais uma hora, morreria.

— Devo estar ficando velho — reclamou ele de forma pouco convincente, mas não enganou Faith. — Amanhã vou estar doído da cabeça aos pés.

— Eu também, mas valeu cada minuto. — Ela sorriu. Não se divertia tanto desde que eram crianças. Fora uma idéia maravilhosa. — Deus, você se lembra de todas aquelas vezes que vocês iam patinar com os amigos e deixavam eu ir junto? Vocês estavam sempre tentando conquistar as meninas e eu sempre estragava tudo para vocês dois. Eu fazia isso de propósito porque tinha uma paixão secreta por você. Eu devia ter uns 13 ou 14 anos.

— Então por que me casei com Pam e não com você? Burrice, acho — implicou ele. Não havia nenhum clima romântico entre eles desde que estavam no início da adolescência.

— Acho que superei essa paixão quando estava com 14 anos. — Ela riu. Na verdade, fora com 16, quando ele foi para a faculdade e ela descobriu os outros garotos. Mas até então, durante oito anos, ela acreditou que o sol nascia e se punha nele. E agora que se reencontraram, ainda acreditava.

Caminharam devagar em direção à Fifth Avenue, corados pelo frio e sentindo o exercício, mas ambos estavam relaxados e em paz. Enquanto esperavam na esquina por um táxi, Faith olhou para a Catedral de St. Patrick e teve uma idéia.

— Quer entrar e acender uma vela para Jack? — perguntou ela de forma solene, e o brilho nos olhos dela quase partiu o coração dele. Ela acendia velas para ele na missa várias vezes por semana.

— Claro. — Ele não ia à igreja havia anos, embora costumasse ir com ela, Jack e a mãe deles quando eram crianças. Ele era episcopal, mas gostava da pompa e da cerimônia da Igreja Católica, e comungara uma ou duas vezes com eles, ficando surpreso ao ver que não era diferente da sua igreja. Para ele, a Igreja Católica sempre parecera mais misteriosa e impressionante. Uma vez Jack desafiou-o a se confessar, e ele ficou surpreso de como o padre fora amável.

Muitos aspectos do catolicismo o encantavam, embora tenha se afastado da sua própria igreja nos últimos anos. Faith ainda ia à igreja com freqüência, e Alex não era religioso e resistia bastante, e ela nunca conseguiu passar isso para as filhas. Era uma coisa que fazia sozinha, mas ia com mais freqüência desde que o irmão morrera. Em vez de uma ou duas vezes, agora ia várias vezes por semana. Isso lhe dava uma sensação de comunhão com ele e de paz. Era o único lugar em que conseguia consolar-se da morte dele. Brad não disse nada enquanto seguiu-a até a igreja.

Eram um pouco mais de dez horas e as portas ainda estavam abertas. Havia uma linda decoração de Natal e a igreja estava iluminada de uma forma espetacular. Quando entraram, pararam e olharam a sua volta, era uma visão impressionante.

Havia altares para santos individuais em todas as laterais e filas de velas na frente deles, e o altar principal ficava no final da nave central, bem à frente. Ela fez o sinal da cruz e, lado a lado, eles caminharam até a frente da igreja. Era quase como se ela pudesse sentir Jack andando junto com eles.

Sentaram-se em silêncio em um banco e ficaram ali por um tempo, e ela ajoelhou e rezou, por Jack, por sua mãe e por Charles, e finalmente por suas filhas; então, ainda de joelhos, virou-se e sorriu para Brad. Ele nunca a vira mais linda. Era quase como se houvesse uma aura de paz a sua volta, e um brilho de ternura em seus olhos.

— Posso senti-lo aqui conosco — sussurrou ela. Ambos sabiam de quem ela estava falando, e Brad assentiu, com lágrimas nos olhos, e então ajoelhou-se ao lado dela.

— Eu também. — Então ele abaixou a cabeça e fechou os olhos.

Era como nos velhos tempos, patinar juntos e ir à igreja. Só estava faltando Jack, mas não parecia que realmente estava.

Após um momento, os dois levantaram a cabeça e passaram do altar principal para os menores em honra dos santos. Faith fez a genuflexão quando cruzaram o centro da igreja. E ele seguiu-a até o altar de São Judas, que sempre fora o santo favorito dela.

Ela colocou uma nota de cinco dólares em uma fenda, acendeu uma vela para Jack e depois estendeu a vara com fogo para que Brad pudesse acender uma também. Isso sempre fora mágico para ele, como se algo tão poderoso como isso só pudesse resultar em coisas boas. E eles ficaram lá, lado a lado, por um momento, pensando em Jack em suas orações silenciosas. E então deram as mãos e saíram devagar. Pararam antes de sair da igreja, e Faith molhou os dedos na água benta, fez o sinal da cruz e sorriu para ele.

— Obrigada por vir aqui comigo — falou ela em um sussurro. Já estivera na igreja naquela semana, mas agora fora mais significativo porque ele estava aqui, como se suas orações juntas fossem mais poderosas, como se rezar com ele por Jack fosse mais expressivo.

Brad estava quieto ao sair atrás dela, profundamente comovido. Já fazia anos que não entrava em uma igreja e estava surpreso de como fora significativo para ele, ou talvez fosse o fato de estar junto com ela que trazia à tona lembranças dos três.

— Você ainda tem seu terço? — perguntou ele ao descerem os degraus da Catedral de St. Patrick de mãos dadas. Sentia-se mais próximo dela, como se agora ela fosse sua irmã também, seu sangue, e não apenas sua amiga.

— Tenho.

— Você ainda reza? — Ele sempre ficara fascinado por isso quando ela era mais jovem. Gostava dos rituais e da ostentação. Jack costumava implicar com ele, dizendo que deveria se converter e virar padre.

— Às vezes. Mais nos últimos anos, por causa de Jack. Às vezes simplesmente entro na igreja e rezo por ele. — Brad assentiu, sem querer perguntar por que ou o que ela achava que isso fazia. Para ele, era suficiente ela querer e isso fazer sentido para ela. Sempre fizera. Quando ela era uma menina, chegou a falar uma ou duas vezes que queria ser freira. Mas Jack detestava a idéia e dizia para ela esquecer isso. E conforme o tempo foi passando e ela cresceu, ficou mais interessada em ter filhos e casar, o que parecia mais saudável para ele.

— Você e Pam vão à igreja? — perguntou ela enquanto estavam parados na Fifth Avenue. Era hora de levá-la para casa, mas ele odiava ter de ir embora.

Ele sorriu para a pergunta,

— Pam já confessou ser atéia ou agnóstica, nunca sei qual. Ela tem certeza de que Deus não existe. — Ele disse isso com simplicidade, sem julgá-la. Era o que ela era e em que acreditava. Suas próprias crenças sempre pareceram um pouco vagas em sua forma, mas ele acreditava em Deus.

— Que triste — comentou Faith, e Brad sorriu para ela. Havia algo tão puro nela às vezes, e Brad amava isso desde que ela era uma menininha. — E os meninos?

— Acho que eles não têm certeza ou não ligam mesmo. Não me preocupei exatamente com a vida religiosa deles. Sempre achei que eles fariam o que quisessem um dia. Eu não ia à igreja havia anos. Você e Alex vão à igreja?

— Ele é episcopal como você, e nunca vai. Não acho que ele seja ateu. Apenas odeia ir à igreja e considera uma perda de tempo. Acha que é coisa de mulher. E as meninas nunca querem ir, exceto para acender uma vela de vez em quando.

— Quando éramos crianças, eu achava isso mágico. Como fazer um pedido. Sempre acreditei que todas as orações eram atendidas. Acho que sua mãe me disse que eram. — Ela fora uma mulher muito religiosa, o que a ajudara a suportar sua infelicidade quando era casada com Charles, e antes disso no seu primeiro casamento, embora nunca tenha admitido que era infeliz em nenhum dos dois casos. Naquela época, havia muitos segredos e negações na família de Faith.

— Eu também achava que todas as orações eram atendidas — contou Faith, de forma triste. As orações das outras pessoas, não as suas.

— E agora? — Brad olhou para ela com atenção.

— Às vezes não sei.

— Por causa de Jack? — perguntou ele com suavidade, olhando nos olhos dela através do frio de uma noite de dezembro, enquanto suas respirações soltavam fumaça no ar gelado. Ela assentiu em resposta. — Sabe, é engraçado. Não sou religioso, nunca fui. Nunca fui mesmo à igreja, exceto com vocês dois e com a mãe de vocês, quando éramos crianças. Mas ainda acredito no que ela me disse sobre as orações serem atendidas.

Faith parecia sensata ao ponderar o que ele dissera.

— Gostaria de ter tanta certeza. — A vida não era mais tão simples quanto parecera na época. Mesmo nos piores momentos de sua vida, apoiara-se em sua fé.

— Ainda acho que são. — Havia um nó na garganta dele quando disse isso, e ela não sabia se as lágrimas nos olhos dele eram por causa do frio ou de outra coisa. — E acho que Jack acharia também.

Faith não respondeu, apenas assentiu. E ela prendeu seu braço no dele, e caminharam lentamente pela Fifth Avenue, sem dizer uma palavra.

Capítulo 10

BRAD FOI EMBORA DE NOVA YORK na tarde de sexta-feira, no dia seguinte. Ligou para ela de manhã para dizer o quanto estava quebrado e dolorido por causa da patinação, e como mal conseguiu sair da cama do hotel. Mas nunca se divertira tanto. Queria passar na casa dela para se despedir, porém acabou não dando tempo, e ele teve de correr para não perder o avião. Mas ligou para ela do aeroporto.

— Queria lhe dar um abraço e desejar Feliz Natal, Fred — disse ele triste. Estava decepcionado por não vê-la uma última vez. — Ontem à noite, me diverti tanto. Mais que nunca. Teremos de fazer isso de novo na próxima vez que eu vier à cidade. — Mas ele não tinha planos. Quase não vinha a Nova York, exceto para conferências, como esta da qual participou. Quando trabalhava na firma no sogro, costumava vir toda hora.

— Também me diverti muito — confirmou ela, sentindo-se nostálgica. Fora tão maravilhoso vê-lo, e agora que ele estava voltando para a Califórnia, era como se despedir de novo de uma parte de Jack. — Fiquei feliz por termos ido à Catedral de St. Patrick.

— Eu também. Talvez um dia desses eu acenda uma vela para ele em San Francisco. Acredito nisso. Ainda parece especial.

— Eu sei — concordou ela. — Vou acender uma para você na Missa do Galo. Geralmente consigo levar Zoe comigo. — Isso fez com que ele pensasse que deveria fazer isso em vez de ir à Ceia de Natal de Pam. Mas na Véspera de Natal não costumavam fazer muita coisa. Jantavam na casa do pai dela, voltavam para casa e iam para cama. Como os meninos estavam longe, decidiram não montar a árvore de Natal naquele ano.

— Quando Zoe chegará em casa? — Ele se esquecera, mas sabia que era nos próximos dias. E Alex deveria chegar no dia seguinte. Brad entrara na casa dela por alguns minutos na noite anterior, quando foi levá-la. E Faith mostrara o escritório onde ficava seu computador e de onde escrevia seus *e-mails*. Era um cômodo pequeno e aconchegante, cheio de fotografias e o que ela chamava de ruínas sentimentais. Mas ele gostou de ver o lugar de onde ela escrevia para ele. Poderia visualizá-la assim.

— Zoe chegará em casa hoje à noite — respondeu ela quando ele ligou do aeroporto. — As coisas vão ficar uma loucura depois disso. Jovens entrando e saindo de casa o tempo todo, roupas por todo lado, entregas de pizzas no meio da noite...

— Sinto muita falta disso hoje em dia — comentou ele, soando triste. Gostaria de vê-la de novo. — Ligarei no final de semana. Estarei no escritório. Cuide-se, Fred.

— Você também. E obrigada pelas duas noites maravilhosas. Eu amei.

— Eu também. — Anunciaram o vôo dele então, e ele teve de ir. — Acenda uma vela para mim na próxima vez em que for à igreja. Uma ajuda extra é sempre bom.

— Pode deixar. Boa viagem — exclamou ela enquanto ele desligava o telefone, e então ela sentou-se, pensando nele. Era tão estranho tê-lo de volta em sua vida, e tão maravilhoso. Era um verdadeiro presente. Vê-lo fora o melhor presente de Natal possível, exceto se Ellie viesse para casa. Ainda tinha de contar a Zoe que a irmã ia passar as festas na Suíça. Mas agora só conseguia pensar no tempo em que passou com Brad e o quanto tinha sido significativo. As conversas que tiveram nos dois jantares foram expressivas, e ela amara patinar com ele. Era incrível a facilidade com que ainda se abriam um com o outro, como nos velhos tempos, mas era melhor, porque eram mais sábios agora. Era tão agradável conversar com ele. Em alguns aspectos, até mais fácil do que conversar com Jack. Eles sempre discordaram de coisas como o casamento da mãe deles, Faith a vira por toda a vida como solitária e infeliz, enquanto Jack achava que Charles era um homem decente e a irmã era muito crítica em relação a ele. E nunca tiveram uma conversa olhos nos olhos sobre seus respectivos cônjuges. Ela não gostava de Debbie, e ele odiava Alex. Mas não havia nenhuma lealdade ao conversar sobre isso com Brad, e eles viam a maioria das coisas da mesma forma, pelo mesmo ângulo. Ela ficava triste ao perceber quanta coisa ele havia comprometido por causa do casamento. Sentia muito por ele. Pam parecia a mulher errada para Brad, mas era óbvio que ele estava preso para o resto da vida. Era nobre da parte dele, mas, pelo menos para ela, parecia perdido de alguma forma. Mas ele teria dito a mesma coisa sobre Alex. Nenhum deles tinha um casamento ou um cônjuge fácil, mas eram quem eles tinham escolhido e a quem tinham decidido ser leais. Ela o respeitava por isso, e ao mesmo tempo, tinha pena.

Mandou um *e-mail* para ele naquela noite, agradecendo pelos jantares e pela patinação. E assim que enviou, Zoe entrou, com quatro malas, raquete de tênis, a bolsa da câmera e seu *laptop* embaixo do braço. Jogou tudo no vestíbulo de entrada e foi para a cozinha. Estava enchendo um copo de leite quando a mãe entrou.

— Seja bem-vinda. — Faith envolveu-a em seus braços e deu-lhe um abraço carinhoso, depois ofereceu-se para preparar alguma coisa para ela comer, mas ela disse que já comera um sanduíche no aeroporto antes de vir para casa. Serviu-se de sorvete e sentou-se na mesa da cozinha com um sorriso, enquanto Faith ria para ela.

— Você é colírio para os meus olhos. É tão bom tê-la em casa. — Ela ficaria por três semanas, e Faith estava animada.

— Também fico feliz. — Zoe sorriu, raspando o pote de sorvete de creme. — Quando Ellie chega? — perguntou ela, e o rosto de Faith entristeceu-se na hora.

— Ela não vem. Vai para Saint Moritz, na Suíça, para esquiar com Geoff e a família.

— Está falando sério? — Zoe parecia perplexa. — Ela vai casar com ele? — Era a única razão que podia pensar para Eloise não vir para casa: conhecer os sogros e permanecer na Europa para ficar noiva.

— Não que eu saiba. Mas ela quis ir para se divertir.

— E você deixou, mãe? — Zoe não podia acreditar. As festas eram importantes para Faith, e Zoe não conseguia imaginar a mãe deixando a irmã mais velha escapar com tanta facilidade, mas Faith não teria deixado se Alex não tivesse dito que ela podia.

— Parece que ela ligou para o pai primeiro e ele disse que não tinha problema. Então acabei deixando ela escapar desta vez, mas disse que no ano que vem é obrigatório. Então não vá tendo nenhuma idéia. — Faith apontou um dedo para Zoe, que sorriu.

— Não se preocupe, mãe. Não vou a lugar nenhum. Mas vai ser estranho não tê-la aqui. — De repente, Zoe pareceu triste. Era difícil imaginar o Natal sem a irmã, mesmo que nem sempre concordassem uma com a outra. Seria estranho e um pouco triste.

— Eu sei que vai — concordou Faith. — Você será filha única por três semanas. — O rosto de Zoe se iluminou com isso.

— Na verdade, isso parece muito bom. Por falar nisso, cadê o papai?

— Voltando da Califórnia. Estará em casa em poucas horas. — Ele ligara do aeroporto para dizer que estava vindo para casa um dia antes e que estava exausto.

— Só para saber — disse Zoe ao pegar o telefone. Meia hora depois, estava em seu quarto desarrumando a mala e espalhando roupas por todo o chão. O computador já estava ligado quando a campainha da frente tocou três vezes e suas melhores amigas do colégio chegaram. Uma pizza chegou uma hora depois, e quando Alex chegou em casa, a música estava alta e as meninas estavam rindo, e Zoe disse que iam sair. Um caos absoluto reinava, e Faith parecia extasiada quando Alex entrou no quarto reclamando.

— Nossa casa foi invadida pelos marcianos — reclamou ele. — O entregador de pizza estava saindo quando eu estava chegando. Também estavam entregando comida chinesa. Zoe já pegou cem dólares emprestado e tem umas duzentas meninas no quarto dela. Eu quase tinha esquecido como era quando ela estava em casa. Por quanto tempo ela ficará? — Ele parecia exausto e desesperado, e Faith acabara de desligar a banheira de Zoe antes que transbordasse. Mas ela amava a vida que Zoe trazia à casa. Só sua presença já fazia Faith sentir-se viva de novo.

— Ela ficará por três semanas. Como foi a viagem?

— Exaustiva. Mas sossegada em comparação a isso aqui. Você acha que podemos pedir para ela abaixar o som ou eu devo usar tampões de ouvido nas próximas três semanas? Sempre foi assim? — Ele parecia acabado.

— Sempre. É por isso que fico tão entediada quando elas não estão aqui. — E então ela olhou para Alex, enquanto ele colocava a pasta na mesa e se jogava em uma cadeira. — Você não me contou que conversou com Eloise sobre ela não vir para casa no Natal. — Ela tentou não usar um tom acusador, mas mesmo assim era óbvio que não gostara. E não conversara com ele a semana toda enquanto ele estava em Los Angeles. Ele não ligou, nem ela.

— Devo ter esquecido de comentar — disse ele, parecendo vago.

— Você poderia ter conversado comigo antes de concordar. Você me deixou em uma situação difícil.

— Ela vem para casa? — Ele parecia mais preocupado do que culpado. Outro corpo na casa a esta altura o deixaria louco. Ele se esquecera de como era quando as meninas estavam em casa.

— Não, ela não vem. Ela me disse que você concordou que ela ficasse lá. Isso não me deixou muito espaço para dizer que não podia ir para Saint Moritz sem parecer uma verdadeira chata. Então disse que ela podia.

— Ela vai se divertir — ponderou ele, tirando os sapatos.

— Disse para ela que não poderá fazer isso de novo. Quero que as meninas estejam em casa no Natal todos os anos, e se abrirmos um precedente agora, elas nunca virão. Sempre vai haver alguma coisa mais tentadora do que vir para casa.

— Ela vai ficar bem — ele tentou apaziguar.

— Sei que vai. Mas mesmo assim sinto saudade dela — respondeu Faith, quando a música no quarto de Zoe aumentou vários decibéis, e eles escutaram uma porta batendo.

— Eu não sinto — desabafou Alex. — Além disso, elas brigaram no Dia de Ação de Graças. Achei que faria bem elas ficarem separadas por um tempo.

— Seria melhor se elas se vissem e fizessem as pazes — observou Faith de forma determinada. Acreditava na proximidade das famílias e tudo que isso acarretava. E, ao escutar Alex, lembrou-se de tudo que ela e Brad conversaram nos últimos dois dias. Algumas vezes ela e Alex estavam em polos opostos. Na verdade, a maioria das vezes.

— Você acha que pode pedir para Zoe abaixar a música? Vou enlouquecer se ficar alto assim por três semanas — queixou-se ele, parecendo infeliz ao ir para o banho.

— Quer jantar? — perguntou Faith mais alto do que o som, e ele parou na porta do banheiro com uma expressão angustiada.

— Comi no avião. Só quero ir para a cama. Essas meninas provavelmente vão ficar acordadas a noite toda.

— Zoe disse que vão sair. Vou pedir para fazerem menos barulho.

— Obrigado — disse ele e fechou a porta.

Sem beijo, sem abraço, nenhum cumprimento carinhoso. Ele simplesmente entrou no quarto e começou a reclamar sobre o barulho. Ela não podia culpá-lo por reagir assim à bagunça, mas teria sido bom se tivesse algo a dizer para ela depois de passar três dias fora.

Alguns minutos depois, ela entrou no quarto para ver Zoe e as amigas e pediu para que tentassem controlar o barulho. Havia duas caixas de pizza abertas em cima da cama dela, enquanto duas meninas comiam pizza e assistiam à TV e Zoe secava o cabelo. E havia ainda comida chinesa esperando na cozinha. Zoe chegara em casa com força total.

— Seu pai vai dormir daqui a pouco, Zoe — disse Faith com calma. — Talvez vocês pudessem falar mais baixo, meninas.

— Já vamos sair, mãe — gritou Zoe sobre o barulho do secador de cabelo. — Mais três amigas minhas vão chegar para comermos aqui antes de sair.

— Não se esqueça de desligar a televisão e o som quando descer.

— Prometo. — Ela fez o que prometeu, mas quando finalmente correram para baixo, Faith encontrou o modelador de cabelo e os rolos quentes queimando em cima da pia do banheiro, e ela esquecera de esvaziar a banheira. Não adiantava falar com ela. Sempre esquecia alguma coisa. Também deixara duas velas acesas no quarto, o que preocupava Faith. Sempre ficava com medo que elas virassem e colocassem fogo na casa. Velas eram uma constante batalha entre elas, e Zoe sempre a acusava de ser paranóica.

— Elas saíram? — perguntou Alex cheio de esperança, quando Faith voltou para o quarto. Ele estava deitado na cama com um livro, pijama e cabelo recém-lavado.

— Não, mas já vão sair. — Ela não contou sobre as velas e o modelador de cabelo. Sabia que ele também ficaria exaltado. Nesta idade, Zoe às vezes parecia ter o corpo de uma mulher e a cabeça de uma criança.

Quando Faith desceu para vê-las, estavam comendo comida chinesa direto das caixas e rindo como histéricas. Agora já havia sete meninas. E por um instante, quase ficou aliviada por Ellie não ter vindo para casa para aumentar o caos, embora tivesse gostado de qualquer forma. Mas Alex não.

— Pensei que iríamos comprar a árvore de Natal amanhã — comentou Faith por cima da cabeça das outras.

— Não posso, mãe. Vou cortar o cabelo amanhã e visitar umas amigas. — Era uma tradição que Faith adorava compartilhar com ela. Mas hoje em dia as coisas estavam diferentes. Suas tradições pareciam estar desaparecendo. — Desculpe. Podemos comprar na semana que vem? — Faltavam apenas nove dias para o Natal.

— Pode ser no domingo? — perguntou Faith com esperança.

— Não posso. Vou a uma festa em Connecticut.

— Se eu comprar, você me ajuda a decorar?

— Prometo — disse Zoe ao abraçá-la, e a campainha tocou de novo. Mais quatro meninas chegaram, e levou mais meia hora até que elas saíssem. Zoe prometeu chegar em casa em uma hora decente, mas não disse qual.

E Faith ficou na cozinha para arrumar a bagunça. Não queria reclamar sobre a primeira noite de Zoe em casa. Era mais fácil ela mesma fazer, e nem demorou muito. E quando subiu para ver Alex, ele estava em um sono profundo. Apagou a luz e desceu para o escritório. A casa de repente parecia quieta e sossegada, e ela sorriu para si mesma. Apesar do barulho e da bagunça, adorava ter Zoe em casa. Esta era a vida com a qual divertira-se por 24 anos, e era bom ter isso de volta, mesmo que por poucas semanas.

Mandou um *e-mail* para Brad, embora soubesse que ele ainda estava no avião. Já devia estar quase chegando em San Francisco. Era o segundo *e-mail* que mandava para ele naquele dia.

Ela começou:

"Querido Brad, o caos reina. Música para os meus ouvidos. Secadores e modeladores de cabelo, pizzas chegando, comida chinesa, risos, meninas, *rap*, som, televisão, sorvete escorrendo pelo balcão até o chão da cozinha. Zoe está em casa. E já saiu com as amigas. Alex voltou da Califórnia no meio de tudo isso e foi para a cama. Está dormindo. Ela saiu. Estou curtindo o ataque, e quando ela for embora, também estarei indo para a faculdade. Como você está? Espero que tenha feito uma boa viagem. Foi maravilhoso ver você de novo. Adorei nossa patinação, os dois jantares e ir à Catedral de St. Patrick com você. Volte logo. Já sinto sua falta. Também gostei de compartilhar nossos pontos de vista sobre casamentos e relacionamentos, compromissos e o modo como as coisas acabam ficando no final. Não costumávamos conversar sobre esse tipo de coisa quando éramos jovens. Não consigo lembrar sobre o que conversávamos. Acho que só ríamos muito. Eu costumava conversar muito sobre essas coisas com Jack. Engraçado como terminamos, não é? Não como deveria ser, mas simplesmente como é. Contanto que as meninas estejam perto, não me importo. É mais difícil quando não estão aqui. Aí fico mais consciente do que tenho e do que não tenho.

Queria comprar a árvore de Natal com a Zoe amanhã. Ela não tem uma hora para passar comigo em três semanas. Acho que montaremos a árvore este ano para a Páscoa. Parece que vou comprar sozinha, tudo bem. Contanto que ela esteja aqui. Esta casa parece um túmulo quando ela vai embora.

Não trabalhe muito neste fim de semana. Em breve nos falamos.

Com amor, Fred."

Depois disso, ela ficou em sua mesa umas duas horas, respondendo correspondências. E à meia-noite em Nova York recebeu um *e-mail* de Brad.

"Oi... Acabei de chegar em casa. Liguei meu computador para escrever para você e lá estava você. Mande um pouco desse barulho para mim. Aqui, seriam bombas de bicicleta e *skates* na entrada, tênis voando pela casa. Algazarra inacreditável da disputa entre som e TV, e minhas cuecas sempre desaparecem. Como eles conseguem usar todas as minhas cuecas e meias? Carros parados na calçada em frente à casa. Um bando de jovens devorando tudo da geladeira. Sinto falta de tudo isso. Gostaria que meus filhos também estivessem em casa. Curta cada minuto disso! Curti cada minuto com você, Fred. Que presente reencontrá-la depois de todos esses anos. Sinto tê-la perdido três anos atrás. Prometo que isso não vai acontecer de novo. Você é boa demais para ser verdade. Por que não agarrei você e segurei quando tinha 14 anos? Eu estava procurando garotas com peitos grandes e sem neurônios naquela época. Quanto maiores, melhor. De qualquer forma, Jack teria me matado. Melhor assim. Amo você como amiga, irmãzinha. Obrigado por trazer tanto brilho à minha vida. Se sua mãe ainda estivesse viva, eu agradeceria a ela por tudo que você é. Provavelmente não tenho de agradecer a ela. Você é quem você é. Vou cair na cama. Adoraria estar aí para ajudá-la a decorar a árvore. Dê a Zoe um abraço do amigo mais antigo da mãe dela. Não dê um beijo em Alex por mim, ele não entenderia. E cuide-se, Fred. Só mais nove dias até o Natal. E oito para as minhas compras. Com amor, Brad."

Faith sorriu para si mesma ao ler, e então finalmente subiu para ler na cama. Queria esperar acordada até Zoe chegar em casa, o que aconteceu às duas da manhã. E Faith foi dar um beijo de boa noite na filha, que parecia feliz e animada por rever as amigas, e a melhor amiga da época de colégio veio dormir em casa com ela, o que não tinha problemas para Faith.

— Vejo vocês pela manhã, meninas — disse Faith ao fechar a porta e abrir de novo. — Nada de velas, por favor. Gostaria de tentar não colocar fogo na casa antes do Natal, se conseguirmos. Tudo bem por vocês?

— Tudo bem, mãe. — Zoe parecia divertida. — Boa noite.

Alex estava roncando quando ela deitou na cama ao lado dele e virou-se para olhar para ele enquanto apagava a luz. Nunca poderia ter tido com Alex as discussões que tivera naquela semana com Brad, ele não veria razão para isso. E ele nunca teria conseguido ser poético sobre o caos adorável de suas filhas em casa.

Não teria patinado com ela, nem ido à Catedral de St. Patrick para acender uma vela para Jack. Por que uma pessoa pode fazer coisas com um amigo que nunca faria com o homem da sua vida? Alex era estável, sério e confiável, e estavam casados há uma eternidade. Mas ele a teria dispensado com um aceno se ela tentasse conversar sobre os sacrifícios que uma pessoa faz no casamento, ou os compromissos que tem de assumir. Ele nunca teria compreendido, e nem ia querer compreender. Ela e Alex conversavam sobre outras coisas, como filhas e negócios, a última viagem dele, ou algo que ela vira no jornal. Mas não poderia ter compartilhado com ele suas filosofias ou sonhos do coração. Era simplesmente assim. Não havia por que remoer isso ou lamentar-se pelo que não teve. E agora podia conversar com Brad. Assim como ele dissera sobre Faith, ele era um presente na vida dela.

Apagou a luz então, e cinco minutos depois pegou no sono. Quando acordou na manhã seguinte, Alex já saíra. Fora procurar refúgio no escritório e colocar o trabalho em dia. Faith estava saindo da banheira e pegando uma toalha quando Zoe entrou.

— Nossa, mãe! Onde conseguiu esse hematoma? — Zoe parecia chocada, e Faith olhou para baixo surpresa. Nem notara. Havia um grande hematoma roxo em seu quadril.

— O quê?... Ah... isso... deve ter sido patinando uma noite dessas — respondeu ela, secando-se. Embora o hematoma fosse impressionante, mal doía.

— Você foi patinar? Desde quando você patina? — Zoe parecia surpresa.

— Desde quando tinha uns 5 anos. Mas há muitos anos não patinava. Você não se lembra? Eu levava vocês para patinarem no parque quando eram pequenas. — Jack até fora junto uma ou duas vezes. Mas Zoe provavelmente era muito nova para se lembrar.

— Acho que lembro — disse Zoe, parecendo vaga. Ela se interessara mais por balé e cavalos depois disso. — Então, com quem você foi patinar? — Não conseguia imaginar a mãe patinando sozinha. Parecia estranho.

— Um velho amigo do tio Jack. Nós crescemos juntos. Ele ficou uns dois dias em Nova York e fomos patinar em homenagem aos velhos tempos. Foi divertido.

— Como ele é? — Zoe parecia interessada, enquanto sua mãe se vestia e elas conversavam. Era parte do que Faith adorava quando ela estava em casa. Era uma companhia para ela.

— Ele é um homem bacana, me faz lembrar muito do tio Jack. Há dois meses que trocamos *e-mails*, nos reencontramos no funeral de Charles. Ele mora em San Francisco e é defensor público de crianças. Coisa pesada. Delitos graves, esse tipo de coisa. Você o conheceu no funeral do Tio Jack mas não deve se lembrar. — As meninas conheceram tanta gente naquele dia, e estavam tão tristes. Zoe parecia estar gostando da descrição.

— Você tem uma queda por ele, mãe? Você fala dele de uma forma tão doce.

— Não seja boba. Nós nos conhecemos a vida toda.

— Coisas estranhas acontecem. Ele tem uma queda por você?

— Não. Somos apenas bons amigos. Como irmãos. Conversamos sobre um monte de coisas e temos pensamentos bem parecidos. Provavelmente porque crescemos juntos. Acho que isso ajuda.

— Ele é casado? — Zoe estava intrigada. Parecia exótico. Não conseguia se lembrar de sua mãe ter um amigo homem chegado, embora conhecesse algumas mulheres casadas que tinham. Também não achava que sua mãe tinha casos, apesar de achar que o pai não era legal com ela. Zoe achava que ele merecia e que teria sido bom para Faith. Estava aberta a todas as possibilidades, muito mais que Faith.

— Ele é casado sim. Tem dois filhos gêmeos. Estão trabalhando na África por um ano. Eles têm mais ou menos a idade de Ellie.

— Talvez ela gostasse de conhecê-los um dia desses. Eles são bonitos? — Brad lhe mostrara uma fotografia, e eles pareciam o pai.

— Acho que são.

— Então não devem ser — resolveu Zoe, e voltou para seu quarto.

Faith achou estranho Zoe ficar tão intrigada com Brad. E um pouco depois, a filha saiu para cortar o cabelo e a mãe para comprar a árvore. Comprou uma árvore alta e larga que ficaria ótima na sala de estar, e entregaram à tarde. Ela estava decorando-a quando Alex chegou, e parou para observá-la por um momento, depois sentou-se, como se o projeto não o envolvesse. Ela estava em cima da escada, pendurando bolas coloridas e brilhantes nos galhos mais altos. Travara uma batalha com as lâmpadas uma hora antes.

— Quer ajudar? — perguntou ela com esperança. Zoe não estava por perto e não chegara em casa ainda.

— Parece que está tudo sob controle — respondeu ele, e então desapareceu. Ele detestava decorar a árvore. Ela sempre fazia isso com as meninas, mas parecia que aqueles dias tinham acabado. As meninas não tinham mais tempo nem interesse de fazer isso. Levou mais uma hora até que ela desse um passo para trás e olhasse com prazer para seu trabalho. A árvore estava linda e festiva. Colocou um CD de corais natalinos e foi procurar algo em sua mesa. E quando chegou lá, viu que tinha *e-mail.* Não verificara o computador o dia todo.

"Oi, Fred. Dia deprimente. Tinha de dividir com alguém. Recebi o telefonema de um casal e os encontrei há pouco. A filha deles de 15 anos está sendo acusada de matar o filho de 6. Pelo que pude deduzir, ela tem problemas mentais, embora não sejam claros, ela certamente os tem. Ela deve ir a julgamento por isso, mas acho que posso conseguir um exame de sanidade mental. Ela provavelmente vai para um manicômio judiciário. Uma tragédia para eles. Estão destruídos. Presente de Natal. As fotos do menino acabaram comigo. Vou ver a menina hoje à noite. Está sendo avaliada agora. Alguns dias não amo meu trabalho. Não posso fazer muito para resolver esse caso ou ajudá-los, exceto com a parte técnica. Desculpe por aborrecê-la. Espero que esteja tendo um bom dia. Melhor que o meu. Comprou a árvore? Aposto que está linda. E você também. Gostei do seu casaco vermelho. Eu disse isso? Você fica linda de vermelho. E de patins. Até breve. Com amor, Brad."

Ele parecia tão para baixo que ela respondeu na mesma hora.

"Sinto muito pelo caso. Parece terrível. O pior pesadelo é que parece que vão perder os dois filhos. Que horrível. Sinto muito por ter caído em seu colo. Aqui está tudo bem. A árvore está pronta. Está linda. Zoe sumiu o dia todo. Um corte de cabelo de seis horas poupou-a de sua tarefa de decorar a árvore. Ela deve chegar em casa a qualquer minuto, tenho certeza. Tenho de começar a preparar o jantar. Só queria dizer oi. Fiquei tão bem de patins, que agora tenho um hematoma que vai do meu quadril até o joelho. Zoe ficou horrorizada. Contei a ela onde fui e com quem. Ela ficou impressionada. Espero que a encontre da próxima vez. Cuide-se. Tente se animar. Com amor, Fred."

Zoe entrou na hora que ela estava enviando. O cabelo estava ótimo, e ela também fizera maquiagem e as unhas.

— Nossa, você está linda! — Faith sorriu para ela, ainda sentada à sua mesa.

— Para quem você está escrevendo? — Zoe parecia curiosa. Estava linda. Maquiada, parecia-se muito com Faith quando jovem.

— Brad. O amigo de quem lhe falei — respondeu Faith de forma tranqüila, e Zoe sorriu.

— Mãe, você está apaixonada por ele? — Zoe parecia séria, e Faith balançou a cabeça.

— Claro que não. Somos apenas amigos.

— Está tendo um caso com ele? — Ela estava determinada a fazer disso mais do que realmente era, e estava intrigada.

— Claro que não. Ele é um amigo. Só isso.

— Acho que você está apaixonada por ele, mãe — provocou Zoe com um olhar teimoso. — Devia ver seus olhos quando fala dele. Saem estrelas.

— Anda fumando *crack* de novo, Zoe Madison — implicou a mãe.

— Não. Mas acho que estou certa. Você está apaixonada.

— E você é a pessoa mais boba que conheço. — Faith riu.

— O papai sabe? Quero dizer, sobre ele.

— Acho que já falei dele para o seu pai. Mas não ficou interessado. Ele não tem a imaginação criativa que você tem, graças a Deus. Nem o Brad, felizmente. Eu era apaixonada por ele na adolescência, e superei quando tinha 14 anos. Isso foi cem anos atrás. Então, não, eu não estou apaixonada.

— Talvez devesse — insistiu Zoe séria. — Você é infeliz com o papai. — Zoe o dissera de forma trivial, e Faith ficou horrorizada.

— Não sou não! Que coisa terrível de se dizer!

— Bem, é a verdade. Ele nunca conversa com você. Não é legal com você. Nunca a beija, nem dá um abraço.

— Seu pai não gosta de demonstrar essas coisas na frente das pessoas — defendeu Faith.

— Então o que você faz? Acorda-o quando ele está dormindo três horas antes de você ir para a cama todas as noites? Mãe, não sou burra. E olha como ele fala com você. Você merece mais que isso.

Zoe estava sendo sincera, e Faith estava chocada. Estava horrorizada pelo fato de sua filha ter percebido todas essas coisas e ter chegado a essas conclusões aos 18 anos. Mas nada disso fazia com que estivesse apaixonada por Brad. Mas ficou aflita com o fato de Zoe ter um ponto de vista tão desolador de seu casamento, e pior ainda, estava perto da verdade. Mas doía ouvir tudo resumido dessa forma. Fazia o casamento deles parecer um lixo. Era óbvio que do ponto de vista de Zoe, e às vezes da própria Faith, o casamento deles não era bem-sucedido. Mas Faith tinha formas de olhar que faziam com que seu casamento parecesse tolerável e melhor do que realmente era.

— O que você está dizendo não é verdade, Zoe. Seu pai e eu somos felizes juntos. Nós nos compreendemos. Isso é confortável para nós.

— Não — Zoe negou o que a mãe falara. Ela sabia tanto quanto Faith, mas a mãe não estava disposta a admitir a verdade, nem para Zoe nem para ela mesma, exceto talvez para Brad. — Ele está confortável. Você não. Como você pode estar confortável com uma pessoa que a coloca para baixo o tempo todo e nunca a escuta? Você é melhor do que isso, mãe. Tudo que você faz é fazer com que tudo dê certo para ele. Talvez um dia desses você encontre alguém que seja legal com você e o deixe. Gostaria que você encontrasse. Para o seu bem. Ellie teria um ataque, mas ia acabar superando. E eu ficaria feliz por você. — Ela tinha tudo resolvido, todas as pontas soltas amarradas, para consternação da mãe.

— Zoe! — Faith abraçou-a forte. — Como você pode dizer todas essas coisas sobre seu pai? — Ela estava horrorizada, pelo menos com as percepções de Zoe.

— Porque eu amo você e quero que seja feliz, mãe. E você não é. Estou feliz que vá para a faculdade. Talvez conheça alguém lá. — Ela parecia propensa a encontrar um novo homem para Faith.

— Zoe, não quero conhecer ninguém. Sou casada. Amo seu pai. Não vou a lugar nenhum.

— Então deveria. Talvez esse cara, Brad. — Estava determinada a unir sua mãe com alguém, e Faith estava abalada com a idéia.

— Não, Brad não — corrigiu ela logo. — Ele é como um irmão para mim.

— Então sobre o que vocês falam nos *e-mails*? — Ela ainda estava curiosa sobre ele.

— Coisas. Você e Ellie, os filhos e o trabalho dele, minha ida para a faculdade. A esposa dele, seu pai.

— Parece legal. Como ele é? Quantos anos tem?

— Ele é alto, tem olhos verdes, covinha no queixo. Tem 49.

— Ele é bonito?

— Acho que sim. Não penso nele dessa maneira, ele é como família. — Mas isso não era inteiramente verdade. Desta vez e no funeral de Charles, notara o quanto ele estava bonito. Mas não queria admitir isso para Zoe, senão ela ficaria frenética e chegaria a conclusões erradas.

— Tem uma foto dele?

— Não.

— Viu, você acabou de fazer de novo! — De repente, Zoe parecia vitoriosa.

— Fiz o quê?

— Seus olhos brilharam quando falou dele. Eu estava certa. Você está apaixonada.

— Zoe Madison, pare de se comportar como uma louca.

— Você vai ver. Estou certa. Talvez você nem saiba ainda. Mas está.

— Eu o conheço há 39 anos. É um pouco tarde demais para me apaixonar.

— Nunca é tarde demais. Talvez ele deixe a esposa.

— Talvez você deva parar de ter idéias malucas e relaxar.

E com isso, Alex desceu e colocou a cabeça para dentro com um olhar desagradável.

— Ainda não começou o jantar, Faith? Estou morrendo de fome. Já são quase sete horas.

— Desculpe, Alex. Vou começar agora. Farei algo rápido. — Ele assentiu e foi para o próprio escritório fechando a porta, enquanto Zoe olhava para a mãe. Ela odiava a forma com que ele falava com a mãe.

— Por que não diz para ele arranjar uma escrava?

— Zoe!

— Por que ele não prepara o jantar ou leva você para jantar fora? Ele podia levar você a algum lugar.

— Ele trabalha duro. Está cansado. Esteve fora a semana toda. Passou o dia no escritório hoje.

— E você arrumou a árvore. Arrumou meu quarto, falando nisso, obrigada. Preparou meu café-da-manhã, vai preparar o jantar dele. Você não ficou exatamente sentada comendo bombons e assistindo à TV. — Faith riu da imagem, e Zoe seguiu-a até a cozinha com um olhar irritado.

— Vai comer em casa? — perguntou Faith ao olhar a geladeira. Tinha bifes para todos eles.

— Não, vou sair. Acho que você também deveria. — Alex não parecia estar com humor para levá-la a lugar nenhum, e Faith não se importava em cozinhar para ele. Fazia isso há 26 anos, não tinha importância se era injusto. Zoe achava que era. Faith não via problemas nisso. — Por que ele não leva você ao cinema? — Ela estava certa, não iam ao cinema há meses, e quase nunca iam, não mais do que poucas vezes por ano. Alex não gostava de ir ao cinema e estava cansado a maior parte do tempo quando chegava em casa.

— Está se preocupando muito, Zoe. Primeiro acha que eu estou tendo um caso, depois diz que seu pai não me leva para sair. Por que não pensa em outra coisa? — Estava preparando o jantar enquanto falava.

— Acho que você deveria ter um caso com Brad — sussurrou Zoe para mãe, e então abraçou-a e subiu. Faith balançou a cabeça ao colocar os bifes no *grill* e sorriu para si mesma, achando engraçado. Zoe era uma ótima menina. E era uma idéia completamente maluca.

Capítulo 11

O FINAL DE SEMANA PASSOU voando com Zoe e as amigas entrando e saindo de casa. Faith cozinhou para elas, pagou pizzas e táxis, fez as camas e lavou toalhas, ajudou a escolher roupas e a trançar cabelos, e esperou acordada à noite até Zoe voltar para casa. Ficou aliviada quando a filha pegou um trem para a festa em Connecticut, em vez de ir dirigindo, e naquela noite Zoe chegou em casa às três da manhã.

Faith sentia-se como uma mediadora; por causa do barulho e da bagunça, Alex estava cada vez mais nervoso, e ele e Zoe não conseguiam se engolir. Ele detestava a música que ela escutava e a linguagem que usava, os meninos que apareciam, a bagunça que todos deixavam e a forma como as amigas dela se vestiam. Ele achava que pareciam mendigas, e que a música que escutavam era obscena, o que na verdade era. Mas Faith estava acostumada e era tolerante com todas as modas e excentricidades dos jovens de 18 anos. Mais de uma vez durante as férias de Natal, Zoe afirmara que sua mãe era “muito legal”.

Ellie ligou de Saint Moritz na segunda-feira à noite, e Zoe não estava em casa, mas Faith ficou aliviada ao saber que ela estava bem. Estava se divertindo muito esquiando, conhecera muitas pessoas e dissera que a família de Geoffrey estava sendo muito amável com ela. Parecia feliz mas, para o alívio de Faith, não estava loucamente apaixonada. Ao escutá-la contar tudo que estava fazendo, Faith decidiu que talvez Alex estivesse certo e que valeu a pena fazer um sacrifício para deixá-la ir. Estava passando uma temporada excepcional, melhor do que se estivesse em Nova York.

— Você estava certo — comentou Faith de forma indulgente no jantar daquela noite. — Ela está se divertindo muito.

— Eu geralmente tenho razão — respondeu ele sem hesitar. — Também estou certo sobre sua volta à faculdade. Será um erro descomunal. — Faith não queria discutir isso. Não queria brigar, mas ele não recuou quando olhou para ela. — Já se convenceu disso, Faith? — Ela não sabia por que ele trouxera isso à tona agora, mas deixou-a angustiada. Prestaria o LSAT em menos de uma semana, e ainda se sentia culpada por esconder isso dele.

— Não, Alex, não me convenci. Começarei em três semanas. — Ela pagara a matrícula de seu próprio dinheiro. Sua mãe lhe deixara um pouco quando morreu no ano anterior. Tudo que Jack tinha ficara para sua viúva, que também recebeu o dinheiro do seguro. Ela levou tudo consigo quando desapareceu. Ela deixara para Faith uma caixa com os objetos preferidos dele e levara o resto.

— Você vai se arrepender disso — continuou Alex, enquanto Faith tentava mudar de assunto e não conseguia. — Você deve ser reprovada logo no primeiro período.

— Eu realmente não quero discutir isso com você — frisou ela finalmente de forma abrupta, e ele não falou mais pelo resto da refeição. Depois, subiu para ler. Ela ficou desanimada enquanto lavava a louça, e quando terminou de arrumar a cozinha, mandou um *e-mail* para Brad.

Ele respondeu minutos depois, pois como sempre estava em sua mesa quando recebeu o aviso de que tinha *e-mail*.

"Pelo amor de Deus. Do que ele está falando? Você tinha notas melhores do que as minhas e as do Jack na escola. Você se graduou em Barnard com mérito. Ele não sabe quem você é? Fui reprovado na prova da ordem na primeira vez que tentei. Aposto que você vai passar na primeira tentativa. Por que ele não larga do seu pé? Mande ele se danar da próxima vez que disser isso", escreveu ele, parecendo irritado. "Acredito em você, Fred. Agora você também acredita em si mesma. Com amor, Brad."

Faith respondeu:

"Acho que ele ainda está furioso com a minha volta à faculdade Eu tinha esperanças de que ele já tivesse superado isso." Ao escrever isso, lembrou-se das coisas que Zoe dissera. Não contara a Brad que Zoe a acusara de estar apaixonada por ele e que achava que deveria se apaixonar se ainda não estivesse. Não sabia se ele ficaria preocupado. E estava muito longe da verdade. Ela o amava como amigo. Mas era difícil para uma menina da idade de Zoe entender. As belezas de uma amizade platônica. Na idade dela, tudo tinha a ver com sexo.

"Estou cansado de ver Alex importunando você", desafabou Brad ao responder de novo. "Como você consegue viver com isso sem se sentir esgotada?"

"Estou acostumada. Ele não quer me aborrecer. Ele apenas é assim" — ela defendeu Alex no seu *e-mail* seguinte.

Mas do lado de Brad as coisas também não andavam muito bem. O período de festas pareceu trazer o pior de todos. Principalmente de Pam. Ela ia de uma festa para outra e queria que Brad a acompanhasse, e ele estava muito ocupado no escritório e não ligava para os eventos sociais que ela adorava. Ele já dissera há muito tempo que preferia que ela fosse com um amigo. Mas em determinadas épocas do ano ela insistia que Brad a acompanhasse. Em especial durante a abertura da temporada social em setembro e no Natal. Pam ia a coquetéis, jantares, festas dançantes, beneficentes, estréias e comemorações de final de ano. Ele não podia começar a seguir a agenda social dela à risca, nem queria. Estava fazendo coisas que eram muito mais importantes para ele. Tinha um julgamento rápido na semana anterior ao Natal, o que fazia com que excluísse todo o resto. Mas isso criou uma tensão enorme entre eles. Pam não estava gostando.

— Pelo amor de Deus, não pode pedir para os estagiários fazerem o trabalho preparatório? Tem de fazer tudo sozinho? — Brad acabara de falar que não poderia sair nesta noite. Na noite anterior, ficara até às duas da manhã no escritório, que era um refúgio que ele amava.

— Não posso deixar esse tipo de trabalho nas mãos de outra pessoa, Pam, e você sabe disso.

— Por que não? Também vou ao tribunal. Meus estagiários e meu assistente fazem metade do trabalho.

— Você não está tentando livrar crianças de acusações de assassinato. É diferente. Tem vidas em jogo aqui.

— Na verdade, você está certo, Brad. As nossas vidas. Estou cansada de você nunca estar por perto. — Ela estava enfurecida, ao andar de um lado para o outro na frente dele em um vestido de lantejoulas azul. Estava altiva e bonita, e seu olhar teria assustado a maioria dos homens, mas não Brad. Estava acostumado com ela e com seus acessos de raiva, que não mais o impressionavam como antes. Embora fossem amedrontadores às vezes.

— Achei que tivéssemos chegado a um acordo anos atrás — rebateu ele, parecendo exasperado.

— Você disse que iria comigo pelo menos a alguns eventos, se eles fossem importantes para mim.

— Mas não quando estou me preparando para um julgamento. Não posso. É simples assim. — Ele se recusava a ser intimidado por ela. Ela vinha fazendo isso, ou tentando, há muito tempo.

— Por que não? E a sua namoradinha? Ela não gosta que você saia com ela de vez em quando? — Brad estava chocado pelo que ela acabara de dizer e estreitou os olhos.

— O quê? Do que você está falando? — Ele parecia não entender.

— Vi um *e-mail* seu para ela um dia desses, sobre que alma generosa ela era e algo sobre irem à igreja juntos. Desde quando você é religioso? O que ela é? Uma freira?

— Mais importante, o que você é, Pam? O que você estava fazendo bisbilhotando meu computador? Isso é algo repugnante de se fazer.

— Você deixou aberto quando foi até a garagem. Então, sobre o que é isso?

— Ela é uma velha amiga de infância. O irmão dela, Jack, era meu melhor amigo. É a irmã dele, Faith. E somos amigos. Nada mais que isso. Não devo a você desculpas nem explicações. Jantei com ela em Nova York, e sim, fomos à igreja juntos.

— Que patético. Está dormindo com ela? — Era como se Pam tivesse lhe dado um tapa. Não faziam amor há anos, e cenas como esta eram o motivo, pelo menos para Brad. E tinha certeza de que Pam o traíra várias vezes ao longo dos anos. Era esperto o suficiente para não perguntar, e não ligava mais.

— Não. Não estou dormindo com ela, se é que isso é da sua conta. Não faço perguntas sobre sua vida. — Pararam de dormir juntos de comum acordo. Ele simplesmente não a amava mais. Era como fazer amor com uma máquina. Pam era apenas ambição e ímpeto. Depois de um tempo, Brad passou a sentir como se estivesse fazendo amor com um computador ou com sua mesa. Não podia mais. Preferia ficar no celibato do que fazer amor com a esposa, embora ela estivesse convencida de que ele tinha amantes. Como ele fora muito sexual no início do relacionamento, era inconcebível para ela o fato de ele não fazer sexo há anos. Este fora um dos sacrifícios que fizera, dos quais ele e Faith tinham conversado, embora não tenha contado esse aspecto de sua vida, e nem tivesse intenção de contar. Não era uma informação apropriada de se trocar.

Mas Pam parecia chocada pelo que ele dissera. Algo nos olhos dele fez com que ela parasse e o encarasse.

— Você está apaixonado por ela?

— Claro que não. Ela é uma amiga. Nada mais. Nós nos conhecemos desde que éramos crianças.

— Se você não está dormindo com ela e foram à igreja juntos, aposto que está apaixonado, Brad.

— Tem de ser um ou outro? Não podemos ser apenas amigos? E isso não explica o que você estava fazendo no meu computador. Não fico bisbilhotando o seu.

— Desculpe. Acabei vendo. O *e-mail* estava na tela. — Ele perguntou-se se tinha escrito algo desagradável sobre ela, embora suspeitasse que, se tivesse escrito, Pam já teria comentado. — Ela deve ser patética se passa a vida em uma igreja.

— O que ela faz não é da sua conta. Agora, vamos voltar ao X da questão. Tenho de trabalhar. Não vou sair. E francamente, depois de toda essa porcaria, não iria com você a lugar nenhum. Então procure outra pobre alma para acompanhá-la. Encontre alguém que queira levar você a festas todas as noites. Eu não quero.

E com isso, ele saiu do quarto e foi para o escritório. Viera em casa para comer alguma coisa e pegar um arquivo. Sentou-se a sua mesa por alguns minutos e percebeu que estava tremendo. Sentia-se violado pelo fato de Pam ter lido seus *e-mails* e ter falado de Faith da maneira que falou. Faith não tinha nada a ver com ela, e ele não fizera nada de errado. Estava afrontado por Pam têlo acusado de dormir com Faith ou mesmo sugerir que estava apaixonado. Não era nada disso, para nenhum dos dois. Eles curtiam o sagrado laço de uma amizade de quase quarenta anos. Algo do qual Pam nada sabia. Não havia nada sagrado para ela.

Voltou para o escritório meia hora depois com uma séria indigestão e dor de cabeça. Ninguém mais no universo conseguia deixá-lo mais furioso do que Pam. Ela possuía um talento especial para fazê-lo perder a cabeça. Era teimosa, insensata e agressiva. E, se ele deixasse, discutiriam por horas. Ainda estava chateado quando chegou ao escritório e acabou decidindo ligar para Faith e ver se ela estava em casa.

Ela estava em casa sozinha enquanto Alex fora a um jantar de negócios. Ficou surpresa e feliz de falar com ele, que acalmou-se quase no mesmo segundo em que escutou a voz dela.

— Desculpe incomodar você — começou ele, e ela percebeu que ele estava estressado.

— Você está bem? — Faith pareceu preocupada com ele, que sorriu. Ela era tudo que Pam não era. Gentil, sensível, cuidadosa, atenciosa, uma alma generosa e educada em todos os sentidos.

— Só estou cansado. E mal-humorado — explicou ele. — Tive um dia ruim. Como foi o seu? — Ele se sentia culpado por sobrecarregá-la, principalmente sobre Pam. Mas era bom ter um ombro para chorar. Não tinha esse tipo de apoio e conforto há anos, talvez nunca tenha tido. E nos últimos dois meses, ela esteve ao seu lado de forma infalível.

— Foi bom. Alex e Zoe saíram, mas não juntos. E eu estava curtindo uma noite sossegada em casa. Parece que estou administrando um hotel aqui. Passo o dia todo lavando toalhas, arrumando camas e apagando velas, torcendo para a casa não pegar fogo. Mas é bom tê-la em casa. Conte-me sobre seu dia ruim. O que houve?

— Perdi uma moção em uma audiência esta manhã, e eu precisava que fosse a julgamento. Não estou pronto e preciso juntar mais testemunhas ou esse garoto vai se dar mal. Minha secretária está doente, o que está me deixando louco. E fui para casa jantar e tive uma briga com Pam. Nada demais. Só um monte de besteiras.

— Sobre o que foi a briga? — Faith sempre o escutava, e fazia isso com atenção.

— Ela quer que eu vá a dez mil festas. Ela vai a duas ou três por noite, e eu não tenho tempo nem vontade de bancar o príncipe consorte. Ela sabe que eu odeio essas coisas, e assim que chegamos lá, ela desaparece. Minha única utilidade é para ela fazer uma entrada glamourosa. Não tenho tempo para essas besteiras. Estou sempre em algum julgamento ou me preparando para um. E esses garotos precisam que eu faça isso da melhor maneira.

— Ela se retratou? — perguntou Faith com calma, e ele respirou fundo e se acalmou. Estava mais tranqüilo depois de contar a ela sobre sua briga com Pam.

— No final — disse ele, e então ficou aborrecido de novo. Vinha perguntando-se se deveria contar a Faith e viu que não havia razão para não contar. Não tinha nada a esconder. — Ela leu um dos meus *e-mails* um dia desses, o que me deixou muito irritado.

— Não culpo você. — Faith também detestava esse tipo de intromissão. Era uma pessoa muito reservada e não gostava que as meninas lessem seus *e-mails*, principalmente os de Brad.

— Parece que foi um *e-mail* para você. Acho que foi aquele agradecendo pelo tempo que passamos juntos em Nova York. Não havia nada inapropriado nisso, mas me tirou do sério. — Então ele riu. — E ela disse que eu estava apaixonado por você. Ela não entende.

Faith sorriu quando ele disse isso.

— Zoe disse a mesma coisa para mim um dia desses. Ou pelo menos me perguntou. Ela queria saber se estávamos tendo um caso.

— O que você disse?

— Que não estávamos, ela ficou muito decepcionada e disse que achava que eu deveria. Disse que eu mereço, assim como Alex, por causa da maneira como ele me trata. Achei uma afirmação interessante vindo dela.

— Ela está certa. Ele não faz nada por você, Faith. Nunca leva você para jantar fora ou ao cinema. Parece que só o que ele faz é trabalhar, dormir e reclamar... como eu. — De repente ele riu do quadro que pintou. — Acho que Pam deveria estar tendo um caso também, exceto que, nesse caso, ela provavelmente está.

— Está falando sério? — Faith parecia horrorizada. Ele não dissera a ela que não dormiam mais juntos. Havia coisas que não contava, nem mesmo para Faith.

— Não pergunto. Acho que não é mais da minha conta. — Era tudo que ele queria dizer sobre o assunto, mas ela entendeu o que ele quis dizer e ficou surpresa. Ele não parecia o tipo de homem que desiste das coisas, mas nunca se sabe o que acontece entre as quatro paredes das outras pessoas. — Em todo caso, o que faço não é da conta dela. E não quero que fique caluniando você. — Ele era protetor em relação a Faith, e não contou sobre o comentário de Pam sobre a ida deles à igreja. Sabia que ela ficaria ofendida, e estava certo. — Desculpe por ligar para você para reclamar, Fred. Já disse, estou cansado. E ela me deixou furioso. — Era bom ter alguém com quem se abrir, e eles conversaram mais um pouco antes de ele voltar para a preparação do julgamento.

E ela estava feliz por ter falado com ele, que assim pôde desabafar. Como sempre, ambos sentiram-se melhor depois que desligaram. Ela subiu para tomar banho e se arrumar para dormir. E ele ficou sentado alguns minutos a sua mesa, olhando para o nada e pensando nela.

Ele estava achando estranho Pam tê-lo acusado de dormir com Faith, e Zoe ter perguntado a mesma coisa à mãe. Mais estranho ainda, as duas terem insinuado que estavam apaixonados. Como ele dissera para Pam, não era nem uma alternativa, para nenhum dos dois. Sempre foram apenas amigos, desde o início. E o fato de ele gostar da companhia dela não mudava nada. Na vida dele, ela era a mesma pessoa que fora quando menina, quando ele a ajudava a subir em árvores e pintar suas tranças de verde. Era mesmo? De repente, começou a pensar em quanto ela significava para ele, e como se tornara dependente dela nos últimos dois meses. E ao pensar nisso teve uma visão dela patinando ao seu lado no Rockefeller Center e acendendo uma vela no altar de São Judas na Catedral de St. Patrick... nunca vira um rosto mais lindo em sua vida. Ela estava iluminada rezando ali. E então perguntou-se se Pam não estava certa... e se ela não estava, talvez deveria estar. E então, com um sorriso cansado, ele balançou a cabeça. Estava imaginando coisas. Não estava apaixonado por Faith. Não importa o quão linda ela fora quando criança, ou era agora, ela era sua amiga, só isso.

E em Nova York, Faith estava pensando na mesma coisa, sentada em sua banheira, fazendo-se as mesmas perguntas. E chegou à mesma conclusão de Brad. Elas estavam sendo tolas, tanto Zoe quanto Pam. Ela e Brad não estavam apaixonados um pelo outro, Faith garantiu para si mesma. Eram amigos, mais que isso, eram como irmãos. Era tudo que queriam, tudo de que precisavam um do outro. Apenas amizade. Além disso, se fosse mais do que isso, teria estragado tudo. E Faith queria evitar o estrago a todo custo.

Capítulo 12

No dia seguinte à briga com Pam, Brad estava a caminho do trabalho. Passou pela Catedral de St. Mary em Gough e teve uma idéia repentina. Tinha um compromisso às nove horas e não dava tempo para parar, então entregou um bilhete para sua secretária assim que chegou ao escritório, e ela prometeu conseguir a informação. Uma hora depois, ela lhe entregou um pedaço de papel com um endereço, enquanto ele conversava ao telefone com o escritório do promotor público; ele assentiu em agradecimento. Saiu para resolver isso às onze horas. Levou mais tempo do que imaginava, mas estava de volta à uma hora.

Escreveu um cartão para Faith e havia uma pequena caixa em sua mesa, que pediu para a secretária enviar para Nova York via Federal Express. Pelo menos já comprara um presente. Agora só precisava passar na Tiffany e cuidar do resto, o que planejava fazer na tarde seguinte.

Os planos de Faith e sua família para o Natal eram bem tradicionais. Teriam uma ceia informal juntos na véspera. Faith costumava ir à Missa do Galo sozinha, ou com Zoe, se conseguisse convencê-la, e tinham uma ceia mais formal na noite de Natal. Abriam os presentes na manhã de Natal e passavam o dia em casa. Quando as meninas eram menores, o dia era mais animado, mas ainda era importante para todos eles.

Falaram com Ellie, que estava na Suíça, na manhã da véspera de Natal. Para ela, já estava na hora da ceia, e parecia emocionada quando falou com todos pelo telefone. Era a primeira vez que passava o Natal longe deles, e estava sendo mais difícil do que imaginara, embora todos em Saint Moritz estivessem sendo maravilhosos para ela.

— Sentimos saudades de você, querida — exclamou Faith na sua vez de falar.

— Por que não vem a Londres depois do Ano-Novo, mãe? — perguntou Ellie, parecendo muito jovem e com saudade de casa e da família.

— Não posso, querida. Vou começar na faculdade. Terei de esperar agora até ter uma folga. Você poderia vir para casa em um fim de semana prolongado.

— Não sabia que você já tinha decidido voltar a estudar. — Ela parecia decepcionada, o que confirmava as objeções de Alex de que isso iria interferir com ele e com a família deles. Não tivera tempo de contar a ela desde que fizera a matrícula. A última conversa que tiveram fora sobre a ida de Ellie para a Suíça com Geoffrey e a família, e Faith esquecera de contar suas próprias novidades.

— Minhas aulas começarão em duas semanas — anunciou Faith, esperando ser parabenizada, mas Ellie pareceu chateada.

— É uma coisa mesquinha de se fazer com o papai. — Era uma desaprovação, e Faith ficou magoada. E era difícil falar sobre isso com Alex ao seu lado. Sabia que Zoe também ficaria chateada com a reação da irmã. Não era muito generosa com Faith.

— Conversamos a respeito, e acho que ele já aceitou — rebateu Faith com calma. Não queria que seus planos arruinassem o Natal assim com fizeram com Ação de Graças, e queria mudar de assunto o mais rápido que pudesse. — Mas o mais importante, como você está, querida? Está se divertindo?

— Sinto muita saudade de vocês. É legal, mas sinto mais falta de vocês do que achei que sentiria. Vamos a uma grande festa hoje e depois vamos andar de tobogã. Dá um pouco de medo mas parece divertido.

— Cuidado — avisou a mãe. — Não faça bobagem! — Preocupava-se com ela, quase tanto quanto quando era criança. Não importava a idade das filhas, ainda era seu dever. Então passou o telefone para Zoe, e as duas irmãs conversaram por bastante tempo. Faith ficou aliviada por elas terem feito as pazes. E Zoe dissera diversas vezes que sentia saudade dela. Alex foi o último a falar e tinha pouco a dizer, mas era óbvio pelo tom de voz e pela escolha das palavras como se sentia íntimo dela. Foi um momento feliz mas doloroso para todos quando finalmente desligaram.

— É tão estranho ela não estar aqui — comentou Zoe parecendo triste. Então virou-se para a mãe: — Posso ir a Londres visitá-la na próxima folga que tiver?

— Seria maravilhoso — Faith sorriu para a filha mais nova — e se eu tiver uma folga, vou com você. Senão, pode ir sozinha e eu vou quando puder.

— É ridículo você ficar presa por "folgas", Faith. Deveria poder visitar sua filha sempre que quisesse. É o meu ponto — sentenciou Alex, e saiu. E Faith não respondeu. Só esperava conseguir fazer malabarismo com todas as bolas que fossem necessárias para fazer sua vida em casa e seus horários na faculdade se encaixarem. Seria um desafio.

Os três cearam juntos naquela noite, como planejado. Faith preparou um pato com uma receita dada por uma amiga. Foi uma refeição deliciosa, e logo depois Zoe saiu. Alex demorou-se um pouco mais à mesa e tentou puxar conversa com Faith, mas nenhum deles tinha muito o que dizer. As linhas de comunicação estavam interrompidas há tanto tempo que era difícil restabelecê-las.

— Você vai à igreja mais tarde? — perguntou Alex de improviso enquanto Faith apagava as velas e começava a tirar a mesa.

— Acho que vou à Missa do Galo — como sempre fazia. — Gostaria de vir comigo? — Ele nunca ia, mas ela sempre convidava. Zoe dissera que a encontraria na igreja se pudesse. E Faith não insistiu. Iria à igreja de St. Ignatius na Park Avenue.

— Não, obrigado — recusou Alex e subiu para ler. Mesmo na véspera de Natal não havia muita animação entre eles hoje em dia. Às onze horas, Faith estava em seu escritório, preparando-se para sair para a igreja, quando o telefone tocou, e ficou surpresa ao escutar a voz de Brad. Para ele eram oito horas.

— Feliz Natal, Fred. — Ele soava amigável e afetuoso, mas também um pouco triste. Era uma época difícil para todo mundo, uma época de se lembrar de quem você um dia foi, de quem gostaria de ser e de todos os sonhos perdidos.

— Obrigada, Brad. Para você também.

— Recebeu meu presente? — Não se falavam há vários dias, e os *e-mails* eram curtos e rápidos. Ambos estavam atolados.

— Recebi — ela sorriu. Era uma pequena caixa embrulhada em papel de Natal e estava em cima de sua mesa. Chegara em um envelope da Federal Express, e ela estava guardando para o dia de Natal. Ela mandara para ele uma coleção de livros antigos de Direito com uma linda encadernação de couro. — Está bem aqui. Estou deixando para abrir amanhã.

— Foi por isso que liguei. — Ele parecia satisfeito. — Queria assegurar que você abrisse esta noite.

— Tem certeza?

— Tenho. Por que não abre agora? — Ele parecia animado e ela riu.

— Adoro presentes. É tão divertido. Recebeu o meu? — perguntou ela enquanto tirava o papel com cuidado e olhava para a pequena caixa chata e branca. Não podia imaginar o que tinha em seu interior. Nada nela dava alguma pista.

— Também deixei para abrir amanhã. Mas queria que você visse o seu esta noite. Vamos, Fred, abra. — Sendo cuidadosa, ela levantou e tampa da caixa e suspirou ao ver o que tinha ali. Era um lindo terço antigo que ele comprara em uma loja de artigos religiosos. As ave-marias eram lindos citrinos antigos, e os pai-nossos e o crucifixo eram de esmeralda cabuchão, e havia pequenos rubis nas pontas da cruz. O terço parecia ter sido usado e amado por muito tempo. Faith nunca vira um mais bonito. Brad ficou satisfeito com sua descoberta e esperava que tivesse um significado muito especial para ela.

— A mulher disse que é italiano e tem uns cem anos. Também disse que foi abençoado. Queria que você o levasse para a igreja hoje, Fred — sugeriu ele com uma voz suave, e os olhos dela estavam marejados de lágrimas. Demorou um bom tempo até que ela falasse alguma coisa. — Fred?... Fred?... Você está aí?

— Não sei o que dizer. É a coisa mais linda que já vi. Obrigada, de todo coração. Vou usá-lo na missa hoje. E rezarei o terço por você. — Ela sorriu. Tinha uma qualidade muito antiquada, apesar de sua aparência. Tinha valores sólidos, paixão por sua família e um profundo respeito por sua igreja. Ela crescera e se tornara ainda melhor do que ele imaginara. — Acenderei uma vela para você também. E para Jack.

— Talvez eu acenda uma para você.

— Você vai à igreja? — Ela parecia surpresa. Não achava que ele iria.

— Acho que vou. Não tenho nada mais para fazer. Vamos jantar com alguns amigos daqui a pouco, e o pai de Pam está aqui. Mas lá pelas onze todos já terão ido embora. Pensei que seria legal ir. — Brad estava querendo ir à igreja de St. Dominic, que era uma linda igreja antiga em estilo gótico, com um santuário de São Judas, que ele sabia ser o santo de devoção dela. Perguntara à mulher na loja de artigos religiosos aonde ir, quando comprou o terço para Faith. — Tem uma igreja aqui perto que tem um santuário de São Judas. Se eu for, acenderei uma vela para você lá.

— Não posso acreditar que você me deu isso — balbuciou ela, olhando para o terço. Tinha um toque suave em sua mão, e a corrente era em ouro amarelo. Havia um pequeno saco de cetim para guardá-lo e protegê-lo em sua bolsa. Ela nunca vira um terço tão bonito em sua vida. — Acho que posso aposentar o meu de madeira — acrescentou ela. Era um presente realmente muito especial.

Conversaram por alguns minutos. Tudo que ele conseguira fazer foi deixar um recado para os meninos. Não havia linha direta para a reserva de caça onde moravam. E era óbvio que eles não tinham conseguido uma linha na agência dos correios, já que não ligaram para casa. Isso fazia o feriado ainda mais difícil para Brad, sem mencionar a tensão que existia entre ele e Pam. Hoje em dia, sentia-se um estranho em sua própria casa. Como sempre, ela convidara pessoas para jantar que ele não conhecia bem, e o pai dela tinha um jeito de monopolizar as conversas e fazer tudo girar em torno dele.

— Fico feliz que não esteja trabalhando hoje — comentou Faith, segurando o terço. Isso fazia com que se sentisse mais próxima dele.

— Acho que o melhor que tenho a fazer é ficar por aqui e marcar alguns pontos, antes que comece uma guerra. — Não havia por que fazer isso, e Faith concordava. E sabia que no dia seguinte eles teriam uma grande ceia, *black-tie* de novo. — Acho que Pam deve ter sido casada com um músico de orquestra em outra vida, ou maestro talvez, ela sempre quer que todos estejam usando *smoking*. Não é exatamente a minha praia. — Ele ficava mais feliz usando *jeans* velhos, suéter de gola alta e botas, embora também ficasse bonito de terno, como ela vira em Nova York. — Pensarei em você esta noite quando estiver na igreja.

— Ficarei com o lindo terço que me deu o tempo todo na mão. E pensarei em você. — Havia um vínculo de afeto entre eles que mal precisava de palavras.

Poucos minutos depois, ela olhou para o relógio e disse que precisava ir para a igreja ou não conseguiria um lugar para se sentar. A Missa do Galo era popular, e a igreja costumava ficar cheia. E ela sabia que Brad tinha de se juntar a sua família e convidados para a ceia.

— Mais uma vez, obrigada pelo lindo presente. Foi o melhor que já ganhei.

— Feliz Natal, Fred... Fico feliz que tenha gostado... E obrigado por tudo que me deu nos últimos dois meses. Você é o melhor presente de todos.

— Você também — retribuiu ela com suavidade, e um momento depois desligaram. Ela foi se despedir de Alex, mas ele estava dormindo na poltrona com um livro. E alguns minutos mais tarde, Faith saiu pela porta da frente, usando o grande casaco vermelho, e chamou um táxi.

Em San Francisco, Brad esforçou-se para falar com todo mundo na sala. Estava usando *blazer* e calças sociais, assim como seu sogro. A Véspera de Natal era sempre informal na casa deles, embora todos os homens usassem gravatas. E Pam usava um conjunto de calças e camisa de seda vermelha e sandálias douradas. Estava bonita, festiva e escultural. Era uma mulher bonita, mas toda vez que Brad olhava para ela via em quem se transformara. Era mais dura, mais forte e mais poderosa do que ele poderia ter sonhado. Comprara para ela um colar de ouro com diamante, com bracelete e brincos fazendo conjunto, e sabia que era o tipo de jóia que ela usaria muito. Mas ficara muito mais animado com o terço que mandara para Faith. Eram mais significativos para ele. E para ela.

Estavam à mesa na hora em que a missa começou em Nova York. Tiveram uma refeição tradicional inglesa, com rosbife e pudim Yorkshire, e pudim de ameixa com calda caramelada de sobremesa. Mas ele estava distraído quando começaram a comer, e seu sogro fez um brinde com vinho de Napa Valley. Só conseguia pensar em Faith ajoelhada na igreja, como estivera na Catedral de St. Patrick quando foram juntos.

— Você parece um pouco distraído esta noite — observou Pam quando finalmente se levantaram. — Você está bem?

— Só pensando em um caso — respondeu ele, parecendo vago, e seus olhos se encontraram.

— Ou na sua amiga de Nova York? — Ela o conhecia melhor do que ele achava. — Mandou um *e-mail* para ela esta noite? — perguntou Pam. Parecia uma caçadora indo atrás de sua presa, e ele balançou a cabeça. Não mandara um *e-mail* para ela, mas telefonara.

— Não faça disso uma coisa maior do que realmente é, Pam. É o que é. Ela é uma velha amiga.

— Conheço você muito bem. É um romântico inveterado, Brad. É exatamente o tipo de coisa em que você mergulharia de cabeça, ainda mais se for um caso perdido.

— Não seja boba. — Ele tentou dispensá-la, mas o que ela disse estava certo. Anos atrás, quando conheceu Pam, era um romântico inveterado. Mas ela arrancara isso dele há muito tempo, ou assim ele achava. Ele não acreditava no que ela dizia sobre seus sentimentos por Faith. Sabia bem sobre o que isso se tratava. Ela só queria marcar e defender seu território. Queria deixar claro que ainda era sua dona, independente da vontade dos dois.

Todos os convidados saíram por volta das onze, e um carro com motorista foi pegar o pai de Pam. Ele não gostava mais de dirigir à noite. E, quando Pam e Brad subiram, Brad olhou para o relógio.

— Tem algum encontro ardente? — implicou ela. Nos últimos dias, andava pegando no pé dele, embora Brad tenha percebido que flertara com vários homens naquela noite. Ela não hesitava em fazer isso na frente dele, nem mesmo beijá-los na boca. Ela fazia o que bem entendia, independente do que dizia a ele sobre Faith.

— Na verdade — revelou ele de forma casual —, estava pensando em ir à igreja.

— Ah, meu Deus. Você não tem uma amante. Você perdeu o juízo. Por que motivo faria isso?

— Acho que é uma coisa legal — respondeu ele com calma, tentando não ficar ofendido pelo que ela disse.

— Se quiser bancar uma de religioso para cima de mim, Brad, quero o divórcio. Com uma amante, posso lidar. Com um fanático religioso, não. Isso seria demais. — Ele teve de rir para si mesmo, imaginando o que ela acharia se soubesse que ele mandara um terço para Faith. Isso era tão religioso quanto parecia, mas ele sabia como seria significativo para ela, e ficou emocionado por ter sido.

— É uma tradição legal, e sinto saudade dos meninos — explicou ele de forma honesta. Fora um dia solitário. Os meninos eram os únicos aliados que normalmente tinha na própria casa. A ceia com o pai e os amigos de Pam fora dolorosa, mas levara na boa. Sempre levava.

— Também sinto saudade deles, mas não vou correndo para a igreja. Deve haver outras formas de lidar com isso — rebateu ela, tirando os sapatos e jogando os brincos na penteadeira.

— Cada um faz do seu jeito — concluiu ele, depois saiu do quarto e desceu. — Estarei de volta em uma hora — anunciou enquanto vestia o casaco e ela saía do quarto descalça e meio vestida com um sorriso.

— Não se esqueça de me avisar se quiser virar padre.

— Não se preocupe, eu aviso. — Ele sorriu para ela. — Não corro esse perigo ainda. É só uma missa na Véspera de Natal. Acho que estou a salvo. A propósito, Feliz Natal. — Ele ficou olhando-a por um longo momento, sentindo-se triste, desejando ainda sentir mais por ela, mas não sentia há muito tempo, nem ela.

— Obrigada, Brad. Para você também — respondeu ela, desaparecendo.

Ele tirou o jipe da garagem e dirigiu até a igreja de St. Dominic. Era uma linda igreja em estilo gótico, e quando subiu os degraus pôde ver pinheiros altos dos dois lados do altar principal e a igreja quase toda iluminada por velas. O santuário de São Judas era à direita, e havia filas de velas lá também. Decidiu ir lá primeiro, então acendeu velas para Faith e Jack e ajoelhou por um momento, pensando nela e no velho amigo. Não sabia que orações deveria rezar, nem mesmo como, então pensou neles e desejou tudo de bom. E estava grato por alguma força oculta ter trazido Faith de volta para sua vida.

Sentou-se em um banco no fundo da igreja e ficou impressionado com a beleza, pompa e cerimônia da Missa do Galo. E quando cantaram "Noite Feliz" no final, lágrimas escorriam pelo seu rosto. Não sabia por que nem para quem eram, ou o que o fizera chorar. Só sabia que estava profundamente emocionado. E, quando foi para casa naquela noite, sentia-se mais leve do que em anos. Era uma estranha sensação de paz, alegria e tranqüilidade. Sorriu enquanto dirigia para casa, e por um momento sentiu como se Jack estivesse ali no carro com ele.

Capítulo 13

NA MANHÃ DE NATAL, Faith, Zoe e Alex trocaram presentes. Zoe comprara para a mãe uma linda mochila de couro para usar na faculdade e um cachecol de lã comprido para que ficasse igual às outras meninas. E Alex comprou para Faith um bonito bracelete de ouro na Cartier. Faith deu a ele um terno novo, algumas camisas e gravatas. E para Zoe pequenos brincos de brilhante. Todos os presentes fizeram sucesso. E a Ceia de Natal foi tranqüila e sem nenhum acontecimento, embora todos admitissem que sentiam saudade de Eloise. Faith tinha assado um peru com todos os famosos recheios que todos adoravam, mas de certa forma apenas três na mesa de jantar parecia vazio. Tentaram ligar para Eloise, mas ela não estava quando ligaram, e no final do dia Faith estava se sentindo um pouco triste. Não gostava da idéia de que sua família estava encolhendo, mesmo que por um ano, apesar de Ellie ter prometido que viria para casa no ano seguinte.

E assim que terminaram a ceia Brad ligou para agradecer o bonito presente. Ela atendeu ao telefone enquanto arrumava a cozinha. Alex e Zoe estavam sentados na sala de estar tomando café, conversando e admirando a árvore. Era um raro momento civilizado entre eles, e Faith estava aliviada. Achou que pudesse ser Eloise quando atendeu ao telefone e ficou surpresa ao descobrir que era Brad.

— Obrigado pelos lindos livros. São inacreditáveis. Vão ser a coisa mais bonita do meu escritório, Fred. Muito obrigado. — Ele ficara muito orgulhoso deles quando desembrulhou-os, e muito comovido. E tivera o cuidado de abrir quando estava sozinho, para evitar comentários desnecessários de Pam.

— Eles não são tão lindos quanto meu terço — retribuiu ela feliz. Fora difícil encontrar o presente certo para ele. Não queria dar nada muito pessoal, e tudo o mais que via parecia errado. Os livros pareciam acertar em cheio o que havia entre eles. Eram muito especiais e valiosos, mas não muito íntimos, quase um símbolo do que existia entre eles. Embora ela o conhecesse há tempo suficiente para escolher algo mais íntimo, achou que era melhor não.

— Fui à missa ontem à noite — contou ele. — Na igreja de St. Dominic. Acendi velas para você e para Jack no altar de São Judas. Ele é seu santo, certo?

— Ele é o meu santo. — Ela sorriu. — Isso é ótimo. Com quem você foi? — Ele contara que Pam era atéia, e ela não podia imaginar que também fora.

— Fui sozinho. E você? — Mas na verdade, ele sentia como se tivesse isso com ela e com Jack. Sentira a presença deles durante toda a missa.

— Zoe me encontrou na igreja. Foi ótimo, só nós duas. Depois voltamos para casa andando e começou a nevar. A perfeita Véspera de Natal.

— Como foi a ceia?

— Foi boa. Parecia vazio só nós três. Ficarei mais feliz quando Ellie estiver em casa no ano que vem. E você?

— Todo o estado da Califórnia virá para o jantar *black-tie* em duas horas. Mal posso esperar. É tão íntimo e significativo. O tipo da coisa que realmente toca seu coração, ver cem pessoas quase estranhas circulando por sua sala de estar, comendo canapés e se empanturrando de champanhe. Realmente faz com que se lembre do verdadeiro significado do Natal. É uma pena você não estar aqui. — Ela riu da descrição, e não conseguia nem começar a imaginar. Por mais sossegado que tenha sido seu Natal, o dele parecia ainda pior. — Pam tem um verdadeiro talento para criar reuniões tão íntimas que fazem as pessoas sentirem-se especiais por estarem aqui — implicou ele, desejando poder estar com Faith, embora isso pudesse parecer estranho e difícil de explicar, até para ela.

— Talvez seja melhor ceder e aproveitar, e não esperar que seja mais do que é — sugeriu ela tentando ajudar.

— É o que faço. Isso, e muito vinho branco. Essas reuniões são um pouco difíceis para o estômago se não se bebe. — Quando jantaram, ela percebera que ele bebia pouco, por isso mal podia imaginá-lo embebedando-se, mesmo que fosse um mecanismo de defesa. — O que vai fazer hoje à noite?

— Dormir.

— Sorte sua. Ligarei amanhã ou mandarei um *e-mail.* — Voltaria ao trabalho no dia seguinte, e estava aliviado por isso. Já tivera festas suficiente, sem os meninos não tinham nenhum significado para ele.

— Feliz Natal, Brad. Tenha uma boa noite. Pode ter uma surpresa agradável.

— Quem sabe — disse ele, soando vago e pensando nela.

Desligaram, e ela arrumou a cozinha. Quando estava terminando, Zoe entrou e pediu dinheiro para ir ao cinema com as amigas.

— Pegue o que precisar na minha carteira — disse ela enxugando as mãos, e desamarrou o avental que colocara sobre o vestido de seda preto e o colar de pérolas. O cabelo louro estava preso em um coque, que a deixava parecida com Grace Kelly quando jovem. Apontou para a bolsa que deixara em uma das cadeiras da cozinha na noite anterior quando voltaram da missa. Zoe procurou por um momento e depois olhou para ela.

— O que é isso? — Estava segurando o terço, que caíra do saco de cetim e estava solto na bolsa.

—É um terço — respondeu Faith de forma trivial. Ficara com ele nas mãos durante a missa toda na noite anterior, mas Zoe não percebeu.

— Nunca vi esse terço antes. Onde conseguiu, mãe? — Zoe estava curiosa. Como se tivesse um sexto sentido.

— Foi presente de Natal de um amigo.

— Um amigo? — Zoe fez uma careta, parecia uma história estranha, e então entendeu. — Meu Deus, não me diga que aquele cara que cresceu com você lhe deu esse terço, mãe?

— Não é um presente chocante. Parece muito respeitável para mim.

— É, se ele estiver apaixonado por você. Outra pessoa não se importaria em mandar um presente tão significativo... e parece que também foi caro.

— É uma antigüidade, e você tem uma mente poluída. O pobre rapaz tentou me dar algo religioso e respeitável, e muito apropriado para o Natal, e você interpreta como um sinal de que ele está apaixonado por mim. Eu amo você, Zoe, mas é doida. — Faith sorriu de forma inocente para a filha.

— Não sou não. Estou certa. Na verdade, é um presente muito legal. — Zoe parecia impressionada.

— É sim. Mas será que você pode mudar de idéia e aceitar o fato de que sou casada, amo seu pai e que ninguém mais está apaixonado por mim?

— Talvez, mas não é verdade. Esse cara está louco por você, mãe. Veja isso, são esmeraldas e rubis no terço, mesmo sendo pequenos. Ele deve ser mesmo muito legal.

— É mesmo, e um bom amigo. Espero que o encontre outra vez um dia desses.

— Eu também. — Ela colocou o terço na bolsa da mãe e pegou vinte dólares para o cinema com as amigas.

— Amanhã descontarei um cheque e lhe darei dinheiro. E a propósito — ela aproximou-se para abraçar a filha — adorei minha mochila e o cachecol. Vou ser a menina mais legal da faculdade.

— Vai sim, mãe. E todos os meninos vão se apaixonar por você.

Faith virou os olhos.

— Você está obcecada.

A história toda de Brad estar apaixonado por ela parecia tola para Faith. E ofensiva, de certo modo. Isso negligenciava a amizade dele e fazia parecer menos do que era, e era importante para ela. Não tinha a impressão de que ele estivesse apaixonado por ela, nem ela por ele. Eram apenas muito bons amigos, quer Zoe acreditasse ou não.

Zoe saiu alguns minutos depois, e Faith foi sentar-se com Alex perto da árvore. Ele estava bebericando uma taça de vinho do porto e relaxando, perdido nos próprios pensamentos.

— Obrigado pela deliciosa ceia — disse ele de forma generosa.

— Obrigada pelo lindo bracelete — retribuiu ela, beijando-o no rosto, mas como sempre, ele não correspondeu. Para Alex, demonstrações de carinho eram na cama, com hora marcada, e em mais nenhum lugar. Em qualquer outra situação, deixavam-no constrangido. E nem na cama mais aconteciam com muita freqüência.

— Que bom que gostou — ele parecia satisfeito. — Adorei o terno, as camisas e as gravatas. Você tem um excelente gosto. Sempre escolhe melhor as coisas do que se eu escolhesse sozinho. — Era um elogio delicado, e tiveram uma noite agradável sentados em frente à lareira. Ele contou que tivera uma boa conversa com Zoe antes de ela sair, o que ambos sabiam que era raro.

Alex e Faith passaram uma noite surpreendentemente agradável juntos, e depois de um tempo subiram. Não fora um Natal animado para nenhum deles, mas fora um dia agradável. Assistiram a um pouco de televisão, e Alex estava pensando em fazer amor com Faith, mas acabou dormindo em frente à TV, e ela sorriu para ele. Tinham uma vida peculiar. Não eram velhos, mas levavam uma vida de pessoas idosas. Às vezes ela sentia como se toda sua vida estivesse para trás, e não adiante.

Foi a mesma sensação que Brad teve ao ir para a cama naquela noite. Fora uma noite exaustiva, bancando o anfitrião para cem pessoas com as quais não se importava, e o príncipe consorte para Pam em suas intermináveis ambições e esforços sociais. Não conseguia nem começar a imaginar passar o resto da vida fazendo isso, e mesmo assim sabia que passaria. Foi com o que se comprometeu 25 anos atrás, e onde, a qualquer preço, continuaria. Mas viver assim estava ficando cada vez mais difícil e deprimente do que ele poderia ter imaginado.

Capítulo 14

FAITH PRESTOU O PAVOROSO LSAT na semana entre o Natal e o Ano-Novo. Foi tão difícil quanto temia, e não fazia idéia de como tinha se saído. Bem no fundo, tinha medo de ter se saído muito mal, e Brad tentou tranqüilizá-la quando se falaram após a prova. Ele era a única pessoa no mundo que sabia que ela prestara o exame. Não contara nem para Zoe aonde tinha ido. Mas pelo menos isso já ficara para trás. Outro obstáculo ultrapassado. Tudo que podia fazer agora era torcer para ter conseguido uma boa nota.

Zoe partiu para Brown no dia de Ano-Novo. As aulas começariam no dia seguinte, mas ela odiava ir embora. Divertira-se com as amigas nessas férias, e sempre detestava deixar a mãe, embora Faith tivesse razão para estar animada. Suas aulas também começariam no dia seguinte.

Alex ficou dolorosamente quieto durante o jantar depois que Zoe foi embora, e Faith sabia por quê. Ele ainda estava chateado por ela voltar a estudar. Zoe fizera uma grande festa por causa disso antes de sair. Faith já arrumara a mochila e o material para o dia seguinte, estavam prontos em seu escritório, esperando em uma cadeira. Antes de dormir, desceu para verificar tudo de novo. Não ficava tão animada assim desde que era uma menina.

Recebera um *e-mail* de Brad naquele dia desejando boa sorte e dizendo que ela se daria maravilhosamente bem. Ela não tinha tanta certeza mas estava muito animada por voltar a estudar. Sabia que seria difícil, mas finalmente estava fazendo o queria.

Ela acordou ao amanhecer no dia seguinte, e já estava vestida às oito, quando preparou o café-da-manhã de Alex. Ele saiu às oito e meia, como sempre, e não dirigiu nenhuma palavra a ela. Queria ter certeza de que ela sabia que ele ainda reprovava, o que não era nenhum segredo para ninguém naquela casa. Ele apenas olhou para ela e fechou a porta.

Ela tomou outra xícara de café e ficou olhando para o relógio. Sairia às nove e pegaria um táxi para a cidade. Não teria de estar lá antes das nove e meia. Já estava pegando a mochila e se preparando para sair, quando seu *laptop* anunciou que recebera um *e-mail*. Clicou duas vezes e ficou surpresa de ver que era de Brad. Não eram nem seis da manhã para ele!

"Brinque direitinho nas caixas de areia e tenha um ótimo dia! Seja uma boa menina e me ligue quando chegar em casa. Com amor, Brad." Que delicadeza dele. Ela clicou no botão de resposta na mesma hora e colocou a mochila na cadeira para responder.

"Obrigada. Acordou muito cedo! Espero que não tenha sido só por minha causa! Ligarei para você... Reze para que as outras crianças não sejam más comigo. Estou com medo. Mas animada também. Tenha um bom dia. Com amor, Fred."

Era Zoe quem sempre ficava com medo que as outras crianças fossem más com ela na escola, mas nunca foram. Faith tinha mais medo de não se dar bem nas aulas. Já fazia muito tempo desde que estivera na faculdade.

Saiu de casa então e pegou um táxi para a Universidade de Nova York. Estava confuso quando chegou, mas tinha um maço de papéis dizendo o que fazer e para onde ir. As informações eram claras e precisas, e ela encontrou a sala da sua primeira aula com uma facilidade surpreendente. E a aula foi ainda melhor do que ela esperava. Chamava-se "O Processo Judicial". Era fascinante, e a professora, interessante e desafiadora. Estava hilariante quando parou para almoçar, e tinha outra aula à tarde, de Direito Constitucional. Iria à faculdade duas vezes por semana. Sabia que essas aulas a ajudariam quando entrasse na faculdade de Direito no outono, e a primeira lhe pareceu uma aula excelente.

Estava exausta quando finalmente voltou para casa naquela tarde, mas ainda era o dia mais interessante que tivera em anos. A professora de Processo Judicial devia ter a idade de Faith, que teria adorado parar para conversar com ela, mas sentiu-se tímida para fazer isso, e sabia que tinha de voltar para casa depois da aula de Direito Constitucional. Já seriam quatro da tarde quando chegasse em casa e não podia ficar brincando na escola.

Guardou a mochila quando chegou em casa e já estava pensando nas tarefas que recebera. Ambas eram desafiadoras e levariam tempo. O telefone começou a tocar quase na mesma hora em que entrou. Ainda estava de casaco. Era Zoe.

— Como foi? Você gostou, mãe?

— Adorei! Foi ainda melhor do que eu imaginava. — Estava feliz e animada, e Zoe era só orgulho. Conversaram por meia hora, e finalmente Faith disse que tinha de ir. Ainda precisava organizar o jantar de Alex, e não sabia o que havia em casa. Mas, assim que desligou, o telefone tocou de novo. Desta vez, era Brad.

— Não suportava mais o suspense. Você gostou? — Foi o cumprimento dele, e ela sorriu.

— Adorei. Os professores são ótimos e parece que as pessoas das turmas são inteligentes. O tempo voou, e as tarefas de casa são apavorantes, mas acho que consigo dar conta. — Ela soltou um suspiro de animação e ele sorriu. — Amei mesmo! Acabei de chegar em casa.

— Você vai se dar muito bem! — exclamou ele, emocionado por ela. Era exatamente o que tinha torcido que ela conseguisse.

— Obrigada pelo *e-mail* hoje de manhã. — Ele não disse a ela que colocara o despertador para às cinco e meia para que pudesse enviar com classe. — Estava morrendo de medo.

— Imaginei que estivesse. Foi por isso que não liguei. Não queria lhe dar uma oportunidade de desmoronar, então mandei o *e-mail.*

— Muito esperto.

— Estou tão contente por você. As tarefas para casa são difíceis?

— Parece que sim, mas acho que dou conta, contanto que não fique ocupada com coisas externas tipo os jantares que tenho de preparar para Alex. Vai ser duro.

— Que bom que você não é casada com Pam. — Tinham tido outra festa grande na Véspera de Ano-Novo. Faith e Alex tinham ficado em casa e assistido a televisão, como sempre faziam. E Brad disse que os invejava. — Então, e agora?

— Vou estudar feito uma louca e se Deus quiser começo a faculdade de Direito no outono. — Alex ainda não estava convencido, mas ela estava avançando e sentindo-se mais confiante depois do primeiro dia na faculdade. — Vou candidatar-me logo.

— Para onde?

— Columbia, Universidade de Nova York, Fordham, New York Law School e Brooklyn Law. Não tenho muitas escolhas geográficas, tem de ser em Nova York.

— Que pena que não pode vir para cá — disse Brad com um sorriso.

— Alex ficaria impressionado. Ia adorar. Uma esposa que vem para casa nas férias. Embora às vezes eu me pergunte se ele nota a minha presença. Talvez eu possa contratar uma substituta para fazer meu trabalho. — Independente do que fosse hoje em dia, a maior parte envolvia jantar, café-da-manhã, e de vez em quando uma festa, e mais raro ainda, fazer amor. Não era mais um emprego em tempo integral.

— Eu adoraria contratar alguém para fazer o meu. — Brad riu. — Ele poderia ir a todos os jantares *black-tie*, e estréias de óperas e sinfonias. Nossa, eu adoraria isso! — Ambos riram, e Faith olhou para o relógio.

— É melhor começar a me preparar, ou Alex terá um ataque quando chegar em casa. A partir de agora, qualquer coisa que der errado, será porque estou na faculdade. Tenho de ter um comportamento irrepreensível. Jantares perfeitos, tudo na hora, jantares para convidados dignos de Julia Child e Martha Stewart. Não posso falhar agora. — Estava pensando em preparar um jantar especial para ele naquela noite, para provar que poderia fazer malabarismo com tudo, mas não tinha mais tempo nem vontade.

— É muita pressão em cima de você — comentou Brad de forma solidária. — Talvez você não precise provar tanto para ele. Você não está fazendo nada de terrível — concluiu ele, indo direto ao ponto.

— No ponto de vista dele, estou. Mandarei um *e-mail* para você mais tarde. Tenho de decidir o que vou fazer para o jantar. Depois tenho de fazer minhas tarefas de casa.

— Você é uma boa menina — disse ele sorrindo.

— Você também. Obrigada, Brad. — Ela desligou às pressas, olhou na geladeira e decidiu sair e comprar algo de que Alex realmente gostasse.

Quando ele chegou em casa, ela assara linguado no forno, estava preparando aspargo com *goulash*, um prato holandês, e um maravilhoso risoto de uma receita de Julia Child. E ela serviu tudo de forma impecável, orgulhosa de si mesma por ter feito tudo em tempo recorde. Alex não fez nenhum comentário, comeu em silêncio e não perguntou como tinha sido na faculdade. Faith estava perplexa.

— Gostou do peixe? — perguntou ela, tentando conseguir um elogio. Ela achou que era um dos melhores que já fizera. — É uma nova receita que encontrei. — Sentia-se como Susie Homemaker, o exemplo da mulher perfeita, preparando um jantar divino e ainda conseguindo ir para a faculdade, mesmo que fosse seu primeiro dia.

— Está bom — respondeu ele sem expressão.

— Que tal o *goulash*? — Ela sabia que estava exatamente como ele gostava, assim como o aspargo.

— Um pouco grosso — comentou ele, e então ela percebeu que não teria chance. Gostando ou não do jantar, ele não tinha intenção de falar, e ela sentiu a raiva subir a sua cabeça. Mas não disse nada, e após o jantar arrumou tudo sem dizer mais nenhuma palavra. Era uma coisa repugnante de se fazer. Ele não faria nenhuma concessão, o que, para ela, parecia um comportamento muito infantil. Agora que ela estava de volta à faculdade, ele podia tentar ver o melhor e aprender a lidar com isso. Mas parecia que Alex não tinha a intenção de facilitar as coisas. E quando ela colocou a louça na lavadora, e ele desapareceu, ela já estava enfurecida. Assim que terminou, trancou-se em seu escritório e pegou seus livros. Ficou lá até uma da manhã fazendo os dois trabalhos que lhe foram pedidos. Quando foi para cama, já tinha terminado e finalmente superara a raiva por Alex. E agora não teria nenhum trabalho para o dia seguinte. Tudo estava sob controle.

Na manhã seguinte, no café-da-manhã, Alex não falou com Faith, que estava irritada com ele.

— Tudo bem, Alex. Não vou à faculdade hoje. Pode falar comigo. Não precisa me punir até amanhã. — Mais do que percebera, ela ainda estava furiosa com ele por tê-la tratado daquela forma na noite anterior.

— Não sei do que você está falando, Faith. Que coisa ridícula de se dizer.

— É uma forma ridícula de se comportar. Somos adultos. Você não gosta do fato de eu ter voltado a estudar, tudo bem. Mas estou tentando fazer o melhor possível. Você está se punindo tanto quanto a mim.

— Você fez isso, Faith. Sabe como me sinto em relação a isso. Se não gosta da minha reação, pode desistir da faculdade. — Para ele, era simples assim.

— É isso então? Chantagem? Você mal vai falar comigo e vai transformar a minha vida em um inferno até que eu desista da faculdade? — Ele não respondeu, ela elevou a voz. Não era a forma como ele gostava de começar seu dia. Nem ela. — Parece que é uma forma de se lidar com isso. Não muito madura, para dizer o mínimo. Será que não pode me dar uma chance? E pelo menos ver se vai dar certo antes de começar a me castigar? Só tive um dia de aula. Não pode ter sido tão ruim assim!

— Muito ruim. Você nem deveria ter feito a matrícula, em primeiro lugar. A idéia toda é um absurdo.

— Assim como a sua atitude. — O olhar dela estava em chamas, o que era raro. Eles estavam bem longe de um bom começo para a carreira acadêmica de Faith. E a faculdade de Direito seria ainda pior. Mas esse era o objetivo dele. Queria impedi-la antes que chegasse tão longe. Mas ela não desistiria assim tão fácil. Se não serviu para mais nada, o comportamento dele pelo menos fortaleceu a decisão dela.

— Acho seu comportamento deplorável — reagiu Alex de forma gélida, ao pegar *The Wall Street Journal* e sair da cozinha. Ele não tocara na comida, nem ela. Era um bom anúncio do que viria nos próximos meses.

De tarde, ela mandou um *e-mail* para Brad contando o que acontecera. Ele respondeu à noite. Estivera no tribunal até as cinco horas.

"Querida Fred, desculpe a demora em responder. Dia longo, pequena vitória para uma das minhas crianças. Ouvir você falar sobre Alex me deixa louco. Ele está vivendo na Idade da Pedra. Como ele escapa impune disso? Deveríamos mandá-lo para um campo de treinamento junto com Pam. Ela daria um jeito nele em uma semana. Mas ele teria de se submeter para chegar ao fim. Você não pode abrir mão da sua vida por causa dele. Seria muito errado.

Consegue se concentrar no estudo com ele infernizando sua vida? Terá de tentar. Faça o melhor que puder. Você não pode ser perfeita o tempo todo, ninguém pode. Apenas dê o melhor de si. Mas saiba que haverá épocas de apertos, de provas, e noites em que não poderá jantar à mesa e fazer seus trabalhos. Gostando ou não, ele vai ter de conviver com isso. Se você deixar a peteca cair agora, ou ceder, vai se arrepender para sempre. Sei que Jack teria dito a mesma coisa. Ele ficaria muito emocionado com a sua volta para a faculdade de Direito. Ele sempre achou que você deveria.

Costumava dizer que você tinha mais talento natural para a coisa do que ele. Ele chegou a lhe dizer isso? Para mim, disse diversas vezes, principalmente quando estávamos na faculdade de Direito e ele vivia pensando em abandonar. Agüente firme, querida... você vai vencer! Com amor, Brad."

Ele sempre fazia com que ela se sentisse muito melhor, e ela era grata pela força que ele lhe dava. Precisava dessa força desesperadamente, e Alex continuou transformando sua vida em um inferno no mês seguinte.

Faith estava fazendo malabarismo para dar conta dos trabalhos, testes, tarefas domésticas e ainda cozinhar para Alex. E Zoe e Brad mantinham-na animada. Ela sabia que era possível, mas difícil, fazer tudo. Mas conseguia administrar o casamento e as aulas. Conseguira até completar seus formulários para a faculdade de Direito. E para sua surpresa, suas notas no LSAT compensariam o fato de não ter trabalhado nem estudado nos últimos 25 anos. E suas notas atuais eram constantes As.

A parte mais difícil era ser tratada com frieza por Alex e a atmosfera sombria que ele criava na casa. Ele estava dominado pelo próprio ressentimento por ela ter voltado a estudar. E as coisas só pioraram conforme as semanas foram passando. No início de fevereiro, ela passou por um dilema. Na aula de Processo Judicial, anunciaram uma viagem para pesquisa de campo para Washington de quatro dias. Não era obrigatória mas muito recomendada, e a professora aconselhou-a a ir. Haveria um trabalho a ser entregue na volta para ganhar pontos extras na nota final. Ela falou tanto com Zoe quanto com Brad, e ambos achavam que ela deveria fazer a viagem. O problema, claro, era Alex. Faith não tinha nem coragem de falar com ele. Queria decidir-se primeiro, antes que ele a pressionasse a não ir, o que ela suspeitava que ele faria.

Foi na semana anterior à viagem que ela finalmente contou a ele do que se tratava. Ele ficou em silêncio enquanto ela explicava no final do jantar. Ela tivera dor de estômago a refeição inteira, esperando para falar. Como de costume, eles comeram sem trocar nenhuma palavra. Desde que ela voltara a estudar, ele nem tentava manter um bom relacionamento. Apenas ficara mais firme na decisão de excluí-la.

— Então este é o negócio — resumiu ela. — Estarei em Washington por quatro dias. Posso deixar comida congelada para você jantar, mas não sei como estão seus planos de viagem nesses dias. Você vai a algum lugar na semana que vem? — Ela esperava que ele fosse, pois assim sua ausência não criaria uma crise. Isso simplificaria tudo.

— Não, não vou — respondeu ele de forma abrupta, encarando-a como se ela tivesse acabado de dizer que fora presa por assalto a mão armada. — Não posso acreditar no que você está fazendo. Está se fingindo de estudante enquanto tem suas responsabilidades aqui.

— Alex, seja razoável. Nossas filhas já cresceram e saíram de casa. Somos adultos. O que eu faço aqui? Nada. Preparo seu jantar à noite. Não tenho nada para fazer o dia todo. Eu estava morrendo de tédio antes de voltar a estudar. — O teatro dele estava ficando mais ridículo a cada dia. Tudo se tratava do ego dele e do controle que tinha sobre ela. Ele queria ter certeza de que ela faria tudo que ele quisesse. Mas levara isso longe demais, até para ela.

— Sinto muito por ser tão entediante ser casada comigo, Faith.

— Eu não disse isso. Só não tenho mais o que fazer. Você sabe disso. Você queria que eu aprendesse a jogar *bridge* ou fizesse cursos no museu. Isso faz mais sentido.

— Não para mim.

— E a respeito de Washington? — pertuntou ela, indo direto ao assunto. Ele já dissera tudo isso antes, e ela já estava cansada de escutar e ajoelhar-se aos pés dele pedindo desculpas. Se para ele não estava ficando cansativo, para ela estava.

— Faça o que quiser.

— O que você quer dizer com isso? — Ela queria saber dele quão alto seria o preço que teria de pagar. Quão furioso ele ficaria, quão severamente ela seria punida? Era quase certo que ela iria de qualquer forma, já sabia, mas queria ver a etiqueta com o preço antes de ir.

— Parece que você vai fazer o que quiser de qualquer jeito. Vá em frente, então, e faça o que quiser, por sua própria conta e risco. — Era uma ameaça velada, e como sempre, despertou algo nela.

— Estou tão cansada disso, Alex. Pelo amor de Deus, não cometi nenhum crime. Não fui infiel a você. Não abandonei nem você nem nossas filhas. Por que você tem de agir como se eu tivesse?

— Você está louca — respondeu ele com um olhar de nojo ao se levantar e se preparar para sair da cozinha.

— Se eu estou, é você quem está me deixando.

— Não me culpe se não gosta das conseqüências de suas ações.

— Tudo bem, não culparei — afirmou ela. — Vou para Washington. Ficarei fora quatro dias. Pode me ligar se precisar. E deixarei toda a comida de que você vai precisar.

— Não precisa, vou comer fora — sibilou ele através de dentes trincados.

— Não é necessário. Deixarei jantar para quatro dias. Então você poderá escolher se quer comer em casa ou fora. — Ele não disse mais nada, só virou-se e saiu.

Ela nem escrevera *e-mail* para Brad ou Zoe para contar. A cena fora tão humilhante e decepcionante que não queria contar a ninguém. Lidaria com isso sozinha. E na manhã que ela saiu, despediu-se dele, que não respondeu. Apenas continuou lendo o jornal e agindo como se ela não existisse. Se fora planejado para fazê-la se sentir culpada, teve o efeito contrário. Só deixou-a com mais raiva e aliviada por estar fora de casa. Ela sentia-se como se tivesse acabado de ser solta da prisão quando saiu com sua mochila, uma pequena mala e o *laptop* guardado em seu estojo em um braço. Estava levando-o consigo para que pudesse trabalhar e se comunicar com facilidade com Brad e Zoe. Mas era uma sensação deliciosa.

Mais da metade dos alunos de sua turma fariam a viagem. Encontraram-se no Aeroporto La Guardia e pegaram uma ponte-aérea para o Reagan em Washington. Ficariam em um pequeno hotel na Massachusets Avenue que estava cheia de estudantes e pequenos empresários estrangeiros. Só o fato de estar lá já era excitante para Faith, e no final da tarde, depois de passar o dia no complexo de museus Smithsonian e na Biblioteca do Congresso, ela estava feliz por ter vindo. E já tinha uma idéia sobre o que escreveria em seu trabalho quando voltasse para casa. Começou a fazer anotações no quarto do hotel naquela noite, e ligou o computador para trabalhar um pouco, depois de terem jantado em um restaurante indiano. Passara uma hora conversando com a professora, que era a mulher de quem tinha gostado tanto, e entrou em um debate fascinante com outros alunos sobre a Constituição e a validade das leis que sustenta. O debate levou a uma discussão acalorada sobre a Primeira Emenda, e quando Faith chegou em seu quarto, estava alegre e inspirada. Estava digitando bem rápido no *laptop* quando viu que tinha recebido *e-mail*. Era de Brad.

"Oi, Fred... então, como está o Processo Judicial? Já sabe tudo? Está se divertindo? Eu adoro Washington. Tive uma namorada aí quando estava na faculdade, ela era filha do embaixador francês. Costumava visitá-la, nunca me diverti tanto em minha vida. Tentei armar para o Jack com a irmã dela, mas ele foi tão escandaloso que deixou-a morrendo de medo. Então o que está fazendo? Pessoal legal? Boa professora?

Por aqui, tudo bem. Terei julgamento na próxima semana. Minha secretária me avisou que na semana que vem é dia dos namorados. O dia em que devemos nos lembrar de alguém que amamos, ou perceber que ela nos esqueceu, ou algo parecido. Flores e chocolates. Alergia e cáries. Parece que estou perdendo meu espírito romântico. Eu levaria Pam para jantar fora, mas ela provavelmente levaria uns duzentos amigos e insistiria para eu usar *smoking*. Acho que vou trabalhar e dizer a ela que esqueci. Ela deve se esquecer também. Estou vagando pela casa. Volte ao trabalho. Mantenha contato. Se resolver se candidatar a presidente, me avise. Com certeza terá meu voto. Até breve. Com amor, Brad."

Ela adorou receber o *e-mail* dele. Ele sempre a fazia rir, ou pelo menos sorrir. E o anúncio dele sobre o dia dos namorados lembrou Faith de mandar doces para as meninas. Tinha certeza de que Alex nem mencionaria o dia, nunca mencionava. Eles não eram mais namorados, principalmente nos últimos tempos. O dia não tinha mais significado para ela.

O restante da viagem a Washington foi fascinante e continuou em um ritmo acelerado. Foram a museus, bibliotecas e universidades juntando dados e informações para ilustrar o curso. E foi apenas na última manhã que tiveram um empecilho importante. Ainda tinham um dia para concluir e uma última noite. Mas a professora recebeu uma ligação de emergência, a mãe dela fora levada para o hospital. Tivera um AVC e não tinha muitas chances de sobreviver. Ela recebeu a ligação pelo telefone celular e, claro, ficou abalada e disse que tinha de ir embora. Insistiu que todos completassem o dia e a noite restantes. Estava marcado para voltarem para casa apenas na tarde do dia seguinte. Já era sexta-feira de manhã. Não eram esperados em Nova York antes da tarde de sábado. Mas quando ela deu a notícia, Faith percebeu que terminara tudo que tinha de fazer. Tinha material mais do que suficiente para o trabalho, e mais da metade do grupo decidiu voltar para casa. Sem a líder para guiá-los, logo perderam o pique. Alguns decidiram ficar mesmo sem a professora, mas Faith estava no grupo que optou por voltar naquela tarde. Isso também permitiria que passasse o final de semana todo com Alex, que ela esperava que a redimisse depois de passar três dias fora. Desde que ela partiu, ele não ligou nenhuma vez, nem retornou suas ligações diárias.

Faith arrumou suas coisas no hotel e pegou um táxi para o aeroporto junto com cinco colegas. Pegaram uma ponte-aérea para casa e já estavam de volta à Nova York às duas horas. Era perfeito. Poderia ir para casa, organizar seu trabalho e preparar um gostoso jantar para fazerem as pazes. Ela parou no mercado no caminho e chegou em casa pouco depois das três. Estava carregando duas sacolas do mercado e colocou-as na cozinha, junto com suas outras bolsas. Parecia que estava fora há semanas. E, ao olhar pela cozinha, ficou surpresa ao ver que estava perfeitamente arrumada. Imaginou se ele comera fora todas as noites afinal. E quando colocou as sacolas no chão, percebeu um par de sapatos embaixo da cadeira. Eram sapatos de salto alto de cetim preto, e ela não tinha nenhum assim. Ficou ainda mais surpresa ao pegar um e olhar mais de perto e ver que era vários números acima do seu. Seu coração acelerou, e com uma sensação de enjôo subiu as escadas.

A cama em seu quarto fora feita às pressas, com a colcha jogada por cima da cama desarrumada. E quando ela puxou-a quase na mesma hora viu um sutiã de renda preto, e ao olhar mais para baixo, viu a tanga que fazia par, que parecia ter sido jogada no chão. De repente sentiu-se dominada por um enjôo, como se fosse desmaiar. Isso não podia estar acontecendo. Não havia explicação, exceto o óbvio. Não era uma hóspede, nem uma de suas filhas, ou qualquer pessoa que ela pudesse explicar. Alex levou uma mulher para dentro de casa enquanto ela estava fora. E quando ela entrou no banheiro, havia cosméticos de uma marca que ela não usava em cima da penteadeira, e fios longos de cabelo preto na pia. Não havia como se enganar depois que viu outro par de sapatos e uma suéter pendurada no toalheiro. E tudo que conseguiu fazer ao ver dois vestidos e três ternos desconhecidos em seu armário foi chorar. Não fora apenas uma noite. Quem quer que fosse a mulher que estava com Alex, era óbvio que viera passar os quatro dias.

E então, com uma sensação de terror, percebeu que eles voltariam para casa naquela noite, talvez até mais cedo.

Sem nem mesmo pensar com clareza, desceu as escadas correndo, depois de jogar a colcha por cima da cama como estava antes e deixar tudo intocado. Foi cuidadosa ao apagar as luzes. Voltou para a cozinha, pegou suas bolsas, incluindo as duas sacolas de compras, e saiu de casa. Jogou as duas sacolas em uma lata de lixo na rua e fez sinal para um táxi, sem saber para onde ir. Não tinha nenhuma amiga para quem quisesse confessar esse pesadelo, nenhum lugar no qual se refugiar e nenhuma idéia do que fazer, então pediu ao motorista para levá-la ao Carlyle Hotel, a duas quadras dali, sentou no banco de trás e chorou.

— Só isso? — O motorista olhou para ela confuso. Era tão perto que ela poderia ir andando.

— Só — confirmou ela, completamente desordenada. — Pode ir.

Estava aterrorizada pela idéia de que poderia encontrar Alex e a mulher quando eles chegassem em casa. Mas o pior de tudo era que a casa era dela também. Ele profanara a casa deles, a cama deles. Enquanto subiam a Madison Avenue, ela só conseguia pensar no sutiã e na tanga. E só queria morrer. Era o troco final por sua viagem para Washington, se era essa a intenção dele. Mas o que ela também percebeu ao pararem no hotel, e o porteiro abrir a porta para ela, foi que não devia ser uma mulher nova para Alex. Ele não colocaria uma estranha dentro de casa por quatro dias. Devia estar tendo um caso com ela há um tempo. Faith sentiu-se mal quando o porteiro perguntou se ela se hospedaria ali, e ela disse que sim.

Não queria confrontar Alex nem fazer uma cena. Ficaria no hotel e voltaria para casa no sábado de tarde, como planejado, o que significava que Alex e a mulher, quem quer que ela fosse, ficariam aconchegados em sua casa. Tudo que queria fazer era fazer o *check-in* no Carlyle e vomitar.

Pediu um quarto, e eles tinham um por sorte, já que ela não tinha reserva e disse que ficaria apenas um dia, no máximo o final de semana. Eles cadastraram-na e entregaram a chave, e um mensageiro carregou sua bagagem de Washington até o quarto. Ela segurava seu *laptop* como se fosse o tesouro de Sierra Madre e seu último vínculo com o mundo real. Mas não ligou-o quando chegou ao quarto. Apenas sentou-se na cama, soluçando, e já estava escuro do lado de fora quando parou. Não sabia nem que horas eram. E quando olhou para o relógio viu que eram seis horas. Não podia nem ligar para Zoe para contar. Não achava justo jogá-la contra Alex. Tinha de resolver isso sozinha. Mas não parecia possível. Embora estivesse claro em sua cabeça que ele estava tendo um caso. Depois de toda a frieza dele em relação a ela, toda a fúria e as acusações por causa da volta dela à faculdade, toda a dureza gélida que ele mostrara até agora, toda a distância, todo o silêncio, toda a indiferença por ela como mulher, ele estava dormindo com outra pessoa. E o pior de tudo é que sentia-se mais arrasada do que furiosa. Estava começando a imaginar se deveria ter ficado e confrontado os dois, mas não sentia vontade de fazer isso, e precisava de tempo para se recompor.

Eram oito da noite em Nova York quando ela ligou para Brad. Queria discutir com ele com calma. Queria um conselho de irmão, assim como teria ligado para Jack se ele estivesse vivo. E Brad havia lhe contado que Pam já tivera vários casos, e que ele também entrara nesse caminho uma vez. Esperava que ele fosse mais calmo e sábio sobre esse assunto do que ela, e talvez ele lhe dissesse para não ficar triste. Mas assim que ela escutou a voz dele, começou a chorar de novo, e não conseguia nem formar palavras. Apenas soluçava sem controle ao telefone, e por um minuto ele não soube quem era. Não era raro para ele receber ligações histéricas de clientes em potencial, ou seus pais, e por um segundo achou que fosse um, mas depois percebeu horrorizado que era Faith.

— Fred?... Droga... Meu Deus, o que houve?... Vamos, querida... fale comigo... conte o que houve... — Ele estava com medo de que algo tivesse acontecido com uma das filhas dela. — Fred, querida... por favor... tente se acalmar... respire fundo... me conte o que aconteceu... você está machucada?... Você está bem?... Onde você está? — Ele estava ficando mais desesperado a cada segundo, e o que ela falava ainda não fazia sentido.

— Estou em Nova York — gemeu ela, e então se acabou em soluços de novo.

— Vamos, tente me contar o que aconteceu. Você está machucada?

— Não... mas eu gostaria de estar morta... — Ela soava como uma menininha, e ele só conseguia imaginar a menina de 8 anos de idade que ele conhecera e amara, com tranças louras e sem dente, quando eles se viram pela primeira vez.

— As meninas estão bem? — Esse era o maior medo dele. Era o que todos os pais mais temiam. Ele rezou para que não fosse.

— Estão... acho que sim... não é com elas... é Alex... — balbuciou ela ainda chorando, mas conseguira verbalizar agora, e Brad estava aliviado pelo que escutara até agora, exceto pelo fato de que ela estava desesperada. Imaginou se Alex sofrera um acidente, ou talvez um infarto e morrera.

— Ele está ferido?

— Não, eu estou. Ele é um cretino completo. — Brad percebeu que eles deviam ter tido uma briga e que não era tão ruim quanto temera. Mas deve ter sido notável para ela estar nesse estado. Nunca a vira assim. Imaginou se ele não teria batido nela. Se fosse isso, pensou Brad já enfurecido, o acertaria em cheio.

— Pensei que você estivesse em Washington. O que está fazendo em Nova York? — Sabia que ela só deveria voltar na tarde do dia seguinte.

— A mãe da professora ficou doente e ela teve de voltar. Então vim para casa antes. — Ela ainda estava chorando, mas com calma suficiente para conversar com ele, pelo menos. Ele estava em pânico.

— E aí? — Ele estava ansioso para saber.

— Fui para casa.

— Vocês brigaram? — Brad acenou para dispensar a secretária de sua mesa. Ela estava sinalizando que tinha três ligações esperando, mas ele não se importava. Queria falar com Faith, sem interrupções. Todo mundo teria de esperar, ou ir para o inferno. Sua prioridade era Faith.

— Não, a casa estava vazia. — De repente, ele foi tomado por pânico real. Talvez ela tivesse encontrado um intruso e sido estuprada.

— Pelo amor de Deus, o que aconteceu? Fred, você tem de me dizer. — Ela estava deixando-o louco. Não poderia ajudá-la se não soubesse o que a deixara nesse estado.

— Ele levou uma mulher para lá — contou ela, assoando o nariz em um lenço de papel da caixa ao lado da cama.

— Ela estava em casa quando você chegou? — Brad estava perplexo. Pelo que ela dizia, Alex não parecia ser desse tipo.

— Não, as roupas estavam. Havia sapatos na cozinha, roupas dela no meu armário, cosméticos no meu banheiro e roupas íntimas na minha cama. Ele está dormindo com ela! — Com certeza, Brad entendeu isso. Não havia outra explicação para o que ela vira. — Foi nojento... tinha uma tanga... — Ela desfez-se em lágrimas de novo, e ele não pôde deixar de sorrir em solidariedade a ela. Pobre menina.

— Ah, minha querida, gostaria de estar aí. Aliás, onde você está? — Era óbvio que ela fora para outro lugar para ligar. Não podia imaginá-la sentada em casa, esperando que eles voltassem.

— Estou no Carlyle. Peguei um quarto para o final de semana. Não sei o que fazer. Acha que eu deveria ir para casa e expulsá-la de lá?

— Não acho que seja uma boa idéia. Primeiro você precisa se acalmar. Depois precisa resolver o que quer fazer. Quer se divorciar dele? Deixá-lo? Quer mesmo contar a ele o que viu? Se não contar, talvez passe. — Sempre fizera assim com Pam, na intenção de salvar seu casamento. Mas ela fora esperta o suficiente para nunca trazê-los para dentro de casa. Ele acha que o que Alex fizera, no mínimo, era uma burrice.

— E se o caso deles for sério? — Faith soava arrasada.

— Então você terá sérios problemas. — Mas ambos sabiam que ela já tinha. Eles eram infelizes no casamento há anos, e Alex acabara de cumprir sua última ameaça, sem nem um pouco do respeito que ela sempre teve por ele. Ele a magoara com a tanga. Ela sentia como se tivesse sido atropelada por um ônibus. E então Brad teve uma idéia. — Quer que eu vá para aí? Podemos discutir isso antes de você voltar para casa. Posso pegar um corujão hoje à noite se você quiser, e volto amanhã à noite.

— Não... estou bem... tenho de resolver isso... o que vou fazer? — Ela se perguntava o que Jack teria dito, mas tinha a sensação de que independente do que fosse, Brad diria a mesma coisa. Eles tinham pontos de vista muito parecidos.

— Realmente acho que você tem de resolver o que quer antes de confrontá-lo. É a sua hora agora, Fred. É o seu trunfo. — Ela não pensara dessa forma e não estava convencida.

— Talvez não. Não se ele estiver apaixonado por ela.

— E se não estiver? Quer continuar casada com ele? Pode perdoá-lo por isso? Muitas pessoas perdoam, então não fique constrangida se quiser esquecer tudo. Esse tipo de caso costuma acabar com o tempo. A maioria das vezes, pelo menos. Geralmente é só uma coisa passageira. — De qualquer forma, ele detestava o que Alex tinha feito, mas estava tentando ser justo com ela, não deixando-a pior do que já estava. Outras pessoas já perdoaram casos de seus cônjuges antes. Ele perdoara Pam, e ela o perdoara. Tudo dependia do ponto de vista de Faith.

— Como ele pôde fazer isso comigo? — Ela estava tendo a reação típica de qualquer pessoa que passa por essa situação.

— Provavelmente burrice. Tédio. Precisava alimentar o ego, estava se sentindo velho. As mesmas razões estúpidas que todo mundo dá para fazer esse tipo de coisa. Na maior parte das vezes, não é amor verdadeiro. Apenas desejo.

— Ótimo. Ele nem olha mais para mim, e está dormindo com uma mulher que usa tanga. Ela tem cabelo longo e preto — disse ela, lembrando do fio na pia, e Brad sorriu, e desejou poder abraçá-la. Ela precisava disso desesperadamente. — Talvez ela seja muito jovem.

— Posso lhe garantir uma coisa, querida. Você é mais bonita do que ela. E não importa se ela tem barba ou se usa topete. Ele provavelmente só está se divertindo enquanto você está fora.

— Enquanto isso, ele age como se eu fosse uma criminosa por ter voltado a estudar. Eu tenho comido o pão que o diabo amassou há um mês para fazer com que tudo funcione para ele. Talvez essa seja a idéia dele de vingança.

— Tenho quase certeza que não tem nada a ver com você. Tem a ver com ele. Dane-se ele. Vamos pensar em você. Que tal lavar o rosto e pedir uma xícara de chá para o serviço de quarto, ou talvez um drinque? Ligarei para você em meia hora, e vamos conversar mais. Só quero lhe ajudar a decidir o que quer fazer. A minha opinião é irrelevante aqui.

— Mas o que você acha? — Ela queria saber.

— O que eu acho? — perguntou ele, tentando permanecer calmo. — Acho que ele é um completo filho-da-puta, um cretino patético, mas não só por causa disso. Ele arrasta você pelos cabelos, deixa você paralisada de medo, solitária o tempo todo, e agora faz uma burrice dessa. Pessoalmente, acho que ele deve levar um tiro. Mas se você quiser continuar casada com ele, darei total apoio. Pois eu não o amo, você ama, e eu não sou casado com ele. — Ele respeitava o casamento dela e o desejo de continuar nele tanto quanto o seu próprio. Embora desejasse que ela tivesse deixado Alex há muito tempo, para o próprio bem dela.

— Não sei mais o que sinto por ele. Neste momento, eu o odeio e me sinto humilhada, burra e mal-amada. Não sei se eu o amo ou não. Mas sempre achei que ficaria casada com ele para sempre, agora já não sei mais. — Uma porta que a amedrontava estava se abrindo, e ela sentia uma insegurança desesperadora.

— Bem, não tome nenhuma decisão precipitada até resolver. Ligarei em meia hora. — Ele tinha onze ligações urgentes esperando. Atendeu sete e pediu para sua secretária resolver as outras. Eram seis horas da tarde para ele, e felizmente sabia que Pam sairia com amigos.

Faith já tinha pedido um bule de chá e jogado água gelada no rosto quando ele ligou de volta meia hora depois. Mas não fazia idéia do que faria em relação a Alex, e só de pensar nele na casa com a mulher de tanga, Faith ficava enjoada.

— Como você está? — perguntou ele de forma solidária.

— Não sei, me sinto estranha. — Ela soava assim. Como se estivesse desconectada ou cansada.

— Estranha como? — Ele de repente ficou preocupado, ela podia ter tomado alguns comprimidos ou feito outra coisa para si mesma. Mas ela era sensata.

— Só estranha. Desiludida, traída, ferrada. Entorpecida. Triste. — Não conseguia pensar em outros adjetivos, mas ele ficou aliviado.

— Ah, esse de tipo de estranha, tudo bem. Deve estar mesmo. Estive pensando nisso, Fred. Acho que você deve dizer a ele o que sabe. Se não disser, isso só vai envenenar você. Deixe ele decidir como resolver. Mas não faça nada que não queira fazer. Só estou dizendo o que acho.

— Acho que você deve estar certo. Nem sei como dizer a ele o que eu vi.

— Essa é a parte fácil. Ele sabe. Não é novidade para ele, apenas para você.

— Parece que sim.

— A novidade aqui é que você sabe. É claro que você pode ligar para ele hoje e fazer com que tenha um infarto dizendo que está espionando a casa. Seria um baita susto — sugeriu ele de forma cruel.

— Ele não atende ao telefone. — Ela tentara a semana toda.

— Bem, pelo menos nisso ele foi esperto. Ele provavelmente vai ser hostil quando você contar que sabe. Os homens não gostam de ser pegos em uma escapulida, e de um jeito ou de outro, ele vai tentar culpar você.

— Como?

— Dizer que você o está negligenciando, que não o ama mais. Pensou que você estivesse tendo um caso, embora não seja provável que ele lhe acuse disso. — Ela estava limpa, e ele imaginava que Alex também soubesse disso. — Talvez ele diga que é porque você voltou a estudar. O que quer que seja, ele tentará culpar você e se isentar da culpa.

— Você acha que ele tem algo sério com essa garota? — Faith parecia em pânico com a idéia, embora tivesse medo de que ele a expulsasse de casa. Não podia nem imaginar o que faria. Mas Brad sabia que isso não podia acontecer. Se alguém tinha de sair, esse alguém era ele.

— É difícil dizer. Provavelmente não. Eu acho que ela é apenas um traseiro bonito. Desculpe por ser tão grosseiro. Ela pode ser até uma prostituta.

— Não consigo imaginá-lo fazendo isso, Brad. — Mas as roupas íntimas com certeza pareciam de uma, embora hoje em dia várias mulheres usassem desse tipo. Até as filhas de Faith. — Não acho que faça o tipo dele, quero dizer, uma prostituta.

— Nunca se sabe. Odeio pensar em você acordada nesse quarto a noite inteira pensando nisso. Acho que não vai conseguir dormir muito.

— Talvez eu vá à igreja pela manhã. Estou com o terço que você me deu. — Agora ela precisaria de mais do que um terço. Precisaria de cabeça fria, e talvez de um bom advogado; tudo que Brad queria era estar lá.

— Você precisa pensar nisso com tranqüilidade, Fred. Decida o que quer fazer antes de qualquer movimento.

— Acho que quero saber o que está acontecendo, quem é ela, o que significa para ele. Quero saber a verdade.

— *Se* ele lhe disser a verdade. Ele não me parece o tipo. Acho que fará o possível para acusar e excluir você para se proteger. — Brad conhecia bem essa espécie. Vira muitos deles entre seus clientes, amigos e sócios, e cometera erros também, embora nenhum tão tolo quanto esse.

— Acho que você tem razão — concordou Faith. — Obrigada por me escutar. Desculpe por estar tão arrasada. — Mas ela parecia bem melhor do que quando ligara pela primeira vez. Ele achou que alguém tivesse morrido.

— Você me assustou. Achei que tivesse acontecido alguma coisa com você ou com as meninas. Isso é nojento, mas pelo menos todos estão vivos.

— Não tenho tanta certeza — respondeu ela, parecendo deprimida.

— Você estará depois que digerir isso. — Já eram mais de sete horas em San Francisco, e mais de dez em Nova York. — Acho que você deve tomar um banho e ir para cama. Vou direto para casa. Se precisar de mim, ligue. A qualquer hora. Estou do seu lado, Fred. Gostaria de poder fazer mais.

— Você fez tudo que podia. Fez o que Jack teria feito. Você só pode conversar comigo, e fez isso. Terei de resolver sozinha — disse ela, soando muito triste.

— Você vai conseguir, Fred. Sei que fará a coisa certa.

— O que vou falar para as meninas se me separar dele? Acho que elas não devem saber nunca.

— Por que não? Você não fez nada. Ele tem de enfrentar as conseqüências de um passo estúpido. Você não tem a obrigação de manter segredo por ele. Não deve isso a ele, Fred.

— Zoe vai odiá-lo por isso. — E Ellie encontraria alguma desculpa.

— Ela o odeia de qualquer jeito — disse Brad, sendo prático. — E não sei se ela está errada. Ele não foi um bom pai para ela, nem um bom marido para você, pelo que posso ver.

— Não foi mesmo — admitiu Faith. — Mas as coisas são como são. — Isso fez com que ele se lembrasse da conversa que tiveram na noite em que jantaram juntos sobre compromissos que uma pessoa assume para ficar casada quando as coisas não acontecem da forma esperada. Ele se perguntava se valeria a pena ela continuar casada com Alex no final. A qualquer custo para manter a paz. Ele esperava que não, mas não queria influenciá-la. Não tinha o direito, já que fazia a mesma coisa. Fechara os olhos para os casos de Pam por anos. Era mais fácil assim, pelo menos para ele. Mas achava que Faith merecia algo melhor. E ele provavelmente também merecia, mas preferia manter as coisas como estavam e manter o *status*.

— Você parece exausta. Tente dormir um pouco. — Ambos sabiam que ela não pregaria o olho a noite inteira. Mas ele achava que ela deveria tentar. — Por que não pede uma massagem? Eles devem ter alguém no hotel que possa subir até mesmo a esta hora.

— Vou apenas tomar um banho. — Ela não estava acostumada a se mimar. Só os outros. Era assim há anos.

— Ligue para mim em casa, se quiser. Estarei lá em dez minutos.

— Obrigada, Brad... Eu amo você, meu irmão... — Ela realmente amava.

— Também amo você, irmãzinha. Vamos conseguir resolver essa bagunça toda... de um jeito ou de outro. As coisas acabam se resolvendo por elas mesmas. Você vai ver.

— É. Talvez — balbuciou ela, soando derrotada. Mas não parecia convencida, nem ele estava. Alex era o elemento imprevisível do problema. Era difícil saber como ele reagiria se Faith o confrontasse. Muito mal, Brad desconfiou ao dirigir para casa. Gostaria de poder dar um chute no traseiro dele pelo que ele acabara de fazer com Faith. Pela família inteira.

Capítulo 15

FAITH DEBATEU-SE E VIROU a noite inteira, finalmente cochilou às quatro da manhã e acordou às seis. Levantou-se e assistiu ao nascer do sol. Era um bonito dia ensolarado, e ela nunca se sentira pior. Só conseguia pensar em Alex e na mulher de cabelo preto e longo dormindo na cama deles. Não sabia se algum dia conseguiria dormir lá de novo.

Pediu um bule de café às sete horas e vestiu *jeans* e uma suéter. Foi à missa das sete e meia na igreja de St. Jean Baptiste na Lexington Avenue, e segurou o terço que Brad lhe dera, mas não conseguiu concentrar-se para rezar. Apenas ajoelhou e ficou olhando para o nada. E quando a missa acabou, caminhou de volta para o hotel. Não sabia o que fazer o dia todo. Não deveria chegar em casa antes das quatro ou cinco horas, e tinha medo de sair para uma caminhada ou deixar o hotel e encontrá-los.

Brad ligou para ela assim que acordou. Eram onze horas para Faith e ele estava preocupado, mas ela parecia bem. Disse que tiraria de letra quando chegasse em casa. Só tinha de ver como se sentia, o que Brad achava que era razoável.

— Só não aceite qualquer desculpa dele — avisou Brad, e pela primeira vez desde o dia anterior, ela sorriu.

— Pode deixar, prometo que não vou aceitar.

— Quando puder, me ligue. — Ele ia sair para jogar tênis com um amigo e prometera sair com Pam. Ela queria um novo aparelho de som para a sala de estar, e ele disse que sairia para procurar com ela. Mas levaria o telefone celular e disse para Faith ligar para o número caso não o encontrasse em casa. Estaria inteiramente à disposição dela e não se importava com os comentários de Pam. Seria fácil explicar para ela, embora achasse que não explicaria. Não tinha por que se sentir culpado, nem Faith. A amizade deles era de completa inocência e pureza. Diferente de algumas de Pam. Achava que Pam poderia até se solidarizar com Faith se soubesse. Ela odiava quando alguém se aproveitava ou abusava de mulheres, e teria dito a Faith como dar uma lição em Alex, faria isso até melhor do que Brad. Mas ele estava fazendo o melhor que podia no lugar dela.

Faith definhou no quarto o dia todo, e às cinco horas, chamou o mensageiro para pegar sua bagagem, e o porteiro chamou um táxi. Tinha muita coisa para carregar para andar as duas quadras até sua casa. Com mãos trêmulas, virou a chave e entrou. A luz do vestíbulo estava acesa, e não havia nem sinal de Alex. Supôs que ele estivesse no andar de cima. Deixou as malas no chão e subiu devagar até seu quarto. A cama estava feita, e tudo parecia impecável. Ela imaginou que ele mesmo devia ter arrumado. Perguntou-se se ele tinha tido a decência de trocar os lençóis, mas não olhou. Ele estava sentado em sua poltrona favorita em frente à lareira, lendo um livro. Era o retrato da inocência. E ele não se dignou nem a olhar para ela, enquanto ela o encarava. E por um instante, Faith sentiu uma onda de repulsa e ódio tomar conta de si. Teve de lutar contra as lágrimas.

— Você está atrasada — comentou ele, sem olhar para ela, que não pôde acreditar na desfaçatez dele. Não respondeu, e ele finalmente olhou para ela, que não se movera desde que entrara. — Como foi a viagem?

Ela respondeu com outra pergunta:

— Como foi a sua semana? — Ele não conseguia ler nada no rosto dela, nem ela no dele.

— Longa. Difícil. Trabalhamos muito.

— Que bom — disse ela sentando-se em frente a ele. E, ao fazer isso, percebeu que não poderia continuar com o jogo. Tinha de contar a verdade, como sabia, independente de ele saber ou não.

— O que você fez em Washington? — Ele podia ver alguma coisa nos olhos dela, mas não sabia o que era. Continuou conversando enquanto tentava descobrir.

— O que *você* fez em Nova York?

— Já disse — falou ele, parecendo irritado. — Trabalhei. O que você acha que fiz? — Ele já ia voltar sua atenção para o livro mas parou quando ela disse:

— Não tenho certeza. Vim para casa ontem, Alex. Terminamos antes do previsto.

— O que quer dizer com veio para casa ontem? — Ele parecia perplexo. Mas não admitiu a culpa.

— A mãe da professora ficou doente e ela teve de voltar, então alguns de nós também voltaram. Cheguei às duas horas. Parei no mercado, achei que pudesse preparar algo de que você gosta, e vim para casa. Você sabe, tipo Cachinhos de Ouro... quem estava dormindo na minha cama? Quem quer que ela seja tem pés bem grandes, cabelo longo e preto e usa tanga. — Ele ficou pálido, mas não disse nada por um longo tempo.

— Onde você esteve desde ontem? — quis saber ele de forma acusadora, tentando virar a mesa contra ela. Brad a avisara que ele faria isso, então estava preparada. Não cairia nessa.

— Fui para o Carlyle assim que percebi o que você estava fazendo aqui. Quis nos poupar do constrangimento de fazer uma cena na frente dela. O que está acontecendo, Alex? Quem é ela? Há quanto tempo isso está acontecendo? — O olhar dela não desgrudou do dele, e ele nunca a vira assim.

— Isso é irrelevante. — Se ele pudesse negar a existência dela, Faith suspeitava que negaria. Mas não havia como depois de tudo que ela vira. — Se você não estivesse passeando por aí fingindo ser uma menina, coisas assim não aconteceriam. — Era exatamente o que Brad previra que ele faria. Estava tentando culpá-la pelo que fizera.

— Então quer dizer que quando você vai para suas viagens de negócios, posso fazer o que quiser e a culpa é sua? É a mesma coisa.

— Não seja ridícula. Tenho de trabalhar para nos sustentar. Você não precisava voltar a estudar.

— E você acha que isso lhe dá o direito de me trair? Puxa, essa é realmente uma forma de ver as coisas.

— Eu disse que você estaria se arriscando ao voltar a estudar.

— Não sabia que você me trair seria o risco a que se referiu. Estamos apostando alto aqui, não é? — Ela estava furiosa mas ainda não sabia o que queria dele ou qual seria o resultado. Nenhum dos dois estava recuando e ele ainda estava tentando culpá-la. E enquanto ela olhava para Alex, ele se levantou e começou a andar de um lado para o outro.

— Isso tudo é culpa sua, Faith — acusou ele sem nem piscar. Ela não podia acreditar no que estava escutando. — Se você não tivesse sido uma maldita tola em voltar a estudar, isso nunca teria acontecido. Você jogou nosso casamento pela janela no dia em que fez isso.

— Não! — Tinha fúria nos olhos de Faith, que encarou-o. — Foi você quem jogou no dia em que trouxe aquela vagabunda para nossa cama. Como você ousa fazer uma coisa dessas?

— Como você ousa falar comigo dessa forma! Não vou tolerar isso, Faith. — Ele estava tentando usar as mesmas armas.

— *Você* não vai tolerar isso? Como você acha que me senti ontem quando cheguei em casa e encontrei as roupas íntimas dela na minha cama e cabelo na minha pia? — Ele não podia responder a isso, mas Faith não estava preparada para o que ele disse a seguir. Ele não estava disposto a deixar Faith controlar a situação.

— Vou sair de casa — anunciou ele, e então foi até o banheiro e bateu a porta. Ela podia escutar enquanto ele pegava as coisas com violência no *closet*, e vinte minutos depois, enquanto ela esperava perplexa, ele saiu carregando uma mala. Ela não disse uma palavra. Não conseguia nem pensar no que dizer.

— Aonde você vai? — Ela parecia arrasada. Parecia um pesadelo se tornando realidade. E de repente ela estava se perguntando se era realmente sua culpa, se fora muito dura com ele, se errara ao voltar para a faculdade. Não sabia mais o que estava certo.

— Por enquanto, vou para um hotel. Pode ligar para meu escritório quando quiser falar comigo. — Ela quis dizer que seus advogados ligariam, mas não queria puxar a arma apenas para dar a última palavra. Nem sabia ainda se precisaria de um advogado, e nem queria perguntar para ele.

— Você está apaixonado por ela, Alex? — perguntou Faith, parecendo patética. Sabia que detestaria escutar se ele estivesse, mas queria saber.

— Não é da sua conta se eu estou ou não — respondeu ele, com perversidade. Nenhuma vez desde que ela o confrontara ele pedira desculpas.

— Acho que tenho o direito de saber. Quem é ela? — Faith parecia mais calma do que antes. Tinha tanta coisa que queria saber.

— Você perdeu seus direitos nesse casamento, Faith, quando deu as costas para ele e voltou para a faculdade. — Era algo ridículo de se dizer, e até Faith sabia disso. Ele estava sendo vingativo, irracional e cruel.

— Você está dizendo que esta foi a primeira vez que me traiu e que a culpa é minha?

— Não estou dizendo nada. Procurarei você quando decidir o que quero fazer. — Era inacreditável, ele estava ameaçando-a. Virara a mesa contra ela. E estava indo embora. Mas ela fora a ofendida, disso tinha certeza.

Ela não disse mais nada enquanto ele descia as escadas, batendo com a mala na parede, e um momento depois ela escutou a porta batendo. Não sabia nada a mais do que quando chegou em casa. Só sabia o que vira em seu quarto na véspera, nada mais. Ele não quis esclarecer nada. Ela vagou pela casa um tempo, parecendo atordoada. Meia hora mais tarde, ligou para Brad.

— Como estão as coisas, Fred? — perguntou ele de forma compreensiva. Ela não parecia bem, mas não estava soluçando desta vez. A voz estava bem fraca.

— Ele saiu de casa.

— Você está brincando?

— Ele disse que a culpa foi toda minha porque voltei para a faculdade e que não é da minha conta quem ela é ou o que significa para ele.

— Eu disse que ele ia culpar você. — Mas Brad não esperava que ele saísse de casa. Ele fora encurralado como um rato, e essa era sua única forma de se defender. Fugir. Era vergonhoso fazer isso, e ele disse isso para Faith. — Quero lhe dizer que acho que vai ser melhor assim, mas sei que agora não vai concordar comigo.

— Fomos casados por 26 anos. Estou começando a me perguntar se eu pelo menos sei quem ele é.

— Você provavelmente sabia, Fred. Mas as coisas mudam. Nem sempre percebemos isso ou queremos admitir. — A verdade era que ele estava certo. Alex fechara a porta de seus sentimentos para ela anos antes. Ela escolhera não perceber e apenas continuar vivendo assim. Mas mais cedo ou mais tarde, as coisas que ela ignorou apareceram. E então ela teve outro pensamento assustador.

— O que eu vou dizer para as meninas?

— Por que dizer alguma coisa, pelo menos pelos próximos dias? Por enquanto, elas não vão saber, a não ser que ele conte, o que provavelmente não vai fazer. Deixe a poeira abaixar. Pode ser que ele volte para casa quando se acalmar. Ter sido pego pode tê-lo forçado a tomar uma atitude que não queria. Ele vai voltar para casa se não se sentir muito humilhado.

— Você acha que ele vai voltar? — Faith parecia cheia de esperanças, o que quase partiu o coração de Brad. Não queria que ela ficasse enterrada viva com um homem que a tratava da forma que Alex tratava. Pelo menos em nome de Jack, desejava mais para ela. Faith merecia muito mais do que Alex oferecia.

— Ele deve voltar. Relaxe. E talvez você deva ligar para um advogado amanhã, apenas para se proteger. Vou ver se consigo encontrar um em Nova York. Vou ligar para alguns amigos meus que trabalham com Direito da Família e ver quem eles recomendam. Sinto muito, Fred. Você não merece isso. E não é culpa sua. Espero que saiba disso.

— Não sei mais em que acredito. — Não sabia nem como se sentia. Mais do que qualquer outra coisa, se sentia morta.

Mudou-se para o quarto de Zoe naquela noite. Não podia suportar a idéia de dormir em sua própria cama, tenha ele mudado os lençóis ou não. Brad ligou para ver como ela estava tarde da noite, e Pam o viu quando ele saiu do telefone. Não parecia tão chateado assim há muito tempo. Desde quando um dos meninos teve uma doença séria.

— O que houve? — Ela acabara de chegar de um jantar com amigos, e ele ficara em casa alegando que tinha de trabalhar. Mas ela sabia muito bem que ele apenas não queria sair com ela e seus amigos.

— Alguém passando por dificuldades.

— Deve estar sendo muito ruim para você ver isso. Alguém que eu conheça?

— Não, está tudo bem. Problemas conjugais. — Pam imaginou se era Faith, mas preferiu não perguntar. Brad parecia muito chateado para ela questioná-lo. Sabia como lidar com coisas assim e recuou.

E por volta de meio-dia do dia seguinte, Brad mandou um *e-mail* para ela com o nome de um advogado em Nova York. Faith ligou para ele e deixou um recado, e ficou aliviada quando ele retornou a ligação. Ela explicou o que acontecera, e o advogado perguntou se ela queria contratar um investigador particular para ver se conseguiam descobrir quem era a mulher. E para sua própria surpresa, Faith disse que sim.

Durante os dias seguintes, Faith sentiu-se como se estivesse nadando embaixo d'água. Foi às aulas, conversou com Brad. Não teve nenhuma notícia de Alex, e o advogado ligou para ela na sexta. Ficou atordoada ao saber que ele descobrira quem era a mulher. Tinha 29 anos, era divorciada, tinha uma filha e era recepcionista na firma de investimentos em que Alex trabalhava. De acordo com algumas secretárias que a conheciam, ela se mudara de Atlanta para Nova York no ano anterior, e ela e Alex estavam tendo um relacionamento há dez meses. Dez meses. Não tinha nada a ver com Faith voltar a estudar. Ele a estava traindo há quase um ano. E só de escutar o advogado Faith sentiu-se enojada.

Marcou para ir ao escritório do advogado na semana seguinte, mas ainda não fazia idéia do que fazer. Não sabia se deveria pedir o divórcio ou pedir que ele voltasse para casa. Não se falaram a semana toda. Faith nem sabia se o relacionamento dele com a garota era sério. E, sem saber o que fazer, ligou para o escritório de Alex naquela tarde. E ficou aliviada quando ele aceitou a ligação. Teve medo de ele não fazer isso, mas não parecia nem um pouco animado quando escutou sua voz.

— Você quer me encontrar para conversarmos? — sugeriu Faith, tentando não deixar transparecer a raiva que sentia. O que o advogado contara para ela naquela manhã a derrubara. Assim como a resposta de Alex.

— Não temos nada para conversar, Faith — recusou ele de forma abrupta, e lágrimas brotaram em seus olhos de novo. Passara a semana toda chorando. A única vez que sentira algo parecido, mas ainda pior, fora quando Jack morreu. Mas de uma certa forma, isso era como uma morte também. Era sobre perda de fé, de esperança, de sonhos, de confiança e talvez até de seu casamento.

— Não podemos fugir disso, Alex. Pelo menos, temos de conversar. — Ela tentou parecer mais calma do que se sentia para não espantá-lo.

— Não tenho nada para dizer para você — insistiu ele, como se ainda achasse que a culpa era dela. E ela respirou fundo e tomou uma decisão que deixaria Zoe e Brad horrorizados. Mas parecia que era a única coisa que podia fazer. Diante das eternas críticas dele, ela sempre sentiu como se devesse se esforçar e se sacrificar, sem se importar se era injusto ou injustificado. Era sua infância assombrando-a de novo, tentando ser a menina perfeita mas nunca conseguindo.

— E se eu desistir da faculdade? — Era o maior dos sacrifícios, mas queria fazer isso para salvar seu casamento. Era muito para se abrir mão sem nem ao menos tentar salvá-lo. E, se esse era o problema para ele, então ela não tinha escolha. Não queria trocar um casamento de 26 anos por um diploma de advogada.

— Agora é tarde demais — respondeu ele, com uma voz reprimida. E Faith sentiu o chão sumir de baixo de seus pés.

— Você está falando sério? Você quer se casar com essa garota? — Era a única razão que podia imaginar para justificar ele não voltar para casa. Fora uma boa esposa para ele. Seu único "erro", se ele quisesse chamar assim, foi voltar a estudar.

— Não tem nada a ver com ela, Faith. E sim com você.

— Por quê? O que eu fiz? — Lágrimas rolavam de forma implacável por seu rosto.

— Nosso casamento morreu há muitos anos. E me sinto morto quando estou com você. — Ela sentiu as palavras dele atingirem-na como um soco, eram tão cruéis. — Tenho 52 anos, quero uma vida melhor. Acabou entre nós. As meninas cresceram, não precisam mais que fiquemos juntos. Você quer ir para a faculdade de Direito. Eu também quero uma vida. — Ele fez soar como se planejasse isso há anos. E ela caíra na armadilha dele quando voltou para a faculdade. O que ele estava dizendo era como arrancar seu coração fora. Ela ficara com ele por respeito e lealdade ao casamento deles. E ele só estava esperando uma segunda chance sem ela.

— Nunca percebi que você se sentia assim — respondeu Faith, com uma voz sufocada.

— Bem, é assim que me sinto. Nós dois merecemos mais do que isso. — Ele estava certo, mas Faith nunca teria se agarrado a uma oportunidade às custas dele. Tivera todas as intenções de ficar com ele, independente de quanto seria difícil. Ele não era leal a ela da mesma forma que ela era leal a ele. — Já tenho um advogado. É melhor você encontrar um também. — Ela não disse que já tinha um. Esse desastre estava avançando na velocidade do som, e ela queria, pelo menos, ir mais devagar. Achava que ele estava cometendo um erro descomunal.

— O que vamos falar para as meninas? — Ela podia até imaginar em que ele transformaria isso. A culpa seria toda dela. E ela não tinha intenção nenhuma de contar para as filhas a história sórdida da garota. Era muito humilhante, mas explicaria tudo. E tinha certeza de que, como o pai, Ellie a culparia.

— Bem, teremos de resolver isso — respondeu Alex. — Arranje um advogado, Faith. Eu quero o divórcio.

— Ah, meu Deus. — Ela não podia acreditar que estava escutando essas palavras. — Como pode fazer isso, Alex? O nosso casamento não significa nada para você?

— Não mais do que significava para você quando decidiu deixar de ser minha esposa e se tornar uma advogada.

— Como você pode comparar as duas coisas? — Ela de repente percebeu o encanto da garota de tanga. Ela era 23 anos mais jovem do que Alex e era recepcionista. Não tinha uma carreira. Ele podia controlá-la, e perdera o controle sobre Faith. Não podia perdoá-la por isso.

— Não tenho de explicar nada para você, Faith. Você criou isso. — Parte dela acreditava nele e o resto queria gritar, era tão injusto, e um momento depois ele desligou. Ele nem disse onde estava morando, e ela de repente se perguntou se não era com a garota. Tudo era possível agora. Faith sentia como se tivesse perdido toda sua vida em uma única semana, e estava chorando quando escutou a porta da frente bater. Deu um pulo, não podia imaginar quem era, até escutar a voz de Zoe.

— Olá, estou em casa! — Viera para casa para fazer uma surpresa, e Faith não sabia o que fazer. Não sabia como explicar a ausência de Alex, e não estava pronta para contar sobre o divórcio. Nem ela conseguira assimilar ainda.

Faith logo enxugou os olhos e correu para baixo com um sorriso aberto. Mas tinha um olhar vidrado e não penteara o cabelo naquele dia. E havia olheiras profundas embaixo de seus olhos depois de não dormir a semana inteira.

— Oi, mãe — disse Zoe jogando a mala no chão e então olhando mais de perto para a mãe, com olhos preocupados. — Você está doente?

— Tive uma infecção estomacal e me senti mal a semana toda.

— Que chato — disse Zoe de forma solidária. — Parece que está com gripe também.

— E estou. — Faith concordou logo. A verdade era que sua aparência era tão ruim quanto a maneira como se sentia. E seria angustiante tentar esconder a verdade de Zoe durante o fim de semana, mas também estava aliviada por ela estar aqui. Oferecia a ela algo em que se segurar e uma forma de se prender à realidade. Sua vida inteira começara a parecer surrealista.

— Cadê o papai? — perguntou Zoe, enquanto via o que tinha na geladeira. Não tinha quase nada. Faith não fizera compras nem comera a semana toda.

— Ele está viajando. Está na Flórida. — Foi o primeiro lugar que veio a sua cabeça, e Zoe assentiu. A história parecia plausível para ela. O pai viajava bastante.

— Precisamos fazer compras. Desculpe por não ter ligado, achei que seria legal fazer uma surpresa para você, mãe. Que pena que você está doente. — Ela se virou para a mãe com um sorriso.

— Vou ficar bem. — Zoe assentiu e não pensou muito a respeito. E quando subiu, ficou surpresa ao ver a camisola da mãe em seu quarto e sua cama desfeita.

— Quem está dormindo no meu quarto? — Ela parecia assustada ao ver sua cama desarrumada.

— Não quis expor seu pai à minha gripe, então dormi aqui. Desculpe, querida. Vou arrumar a cama agora mesmo.

— Achei que você tivesse dito que o papai estava viajando. — Zoe parecia desconfiada. Era óbvio que algo estava errado e ela estava imaginando se seus pais tinham tido uma briga.

— Ele está. Mas só foi hoje. Eu ia voltar para nosso quarto esta noite. — Mas o grande quarto com as paredes forradas com tecido amarelo florido parecia o inferno para ela agora. Não conseguia se imaginar dormindo lá de novo.

— Por que ele viajou em um fim de semana? — Isso não era comum.

— Acho que ele ficou com medo de não chegar a tempo. Estão esperando uma grande tempestade em Chicago no fim de semana. E ele tem uma reunião muito importante, então saiu antes para ter certeza de que chegaria.

— Mãe — Zoe sentou-se na ponta da cama e puxou a mãe para seu lado. Nos seus 18 anos, nunca vira a mãe tão angustiada ou confusa. Nem mesmo quando o irmão sofreu um acidente de avião. Zoe tinha 15 anos na época e se lembrava bem. A mãe ficara atordoada e em total desordem. — Você disse que ele tinha ido para a Flórida. O que está acontecendo? Qual é o problema?

— Nada — insistiu ela e começou a chorar. Fora uma semana infernal e ela estava caindo aos pedaços. E ainda não queria contar nada para Zoe.

— Mãe, me diga a verdade. Cadê o papai?

Faith sabia que tinha de dizer alguma coisa, mesmo que não fosse a verdade completa.

— Tivemos uma briguinha... Não é nada. Mas estou chateada, só isso. Nada demais. — Mas era, e sabia que teria de contar a verdade para Zoe em algum momento. Detestava mentir para ela. — Tudo bem. Tivemos uma briga feia. Muito feia mesmo — admitiu Faith, assoando o nariz, enquanto Zoe continuava com um braço a sua volta. Sempre compreendera a mãe.

— Muito feia mesmo?

— Mesmo. Ele saiu de casa.

— Ele saiu? — Zoe parecia chocada e de repente ficou feliz por ter vindo para casa. Sua mãe estava completamente arrasada.

— Saiu. — Teve de lutar para segurar os soluços.

— Por quê?

— É muito complicado para explicar. Não quero contar essa parte para você. Terá de confiar em mim. — Zoe decidiu respeitar os limites da mãe, pelo menos por enquanto.

— Ele culpou você?

— Claro — respondeu Faith, assoando o nariz de novo. — A quem mais ele poderia culpar? Com certeza não a si mesmo.

— Ele vai voltar? — Faith ia dizer sim, e então parou, balançou a cabeça e chorou ainda mais. — Meu Deus. Ele não vai voltar? Tem certeza? — Zoe estava perplexa.

— Ele acabou de me dizer que quer o divórcio. — De repente, Zoe não era apenas sua filha, mas sua melhor amiga. E tinha medo de sobrecarregá-la, mas Zoe parecia estar segurando a barra bem melhor do que a mãe.

— Quando tudo isso aconteceu?

— Há uma semana. Desculpe estar esse trapo.

— Que cretino ele é — exclamou Zoe sobre o pai. Isso confirmava tudo que sempre pensara dele, e então olhou para a mãe de novo. — Ellie sabe?

— Ninguém sabe. Falei com ele uma hora atrás. Ele saiu de casa no sábado e acabou de me dizer que quer o divórcio. Ele disse que tem o direito de ter uma vida também e que se sente morto casado comigo.

— Que canalha!

— Não fale assim de seu pai.

— Por que não? Ele é um canalha. Quando vocês iam nos contar?

— Não sei. Tudo isso é muito novo. Passei a semana toda chorando.

— Ah, mãe. Sinto muito... Gostaria de ter sabido antes... Estou tão feliz de ter vindo para casa. Nem sei por que eu vim. Mas senti muita saudade de você a semana toda.

— Eu também — respondeu Faith, e as duas se abraçaram e ela chorou sem parar. E então Zoe assumiu o controle e colocou-a na cama. Desceu para preparar uma sopa e ovos mexidos. Estava abalada pela notícia, mas não tanto quanto Faith. Tudo que queria era cuidar da mãe.

Entrou embaixo das cobertas junto com a mãe quando subiu e elas se abraçaram, conversaram e viram televisão. E quando Brad ligou tarde naquela noite, Faith contou a ele que Zoe estava lá, e ele ficou aliviado. Contou também o que Alex dissera, e ele foi implacável.

— Que filho-da-puta ele é — exclamou Brad parecendo enojado. E, quando Zoe saiu do quarto para escovar os dentes, Faith sussurrou o que descobrira sobre a garota e que ele já estava envolvido com ela há quase um ano.

— Sei que você não vai acreditar nisso agora, mas talvez seja melhor, Fred. Você nunca o teria deixado, e ele teria arruinado a sua vida. — Mas eram 26 anos. Muito a perder em uma única semana. Independente de ele ser difícil ou frio, ela não conseguia imaginar uma vida sem ele. — Não quero atrapalhar se você está com Zoe. Ligarei amanhã. Durma um pouco.

— Pode deixar. — Zoe falara para dormirem juntas na cama dela, e Faith ficou aliviada. Não podia mais se imaginar dormindo na própria cama de novo.

— Quem era? — perguntou Zoe quando voltou do banheiro. Sentia-se como uma mãe cuidando de um filho, em vez do contrário.

— Brad Patterson.

— O cara do terço? — Faith assentiu, ainda parecendo triste, e Zoe sorriu. — Talvez agora você possa se casar com ele.

— Não seja boba. Ele é como um irmão, ele é praticamente meu irmão e é casado. E ainda sou casada com seu pai. — Mas ambas sabiam que não por muito tempo. Faith não conseguia nem refletir sobre isso enquanto estava deitada na cama de Zoe naquela noite. E ela finalmente dormiu, um sono profundo e agitado.

Capítulo 16

ZOE VOLTOU PARA A FACULDADE na noite de domingo, e elas passaram todo o fim de semana conversando. Faith ainda estava em choque, e apesar de sua infelicidade, não contou a Zoe sobre a garota. Disse apenas que o pai falou que queria uma vida mais animada do que a que tinha com ela e que estava furioso por ela ter voltado a estudar, o que não era novidade.

— São razões estúpidas para se pedir um divórcio, mãe. Você acha que ele está tendo um caso? — disse Zoe, sendo razoável. Mas Faith não revelou o que fez com que esse história começasse. Apesar de tudo, ainda era leal a ele.

— Não sei mesmo — foi tudo que disse.

Mas sentia-se melhor quando Zoe foi embora. E encontrou o advogado que Brad recomendara na semana seguinte. Ele disse tudo que ela precisava saber e mostrou o relatório do detetive particular. O nome da garota era Leslie James. E a fotografia mostrava uma garota muito bonita. Era alta e escultural, parecia uma modelo, e tinha um longo cabelo preto e ondulado, o que Faith já sabia. O relatório dizia que tinha uma filha de 5 anos e era querida no escritório. Parece que o romance era um segredo aberto na firma de Alex. As outras secretárias achavam que eles talvez fossem se casar, mas Alex nunca disse nada para ninguém.

Faith sentia como se tivesse levado um soco no estômago quando saiu. Com certeza, ela era uma garota bonita e muito jovem. Era dezoito anos mais nova do que Faith, o que era outro golpe.

Estava sentada em seu escritório, olhando o nada, quando o telefone tocou. Era Brad para saber como fora a reunião.

— Foi boa. Ela é bonita, Brad. Acho que não posso culpá-lo. — Ela parecia mortalmente deprimida.

— Eu posso. O cara é um tolo. Você também é linda. — Melhor do que ninguém, Brad sabia que ela era linda por dentro e por fora.

— Obrigada — agradeceu ela, por educação, mas não parecia convencida. Sentia como se toda sua vida tivesse desmoronado, o que na verdade tinha. Ela e Zoe riram do fato de ela ter esquecido por completo o dia dos namorados. Isso desaparecera na fumaça de seu inferno particular. Nem se lembrava mais em que dia estava e não se importava. Mas Zoe recebera os chocolates que a mãe mandara. Assim como Ellie em Londres, depois de um pequeno atraso.

— Tenho uma novidade para você — disse Brad tentando animá-la. Estava preocupado com ela há mais de uma semana. Ela estava parecendo deprimida, e ele sabia que se esforçando para ir à faculdade, mas pelo menos ia.

— O quê? — perguntou ela. Sentia-se como se estivesse flutuando no espaço sideral. Tudo em sua vida de repente parecia irreal.

— Tenho de ir a Nova York por uns dois dias. Tenho um trabalho para fazer aí. Estava torcendo para você poder jantar comigo.

Podemos sair só para uma pizza se não estiver a fim de se arrumar muito.

— Essa é uma ótima novidade — exclamou ela com um sorriso. Mesmo vê-lo não seria tão alegre quanto teria sido algumas semanas antes. Mas era muito bom. Era algo para se esperar. — Quando você vem?

— Na verdade, neste fim de semana. Tenho de consultar dois advogados aí sobre um caso difícil. Sairei na sexta tarde da noite. Posso estar na sua porta no sábado de manhã, e talvez possamos ir patinar no parque.

— Achei que você tivesse de trabalhar — brincou ela, e ele sorriu. Ela não estava tão apática quanto pensava.

— Pode deixar que vou dar um jeito. Mas adoraria ver você, Fred. Reserve o sábado à noite para mim. Voltarei para casa no corujão de domingo. É uma viagem rápida. — Ele inventara tudo por causa dela. Estava morrendo de preocupação, e dissera a si mesmo que devia isso a Jack. Queria ir a Nova York para dar uma boa olhada e ver se ela estava bem. Não tinha de encontrar ninguém, mas disse que tinha para ter uma desculpa para visitá-la. Era o mínimo que podia fazer.

E quando ele chegou a Nova York, Faith tinha sobrevivido a mais uma semana desde a traição de Alex. Seus advogados tinham entrado em contato um com o outro, e as coisas estavam avançando. Ainda não tinham contado para Ellie, mas Alex dissera que ligaria para ela no fim de semana, e Faith temia sua reação. Não era difícil de imaginar que independente de o pai estar errado, ou sendo cruel, ela ficaria do lado dele. Mas como ela era mais próxima do pai, Faith concordou que Alex deveria dar a notícia. Principalmente porque Zoe soube pela mãe. Sabia que não conseguiria fazer Ellie ver pelo seu ponto de vista. Mas Faith tinha esperança de que Ellie tentaria ver seu lado também.

Brad decidira ficar no Carlyle para estar mais perto de Faith. E chegou à casa dela no sábado de manhã, às nove horas, depois de tomar banho e fazer a barba. Estivera tão cansado que conseguira dormir bem no avião. Dissera para Pam o mesmo que contara para Faith, que tinha de consultar dois advogados de Nova York sobre um caso difícil. E Pam não questionou. E no final, nem Faith. Ele ficara com medo de ela fazer objeções a sua vinda se achasse que era só por causa dela. Não queria abusar dele mais do que já abusava.

E ele ficou preocupado quando ela abriu a porta. Parecia muita pálida e magra, usando uma blusa preta de gola alta e *jeans*, sem maquiagem, olheiras e o cabelo louro escorrido nas laterais de seu rosto. Era óbvio que perdera peso. Mas sorriu assim que o viu e abraçou-o de forma calorosa. Não parecia mais tão arrasada quanto ao telefone no primeiro dia. Só parecia cansada e muito triste.

Ela ofereceu *muffins* a ele, fez café e ovos mexidos, e eles se sentaram na cozinha e conversaram por um longo tempo. Depois foram para a sala de estar, e ele acendeu a lareira. Ela ainda estava dormindo no quarto de Zoe e estava começando a achar que faria isso para sempre.

— É tão estranho — confessou ela para Brad. — Sinto-me da mesma forma que me senti depois da morte de Jack. Sinto como se tudo estivesse diferente e nunca mais fosse voltar a ser como antes. Vinte e seis anos da minha vida foram jogados fora.

— Eu sei, querida. É uma droga. Mas você vai se acostumar depois de um tempo. E um dia vai ser melhor. É diferente do que aconteceu com Jack. Agora você tem a chance de começar uma vida melhor. Alex estava matando você devagar. É você quem merece uma vida melhor, não ele — disse Brad com tranqüilidade, enquanto estavam sentados em frente à lareira. Ele perguntara se ela queria sair para patinar, mas ela disse que estava muito cansada, e a verdade era que ele também estava. Fora uma longa viagem para se fazer depois de uma semana cheia, mas valia a pena por ela. Estava feliz por ter vindo, assim como Faith.

— A que horas você tem de trabalhar? — perguntou ela, e ele quase esqueceu, mas se recompôs antes que ela percebesse.

— Por volta das quatro. Talvez cinco. Só preciso de umas duas horas com eles, mas não dava para ser por telefone, muitos arquivos. — Estava pensando em voltar para o hotel, tirar um cochilo e então encontrá-la de novo para o jantar.

— Você não veio só por minha causa, veio, Brad? — perguntou ela, desconfiada, com um sorriso familiar, e ele riu.

— Claro que não, Fred. Eu amo você, mas não viajaria tudo isso só para consolar seu coração partido.

— Que bom. Você tem coisas melhores para fazer do que se preocupar comigo.

— Repito isso para mim mesmo todos os dias — implicou ele. — Na verdade, vale a pena me preocupar com você. Está passando por uma situação difícil. Mas acho que a primeira situação difícil pela qual você passou foi casar com Alex.

— Jack sempre dizia isso. — Mas existiram outras situações difíceis na vida dela, que acabaram fazendo com que aceitasse toda a aflição causada por Alex.

— Jack estava certo. Sobre um monte de coisas.

Ele levou-a para almoçar fora em uma *delicatessen* nas redondezas. Ela beliscou um sanduíche de salada de ovo e ele insistiu até que ela comesse metade. Dividiram uma tigela de *kneidlach*, um prato judeu que consiste em caldo de galinha com bolinhas de *matzá*. Era uma das coisas de que ele mais gostava em Nova York.

— Eles não fazem *kneidlach* assim na Califórnia — observou ele, fazendo com que ela sorrisse, parecendo mais consigo mesma. Era reconfortante estar com ele.

Depois saíram para uma longa caminhada e vagaram pelo Central Park. As árvores ainda estavam nuas, e o parque parecia cinza, mas o ar e o exercício fizeram bem para os dois. Já estava no meio da tarde quando voltaram para a casa dela, e Faith preparou para ele uma xícara de chocolate quente enquanto Brad acendia a lareira de novo e se perguntava se ela manteria a casa. Não queria importuná-la perguntando. Era uma casa bonita, mas achava que seria bom para ela se mudar. Mas ainda era cedo para dizer isso.

— Por que você estava tão sério? — perguntou Faith ao entregar para ele a xícara fumegante de chocolate quente com *marshmallows* dentro. Era uma das coisas preferidas de quando eram crianças.

— Estava pensando em você — respondeu ele com honestidade — e na mulher fantástica que você é. Um monte de mulheres teria lidado com tudo isso de uma forma diferente e contado aos filhos o que ele fez. Você é sempre justa com todo mundo. É patológico você ser decente e generosa. É bom ser assim. — Mas ambos sabiam que ela pagava um preço alto por isso.

— Obrigada — agradeceu ela, sorrindo de forma suave para ele. O irmão dela também fora assim. Sempre foram pessoas boas por instinto. Mas passaram por muitas coisas também, antes de o pai morrer, e até depois. Havia coisas sobre eles que Brad nunca soube. Ele sempre admirara a bondade, a tolerância e a honestidade que eles demonstravam com as pessoas, assim como o vínculo que compartilhavam. Quando outras crianças mentiam, Jack falava a verdade. E a única vez que Jack descobriu que Faith mentira, infernizou a vida da irmã, que tinha uns dez anos. E Brad ainda se lembrava das lágrimas escorrendo pelo rosto dela quando Jack a repreendeu. Ela não parecia muito diferente agora, e era a visão que tivera dela na última semana. Pensar em Faith dessa forma, chorando, foi o que o trouxe a Nova York para vê-la. Não suportava saber como ela estava infeliz sem, ao menos, fazer alguma coisa para ajudá-la. E para ela só o fato de vê-lo e de conversar com ele tinha um significado imensurável. Respeitava o que ele pensava e dizia. E confiava nele tanto quanto confiara em Jack.

— Como está se sentindo, Fred? — perguntou ele com um olhar de preocupação, deitado no carpete em frente à lareira. Sua aparência não mudara muito desde que era um menino, a mesma covinha no queixo e pernas longuíssimas. E o cabelo era quase tão escuro quanto naquela época. Mesmo sentada bem perto dele, Faith mal conseguia ver um fio branco.

— Melhor, obrigada. — Isso fez com que ele ficasse feliz em dobro por ter vindo. Ela parecia melhor do que de manhã quando abriu a porta. Mais feliz e mais tranqüila. — Não tão estranha. Vai levar tempo até me acostumar com isso. Vai ser muito estranho não estar mais casada com ele. — Estava casada com Alex desde que tinha 21 anos. Parecia uma vida para ela.

— Você vai acabar gostando. Como está indo na faculdade? — Ele ficara preocupado com isso no começo.

— Não muito bem. Mas não fui reprovada ainda. Acho que vou conseguir. — Ela se candidataria para a faculdade de Direito em breve. — Você não tem de ir trabalhar? — perguntou ela preocupada. Já eram quase quatro horas, e ele não parecia estar com pressa para ir a lugar nenhum. Estava relaxado e satisfeito, deitado ao lado dela.

— Tenho, daqui a pouco — tranqüilizou-a ele, sem olhar para o relógio. Estava ficando sonolento por causa do chocolate quente e do calor do fogo, e da sensação de bem-estar que sentia quando estava com ela. — A vida é estranha, não é? Crescemos juntos e tivemos todas as oportunidades de nos apaixonarmos e isso nunca aconteceu. Em vez disso, eu casei com Pam, com quem não tenho nada em comum, e você com Alex, que a trata como lixo. Teria sido tão mais simples se tivéssemos nos olhado bem e nos apaixonado naquela época. Nada nunca é simples, não é, Fred? — Ele estava olhando para o fogo ao dizer isso e então olhou para ela com um sorriso sonolento. Mas havia algo intenso e triste nos olhos de Faith. Tinha tanto que ele não sabia, principalmente sobre o que fizera que ela suportasse a maneira como Alex a tratava.

— Nunca acontece assim. — Faith disse com um suspiro. — Todos temos de sair procurando outras pessoas e complicar as coisas. Casamos com pessoas complicadas e depois achamos que acertamos. Se casamos com alguém próximo, sentimos como se tivéssemos fracassado. Fácil demais, eu acho. E para mim, era mais que isso. — Ela se perguntou se Jack contara para ele sobre o pai deles, mas desçonfiava que não. Fora a vergonha secreta da infância deles e uma parte significativa de suas vidas adultas.

Ela nunca contara para mais ninguém que o pai a molestava e ameaçava. Nunca conseguira contar para Alex e sempre tivera medo de que ele usaria isso contra ela de alguma forma. Por fim, discutira isso com seu terapeuta anos atrás, e com Jack, e sempre chegara à conclusão de que Alex não estava pronto para isso. A infância dele fora fria e sem emoção, mas mesmo assim normal e reservada. Ela não achava que ele seria capaz de entender o que o pai dela fazia sem culpá-la, o que a teria magoado. Mas sentia que

Brad era diferente. Sabia que podia contar qualquer coisa para ele, que sempre lhe oferecera seu amor incondicional.

— Complicação nunca é a coisa certa — disse Brad simplesmente, ao olhar para ela. Podia ver algo doloroso surgir em seus olhos. — Você está bem, Fred?

— Estou. Só estava pensando em alguns problemas antigos. Na verdade, problemas antigos e terríveis. Mas acho que sempre foi uma grande parte da minha vida com Alex, de uma forma velada. Acho que foi por isso que deixei que ele me controlasse e fosse tão duro comigo às vezes. Creio que sempre achei que merecia o que ele fazia comigo. — Os olhos de Faith estavam dizendo muito, e Brad segurou a mão dela com força, como se sentisse que ela enfrentaria velhos demônios com ele e consigo mesma.

— Por quê? — perguntou ele de forma gentil, enquanto ela abaixava o rosto, e então olhava para ele de novo. Era mais difícil dizer as palavras do que ela imaginara que seria, até para ele.

— Aconteceram coisas muito terríveis quando eu era criança. Jack sabia... não no começo, mas acabou descobrindo. Foi duro para ele também. — Mesmo antes de ela falar as palavras, Brad desconfiou e apertou a mão dela. Não sabia como ou por que sabia, mas sabia. E ela pôde sentir sua aceitação mesmo antes de falar.

Finalmente, ela respirou fundo e prosseguiu. Não sabia bem por quê, mas queria compartilhar isso com ele. Faith nem estava consciente das lágrimas que escorriam por seu rosto, enquanto o coração de Brad se despedaçava em seu peito ao olhar para ela e se sentir impotente. Estava tão impotente quanto Jack fora. Jack não pôde evitar na época, e Brad não conseguiria afastar a lembrança agora. A única coisa que podia fazer era ficar ao seu lado, e como sempre, ele estava.

— Meu pai abusava de mim quando eu era criança — revelou ela, de forma que mal dava para escutar. Brad não emitiu nenhum som enquanto esperava que ela continuasse. — Ele começou quando eu tinha 4 ou 5 anos, e fez isso até morrer, quando eu tinha 10. Eu tinha muito medo de contar para alguém, porque ele dizia que se eu contasse me mataria e mataria o Jack também. Então nunca contei. Tentei contar para minha mãe anos depois, quando éramos adultos, mas ela não acreditou em mim. Jack descobriu um ano antes de nosso pai morrer, e ele o ameaçou também. Acho que isso era parte do vínculo entre nós. Jack era o único que sabia. Mas sempre me senti culpada a esse respeito, como se fosse minha culpa e não dele... como se isso fizesse de mim menos do que as outras pessoas... ou pior... foi difícil eu me perdoar por isso — disse ela com uma voz aflita —, mas finalmente me perdoei. Acho que, mesmo sem saber, essa era a força que Alex exercia sobre mim. Eu achava que ele tinha o direito de me tratar mal ou de ser crítico ou grosseiro... Eu achava que não merecia mais do que aquilo. Eu era um joguete nas mãos dele. — Ela abaixara o rosto enquanto explicava, e quando olhou para ele, viu que ele também estava chorando. A princípio, ele não disse nenhuma palavra, mas puxou-a para seus braços e abraçou-a com força. Tudo que não disse em palavras, seu abraço estava dizendo. Foi um longo momento até que ele conseguisse encontrar palavras.

— Sinto muito, Fred... muito mesmo... que coisa terrível para se carregar por todos esses anos. Não sei por que, mas de repente eu soube antes de você falar. Sinto tanto que uma coisa dessas tenha acontecido. Isso não faz de você menos... e sim mais... mil vezes mais. Que coisa doentia, cruel de se fazer com uma criança. Graças a Deus ele morreu.

— Também pensava isso e me sentia culpada. Acho que acontece com muitas crianças. É solitário e assustador.

Isso impactara sua vida inteira, afetara a pessoa com quem escolheu se casar e a forma como lidou com ele e permitiu que a tratasse por todos esses anos. Mas a reação de Brad foi exatamente a que esperava quando finalmente tivesse coragem suficiente para contar. Brad nunca a decepcionava, diferente de Alex, que nunca deixava de decepcioná-la quando tinha a chance. De alguma forma, contar para Brad e sentir seus braços a sua volta absolviam-na. Finalmente contara a alguém, e ele a aceitara apesar disso. Estava livre das correntes que a aprisionaram pela maior parte de sua vida. Era um presente inacreditável que ele lhe dera, e ficaram sentados em silêncio por um longo tempo, enquanto ele a abraçava. Ele era o amigo e irmão que ela sempre amara, e sabia disso, e quando ela afastou-se dele, Brad sorriu.

— Eu amo você, Fred... de verdade... que ser humano incrível você é. E que pena que você casou com um cretino e não comigo. Realmente me arrependo disso. — Mas tudo que ele dissera naquele dia fora adequado. Contar para ele fora uma das melhores coisas que ela já fizera. Era como olhar em um espelho e se ver refletida nos olhos dele. O que ela via era uma pessoa boa que não tinha culpa de nada. Nem uma vítima nem uma menina má. Era uma mulher maravilhosa que sobrevivera e merecia amor e coisas boas. Era a chave que ela precisava para destrancar a última porta para sua liberdade. Ele a libertara, e ela se libertara. Finalmente.

— Obrigada, Brad. Acho que as coisas são como devem ser. Você teria ficado entediado se tivesse casado comigo. — Faith sorriu de novo. — Além disso, casar com você teria sido como casar com meu irmão. Incesto, para dizer o mínimo. — Talvez fosse melhor tê-lo como melhor amigo.

— Foi o que sempre achei. Uma vez, quando estávamos na faculdade, Jack disse que eu deveria sair com você, e eu achei que ele estava maluco. Você era como minha irmã mais nova. Eu era muito burro naquela época — confessou, envergonhado.

— Não era nada. — Ficaram sentados conversando por mais um tempo com tranqüilidade e conforto. E então ele olhou para o relógio. Detestava deixá-la, mas tinha, para manter a história que viera a Nova York a negócios e não apenas para vê-la. Não queria deixá-la depois do que acabaram de compartilhar. Só ficaria deitado no quarto do hotel por umas duas horas, assistindo a um jogo de basquete ou dormindo. Mas sabia que tinha de sustentar sua história e deixá-la um pouco. Nunca sentira-se mais próximo dela do que agora, mas tentou parecer casual ao levantar-se.

— Onde você quer jantar hoje? — perguntou ele bocejando.

— Você vai acabar passando vergonha na sua reunião se não despertar. — Ela riu, e ele sorriu balançando a cabeça. — Que tal comida chinesa? — Era como se nada desagradável tivesse acontecido entre eles. Nunca tinham sido tão próximos.

— Para mim parece ótimo. Esqueci de trazer gravata. Pensei que poderia comprar uma se você quisesse que eu usasse para sair hoje à noite.

— Achei que você colocaria *black-tie* — implicou ela depois de todas as reclamações sobre Pam. Brad só trouxera uma jaqueta, uma calça, *jeans* e algumas camisas. Era uma boa combinação, e ele estava bonito ao desenrolar as mangas da camisa e fingir que estava indo trabalhar.

— Venho pegá-la às sete. Tudo bem? — disse ele, dando um beijo na testa dela e puxando-a para perto de si.

— É o suficiente para sua reunião? — Ela parecia surpresa.

— Será o bastante. Só precisamos discutir o caso de um garoto.

— Deve ser um garoto muito especial para você vir tão longe para discutir sobre ele por duas horas — disse ela acompanhando-o até a porta. Ele dissera o suficiente, nem muito nem pouco, sobre a revelação que ela fizera.

— Ele é — confirmou Brad e então abraçou-a forte antes de ir embora. Andou as duas quadras até o hotel e pensou em tudo que ela lhe dissera, que mulher sensacional ela era, e que tolo ele fora por não se casar com ela. Desejava ter seguido por um caminho diferente do que escolhera anos antes. Mas não tinha como voltar atrás agora. Tudo que podia fazer era tirar o máximo proveito disso e admitir o erro para si mesmo. Não podia admitir nem para ela que cometera um erro. Mas ele parecia melancólico e triste ao entrar no hotel, pensando nos horrores a que ela sobrevivera, no amor que ela oferecia a todos apesar disso, e em como ele tinha sorte de ser seu amigo.

E Faith só conseguia agradecer a Deus por finalmente ter tido a coragem de desabafar e contar a ele sobre seu pai. E Brad fora a pessoa certa para contar. Isso só apertou mais o laço entre eles e aumentou o amor que ela sentia por ele. Tirara de seu coração um peso de mil quilos que carregara por toda a vida.

Capítulo 17

FAITH E BRAD FORAM a um restaurante chinês naquela noite. Ele contou sobre a reunião, e inventou tudo ou pegou emprestado de um caso que teve em San Francisco. Mas nas duas horas em que esteve no hotel só dormiu. Ela nem desconfiou e ficou fascinada pelo caso que ele descreveu. E depois disso, conversaram sobre os filhos. Ele estava morrendo de saudades dos meninos, e ela estava ansiosa para conversar com Ellie, depois que Alex contasse.

— Como você acha que ela vai reagir à notícia? — perguntou Brad, preocupado.

— Tenho medo de que ela me culpe — confessou Faith. — Só Deus sabe o que Alex vai dizer, mas ele achou que, como eu contei para Zoe, ele tinha de contar para Eloise.

— Ela já tem idade suficiente para ser razoável sobre isso — disse Brad, sendo otimista.

— É verdade, mas nunca se sabe. Isso ainda parece um pesadelo em todos os sentidos. Não consigo nem me acostumar com a idéia de que acabou. Duas semanas atrás, eu ainda era casada e pensava que tudo estava bem. — Na verdade, fazia 16 dias. — É como quando alguém morre... você fica pensando que dois dias antes a pessoa estava viva... três semanas atrás... dois meses... até que um dia você olha e já se passaram anos. — Ambos estavam pensando em Jack quando ela disse essas palavras.

— Quer ir à igreja amanhã? — perguntaram os dois ao mesmo tempo, e ela riu.

— Eu adoraria. Podemos ir à St. Patrick ou outra nas redondezas.

— Vamos à St. Patrick — sugeriu ele. — Sinto como se fosse a nossa igreja — disse ele entregando a ela um biscoito da sorte. O dela dizia que era virtuosa e paciente e tinha sabedoria além de sua idade. O dele dizia que faria um excelente negócio.

— Detesto biscoitos da sorte assim — reclamou Faith. — Os meus sempre são desses. São tão chatos. Gosto daqueles que dizem "Você vai se apaixonar na próxima semana". Os meus nunca dizem isso. Acho que agora sei por quê.

— Por quê? — perguntou ele com um olhar gentil. Algo nela o tocava bem no fundo. Ela tocava seu coração.

— Azar — respondeu ela pensando em Alex. Tudo que acontecera nas últimas duas semanas parecia azar para ela.

— Às vezes o azar é seguido de sorte — objetou ele, com tranqüilidade.

— Isso é de um biscoito da sorte ou você inventou? — implicou Faith, e ele percebeu que ela parecia mil vezes melhor e mais relaxada do que de manhã quando ele chegara. Ela comera e se exercitara, e, como sempre, ele fez com que ela risse.

— Eu inventei. Mas é verdade. Às vezes quando as piores coisas acontecem, você não sabe ainda, mas na verdade estão abrindo espaço para coisas maravilhosas na sua vida.

— Isso aconteceu com você?

— Não, mas aconteceu com várias pessoas que conheço. Um amigo meu perdeu a esposa quatro anos atrás, ela era uma mulher maravilhosa e ele ficou arrasado. Ela morreu de câncer no cérebro em seis meses. E então ele conheceu a mulher mais incrível que eu conheço. E agora estão felizes juntos. Nunca se sabe, Fred. Você tem de acreditar. É aquilo sobre o que conversamos... preces atendidas... você tem de acreditar agora. Vai passar por um caminho turbulento por um tempo, mas depois vai melhorar. Talvez mais do que imagina.

— Estou feliz por você ter vindo a Nova York — disse Faith, sem responder ao que ele disse.

— Também estou. — Ele pegou a mão dela por cima da mesa e apertou. — Estava preocupado com você. Estava parecendo péssima nos últimos dias.

— Eu estava péssima. Estou melhor agora. Mas acho que as coisas vão continuar feias por um tempo. Não acho que Alex vai jogar limpo.

— Provavelmente não, julgando pelo que ele já fez até agora. — E então Brad teve uma idéia. — Quer uma *banana split*? — Era a fraqueza dela quando criança.

— Agora? — Ela sorriu para Brad. Ele estava sendo tão bom desde que chegara. Sentia-se mimada e consolada, e amava isso. Era realmente como estar com Jack. Às vezes até melhor. — Nós comemos como porcos.

— E daí? No Serendipity eles fazem uma ótima. Divido com você.

— Que bom que você não mora aqui — exclamou ela, rindo. — Eu estaria enorme de gorda. Quer saber, por que não?

Ele pagou a conta e eles pegaram um táxi e foram para a 60th Street. O lugar estava lotado, era sábado à noite, mas eles encontraram uma pequena mesa redonda embaixo de um lustre da Tiffany, e Brad pediu uma *banana split* e duas colheres. Chegou com *chantilly*, nozes, calda de chocolate, morangos, três sabores de sorvete e bananas nas beiradas da tigela, e eles atacaram. Brad não conseguiu acreditar no quanto ela comeu, principalmente considerando o que já tinha comido.

— Vou passar mal se não parar — ameaçou ela e então comeu mais duas colheradas. Ela nunca conseguia resistir a uma *banana split*.

— Se for passar mal em cima de mim, é melhor parar. Amizade tem limites — avisou ele, e os dois riram. Estava sendo divertido. Eles riram de histórias de quando crianças. Ele lembrou de uma vez em que ela pregou uma peça neles e disse para as namoradas que eles tinham saído com outras garotas. Jack e Brad quase mataram-na quando descobriram. Ela havia ficado com raiva por algo que eles tinham feito e fez isso para se vingar. Eles tinham 14 anos e ela, 12. — Por que diabo você fez aquilo? — perguntou Brad sorrindo enquanto pagava a conta.

— Vocês não iam me levar para jogar boliche com vocês então fiquei com raiva.

— Jack ficou tão irado que achei que fosse estrangular você.

— É, eu também. Ele gostava mesmo da garota. Acho que você não gostava muito da sua — lembrou Faith, divertida.

— Nem me lembro quem era. Você lembra?

— Claro. Sherry Hennessy. E a de Jack era Sally Stein.

— Que memória você tem. Tinha me esquecido completamente de Sherry Hennessy. Ela foi a primeira garota que beijei.

— Não foi não — corrigiu Faith, com um olhar de quem sabe das coisas. — Foi Charlotte Waller. Você tinha 13 anos.

— Ah, sua pirralha! — exclamou ele, de repente lembrando perfeitamente. — Você estava me espionando e contou para o Jack. Eu não queria que ele soubesse porque tinha uma queda por ela, e não queria que ele ficasse chateado.

— Ela contou de qualquer jeito. Na verdade, contou para metade da vizinhança.

— Não foi ela que contou, foi você, sua pestinha. — Ele tinha se esquecido disso e estava rindo quando saíram do Serendipity e subiram os degraus até a rua.

— Bem, eu ajudei. Mas ela também foi eficiente em espalhar a notícia. Ela achava que você era um bom partido.

— Naquela época eu era — brincou ele, fingindo arrogância.

— Você ainda é muito bonitinho — disse ela, dando o braço para ele com inocência. — Considerando sua idade.

— Até parece! — exclamou ele, e então sugeriu que fossem andando até a casa dela, para desgastar a *banana split*. Ela adorou a idéia já que tinham comido muito.

— Parece que vou explodir.

— Você é pequena como um bichinho, Fred. É uma pena nunca ter crescido.

— Sempre achei isso também. Sempre detestei ser baixinha.

— Você está bem. Para uma menina. — Era o tipo de coisa que ele costumava falar quando ela era criança. E ela se sentia como uma nesta noite com ele, lembrando de pessoas que tinham se esquecido e de que, quando eram jovens, gostaram tanto. Era engraçado pensar nelas de novo, e imaginar aonde estavam. Ambos perderam o contato com todas elas. Principalmente Brad depois que se mudou.

Caminharam lentamente pela Third Avenue, conversando sobre pessoas que conheceram quando crianças e lembrando de rostos e nomes em que nenhum dos dois pensava há anos. Viraram para o oeste quando chegaram na 74th Street, e logo chegaram na casa dela.

— Foi uma burrice minha deixar você ficar no hotel. Poderia ter lhe convidado para ficar aqui. Estou dormindo no quarto de Zoe. Você poderia ter dormido no meu.

— Estou bem no hotel — tranqüilizou-a ele, bocejando. — A que horas vamos à igreja amanhã?

— Podemos ir na hora que você quiser. Tem muitas missas na St. Patrick, vamos conseguir pegar uma. Por que não vem para o café-da-manhã?

— Vou ligar quando acordar. Devo chegar entre nove e dez. — Ela entrou em sua casa, que parecia solitária e escura. Virou-se para Brad com um sorriso.

— Quer entrar para uma taça de vinho?

— Não vou voltar para o hotel nunca se eu entrar. Estou exausto. É melhor eu dormir um pouco, você também. — Ambos estavam cansados e cheios. Fora uma noite agradável, e a revelação que ela fizera mais cedo significou muito para ele. O que ela compartilhou era um enorme gesto de confiança.

— Que bom que você teve de vir para a reunião — comentou ela agradecida. Os fins de semana eram difíceis e continuariam assim por um longo tempo.

— Também acho — disse ele, abraçando-a. — Durma bem. — Ele observou para ter certeza de que ela trancou a porta e acendeu as luzes ao entrar. E então caminhou para o hotel sorrindo. Ele amava e respeitava Faith mais que amara qualquer ser humano em sua vida.

Capítulo 18

BRAD CHEGOU À CASA DE FAITH, com suas malas, às nove da manhã. Ela acabara de sair do banho. Atendeu à porta em um roupão de *cashmere,* e ele entregou a ela o jornal de domingo quando entrou.

— Desculpe. Cheguei muito cedo? Acordei no raiar do dia.

— Sem problemas. Estarei pronta em cinco minutos — disse ela correndo.

— Vou começar a preparar o café-da-manhã enquanto você se veste. — Ele foi para a cozinha enquanto ela subia as escadas descalça e com o cabelo molhado.

E quando ela desceu, 15 minutos depois, usando *jeans* e blusa de gola alta, ele estava fazendo muitos barulhos, e havia um delicioso cheiro de café no ar.

— Nossa, que cheiro bom — exclamou ela, e ele se virou com um sorriso. Estava em pé na frente do fogão, já colocara pães na torradeira e estava fritando ovos.

— Gema mole ou dura? — Ele parecia relaxado, tranqüilo e se sentindo em casa.

— Mole está bom. Quer que eu faça? — Ela se aproximou do fogão.

— Estou preparando café-da-manhã para você — respondeu ele, e então serviu uma caneca de café e lhe entregou. Queria mimá-la antes de ir embora, por isso viera. — Quer *bacon*? Esqueci.

— Acho que nem tem, mas para mim está bom. — Ela olhou na geladeira e realmente não havia. Então ofereceu-se para descascar algumas frutas. Ele deixou que ela descascasse laranjas e pêssegos. Foi quando terminou os ovos. Colocou-os em dois pratos, passou manteiga nas torradas e depois acrescentou-os. Ela arrumou a mesa, ele trouxe a comida e ambos se sentaram.

Os ovos estavam deliciosos, e ele estava mastigando a torrada quando ela sorriu.

— Você é um ótimo cozinheiro.

— Sou um excelente *chef* de coisas rápidas. Hamburgueres, *chili,* panquecas. Sempre posso arranjar um emprego em uma lanchonete se precisar.

— Vou me lembrar disso. — Era bom tê-lo por perto. Fazia com que ela recordasse os tempos em que Jack vinha da faculdade visitá-la, ou das freqüentes ocasiões em que ele e Debbie estavam separados. Sempre adorara quando ele vinha para ficar. Apesar de sempre ter existido tensão entre ele e Alex. Não pôde deixar de imaginar, quando terminaram o café que Brad preparara, onde Alex estaria agora e se estava com a garota. Leslie James. O nome dela estava gravado na mente de Faith.

— Em que você estava pensando? Pareceu chateada de repente — comentou Brad ao pegar a seção de esportes do jornal de domingo e entregar o resto para ela.

— Estava pensando em Alex. E na garota. Estava imaginando se eles estão juntos.

— Tente não pensar nisso — sugeriu ele com gentileza ao pegar a caneca de café e olhar para ela, pensativo. — É estranho como a vida muda, não é? Seis meses atrás, quem imaginaria que eu estaria aqui tomando café com você? — Tinham perdido contato havia muito tempo antes disso.

— É, e que Alex teria saído de casa. Antes de pensar neles, eu estava pensando em como é bom tê-lo aqui. Você vem muito a Nova York? — Esta era a terceira vez em quatro meses. Mas desta vez ele inventara uma desculpa para vê-la. E estava feliz por ter feito isso. Ela já estava com a aparência bem melhor do que no dia anterior, e muito mais relaxada. Sua viagem valera a pena.

— Depende. Venho esporadicamente, depende dos congressos nos quais me inscrevo e do que está acontecendo por lá. Na maior parte do tempo, não posso sair. — O trabalho dele era guiado por crises, e ele tinha muitos clientes para poder se afastar. — Devo passar um dia aqui quando for para a África visitar os meninos no mês que vem. Pam estará comigo — contou ele.

— Podíamos jantar os três — propôs Faith com tranqüilidade, e Brad riu.

— Seria divertido. Ela já acha que estou apaixonado. Se colocar os olhos em você, não vai mais largar do meu pé.

— Acho que estou lisonjeada. Mas não sou nenhuma ameaça. Sou como sua irmã mais nova. Ela vai acabar percebendo isso — comentou Faith, confiante.

— Talvez não — ponderou ele, e perdeu-se no jornal. Ele ficou entretido na meia hora seguinte enquanto ela servia mais café para os dois e arrumava a cozinha. Já eram dez e meia quando ela acabou e ele terminou a leitura do jornal.

— Você ainda quer ir à igreja? — Ela não queria forçá-lo a fazer nada. Gostava de ir mas não era uma questão de vida ou morte, principalmente se ele não quisesse ir. Poderia ir depois que ele fosse embora.

— Na verdade, quero. — Ele levantou e se espreguiçou, e abraçou-a. Mais uma vez ela se surpreendeu de como se sentia à vontade com ele, e como sua companhia era agradável. Era difícil de acreditar que ele e Pam não se davam bem. Ele era o homem mais fácil de se lidar que ela já conhecera.

— Vou pegar minha bolsa. — Ela correu até o andar de cima para pegar a bolsa e pentear o cabelo, cinco minutos depois estava no vestíbulo pegando um casaco no *closet.* Vestiu um casaco pesado de pele de carneiro e um cachecol de lã vermelho. Brad estava usando *jeans,* uma suéter pesada e um casaco quente. Estava frio do lado de fora e parecia que ia nevar.

Pegaram um táxi para a Catedral de St. Patrick e chegaram bem a tempo da missa das onze. Faith fez a genuflexão e sentou-se em um banco, e Brad sentou-se ao seu lado. Ficaram assim, lado a lado, em silêncio a missa inteira. Ela comungou, ele esperou e, em determinado momento, notou que ela segurava o terço que lhe dera e sorriu. Após a missa, acenderam uma vela para Jack no santuário de São Judas. Era uma experiência reconfortante para ambos, que pareciam em paz quando saíram. Durante a missa, começara a nevar.

— Quer caminhar? — perguntou ela, olhando para ele. Adorava andar na neve.

— Quero — ele sorriu para ela — por que não? — Ele nunca via neve em San Francisco e era uma das coisas que amava em Nova York.

Subiram a Fifth Avenue e na 60th Street viraram e caminharam pela calçada do Central Park. Passaram pelo zoológico e pelo parque infantil ao norte. O cabelo de ambos estava coberto de neve, e seus rostos estavam vermelhos de frio. Era aquele tipo de neve que realmente gruda e parece silenciar tudo o mais. Era mágico caminhar com a mão dela, protegida por uma luva, em seu braço.

— Vou sentir saudades de você amanhã, quando não estiver mais aqui — lamentou-se ela. — Isto foi uma festa. Depois disso, tenho de voltar para a vida real, faculdade e divórcio. Não estou ansiosa por isso. Alex está com tanta pressa. — Ela estava começando a imaginar por que, e não podia deixar de se perguntar o quanto isso tinha a ver com Leslie James e se ele ia casar com ela depois que tudo terminasse.

— O que você vai fazer com a casa? — Ele não sabia se era cedo demais para perguntar.

— Não sei. Ele não disse nada. Não sei se vai me deixar ficar ou querer que eu saia para poder vender. Foi ele quem pagou, então acho que vai tentar reivindicar como sua. Não sei como essas coisas funcionam. — O dinheiro de Alex comprara tudo que tinham. E agora ele estava reivindicando tudo como dele, pelo menos para ela. Ele dissera que tudo que Faith teria dele seria um suporte mínimo já que era jovem o suficiente para trabalhar. Ela estava começando a achar que não tinha nenhum direito.

— Se ele forçar você a sair, terá de dar algum lugar no mesmo nível para você morar — observou Brad de forma sensata para acalmar seus temores. — Ele não pode simplesmente jogá-la na rua.

— Espero que não. — Mas nem isso parecia mais uma certeza. Não havia como saber quais proezas Alex tentaria fazer. — Acho que, como as meninas não estão mais em casa, posso ir para um lugar menor. Mas será tão estranho mudar. Moramos lá há dezoito anos, desde que Zoe nasceu. — De repente tudo estava pendente, e todo o senso de confiança e segurança que ela já teve estava indo por água abaixo.

— Talvez ele deixe você ficar e não venda a casa — comentou Brad de forma apaziguadora. Não queria chateá-la. Sabia que o advogado resolveria os detalhes com imparcialidade. E entraram no parque por um desvio perto do lago, e assistiram à neve se amontoando em cima das estátuas de Alice no País das Maravilhas. Havia crianças brincando na neve, que havia em quantidade suficiente para eles escorregarem de pequenos montes nas latas de lixo. Brad e Faith assistiram à brincadeira que parecia divertida.

— Gostaria que as meninas ainda fossem pequenas — suspirou Faith, desejosa. — Sinto muita saudade disso. — Fora uma época tão feliz em sua vida. Todos os dias eram cheios, havia muita alegria. Ela nunca tinha tempo de pensar em nada, exceto no que ia fazer com elas e em ficar com Alex à noite. Nunca se preocupava com o que o futuro traria, não tinha tempo para pensar nisso. E sentia-se feliz e necessária todos os dias. Tudo era diferente agora. Elas não precisavam mais da mãe. Tinham suas próprias vidas, e a sua parecia tão vazia. E acima de tudo, Alex fora embora também. Faith sentia-se como se tivesse perdido seu universo inteiro, e talvez até sua casa. Era muito para digerir. Muito para perder.

— Também sinto falta daquela época — disse Brad com honestidade. — Passou tão rápido. Sei que parece bobo, que nos sentimos velhos, mas não somos, tem gente tendo filhos na nossa idade.

— Meu Deus, que idéia! — Faith riu.

— Você faria isso de novo? — Ela podia ver que ele estava sério, e esperou um momento enquanto pensava.

— É uma pergunta maluca. Se tivesse me perguntado um mês atrás, eu teria dito claro que não, além disso, Alex me mataria. Ele sempre achou que duas filhas era o suficiente. Senão eu teria tido mais um ou dois. Agora? Não sei. Parece uma idéia bem louca aos 47. As meninas teriam um ataque, ou pelo menos ficariam chocadas. Não, acho que não faria. Além disso, nem estarei casada nos próximos meses. Não consigo nem imaginar isso agora.

— É aí que quero chegar, Fred. Você vai ser solteira de novo. — Só de ouvi-lo falar, ela ficou chocada. Ainda tinha de ficar se lembrando de que o que aconteceu com Alex não era um pesadelo. Era real. — E se você conhecesse uma pessoa legal que quisesse mais filhos? O que faria?

— Eu o apresentaria para Eloise. — Ela riu, e então ficou séria de novo. — Puxa, Brad, não sei. Eu adoraria ter mais filhos, mas não estou mais na flor da minha juventude. Na minha idade, nem sei se eu poderia. Conheço pessoas que tiveram. Não sei... é... poderia ser bom... seria maravilhoso ter um bebê de novo... e isso faria com que me sentisse esperançosa, viva e jovem de novo. O único problema é que — acrescentou ela séria, ao olhar para ele — não sou mais. Estou cansada, triste e velha. E pior, sozinha.

— Não será assim para sempre. Você vai encontrar alguém, Fred. Alguém muito mais legal do que Alex. Você estará livre e solta em alguns meses e provavelmente estará casada em um ano. — Ele parecia deprimido ao falar isso, ela riu.

— Bem, você já tem a minha vida toda planejada. E a sua? — Ela sabia o quanto ele estava infeliz com Pam e o quanto estava determinado a continuar com ela, a todo custo. — Não quer mais do que tem? — Para Faith, a vida dele com Pam sempre pareceu solitária. Mas sua vida com Alex também fora, e ela nunca teria se separado se ele não a tivesse abandonado.

— Claro que quero — respondeu ele, sendo honesto. — Mas tenho de me contentar com o que tenho. Não penso muito a respeito. — Isso não era bem a verdade.

— Talvez devesse, enquanto ainda é razoavelmente jovem. E se Pam fizer com você o que Alex fez comigo daqui a dez anos? Não sentirá como se tivesse desperdiçado a vida inteira enquanto poderia estar com alguém com quem realmente fosse feliz? Talvez valha a pena pensar nisso.

— É muito arriscado — respondeu ele, olhando nos olhos de Faith. — Sei o que tenho e o quanto está perdido. Não vou jogar isso fora por um sonho que talvez nunca se realize. A vida não funciona assim. Nos filmes, funciona. Na vida real, não. A maioria das pessoas faz o que você e eu temos feito. Acomoda-se a uma vida que quase funciona e a tolera da melhor maneira possível. Você sabe bem disso.

— É, eu sei. Mas agora fico me perguntando. Talvez Alex esteja certo no que fez. Odeio isso por mim. Mas talvez ele finalmente tenha tido a coragem de fazer o que devíamos ter feito anos atrás. Ele fez de uma forma dolorosa, mas está indo atrás da felicidade.

— Nesse caso, acho que ele vai quebrar a cara porque magoou você. Não acho que se consiga muita coisa agindo assim. Só se perde. Ele foi atrás de uma garota que usa tanga e para isso humilhou você. Esse tipo de coisa acaba voltando para assombrar a pessoa. Se ele ficar com ela, talvez um dia ela faça o mesmo com ele.

— Isso é encorajador — exclamou Faith com um pequeno sorriso. — Não sei quais são as respostas — suspirou ela, enquanto flocos de neve grudavam em seus cílios e cabelo.

Ele nunca vira ninguém mais bonita, e, ao olhar para ela, seu coração se apertou. Adoraria atrasar o relógio uns trinta anos. Mas sabia perfeitamente bem o que não poderia ter. Nunca poderia ter Faith. E ela sequer imaginava que essa idéia passara por sua cabeça. Ficaria chocada se soubesse. Não percebia que agora ele olhava para ela dessa forma. E isso não acontecia desde que eram crianças. Mas, agora que se permitiu, olhava. Estar com ela no Central Park, com o braço a sua volta, fazia com que sonhasse com mais. Mas Brad sabia melhor do que todo mundo que era apenas um sonho.

— Você está muito sério — sussurrou Faith, aninhando-se nele. Estava esfriando e ventando. — Você está bem? — Ele assentiu e sorriu. Adorava tudo que fazia com ela. Preparar café-da-manhã, conversar durante horas, ir à igreja, fazer caminhadas, até comer *banana split* na noite anterior. Ela fora uma menina de ouro e agora estava ainda mais luminosa.

— Estava pensando que é melhor voltarmos para sua casa e acendermos a lareira. E, na verdade, também estava pensando no almoço.

— Quando estamos juntos, só comemos — reclamou ela. Mas também amava ficar com ele. E estava ficando com fome enquanto caminhavam. — Precisamos parar para comprar comida. Não tenho muita coisa em casa. Tenho passado fome desde que Alex saiu de casa.

— Isso não ajuda em nada — comentou ele, sendo prático e pegando sua mão.

Pararam no mercado no caminho de casa, e ele fez com que ela comprasse comida suficiente para uma semana, e depois insistiu em pagar, o que ela não achava justo.

— Você não ficará aqui para comer tudo isso. Por que deve pagar?

— Então voltarei para jantar amanhã — brincou ele ao pegar o troco.

— Gostaria que você pudesse ficar. É uma pena não morarmos na mesma cidade. — Ele também achava isso, mas também sabia que acabaria criando um desafio insuportável para ele.

Estava começando a ter sentimentos por ela que nunca tivera antes. E contanto que ela não tomasse conhecimento deles, e que tivesse quase cinco mil quilômetros os separando, ele sabia que estaria seguro, assim como ela.

Ele carregou as compras, e meia hora mais tarde ela estava preparando o almoço enquanto ele acendia a lareira. Do lado de fora, a neve continuava caindo.

Ela preparou sopa e sanduíches, e insistira em comprar *marshmallows*, biscoito e barras de chocolate *Hershey's* para poder fazer alguns *s'mores*,* que ambos adoravam quando crianças. Estar com ele era como uma peregrinação ao passado. Fazia com que às vezes desejasse nunca ter crescido. Se fosse assim, a vida ainda seria simples para todos eles, e Jack ainda estaria vivo.

Já eram quase quatro horas quando eles terminaram de almoçar, e Brad ria ao olhar para ela. Tinham feito *s'mores* na lareira.

— De que você está rindo? — Faith parecia indignada.

— O seu rosto está cheio de chocolate e *marshmallow*. Está toda suja. — Ela usou um guardanapo para tentar limpar, mas só piorou. Então, ele pegou o guardanapo e passou pela boca, queixo e ponta do nariz dela enquanto ela o observava com inocência. E quando ele olhou para ela, precisou de força para não se perder nos sentimentos. — Pronto, agora você está com o rosto limpo. — Nada no comportamento dele nem de longe demonstrava o que sentia.

— Quer mais um? — perguntou ela sorrindo, e ele gemeu e se espreguiçou deitado no chão em frente à lareira. Ela achava as

---

**S'more* é uma sobremesa americana preparada na fogueira. Primeiro, coloca-se um pedaço de chocolate em cima do biscoito, depois espeta-se o *marshmallow* em um palito para derretê-lo na fogueira, então é só colocá-lo por cima do chocolate e deixar derreter. (*N. do T.*)

pernas dele enormes, e os ombros eram tão largos e fortes como quando era garoto.

— Não, obrigado. Será que meu vôo vai atrasar por causa da neve? — Ele quase desejava que sim, apesar de ter de voltar. Mas nada o agradaria tanto quanto ficar preso pela neve em Nova York com ela. Não sabia o que fazer com o que estava sentindo. E sabia que tinha de voltar, enquanto ainda podia. Era tão difícil sabendo que ela teria momentos duros pela frente e que ele não poderia estar ao seu lado. Só podia oferecer-lhe sua voz ao telefone ou *e-mails*. Não parecia o suficiente. Queria protegê-la dos golpes que instintivamente sabia que Alex daria contra ela.

— Vou ligar e confirmar seu vôo — resolveu ela, querendo ser prestativa, e foi até o telefone. Voltou cinco minutos depois. — Está confirmado.

— Que pena — lamentou ele com um sorriso sonolento.

E, uma hora depois, ele levantou do chão como um gigante adormecido. Estava na hora de ir. Às cinco horas, ele pegou suas coisas, e Faith vestiu o casaco.

— Você não precisa vir — disse ele, observando-a. Ela não fazia idéia de como estava bonita, o que sempre fora parte de seu charme.

— Sei que não preciso. Mas quero ir mesmo assim. Não tenho nada melhor para fazer. — Queria passar o máximo de tempo possível com ele.

Brad chamou um táxi, colocou sua bagagem no porta-malas e então sentou-se ao lado dela no banco. Estava nevando ainda mais forte do que quando estavam no parque e estava escurecendo. Mas não havia trânsito nas tardes de domingo, e chegaram ao aeroporto JFK em tempo recorde, apesar da chuva. O Departamento de Transportes mantinha as estradas limpas e tudo parecia normal no JFK. O vôo ainda estava anunciado como sem atraso.

Faith foi com Brad comprar revistas e, enquanto ele escolhia, ela comprou um livro que achou que ele fosse gostar.

— Obrigado por me alimentar e me levar para passear. — Ela sorriu agradecida. — Eu me diverti muito. Vou sentir saudades.

— Ligarei para você. Mas comporte-se. Coma, vá para a faculdade, não trabalhe muito. Não deixe Alex enlouquecer você. Faça o que seu advogado mandar... escove os dentes... lave o rosto... não fique toda suja de *marshmallow*... cuide-se bem, Fred.

— Você também — disse ela, parecendo uma criança desamparada, enquanto ele lhe dava um abraço de despedida e a beijava na testa.

— Ligarei amanhã. Será muito tarde quando chegar em casa. — Não chegaria antes das duas da manhã no horário de Nova York, e esperava que ela estivesse dormindo a essa hora.

— Obrigada por tudo — repetiu ela, e segurando-se a ele. Despedir-se dele era como perder Jack outra vez. Sentiu um momento de pânico, depois uma onda de tristeza e desespero. Sentia-se tola segurando-se a ele, e finalmente o soltou.

Ele abraçou-a uma última vez e então seguiu os outros passageiros pelo corredor até o avião, e, ao virar a esquina, sorriu e acenou. Ela ficou parada no terminal, observando o avião taxiar, e então saiu com a cabeça abaixada e chamou um táxi.

A viagem para casa pareceu interminável, e a casa parecia um túmulo quando entrou. Ainda estava nevando, e a casa nunca estivera tão silenciosa. Nem jantou naquela noite, sentia muita saudade dele. Apenas subiu e foi para a cama. E estava dormindo profundamente quando o telefone tocou às duas da manhã. Por um minuto, não soube onde estava.

Era Eloise ligando de Londres, antes de sair para trabalhar. Ela parecia agitada, e Faith ainda estava meio dormindo quando atendeu.

— ... hã... o quê?... ah... Ellie... oi, querida... não, não, eu estava acordada. — Não sabia por que sempre mentia quando as pessoas a acordavam, mas sempre mentia. Levou um minuto até realmente estar acordada, e então se deu conta de que era cedo para Eloise, sete horas da manhã. — Você está bem?

— Estou — respondeu ela com raiva. Ficou óbvio assim que Faith acordou de verdade que sua filha mais velha estava furiosa. — Falei com o papai ontem — continuou ela. — Ele me contou o que você fez.

— O que eu fiz? — Faith estava pálida e então um tremor de medo tomou conta dela. Imaginava o que ele tinha dito. — O que eu fiz?

— Ele me disse que você decidiu que não queria mais ficar casada para poder voltar para a faculdade.

— Ele disse isso? — Faith estava horrorizada. Como ele podia mentir dessa forma para a filha? Pelo menos Zoe sabia a verdade.

— Disse, mãe. Como você pode destruir nossa família assim por um diploma de advogada? Não se importa conosco? Ou com ele, depois de todos esses anos? Como você pode ser tão egoísta e desleal? — No meio das palavras, Ellie desfez-se em lágrimas, e do seu lado da linha, Faith também estava chorando.

— Ellie, as coisas não são assim... não aconteceram dessa forma. As coisas entre seu pai e mim são muito complicadas. — Faith sentia-se honrada em não lavar a roupa suja na frente das filhas. Não importava o quanto Alex fora vil, não queria rebaixar-se ao nível dele. E confiava que suas filhas acabariam vendo a verdade. Faith segurava-se à decência como a um salva-vidas em uma tempestade.

— Você acha que isso não nos afeta? Acha que não nos importamos? Não teremos nem um lugar onde ficar quando formos para casa. Ele disse que você quer vender a casa. — Aí estava sua resposta sobre a casa. E, como sempre, ele a estava culpando.

— Nós nem conversamos sobre a casa. E não, eu não quero vendê-la. Mas talvez seja o que ele quer. Eu nunca quis o divórcio. Ele quis.

— Isso é uma mentira. Ele disse que foi você quem quis. Ele disse que você forçou a barra ao voltar a estudar.

— Eu não forcei nada. Até me ofereci para desistir da faculdade.

— Não acredito em uma palavra do que você diz. O papai disse que você já estava planejando isso há muito tempo e que falou com ele um ano atrás que queria o divórcio.

Ao escutá-la, Faith sentiu-se enojada. Agora conseguia ver a jogada dele. Se conseguisse convencer as filhas de que ela pediu o divórcio um ano antes, faria mais sentido quando elas descobrissem sobre Leslie James, se elas descobrissem. Era uma conspiração engenhosa. E, até agora, estava dando certo. Pelo menos com Eloise. E as duas histórias completamente diferentes colocariam as meninas uma contra a outra.

— Eloise — interrompeu-a Faith, lutando para se manter calma. — Não estou querendo dizer que seu pai não está falando a verdade para você, mas ele não está. Eu nunca pedi o divórcio. Nunca quis terminar nosso casamento. Isso foi idéia dele, o que ele quer. Eu não quero. E eu não quero vender esta casa. Ele não me disse nada a esse respeito. — Ela estava certa que se falasse a verdade, sem denegrir a imagem dele, no final Ellie entenderia. Mas a filha não estava facilitando as coisas.

— Você é uma mentirosa, mãe. E acho horrível você abandoná-lo. Espero que você não passe na prova da ordem, não entre na faculdade, porque você arruinou a minha vida! — E com isso ela desligou, e Faith ficou lá, sentada, perplexa, com lágrimas escorrendo por seu rosto. Fora uma coisa desprezível para ele fazer, envenenar Ellie contra ela. E isso estava destinado a causar uma tremenda briga entre as meninas. Porque Zoe sabia a verdade. Pelo menos a parte de Alex abandoná-la, só não sabia o motivo. Faith queria poupá-las disso. E sabia que a verdade destruiria Alex aos olhos das filhas. E Faith não achava isso justo. Mas Alex não sabia nada sobre justiça. O que acabara de fazer era o golpe mais baixo que ele podia ter dado, separá-la de Eloise. E agora Faith também estava preocupada com a casa.

Ficou deitada na cama acordada por uma hora, e então, sentindo-se culpada, ligou para Zoe. Faith sabia que ela ficava acordada até tarde, e ela atendeu ao telefone no primeiro toque.

— Oi, mãe — exclamou ela parecendo feliz por escutar a voz da mãe.

— Acordei você? — perguntou Faith nervosa.

— Claro que não. Estava acordada. Você está bem?

— Não — respondeu Faith, sendo honesta. — Ellie acabou de ligar.

— Você contou para ela? — perguntou Zoe, parecendo fraca. Desde que descobrira, estava chateada pelas mudanças nas vidas de seus pais, e tivera uma conversa rápida com o pai. Mas ele não dissera muito, principalmente quando Zoe contou que passara o fim de semana com a mãe. Depois disso, ele a dispensou pelo telefone.

— Não, seu pai contou — explicou Faith. Estava realmente preocupada que sua própria opção por ser decente e justa fosse destruir seu relacionamento com Ellie para sempre.

— Como ela está?

— Enlouquecida. Seu pai disse a ela que eu não queria mais ficar casada para poder ir para a faculdade, por isso pedi o divórcio. Ele até disse que pedi um ano atrás — contou Faith, assoando o nariz.

— Por que ele diria uma coisa dessas? É verdade? — Zoe parecia surpresa. Mas estava ao lado da mãe, como sempre estivera.

— Claro que não. Acho que sei por que ele fez isso, mas isso não vem ao caso. O importante é que Ellie acha que eu quis isso e que o mandei embora. É tão injusto. — Justiça não estava mais no vocabulário de Alex, se é que um dia esteve, Faith percebia agora.

— E qual é a novidade? Papai nunca joga limpo. — Zoe disse que sabia há muito tempo que ele mentia. Havia mentido para ela sobre várias pequenas coisas, mas que eram importantes para ela, e isso contribuiu para que não confiasse nele. — Ela vai perceber. Você não estaria tão triste se tivesse pedido o divórcio. É só usar o bom senso. — Mas Faith não estava segura disso. Ellie estava sendo manipulada pelo pai.

— Ela nem sabe o quanto estou triste. Ela nem me deu a chance de falar, só disse o monstro que eu sou e que arruinei a vida dela. — Não contou a Zoe sobre a casa. Queria conversar com Alex primeiro. Queria saber a posição dele, pois se ele forçasse a barra para vender a casa, deixaria todas elas chateadas, não só Faith.

— Ellie vai se acalmar. Vou conversar com ela. Você poderá conversar quando ela vier. — Eloise planejava fazer uma visita em março, mas Faith se perguntava se ela viria para casa.

— Talvez eu deva ir até lá — inquietou-se Faith.

— Ela precisa esfriar a cabeça primeiro. Escreva uma carta ou algo parecido, mãe, ela vai entender. É óbvio que você não quer o divórcio. — O que não era óbvio para Zoe ainda, e sua mãe não contou, era por que o pai quis sair de casa. Mas para ela estava claro que sua mãe não queria falar. Tinha a sensação de que havia mais nesta história e, como de costume, estava certa.

— Estou mal por isso — desabafou Faith, aliviada de poder conversar com ela. Além de filha, Zoe estava se tornando uma amiga, e sua sensatez e sabedoria iam além de sua idade.

— Ellie sempre reage primeiro. Só pensa depois. Acho que papai foi um cretino ao dizer essas coisas, mas não estou surpresa. — Nem Faith se surpreendia mais. Não havia limites para o que Alex estava disposto a fazer, destruir seu relacionamento com Ellie.

— Vou ligar para ele amanhã — decidiu Faith, parecendo agitada. Ainda achava que poderia chamá-lo à razão, o que era inocência de sua parte.

— Durma um pouco, mãe. Tente esquecer isso. Pelo menos, por esta noite. Fez alguma coisa no fim de semana? — Quisera ligar para ela e sentia-se culpada por não ter ligado. Mas não tivera tempo.

— Meu amigo Brad de San Francisco estava aqui — contou Faith, sendo vaga. Só conseguia pensar em Ellie agora. A visita de Brad parecia ter se apagado como um sonho.

— Ele foi ver você? — Zoe parecia impressionada.

— Não, ele tinha negócios aqui. Mas foi bom vê-lo. — Zoe refletiu, mas decidiu que não era hora de implicar com a mãe por causa dele. Já tinha muito com o que se preocupar. E independente dos sentimentos que ele tivesse por Faith, Zoe sabia que, para ela, ele era apenas um amigo. Mas pelo menos ele a distraiu por dois dias. Já era alguma coisa.

Elas desligaram, e Faith ficou deitada acordada na cama o resto da noite. Só conseguia pensar no que Ellie dissera. E só queria ligar para Alex. Mas tinha de esperar até ele chegar no escritório. Ele não dissera onde estava. E finalmente às seis da manhã, ela levantou e escreveu um *e-mail* para Brad. Sabia que ele já devia estar em casa, e não podia esperar mais. Escreveu tudo que Ellie dissera. Chorou ao digitar. Pareceu ainda pior depois que escreveu tudo no *e-mail.*

"...e o que você acha que ela quis dizer sobre a casa? Parece que Alex quer vendê-la. Por que ele não me disse primeiro? De qualquer forma, estou arrasada. Sinto-me mal por Ellie acreditar no que ele disse. Como vou conseguir convencê-la da verdade? Não vou contar para nenhuma das duas sobre a garota. Nunca. É muito humilhante para todo mundo. E vai me fazer parecer tão baixa quanto ele. E elas nunca perdoariam o pai. Não estou tentando envenenar o relacionamento delas com ele. Por que Alex não pode jogar limpo? Ele disse para Ellie que eu pedi o divórcio um ano atrás. Ele provavelmente acha que isso é uma desculpa para o comportamento dele. Isso faz parecer que ele está levando a garota a sério." Ela continuou até tentar ser justa com Alex por algum senso vão de decência, e sentir-se ainda mais zangada com a injustiça de tudo. Às vezes ela se perguntava se suas profundas crenças religiosas faziam com que fosse tão justa. E Alex a conhecia bem, e sabia onde bater e como.

"Desculpe por estar parecendo louca. Estou exausta e triste. E tivemos um fim de semana tão bom. Sinto por estar sendo chata falando de tudo isso. Ele está sendo tão cretino. Você não pode fazer nada, mas ajuda poder desabafar com você. Obrigada por me mimar, me alimentar, por ser tão bom comigo. Eu me diverti muito. Sempre nos divertimos. Contarei tudo que acontecer aqui. Tenha um bom dia. Com amor, Fred."

E, às nove horas, ligou para Alex. Ele acabara de entrar no escritório e parecia irritado ao atender ao telefone.

— O que houve?

— Muita coisa — respondeu Faith parecendo estressada. — Suponho que você tenha falado com Ellie. Foi algo vil de se fazer.

— Não vou escutar seus insultos, Faith — disse ele ameaçando desligar. — Tenho o direito de falar para a minha filha o que eu quiser. — Ele parecia na defensiva. Sabia como tinha sido desprezível.

— Seria bom se você contasse a verdade. Você disse que o divórcio foi idéia minha.

— Bem, foi, não foi? Você jogou nosso casamento na lata do lixo quando se matriculou na faculdade.

— Não fiz nada disso. Você trouxe uma mulher para a minha cama. Você contou isso para ela?

— Não. Você contou?

— Não, porque quis ser justa com você. Alex, você jogou Ellie contra mim. — Lágrimas escorriam enquanto falava.

— Foi o que você fez com Zoe, não foi? — acusou ele.

— Não, não foi. Você mentiu para Ellie e fez com que ela pensasse que tudo é culpa minha. Você até disse para ela que eu pedi o divórcio, o que é uma mentira. — Ele não disse nada e houve um silêncio na linha. Ele dera um golpe baixo. — E ela acha que eu quero vender a casa. O que isso quer dizer? — O coração dela estava acelerado ao perguntar isso.

— Não temos escolha. Quero tirar meu dinheiro de lá. Você receberá sua metade.

— Não quero minha metade. Quero a casa, pelo menos para morar. Onde vou morar? — Ela estava chorando abertamente pelo que ele estava fazendo.

— Pode morar em um alojamento na faculdade — rebateu ele de forma detestável, e Faith ficou horrorizada. Ele era o homem mais vingativo que já conhecera. Nunca podia imaginar que ele fosse capaz de algo assim. Fazia com que se perguntasse quem ele sempre fora. Por baixo da camada exterior de gelo, não havia nenhum coração.

— Você está me expulsando? — Ela estava em pânico.

— Meu advogado vai discutir com o seu. — A maneira com que ele falou mostrou que ia expulsá-la. Ele estava tomando a casa e o casamento deles e roubara uma de suas filhas. Estava destruindo sua vida, da mesma forma que Ellie a acusou. Mas Alex realmente estava. E Faith estava preocupada de não ter direitos sobre a casa já que ele comprara. Ela investira sua vida, seu tempo e seu coração neste casamento, mas o dinheiro investido sempre fora dele.

— Por que você está fazendo tudo isso? Por que me odeia tanto? Só porque voltei para a faculdade? Que doença é essa?

— A mesma que fez você me abandonar para fingir que é uma menina. — Mas não era isso, Faith sabia, era a garota. Suspeitava que a garota de tanga era o pivô disso. Era ele quem estava tentando resgatar a juventude e destruindo tudo que eles tinham, e a destruindo.

— É a garota — acusou Faith e sentiu que tinha justificativa para fazer isso. — Você está tentando esconder isso. O que você fez foi uma total falta de respeito por mim. E agora está tentando parecer limpo para suas filhas, mas não está. E você sabe disso, Alex. O que você está fazendo? Vai casar com ela?

— Não tenho mais nada para falar com você — disse ele com frieza, e sem esperar uma resposta, desligou. Faith ficou sentada olhando para o nada depois disso. E então ligou para seu advogado para pedir para descobrir sobre a casa, e ele prometeu que faria.

Foi quando ela notou que recebera um *e-mail* de Brad em algum momento das últimas horas, provavelmente quando estava conversando com Alex.

"Pobre Fred... que desgraçado ele é. Não se preocupe com Ellie. Ela vai entender. Os filhos sempre entendem. Meus pais fizeram o mesmo comigo. Levou um tempo, mas entendi. Eles estavam determinados a se destruírem, e os dois lados tentavam me usar como refém. Coisa feia. Você não está fazendo isso. Ellie vai ver quem você é. Espere. Seja paciente. Esfrie a cabeça. Defenda-se dele. Converse com seu advogado. Não abra mão da casa. Ele deve isso a você. Fique firme. Tenho de ir trabalhar cedo e ver os desastres que aconteceram no fim de semana. Eu me diverti muito. Você é um milagre na minha vida. Vá comer uma *banana split*... mas não se esqueça de limpar o queixo. Nós nos falamos mais tarde. Com amor, Brad."

Ele sempre a fazia sorrir. Sempre a confortava e agora que estava de volta à sua vida, estava sempre ao seu lado. Faith recostou-se e leu o *e-mail* dele de novo, e há horas não se sentia tão calma. Só podia agradecer a Deus por ele.

Capítulo 19

AS PREOCUPAÇÕES DE FAITH sobre a casa provaram ser bem fundamentadas, um pouco, pelo menos. Embora seu advogado estivesse bem seguro sobre essa vitória. No dia seguinte de ela ligar, ele deu notícias, assim que ela chegou da faculdade. Estava indo bem, mas tendo de se esforçar para conseguir se concentrar. Estava tão distraída que os trabalhos que fazia não eram tão coerentes quanto gostaria que fossem, e suas notas refletiam isso. Mas estava se mantendo firme.

Atendeu ao telefone na hora em que entrou. O advogado não tinha boas notícias.

— Você estava certa. Ele quer que você saia da casa. Vai lhe dar noventa dias. — O que queria dizer final de maio.

— Ah, meu Deus. Ele pode fazer isso? — Faith estava pálida.

— Só se você concordar. E não acho que deva. — Pelo menos, estava aliviada por saber disso. Já conseguia imaginar tudo que possuía na rua. — Ele lhe deve metade da casa por comunhão de bens, e se você quiser seu dinheiro, então deve vender a casa. Se ele quer a metade dele, pode forçá-la a sair para vender.

Mas terá de fazer com você algum tipo de acordo, e se você quer a sua parte da casa, é isso que faremos. Acho que posso conseguir isso, Faith, se é o que quer. Senão, posso forçá-lo a deixá-la ficar e prender a parte dele indefinidamente.

— Quero manter a casa — disse ela com voz sufocada. Tudo que queria era não sair dali, não precisar mudar nada, segurar-se ao que pudesse de uma vida familiar que durou 26 anos. Ela estava lutando contra as mudanças em sua vida tanto quanto pela casa.

— Então iremos ao tribunal. Ainda não recebi nenhum tipo de notificação oficial dele. Vamos esperar e ver o que ele faz. Em todo caso, ele tem de lhe dar tempo. Não pode forçá-la a sair antes que isso esteja resolvido.

Mas não demorou muito. Ela recebeu uma carta do advogado dele no final da semana. Estava endereçado ao advogado dela, claro, mas dizia que Alex queria que ela saísse da casa para colocá-la no mercado assim que possível. Adiaram alguns dias e queriam que ela saísse no dia primeiro de junho. Expulsá-la da casa era a coisa mais cruel na qual ela podia pensar. A única coisa pior fora trazer a namorada para a cama dela e mentir para as filhas.

Sempre que se falavam, Brad lhe dava força, e ela já deixara meia dúzia de recados para Ellie, que não retornava as ligações. Foi um enorme alívio quando, finalmente, no início de março, Zoe disse que Eloise viria para casa.

— Por que ela não me contou? Ela não retornou nenhuma das minhas ligações.

Isso não era surpresa para Zoe. As duas irmãs tinham tido uma briga feia ao telefone, com Zoe defendendo a mãe, e Eloise, o pai, cada uma convencida de que a outra estava acreditando em um monte de mentiras.

— Você não sabe do que está falando — gritara Zoe para a irmã no meio da noite. Era de manhã para Eloise. — Ele que a abandonou. Eu a vi naquela semana. Você tinha de ter visto o estado dela!

— Ela merece. Ela pediu o divórcio para ele nas nossas costas um ano atrás. E agora está forçando a venda da casa.

— Tudo isso é mentira, não percebe isso, sua idiota? Ele é assim. Ele está expulsando a mamãe. Ele quer que ela saia antes de primeiro de junho.

— Duvido. Ele não tem escolha. Ele disse que ela quer muito dinheiro dele. E isso é nojento também. Mamãe é uma vaca e tudo é culpa dela. Você não quer enxergar o quanto ela é má.

— Você está cega — Zoe acusou a irmã mais velha. — Ele fez uma lavagem cerebral em você. — No final, elas desligaram uma na cara da outra, e Zoe tinha a desagradável tarefa de contar para a mãe que Eloise estava planejando ficar com Alex durante a semana em que estivesse na cidade. Ficaria no apartamento que ele sublocara e se recusava a ficar em casa. Só iria lá pegar algumas coisas.

Ela chegou a Nova York no dia de St. Patrick, 17 de março, e tinha uma semana de folga. Passaram-se dois dias até que ela ligasse para a mãe, que ficara em casa esperando ela ligar e sentindo-se enojada por tudo isso. Tudo que conseguira no apartamento, cujo número do telefone Zoe lhe dera, foi uma secretária eletrônica. E Ellie não retornara nenhuma de suas ligações. Faith estava tão desesperada para falar com a filha que não fora à aula, mas pelo menos ficara em casa, estudando para as provas.

Quase desfez-se em lágrimas quando finalmente escutou a voz de Ellie. Mas a conversa foi breve e objetiva. Ellie disse que iria em casa pegar algumas roupas e que esperava que a mãe não estivesse lá. Para uma mulher de quase 25 anos, Faith pensou, ela pareceu incrivelmente infantil e desnecessariamente cruel. Mas também estava sendo bem orientada.

Faith estava em seu quarto quando Eloise entrou em casa. Levara um mês para voltar para seu próprio quarto. Não era prático morar no quarto de Zoe, e finalmente se decidira a engolir o orgulho e a repugnância por dormir na sua cama de novo. Estava deitada quando escutou Ellie no corredor. Ela também vira a mãe e não disse uma palavra.

Faith foi até a porta de seu quarto e ficou observando-a.

— Eloise, você não vai nem dizer oi? — perguntou ela com suavidade, com uma dor imensurável nos olhos. Zoe teria matado a irmã se visse a mãe assim. Eloise era feita de um material mais forte e tinha um coração mais duro.

— Pedi que não estivesse aqui — ela estava encarando a mãe do corredor. Era incrível ela ser incapaz de se distanciar do divórcio dos pais e se sentir obrigada a ficar de um dos lados como estava fazendo. Mas o pai a manipulara bem.

— Esta é a minha casa — disse Faith com calma — e eu queria ver você. Não quero me afastar de você por causa dessa confusão. Se seu pai está determinado a fazer isso, temos de sobreviver, todos nós, ainda somos uma família, independente de seu pai e eu estarmos juntos ou não.

— Você se importa com isso? Foi você quem mandou nossa família para o inferno, não ele. Você quer vender a casa, então não venha me falar sobre a sua casa.

— Embora eu não queira, posso mostrar para você os papéis dos advogados dele dizendo que tenho de sair. Ele está tentando me expulsar, El. E eu estou tentando ficar.

— É só o que ele pode fazer — argumentou ela, soando como uma criança petulante — já que você quer tanto dinheiro dele.

— Nem conversamos sobre isso ainda. Não sei o que quero. Neste momento, tudo que quero é ficar nesta casa. Juro por Deus que essa é a verdade.

— Sua mentirosa — acusou Eloise e desapareceu em seu quarto, batendo a porta, enquanto Faith se perguntava como a própria filha podia odiá-la tanto, desconfiar tanto dela e ser tão desrespeitosa e dura. Não refletia a forma como educara suas filhas, nem os sentimentos de Eloise pela mãe. Ela não era uma criança, e sim uma adulta e estava usando armas nucleares para destruir a mãe. Alex as dera para a filha, mas ela não hesitara em usá-las. Faith sentiu seu coração se apertar ao pensar no mal que ela lhe faria. Sua família nunca mais seria a mesma. Esse era o presente final que Alex deixava para elas.

Eloise saiu de seu quarto meia hora depois com os braços cheios de roupas e duas malas pequenas, enquanto Faith a observava com o coração em pedaços.

— Por que você me odeia tanto, Ellie? — perguntou Faith com calma. Realmente queria saber. Não conseguia descobrir o que fizera para causar uma reação como a que a filha tivera.

— Odeio o que você fez com o papai. — Por um instante, Faith sentiu-se tentada a contar o que o pai fizera, sobre a mulher que ele trouxera para casa e a tanga em sua cama. Mas seu senso de decência não deixou que envenenasse as próprias filhas contra Alex, embora a tentação estivesse ficando mais forte a cada dia, principalmente frente às acusações de Ellie. Mas não queria arrastar as filhas para a guerra dos pais. A moral de Faith prevalecia a todo custo, apesar de às vezes sentir-se tola.

— Eu não fiz nada com ele, El. Não sei como convencê-la disso. Fico muito magoada de ver que você tem tão pouca confiança em mim.

— Você nunca deveria ter voltado para a faculdade. Você magoou o papai. — Ela ainda não percebera como sua posição era irracional. Estava completamente dominada por ele.

— Gostaria de vê-la enquanto estiver aqui — pediu ainda Faith, tentando ficar calma e não soar tão patética quanto se sentia.

— Não tenho tempo — rebateu Eloise de forma perversa, e então desceu as escadas e saiu. Assim que a porta bateu, Faith sentou-se nas escadas e desfez-se em soluços. Com exceção dos dias em que Alex saiu de casa e Jack morreu, este era o pior dia de sua vida. Sentia-se como se tivesse perdido a filha mais velha. Não teve nem vontade de ligar para Zoe ou para Brad. Nem se incomodou em acender as luzes naquela noite, e quando escureceu, foi para a cama.

O que Faith não sabia era que Zoe pegara um avião para Nova York e encontrara Eloise, e as duas tiveram outra briga feia. Ela achava que era nojento a irmã trair a mãe e ficar do lado do pai. Discutiram sobre isso durante horas, e então Zoe pegou um vôo de volta para Providence. Não queria nem que a mãe soubesse que estivera na cidade, e que ela e Eloise não agüentavam nem se olhar. Sabia que isso deixaria a mãe ainda mais chateada.

Faith sentia-se anestesiada conforme os dias passavam. Estava tentando manter suas notas altas na faculdade e fazer as pazes com Eloise, mas seus esforços não tiveram resultados. Ellie voltou para Londres sem revê-la. E dois dias depois de saber disso, Faith estava de cama com gripe. Ainda estava lá quando recebeu os papéis do divórcio. E seu advogado estava negociando com Alex sobre a casa. Ele estava sendo um cretino e disse que ainda queria que ela saísse. E, no meio de sua infelicidade, nem tinha vontade de escrever para Brad. Ele ligava para ela todo dia para saber como estava, e às vezes ela nem atendia às ligações. Ficava apenas olhando para o nada, escutando a voz dele na secretária eletrônica.

— Estou preocupado com você — desabafou ele finalmente, depois de ela não falar com ele por quatro dias. Ele ligara para ela à meia-noite e ela atendera ao telefone.

— Estou bem — disse ela fraca. Ainda estava tossindo da gripe mas voltara às aulas.

— Não está nada. Parece tuberculosa e infeliz. — Ele sabia que Eloise voltara para Londres sem vê-la, e isso deixou-o enojado. Ela estava sendo completamente manipulada por Alex, e ele odiava o que isso estava fazendo com Faith. Era uma época péssima. — Você precisa de férias. Eu devia levá-la para a África comigo.

— Com certeza Pam ia adorar.

— Na verdade, ia mesmo. Principalmente se você fosse no lugar dela. Ela odeia países em desenvolvimento e está apavorada com a viagem. Nunca vi tanto remédio e repelente contra insetos na minha vida. Ela está levando uma mala só com essas coisas e comida pronta. Pam não dá chance à sorte.

— Ela vai viajar de *black-tie?* — perguntou Faith, finalmente rindo. Ele sempre a deixava mais animada.

— Provavelmente. Na verdade, vou fazer escala em Nova York. Vou encontrá-la em Londres. Ela vai viajar direto daqui para lá. Só ficarei na cidade por um dia e uma noite. — Desta vez ele realmente tinha de encontrar com um advogado para discutir um caso. Estava realmente morrendo de medo de perder um garoto para uma lei que poderia condená-lo à pena de morte, e Brad queria alguns conselhos desse advogado que respeitava em Nova York. Queria passar algum tempo produtivo cara a cara com ele, por pelo menos uma ou duas horas. — Se ainda estiver viva, quer jantar comigo? O que você está tomando para essa tosse?

— Nada. Os xaropes para tosse me dão sono e tenho três trabalhos para entregar.

— Deixe eu contar uma coisa para você, pessoas mortas não conseguem boas notas.

— Eu temia isso. — Ela riu. — Quando você chega?

— Na quinta. Resolva onde quer jantar e faça uma reserva, a não ser que queira que eu cozinhe para você. — Ele estava disposto a fazer tudo para conseguir passar algum tempo com ela, e estava aliviado de Pam não querer parar em Nova York. — Mal posso esperar para ver os meninos. — Mas, assim que disse isso, percebeu que fazia com que ela se lembrasse de Eloise e se arrependeu de ter falado.

— Mal posso esperar para vê-lo — disse Faith. Já fazia quase um mês da última visita dele a Nova York.

— Eu também, Fred. Cuide-se. — Ele achou que ela parecia péssima e estava realmente preocupado. Ela estava passando por muita coisa. E ele sabia que ainda tinha o estresse de esperar o resultado da faculdade de Direito. Mas essa era a menor de suas preocupações, e só esperava alguma novidade no mês seguinte.

Quando ele chegou à cidade, três dias depois, ela estava se sentindo melhor e praticamente curada da gripe. Estava pálida e magra e mais estressada do que no mês anterior. Mas ele sabia o quanto ela estava triste por causa de Ellie e da casa. Isso contava muito.

Ela decidiu preparar um jantar para Brad e disse que não queria sair mesmo. E isso o deixou preocupado. Depois do jantar, ele conseguiu convencê-la a ir ao Serendipity para comer uma *banana split* de sobremesa. E ficou feliz ao ver que ela comeu bastante depois de mal ter tocado no jantar que preparara. Ela o recebeu como o irmão há muito perdido que ele era e literalmente jogou-se em seus braços quando ele chegou e tirou o leve corpo dela do chão. Ela estava ainda mais magra.

— Por quanto tempo você vai ficar na África? — perguntou Faith, pegando uma colherada cheia de sorvete de chocolate, e ele sorriu ao tirar *chantilly* do nariz dela.

— Por que será que você sempre suja o rosto todo com comida? — implicou ele e contou que ficaria fora por duas semanas.

Ele estava em pânico por saber que não poderia falar com ela. Gostava de saber como ela estava e de estar a seu lado. Quando ela não estava completamente arrasada por causa do divórcio ou por outra coisa que Alex fizera, eles conversavam ou trocavam *e-mails* todos os dias, e faziam isso há nove meses. Ela fazia parte de sua vida e ele achava importante se comunicar com ela. Brad não apenas escutava os problemas e preocupações dela, mas também compartilhava os seus. E não gostava do fato de que ela não conseguiria encontrá-lo. Ele deu a ela um papel com vários números. Mas eram apenas números de contato para deixar recados, só isso. Assim como ele não conseguia falar com os filhos na reserva de caça onde moravam, Faith não conseguiria falar com ele enquanto estivesse lá com os filhos.

— Serão duas semanas longas sem falar com você — lamentou-se ele. Poderia esperar na fila na agência dos correios por várias horas, assim como seus filhos faziam, torcendo para conseguir uma linha. Mas com muita freqüência, eles não conseguiam. E não teria como explicar isso para Pam.

— Eu sei. Estava pensando nisso — disse ela, parecendo triste. Sempre tivera amigas, mulheres cujos filhos cresceram com as suas, ou outras com as quais fizera trabalhos filantrópicos. Mas, desde a morte de Jack, se tornara solitária. Alex nunca gostara de suas amigas e foi ficando cada vez mais difícil explicar por que eles não se socializavam com os outros. No final, Faith simplesmente se afastou delas. A única pessoa em quem confiava agora era Brad. E uma vez que voltou a estudar e agora com o divórcio, afastara-se de todo mundo, exceto dele. Sem dúvidas, ele se tornara seu único e melhor amigo.

— É melhor se comportar enquanto eu estiver viajando, Fred — avisou ele ao dividirem a *banana split.* — Posso acreditar que você vai se cuidar? — Ele estava realmente preocupado.

— Provavelmente não. Mas ficarei bem. Talvez eu receba o resultado da faculdade de Direito antes de você voltar. Mas pode ser muito cedo ainda.

— Seja boazinha. Coma. Durma. Vá para a faculdade. Converse muito com Zoe. — Ele ainda não a conhecia, mas por tudo que Faith falava, admirava-a e achava que dava conselhos sensatos à mãe. Para Faith parecia estranho ele estar indo para Londres e Eloise estar lá, mas ele não poderia visitá-la nem levar recados. Faith ligava para a filha diversas vezes por semana, para tentar manter a porta aberta, mas Ellie sempre lhe dava um fora. As conversas eram curtas e diretas, quando aconteciam. Na maioria das vezes, Ellie controlava as ligações para evitar conversar com a mãe. Era raro Faith conseguir falar com ela.

Faith e Brad voltaram caminhando para casa depois, e ele entrou. Sentaram-se no quarto dela desta vez, e ele acendeu a lareira. Ele se sentou na mesma confortável poltrona que Alex sempre se sentava, e ela se sentou no chão enquanto ele fazia cafuné nela. Havia algo tão reconfortante nele, e tão carinhoso. Não podia deixar de pensar em como Pam era sortuda. Mas então percebeu que Pam não via mais esse lado dele, ou não queria ver. Ela o mantinha afastado há anos. E todo o conforto de que precisava, conseguia com amigos, enquanto Faith aquecia-se no calor de todo o carinho que ele tinha para oferecer.

— Vou sentir saudade, Fred — exclamou ele com tranqüilidade, enquanto ela se recostava perto dele, ainda sentada no chão, e ele se inclinava para pegar sua mão. Ficaram sentados assim, em silêncio, por um longo tempo, olhando para o fogo. E pela primeira vez, Faith teve consciência de um sentimento que nunca tivera por ele. Era como se sentisse uma represa se abrindo e uma onda gigantesca de sentimentos indo na direção dele. Não sabia o que fazer a esse respeito ou o que dizer para ele, se é que diria alguma coisa. Mas quando olhou para ele, parecia com medo.

— Você está bem? — Ele viu algo em seus olhos e não compreendeu o que era. — Alguma coisa errada? — Ela disse para si mesma que havia alguma coisa muito errada. Não tinha direito de ter esses sentimentos, e nunca teria. Só conseguia balançar a cabeça. — Você de repente pareceu assustada, estava pensando na casa? — Sem saber o que dizer, ela assentiu. Mas não era a casa, era ele. De repente ficou assustada por Zoe poder estar certa, não sobre Brad, mas sobre ela mesma. Estava apaixonada por Brad. Sabia que ele ficaria horrorizado, assim como ela estava. A última coisa que queria fazer era se intrometer na vida calma que ele tinha, como um dia ela tivera. Independente do que estivesse sentindo por ele, sabia que tinha de ser negado. Ele nunca poderia saber.

Ela estava estranhamente quieta naquela noite, e ele percebeu. Ele também estava sendo cauteloso para não se aproveitar dela e ser inadequado. Queria que ela se sentisse confortável e segura com ele, sempre, e era assim que ela se sentia.

Já era quase meia-noite quando ele saiu. Tinha de acordar cedo no dia seguinte. Iria direto de sua reunião para o aeroporto enquanto ela ainda estivesse na faculdade. Ela se ofereceu para não ir à aula e acompanhá-lo até o aeroporto, mas ele não quis que ela interrompesse sua rotina por causa dele.

— Ligarei para você do aeroporto de Londres. E, depois disso, teremos de ser crianças comportadas nas duas semanas seguintes. Acha que consegue? — Não havia alternativa. Mas ambos estavam nervosos com a perspectiva de não poderem se falar por duas semanas. Faith sabia que o laço que tinham um com outro não era comum e tornara-se um vício para eles. Seria um teste de auto-suficiência.

— Vou ter crise de abstinência sem falar com você — confessou ela.

— Eu também. — Mas não havia nada que pudessem fazer.

Antes de partir, por um longo momento, ele abraçou-a tão forte que ela mal conseguia respirar.

— Eu amo você, Fred — disse ele da mesma forma que Jack teria dito, e mesmo assim ela sentia muito mais por ele. De alguma forma, em algum momento em que nenhum dos dois estava olhando, ele escapuliu para outra parte do coração dela, e ela teria de tirá-lo de lá de novo, sem que ele soubesse onde esteve. Ela sabia que era sua responsabilidade fazer isso e não disse nada para ele quando beijou-o no rosto e acenou enquanto ele ia embora.

Faith estava de pé e saiu de casa às sete e meia na manhã seguinte. Caminhou as duas quadras até a Igreja de St. Jean Baptiste, na Lexington Avenue, embaixo de uma chuva gelada. Para ela, parecia um castigo adequado, que ela merecia. Foi se confessar antes de a missa começar e falou aos sussurros com o padre. Ela sabia que tinha de se confessar. Tinha de contar a alguém. Fizera algo terrível e acabara de descobrir. Estava apaixonada por ele, de corpo e alma, ele era casado com outra pessoa e pretendia continuar assim. Não tinha direito de arriscar a vida, o casamento e a paz de espírito de Brad. Ela disse para si mesma e para o padre no confessionário que abusara da amizade fraternal que ele tinha por ela e que agora tinha de encontrar um caminho de recuperar-se do que sentia por ele.

O padre absolveu-a e disse para rezar dez Ave-Marias, o que parecia uma penitência muito branda para Faith. Tinha certeza de que merecia um castigo muito maior pelos sentimentos que tinha por ele, e pelo sofrimento e risco que poderia criar se algum dia ele descobrisse.

Ela rezou as dez Ave-Marias, e depois o terço inteiro. Enquanto segurava com mãos trêmulas o terço que ganhara de Brad, só conseguia pensar nele.

Ainda estava profundamente aborrecida quando caminhou de volta para casa. E quando chegou em casa e escutou os recados na secretária eletrônica, havia dois de Brad. Ele ligara antes de sair do hotel para a reunião para agradecer pela noite anterior. Sua voz era gentil como sempre, suas palavras, amáveis. E ao sentir uma onda de amor por ele tomar conta de si, ela fechou os olhos. Estava feliz por ele estar indo para a África agora e que não poderiam se falar enquanto ele estivesse lá. Ela precisava de tempo para lutar contra o que sentia por ele e voltar para o que tinham antes. Tinha duas semanas para arrancá-lo de seu coração de novo e curar a cicatriz.

Capítulo 20

BRAD NÃO LIGOU PARA FAITH antes de seu avião partir para Londres porque sabia que ela ainda estava na faculdade. Mas pensou nela enquanto esperava no aeroporto e depois que o avião decolou. Ficou apenas olhando pela janela, pensando em Faith. Ficar sentado ao lado dela em frente a uma lareira, como na noite anterior, era tudo que queria da vida. Que sempre quis. E sabia que nunca teria. Mais que tudo, sabia que não tinha direito a ela. Faith merecia uma vida boa, com alguém que a amasse e fosse bom para ela. Ele não tinha intenção de deixar Pam, e Faith merecia mais do que uma parte de um homem casado. Nunca faria isso. Estava grato por ela não fazer nem idéia dos sentimentos dele. Mas, diferente dela, ele não tinha nenhuma vontade de afastar esses sentimentos. Só queria escondê-los e alimentá-los. Com exceção de seus filhos, ela se tornara a coisa que mais importava para ele na vida.

Depois de um tempo, ele pegou no sono e dormiu a maior parte do vôo. Acordou para jantar e voltou a dormir de novo. E, quando finalmente acordou, pouco antes de aterrissarem, estava pensando em Faith de novo. Tinha a distinta impressão de que sonhara com ela a noite toda.

O avião aterrissou pouco depois de uma hora, horário de Nova York, e ele foi direto para um telefone e usou seu cartão de crédito para ligar para ela. Queria se despedir de novo antes de se encontrar com Pam no hotel. Partiriam para a Zâmbia naquela noite.

O telefone tocou duas vezes e Faith atendeu com voz de sono. Para ela estava no meio da noite.

— Alô? — Ela não podia imaginar quem era. E sorriu quando ouviu a voz de Brad.

— Desculpe por acordar você — desculpou-se ele. — Só queria me despedir de novo.

— Como foi sua reunião em Nova York? — Ela rolou na cama, segurando o telefone, e abriu os olhos.

— Ótima. Consegui uns conselhos muito interessantes do meu amigo. Não sei se vai dar certo, mas vou tentar o quanto puder quando voltar. — Faith sabia o quanto isso era importante para ele. Perdera um julgamento dois meses antes, e um garoto de 16 anos fora condenado a cinco anos de prisão. Brad ficara arrasado e convenceu-se que a culpa era sua por não ter feito um trabalho melhor.

— Sei que vai — assegurou ela. — Como está o tempo em Londres?

— Gelado. Chovendo. Como de costume.

— Parece Nova York — ela sorriu. Apesar de tudo, estava feliz por ele ter ligado.

— Gostaria de poder ir ver Eloise para você. Acho que poderia convencê-la a me escutar, com certeza eu adoraria tentar. — Mas ambos sabiam que era impossível. Ele era um estranho para a filha dela.

— Também gostaria que você pudesse. Vai fazer alguma coisa especial em Londres? — Era difícil imaginá-lo com Pam por duas semanas. Suas vidas eram separadas a maior parte do tempo, e ela desconfiava que a proximidade seria dura para ele, e talvez também para ela. Eram quase estranhos um para o outro. A única coisa que tinham em comum eram os filhos.

— Nada demais. Pam vai querer fazer compras. Pensei em ir ao British Museum por umas duas horas. Talvez eu vá com ela. Mas fazer compras me deixa louco depois de um tempo. — E então ele teve uma idéia. — Talvez eu vá a uma igreja e acenda velas para você e para Jack. — Essa idéia fez com que ela sorrisse, ao escutá-lo deitada no escuro.

— Vicia, não vicia? — perguntou ela, e ele riu.

— É verdade. O engraçado é que acredito nisso. É como se enquanto aquela pequena luz estiver acesa, algo especial acontecerá com você e estará segura. Quero lhe dar isso — disse ele de forma gentil.

— Você já me dá. Mas agradeço as velas também. Sinto por não ter atendido às suas ligações de manhã, fui à igreja bem cedo.

— Engraçado, tive a sensação de que você estava lá. Parecia muito séria ontem à noite, Fred. Você está bem? — Estivera pensando nele e em seus sentimentos, e não tinha nenhuma intenção de contar, ou teria de se confessar de novo.

— Estou bem — assegurou ela. — É que tem muita coisa acontecendo na minha vida nos últimos tempos. Muito em que pensar.

— Eu sei. É por isso que me preocupo com você. — E então, depois de uma pausa, ele suspirou e disse que era melhor ir para o hotel. — Cuide-se, Fred. Falarei com você em duas semanas.

— Cuide-se também. E divirta-se! — exclamou ela, e então ele desligou, e ela ficou deitada na cama pensando nele por horas depois de desligar o telefone. Arrancar Brad de seu coração não seria uma tarefa fácil. E regar o que eles tinham até então, apenas amizade, seria tão difícil quanto. Não sabia o que fazer.

Já passava das seis horas em Londres quando Brad chegou, e até passar pela alfândega, ligar para Faith e pegar uma limusine para a cidade, já eram quase nove. Pam ficara no Claridge's na noite anterior e já saíra quando ele chegou ao quarto. Deixara um bilhete dizendo que voltaria a tempo de sair para o aeroporto com ele e que suas malas já estavam prontas. Como de costume, ela trouxera coisas demais.

Brad tomou banho e fez a barba, pediu ao serviço de quarto algo para comer, e saiu ao meio-dia. Foi ao British Museum, como dissera a Faith, e encontrou uma bonita igreja antiga em Kingsway, a seis quadras do museu; ali, acendeu as velas que prometera para ela e Jack. Ficou sentado na igreja por um longo tempo, pensando nela e na pessoa decente que era, e em como gostaria de poder fazer mais para ajudá-la. E então saiu para uma longa caminhada. Acabou chegando na New Bond Street e vagou por algumas galerias de arte. Entrou na Asprey's para admirar os animais de prata e artigos de couro, então encontrou Pam saindo da Graff's. Era uma das joalherias mais importantes do mundo.

— Se você me disser que comprou alguma coisa, vou ter um ataque do coração — brincou ele, e ela riu.

— Só vendo vitrines — explicou-se ela com inocência. Não contou a ele que tinha comprado um bracelete fino de diamantes e um relógio novo. Eles mandariam para sua casa em San Francisco, então ainda não precisava confessar para Brad.

Pam estava em uma limusine do hotel e Brad pegou uma carona. Ela estava muito elegante em um terno azul-marinho e uma capa enfeitada com pele. Era difícil imaginá-la na África. Ficava muito mais à vontade em Londres, no banco de trás da limusine.

— O que você fez hoje? — perguntou ela, de forma divertida, enquanto voltavam para o hotel. Ele sorriu para si mesmo pensando em quão horrorizada ela ficaria se ele falasse que foi à igreja.

— Fui ao British Museum — respondeu ele de forma inocente.

— Impressionante. — Ela sorriu enquanto chegavam ao Claridge's, e o porteiro e um bando de carregadores correram para ajudar. O motorista colocara meia dúzia de bolsas de lojas no porta-malas, e Brad gemeu quando as viu.

— Espero que tenha comprado outra mala para guardar essas coisas, se pretende levar tudo isso para a África. — Ele não conseguia nem imaginar o que ela comprara. Tinha bolsas da Gucci, Hermès, Saint Laurent e Chanel. Sem mencionar a parada na Graff's.

— Tenho lugar nas minhas malas. Não se preocupe — disse ela se dirigindo ao hotel, enquanto os carregadores seguiam-na com as bolsas. Ao ir atrás, ocorreu a Brad como ela era diferente de Faith. Era forte, confiante, não hesitava em falar com as pessoas o que fazer e passava para todo mundo a impressão de que poderia mandar no mundo, e mandaria, se tivesse a chance. Faith era infinitamente mais gentil, tranqüila, mais sutil em seus modos, e sempre que estava perto dela, Brad sentia-se em paz. Quando estava com Pam, tinha a sensação de estar em pé sobre um vulcão prestes a entrar em erupção. Um vulcão de tensão e energia retidos de forma inadequada. E nunca sabia quando sua fúria estaria direcionada para ele.

Não conversaram enquanto subiam no elevador, e Pam virou-se para olhar para ele quando entraram no quarto. Sentia-se como se não o tivesse visto há muito tempo. E de certa forma isso era verdade, apesar de morarem sob o mesmo teto.

— É muito chato os meninos estarem na África — queixou-se Pam ao sentar-se em uma poltrona na sala de estar da suíte. Ela sempre ficava em hotéis luxuosos e reservava as maiores suítes. — Gostaria que eles estivessem em algum lugar mais civilizado — disse ela, tirando os sapatos. — Como Paris ou Nova York.

— Acho que não seria tão divertido para eles — contemporizou Brad abrindo uma garrafa de vinho da geladeira e oferecendo a ela.

— Provavelmente não — concordou ela, e mal tomou fôlego antes de sua próxima pergunta. Ela era esperta e sabia interpretá-lo bem. Sabia que tinha algo na cabeça dele. Apesar de não serem íntimos, ela tinha instintos notáveis a respeito dele. E nem sempre os melhores. Às vezes ela só queria encurralá-lo e provar que conseguia. — Como foi em Nova York?

— Muito bom — respondeu ele, parecendo satisfeito. — Consegui tudo que queria com Joel Steinmam sobre aquele caso de pena de morte.

— Que bom. — Ela nunca se interessava pelo trabalho dele, assim como ele também não se interessava pelo dela. — Como está a sua amiga? — Bingo. Ela conseguia ver isso nos olhos dele, independente do que ele respondesse.

— Faith? — Não iria esconder dela nem dar a satisfação de ela interpretar como um último encontro. — Bem. Jantei com ela ontem.

— Ela já percebeu que você está apaixonado por ela? — perguntou Pam, sem demonstrar nenhuma emoção. Tinha tudo que queria dele. Respeitabilidade, companhia limitada e a conveniência de não terminar um casamento de anos, do qual ela não gostaria de abrir mão, assim como ele. Esse era o motivo para permanecerem casados. Funcionava para ambos. Mas ele não gostou da natureza da pergunta dela, nem do tom de voz.

— Não, ela não percebeu. Porque eu não estou. — Pam descobrira antes dele próprio, mas Brad não tinha nenhuma intenção de admitir isso. Em seu íntimo, ele sabia que ela estava certa. Mas seria perigoso para todos os envolvidos admitir. E mais que tudo, ele devia proteção a Faith. — Já disse para você. Somos velhos amigos.

— Não sei se você está mentindo para você mesmo, para mim ou para ela. Provavelmente para os três.

— Isso é invenção sua — rebateu Brad, parecendo ofendido ao tomar um gole de vinho. Pam estava quieta tomando o dela e o observando.

— Não fique tão indignado — implicou ela. — Deve estar mesmo apaixonado por ela para estar tão na defensiva. Não é nada demais, Brad. Nós dois já nos apaixonamos antes. Por que está tão sensível em relação a isso? O que essa mulher tem de tão sagrado?

— Ela é irmã do meu melhor amigo, que já morreu. E eu cresci com ela, que é como minha irmã mais nova. E acho que é mau gosto de sua parte fazer esse tipo de insinuação.

— Desculpe se meu comentário foi de mau gosto. Você sabe como sou. Falo o que vejo. E conheço você. Acho que tem uma queda por ela. Nada demais. Não me importo com isso. Por que você deveria se importar? — Pam tinha um jeito de intrometer-se em sua vida sem nenhum tato nem sensibilidade. Foi por isso que o casamento deles acabou não dando certo. De um jeito ou de outro, ela era uma tirana. E esta era uma das coisas que mais amava em Faith: era gentil com ele, com todo mundo. Pam batia em todos com um martelo, principalmente nele.

— Por que simplesmente não esquecemos este assunto em particular pelo resto da viagem? Será muito melhor para nós dois. — Eles estavam prestes a passar mais tempo juntos, muito próximos, do que passaram em anos. Em San Francisco, eles conseguiam se manter afastados, cada um cuidando de sua vida. Nesta viagem, seria como serem irmãos siameses. E Brad não estava animado.

Ficaram longe um do outro nas duas horas seguintes. Pam tomou um banho e Brad cochilou, e pediram sanduíches ao serviço de quarto antes de irem para o aeroporto. Seria uma longa noite. Tinham uma viagem de 12 horas pela frente e aterrissariam em Lusaka, Zâmbia. De lá, pegariam outro avião para Kalabo, sobre o rio Zambezi e as Cataratas Vitória. Os meninos tinham prometido encontrá-los com uma *van* para levá-los para o parque nacional onde moravam e trabalhavam.

Pam desapareceu enquanto esperavam no aeroporto de Heathrow, queria conferir as lojas. E Brad foi comprar um livro. Tentou ligar para Faith, mas ela não estava em casa. Então deixou um recado. Ele e Pam se reencontraram meia hora depois no portão, e ela entregou-lhe uma pequena caixa embrulhada para presente.

— O que é isso?

— Um presente para você — respondeu ela, parecendo arrependida. — Desculpe por ter implicado com sua amiga. — Algumas coisas ficavam além dos limites, e Pam estava começando a achar que Faith era uma dessas coisas, o que só confirmava suas desconfianças. Mas preferia fazer as pazes com ele antes da viagem.

— Obrigado, Pam — disse ele, parecendo comovido. Abriu a caixa e encontrou uma pequena câmera japonesa com lentes panorâmicas. Era perfeita para esta viagem. — Que presente legal. Obrigado. — Isso fez com que ele se lembrasse que um dia eles se gostaram e foram amigos, mas já se passara muito tempo desde então. Passara muita água por baixo da ponte, e muitas decepções para ambos para reacender muito mais do que amizade. Mas para esta viagem, pelo menos, era suficiente.

Acomodaram-se em seus assentos no avião, pediram o jantar e escolheram filmes para as telas individuais. Pam pegou uma pilha de revistas de moda que trouxera e alguns papéis do escritório. Estava trabalhando em alguns acordos importantes quando saiu, e seu pai prometera tomar conta deles. Ele era o único em quem ela confiava na firma. Além dele, só confiava em si mesma. Apesar de todos os outros advogados e pessoas capacitadas a sua volta, ela era uma equipe de uma pessoa só. Pam não trabalhava bem em grupo. Nem Brad. Eles nunca confiaram um no outro quando trabalhavam juntos. Ele lidava com seus clientes, e ela, com os dela, e costumavam discutir sempre sobre trabalho. Foi uma das muitas razões que o fizeram sair. Isso e o fato de ele sentir-se em uma coleira, presa por Pam e pelo pai. Para ele se tornou insustentável. E isso foi parte do que a deixou tão furiosa quando ele saiu. Perdera o controle sobre ele. Que era uma das coisas que ele mais amava em trabalhar sozinho. Estava por conta própria, não precisava prestar contas nem a ela nem ao pai dela.

Conversaram muito pouco durante a viagem, e ambos pareciam exaustos quando chegaram ao primeiro aeroporto. Nenhum dos dois dormira. E, ao assistir aos filmes que selecionara, Brad só conseguia pensar em Faith. Preferia morrer a admitir, mas Pam estava certa. Não conseguia tirá-la de sua cabeça. Preocupava-se com seus sentimentos, com seu bem-estar e com o que Alex estava fazendo. Tinha medo de que Alex fizesse algo realmente ruim em sua ausência. Sentia-se triste pelo comportamento de Ellie. Só conseguia pensar nos dez mil problemas que ela poderia ter enquanto estivesse viajando. E, ela não teria como entrar em contato.

— Você está péssimo — observou Pam, de forma abrupta, enquanto esperavam o próximo vôo.

— Estou cansado.

— Eu também. Espero que os meninos dêem o devido valor por estarmos fazendo essa viagem toda. Estou começando a achar que deveríamos ter esperado até que eles voltassem para casa. — Mas Brad sentia muitas saudades dos filhos, e eles tinham prometido ir. E Brad convencera Pam de que seria uma viagem ótima. Mas ela já estava preocupada com a comida e ate com a água mineral quando pegaram o vôo seguinte. E desta vez, por pura exaustão, ambos dormiram.

Era de manhã em Kalabo quando chegaram. E os dois acordaram exatamente no mesmo instante, quando o avião tocou o chão. Havia um nascer do sol inacreditável, e o céu estava colorido de laranja e rosa enquanto o sol pairava sobre as montanhas, e era possível ver rebanhos de animais reunidos nas planícies. Brad nunca vira algo assim em sua vida. O terreno parecia se estender para sempre, e havia poucas estradas e veículos. E havia tribais seminus na pista esperando as pessoas desembarcarem.

— Bem, aqui vamos nós — disse Pam, nervosa. — Tenho a sensação de que não estamos mais em Kansas, querido — comentou ela enquanto Brad ria. Ela não era uma mulher que gostava de ser tirada de seu próprio ambiente ou de lugares em que se sentia no controle. E este aqui estava longe de ser um deles. Mas Brad não se importava de onde aterrissaram nem do que teriam de passar para chegar. Já fazia nove meses desde que vira seus filhos, e isso era o suficiente. Teria ido ao inferno e voltado para vê-los.

Desceram as escadas até a pista e caminharam até o terminal para passarem pela alfândega, que consistia em um homem descalço usando uma camisa com dragonas e *short* branco. A cabeça dele parecia uma escultura africana, e ele olhou para Brad e Pam, verificou os passaportes e acenou para passarem. O oficial alfandegário tinha o tipo de rosto e postura que teria deixado Pam aterrorizada se estivesse sozinha. Tudo que queria era voltar para o Claridge's e então para casa. A única consolação era ver Dylan e Jason, mas, para Pam, estar lá era um preço alto para ver os filhos.

Brad soltou um grito no momento em que os viu. Estavam esperando perto da *van* do lado de fora, e assim que Pam e Brad e um carregador saíram, eles correram na direção dos pais e os abraçaram. Estavam bonitos e altos, com os cabelos louros clareados pelo sol e os rostos tão bronzeados que pareciam nativos. Estavam idênticos e pareciam com Brad, até nas covinhas, com exceção dos cabelos louros que ninguém nunca conseguira explicar, a não ser por algum parente distante. Brad sempre dizia que devia haver um sueco em algum lugar. Quando eram bebês e crianças, tinham o cabelo tão louro que até parecia branco. E Brad percebeu ao vê-los que tinham o cabelo da mesma cor que Faith. Era mais uma coisa para fazer com que se lembrasse dela, até ali.

— Vocês dois estão incríveis — elogiou Brad. Eles estavam maiores e, por causa do trabalho que faziam, desenvolveram músculos fortes nas costas, ombros e braços. Pareciam fisioculturistas vestindo camiseta e *jeans*. E até Pam parecia animada agora que estava aqui. Era maravilhoso vê-los.

— Você também está ótimo, pai — retribuiu Dylan enquanto Jason ajudava a carregar as malas da mãe. Brad era o único capaz de diferenciá-los. Sempre jurou que eram diferentes. Pam nunca tinha certeza com qual estava falando e, quando eram pequenos, resolvera o problema calçando tênis de cores diferentes, que eles acabaram aprendendo a trocar mais tarde. Mas mesmo agora, adultos, era difícil diferenciá-los. Jason era um centímetro mais alto, mas nem isso aparecia.

Os dois deram muitas informações e dados interessantes enquanto iam para o Parque Nacional Liuwa Plain, perto do rio Zambezi, onde moravam e trabalhavam. Explicaram paisagens ao vê-las, nomearam animais que passavam, falaram de tribos que viviam no matagal ao longo da estrada. O que estava vendo era exatamente o que Brad esperara e fez com que ficasse feliz por ter vindo. E mais do que nunca percebeu a experiência extraordinária que os meninos estavam tendo. Sabia que nunca se esqueceriam e que seria difícil ter outra experiência como esta depois que voltassem para casa. Deveriam voltar em julho, embora estivessem falando sobre passar um ano em Londres ou talvez seis meses viajando pela Europa, antes de irem para a pós-graduação ou conseguirem empregos. Pam estava determinada a pressioná-los a entrar na faculdade de Direito. E depois do que estavam vivendo, Brad não sabia mais se a mãe tinha alguma chance. Os meninos viram um mundo mais amplo. Essa experiência não tinha preço. E nenhum deles expressara interesse em Direito nem em trabalhar para ela no futuro.

Levaram quatro horas em estradas estreitas e esburacadas até a reserva de caça no parque nacional e, quando chegaram lá, Pam estava começando a parecer nervosa. Tinha a distinta impressão de que estavam no fim do mundo, e estavam. Brad adorou, assim como os meninos. Ela parecia estar pronta para voltar para casa. E piorou quando chegaram. Os empregados da reserva de caça moravam em barracas do lado de fora. Havia dois prédios estreitos, um tinha uma grande sala de recreação e um escritório, e o outro, um refeitório e dois minúsculos quartos. Os meninos reservaram um para eles, mas Brad sugeriu que preferia dormir com os meninos na barraca.

— Eu não! — exclamou Pam logo, e todos riram. Havia um chuveiro externo, que na verdade era uma barraca grande com uma mangueira, e cabines que serviam como sanitários. De fato, estava entre as reservas de caça mais suntuosas da região, mas não era tão elegante quanto algumas no Quênia, que Pam teria preferido. Para Pam, o lugar era tão ruim quanto parecia. — Ah, meu Deus — murmurou ela baixinho enquanto Dylan abria uma porta e mostrava a ela os sanitários. — É só isso? — perguntou ela, rezando para cair um banheiro do céu. A idéia de passar duas semanas ali quase a fazia chorar.

— Você ficará bem — confortou-a Brad, batendo no ombro dela, e ela lançou-lhe um olhar enfurecido.

— De quem foi esta idéia? — sussurrou ela para Brad quando os meninos saíram para pegar cobertores quentes e travesseiros, e Brad riu.

— Dos seus filhos. Eles queriam que nós víssemos o lugar onde estão morando há nove meses. Você vai se acostumar. Prometo.

— Não conte com isso. — E Brad a conhecia bem o suficiente para saber que provavelmente estava certa. Mas também sabia que ela tentaria. Ela era mimada e adorava conforto, mas quando pressionada, também era capaz de ter espírito esportivo. E fez esse esforço pelos meninos. Embora quase tenha desmaiado quando viu sua primeira cobra, e os meninos avisaram que havia insetos voadores enormes que voariam pelo quarto à noite. Só de escutar, ela queria gritar ou arrumar tudo e voltar para casa.

Passaram a primeira noite ao ar livre, sentados em volta de uma fogueira, escutando sons da aveludada noite africana. Brad nunca vira nada parecido em sua vida e estava amando. E no dia seguinte, Brad saiu para um longo passeio de carro com os meninos por estradas de terra até Lukulu, uma pequena cidade que tinha uma mercado público, e Pam ficou no acampamento, não queria se aventurar muito longe. Ela teve visões da caminhonete deles sendo destruída por um rinoceronte ou por um leão, ou virada por um búfalo aquático. E ela não estava muito errada. Algumas dessas coisas aconteceram, mas na maioria das vezes as pessoas da reserva sabiam o que estavam fazendo, assim como agora seus filhos também sabiam. Brad voltou muito entusiasmado sobre tudo que viram.

E durante a primeira semana, os dias pareceram voar. A única coisa que ele desejava era um telefone para que pudesse ligar para Faith e contar o que estava vendo. Tudo que Pam queria era um banheiro e um chuveiro. Mas parou de reclamar depois dos primeiros dias.

Os meninos também levaram-nos a Ngulwana, do outro lado do rio, onde eles trabalhavam cavando valas, construindo casas e restaurando uma igreja destruída. Atualmente, estavam ajudando a construir um posto, para onde um médico vinha uma vez por mês para tratar dos doentes e feridos. O hospital mais perto ficava a duas horas na estação da seca, em Lukulu, e levava o dobro do tempo na estação chuvosa, se a pessoa conseguisse chegar lá. A única alternativa era pegar um pequeno avião. Não era um bom lugar para se adoecer, comentou Pam, e Brad concordou. Mas ele também estava impressionado com quantas coisas os filhos já tinham feito para os nativos. E todos pareciam conhecê-los e amá-los. Muitas pessoas acenavam e sorriam para cumprimentá-los quando passavam. E tanto Pam quanto Brad estavam muito orgulhosos deles.

Na segunda semana, Brad já estava apaixonado pela África, o povo, os sons, os cheiros, as noites quentes, os incríveis nascer e pôr-do-sol, a luminosidade que era impossível de descrever. Estava sempre com a câmera na mão, e de repente compreendeu por que os filhos amavam estar ali. Era mágico, e ele teria amado poder passar um ano ali também. E Pam, em um esforço para ser uma boa companhia, comeu tudo que lhe ofereceram, aprendeu a tomar banho na barraca, mas ainda odiava usar os sanitários, berrava quando via insetos e, por mais que amasse os filhos, mal podia esperar para voltar para casa. Aquilo simplesmente não era para ela. Na última noite, ela parecia aliviada e feliz.

— Mãe, você foi ótima — parabenizou Jason, e Dylan abraçou-a. Era Brad quem estava contrariado por ir embora. Passara as duas semanas dormindo na barraca com os filhos, saindo em passeios de carro à noite e acordando junto com eles antes do amanhecer. Vira caçadas, debandadas e o lugar para onde os elefantes doentes e velhos iam para morrer. Vira coisas das quais só lera a respeito ou sonhara. Era um momento de sua vida do qual sabia que nunca se esqueceria, e amara compartilhar isso com os filhos. E significara muito para Dylan e Jason. Eles tinham agora mais coisas para conversar com o pai e mais confiança nele do que em anos. Falaram para Brad que não tinham nenhum interesse em entrar na faculdade de Direito, o que ele já suspeitava, mas estavam com medo de contar para Pam. Dylan estava pensando em Medicina e queria voltar para trabalhar em países em desenvolvimento com crianças contaminadas por doenças tropicais; e Jason queria fazer algum tipo de trabalho em saúde pública, em uma escala superior, mas ainda não sabia o quê. Em ambos os casos, tinham anos de estudo pela frente e queriam começar logo, provavelmente no ano seguinte, depois de se candidatarem. Mas, para os dois, faculdade de Direito estava fora de questão.

— Quem vai contar para a mãe de vocês? — implicou Brad em um dos longos passeios antes do amanhecer.

— Acho que terá de ser você, pai — respondeu Dylan. — Achamos que tem mais experiência em dar notícias ruins para ela.

— Muito obrigado, meninos. E quando esperam que eu dê essa pequena notícia? — Pam já até imaginava os filhos trabalhando na firma do avô, e planejava isso desde que eram crianças. Os únicos que não estavam na mesma página que ela eram Dylan e Jason.

— Achamos que você poderia contar depois que fossem embora. — Jason riu.

— Mal posso esperar. Eu deveria deixar os dois lavarem a própria roupa suja. Isso faz parte do amadurecimento. — Mas, no final, ele concordou. Contaria algum dia depois que chegassem em casa, mas decidiu deixá-la se recuperar da viagem primeiro. Ela tivera uma disenteria branda nos últimos dois dias, o que a deixou ainda mais desesperada para voltar para casa.

No dia em que partiram, parecia que ela seria solta da prisão. Não fora a viagem preferida dela, exceto por ver os filhos. Ficara nervosa, impaciente e contrariada o tempo inteiro. Imaginava todo tipo de perigo e doença possíveis surgindo de todos os lugares, e mal conseguiu curtir os sons e cheiros e paisagens. Brad curtiu pelos dois, e adoraria voltar, mas os meninos iriam embora em três meses. Gostaria de ter vindo antes, para que pudesse fazer uma segunda viagem, sem Pam. Era extenuante ter de tranqüilizá-la o tempo todo. Mas foi paciente e solidário com os medos dela. Era uma grande realização para ela, que teria preferido ir para o Havaí, Londres ou Palm Springs. África era demais. Ela estava com os nervos à flor da pele quando foi embora e abraçou os filhos, despedindo-se com um alívio estampado no rosto.

— Obrigado por vir, mãe — disseram ambos emocionados. E sabendo como ela se sentia em relação a isso, estimavam-na mais ainda. Brad a respeitava por se esforçar. A viagem não estreitara os laços entre eles, mas o fizera entre ele e os filhos. Estava emocionado por ter compartilhado esse tempo na África com eles.

— Vejo vocês em casa — disse Pam enfatizando a palavra "casa", e todos riram.

— Estaremos lá em julho — disseram eles. Já tinham concordado em voltar por um tempo, antes de partirem de novo, para viajar ou trabalhar na Europa por um ano. Dylan queria ir para Austrália e Nova Zelândia. Jason estava tentando convencê-lo a passar um ano no Brasil. Em qualquer um dos casos, ainda não estavam prontos para se estabelecer.

— Eles têm de começar a pensar na faculdade de Direito ou pelo menos se candidatar se quiserem entrar em uma boa faculdade — reclamou Pam com Brad quando entraram no avião, e ele assentiu. Sabia que ainda era muito cedo para dar a notícia para ela. Ainda nem tinham saído da África. E ela parecia ansiosa para voltar para Lusaka, onde sentou-se de forma miserável no aeroporto com cólicas estomacais. Não estava se sentindo bem. Mas sentiu-se melhor no vôo para Londres, e parecia ter morrido e chegado ao paraíso quando chegaram ao Claridge's, onde passariam uma noite antes de voltar para casa. Fariam um vôo direto, sem escala em Nova York. Para Brad, fora uma viagem memorável, e sentia-se um novo homem, como se tivesse conquistado o mundo. Pam estava grata por ter sobrevivido.

— Não vou visitá-los no Brasil — sentenciou ela ao cair na imaculada cama. Tomara um banho de banheira de uma hora e escovara o cabelo e as unhas. Sentira-se imunda por duas semanas. E agora sentia-se como uma rainha na enorme cama. Então disse boa-noite para Brad, apagou a luz e foi dormir, enquanto Brad foi para a sala de estar ler. Esperou uma hora até que ela estivesse em um sono profundo e então ligou para Faith. Ela atendeu no segundo toque e ficou emocionada ao ouvir a voz dele. Quase tanto quanto ele ao escutar a dela. No momento em que escutou sua voz, ele se perguntou como sobrevivera duas semanas sem falar com ela.

— Você parece ótima, Fred. Está tudo bem?

— Muito tranqüilo — respondeu ela com a voz calma. Em Nova York ainda era de tarde, e ela estava fazendo um trabalho em seu escritório quando ele ligou. — Como foi a viagem?

— Incrível. Não consigo nem descrever, foi tão bonito. Mandarei fotos para você. Quero voltar. — Ela ficou encantada por ele. Preocupara-se muito, mas tinha de acreditar que ele estava bem. Também se perguntara, com um tremor silencioso, se fora uma segunda lua-de-mel para ele e Pam. Rezou para isso, para o bem dele, mas uma parte má e egoísta dela esperava que não.

— Como estão os meninos?

— Fantásticos. Grandes, bonitos, fortes e felizes. Foi a melhor coisa que já aconteceu a eles. Gostaria de ter feito algo parecido quando tinha a idade deles. Mas não teria tido coragem.

— Dá medo? — perguntou ela soando impressionada, e ele riu.

— Acho que não. Acho que não tem dinheiro no mundo que convença Pam a voltar. Realmente não foi a viagem dela. Dormiu em um quartinho e ficava apavorada a noite inteira. E ela ficou doente nos últimos dois dias. Eu dormi na barraca com os meninos. — Faith gostou de saber e odiou-se por isso. Rezara por isso por duas semanas e não chegara a nenhuma conclusão. Até conversara com o padre, fora do confessionário, e contara a ele seus sentimentos por Brad. Ele dissera para ela rezar para São Judas e contara milagres que aconteceram, o que apenas a deixou mais confusa. O único milagre de que precisava era deixar de ter sentimentos por ele. Precisava encontrar o refúgio sossegado de ser apenas sua amiga de novo. Não podia se permitir sentir mais do que isso, e até agora São Judas não ajudara. Seu coração dera um pulo no momento em que escutou a voz dele. Ela até rezou o terço todos os dias para isso, mas como usava o que ele lhe dera, apenas se lembrava mais de Brad. Era sua maior batalha interna nesses últimos dias. As externas eram sobre o divórcio. Alex estava tornando sua vida um inferno. Mas já estava se acostumando. E tinha uma notícia importante para Brad.

Deixou-o contar tudo sobre a viagem e então abriu um enorme sorriso e contou a ele que tinha uma surpresa.

— Deixe-me adivinhar. — Ele se concentrou, feliz por simplesmente estar falando com ela. Tinha tanta coisa que queria compartilhar com ela mas não conseguia se lembrar de tudo agora. Era muita coisa e ele estava muito cansado. — Você só tirou A nas provas.

— Mais ou menos. Na verdade, tirei A mais em uma matéria e A menos na outra. Mas não é isso.

— Ellie pediu desculpas e descobriu que o pai é um canalha.

— Ainda não — disse Faith, um pouco triste.

— Não sei, me dê uma dica. — Mas ela estava muito excitada para isso. Já sabia há dez dias e estava morrendo de vontade de dividir isso com ele. Ela e Zoe saíram para jantar em comemoração na semana anterior.

— Fui aceita na faculdade de Direito da Universidade de Nova York.

— Viva! Isso é fantástico, Fred. Estou tão orgulhoso de você!

— Eu também. Isso não é ótimo?

— É maravilhoso. Eu sabia que você conseguiria. E Columbia?

— Ainda não sei. Eles vão mandar os resultados na semana que vem. Mas de toda forma prefiro ir para a Universidade de Nova York. Além disso, já estou lá. E para mim funciona bem. — Eles conversaram por mais alguns minutos, e ela atualizou-o sobre o divórcio. Alex ainda estava brigando por causa da casa, mas já concordara em deixá-la ficar mais tempo quando negociaram o acordo. Ela não queria pensão, embora pudesse ter. Só queria a casa e alguns de seus investimentos. Em comparação ao que ele tinha, ela não queria muito. Sua mãe deixara o suficiente para recomeçar. E em alguns anos sabia que estaria recebendo um salário decente como advogada. Ao contrário do que Eloise acreditava, ela estava pedindo pouco. Até o advogado achava que deveria pedir mais, mas não era o estilo de Faith. Como Brad sabia muito bem, ela era muito decente.

Conversaram por quase uma hora e finalmente, apesar de adorar falar com ela, ele começou a bocejar, e ela disse para ele ir dormir. Estaria partindo para San Francisco no dia seguinte ao meio-dia e estaria em casa às seis horas, pelo horário de Faith.

— Quando chegar, vou ligar ou mandar um *e-mail.*

— Obrigada por ligar — agradeceu Faith. Foram duas semanas intermináveis sem ele, mas sobrevivera. E a boa notícia sobre a faculdade de Direito levantara seu astral, apesar do comportamento de Alex. Não falava com Eloise havia uma semana. Estava ficando cada vez mais difícil conversar. Ellie estava do lado do pai. E o que mais doía em Faith, como dissera para Brad, era que Alex simplesmente a tirara de sua vida, como se nunca tivesse existido, importado ou sido sua esposa. Simplesmente apagou-a de sua vida como se apaga giz de um quadro-negro. Ele a removera. E independente de como explicava para si mesma, ainda doía. Fazia parecer difícil confiar em alguém algum dia de novo. Não conseguia nem imaginar uma vida com outro homem, ou um encontro. Tudo que queria agora era se dedicar à faculdade, à igreja e às meninas. E agora só tinha de tirar Brad de sua cabeça. Estava determinada a fazer isso. Assim como ele estava em relação a ela. Independente da intensidade da atração que cada um deles sentia, estavam determinados a permanecer nos limites da amizade. E os dois, em seus esforços intermináveis, não estavam chegando a lugar nenhum.

Capítulo 21

No final de abril, duas semanas depois de Brad voltar para casa, Alex convidou Zoe para jantar fora quando ela veio de Brown para um fim de semana. Ela estava com a mãe em casa, como sempre fazia, e não queria sair com ele. Mas Faith disse a ela que achava que deveria.

— Para quê, mãe? — Zoe parecia aborrecida ao desligar o telefone. Queria sair com as amigas. — Ele só vai ficar falando besteira sobre você.

— Ele ainda é seu pai. E você não sai com ele há muito tempo. Talvez ele esteja tentando uma reaproximação. — Como sempre, Faith era muito mais justa com ele do que o contrário. Ele ainda continuava jogando Eloise contra a mãe, e Faith queria ir visitá-la assim que entrasse de férias. O semestre terminaria em poucas semanas. E Zoe estaria em casa no meio de maio. Faith a convidara para ir junto, se fosse mesmo a Londres visitar Eloise.

No final, Zoe concordou em jantar com Alex em um pequeno restaurante francês do qual ele sempre gostara. Era óbvio que ele estava se esforçando. Zoe usou um vestido da mãe e prendeu o cabelo em uma trança. Estava bonita, doce e jovem. Completara 19 anos poucas semanas antes e estava cada dia mais bonita. Mas, ao se aproximar da mesa, Zoe ficou surpresa ao ver que o pai não estava sozinho. Havia uma mulher com ele. Ele apresentou-as com o sorriso aberto e feliz. E Zoe achou que o pai estava ridículo. A garota tinha quase metade da idade dele.

— Leslie, quero que conheça minha filha Zoe... e esta é Leslie James. — Zoe supôs que ela tinha uns vinte e poucos anos, embora na verdade fosse um pouco mais velha que isso. Ela estava usando um vestido curto e justo e tinha um longo cabelo preto. E embora Faith não fosse fazer isso se estivesse lá, poderia dizer a Zoe o tipo de calcinha que usava.

Conversaram um pouco constrangidos por alguns minutos, e Zoe parecia desconfortável quando o pai pediu vinho. Após alguns minutos, percebeu que Leslie trabalhava na firma dele. Mas Zoe achou de mau gosto incluir a filha em um encontro.

— Você trabalha lá há muito tempo? — perguntou Zoe, tentando ser educada e desejando não estar lá.

— Há um ano e dois meses. Mudei para cá, vindo de Atlanta, um pouco antes disso com a minha filha. — Zoe percebeu que ela tinha um leve sotaque sulista e perguntou quantos anos tinha a filha dela, por total falta do que dizer. Odiava estar ali. — Ela tem cinco anos — disse Leslie, sorrindo e parecendo muito jovem, enquanto Alex olhava orgulhoso para a amiga. Era como se quisesse que Zoe também a admirasse, o que fora a coisa errada de se fazer. Sentia-se desleal com a mãe só por estar com eles.

— Ela é uma linda menina — acrescentou Alex com orgulho, enquanto Zoe encolhia-se em seu íntimo. — É adorável. — Era óbvio que o pai tinha um relacionamento com as duas.

— Ela está aprendendo francês. Freqüenta um jardim-de-infância francês. Seu pai achou que seria bom para ela. — Zoe levantou uma sobrancelha, mas controlou-se na mesma hora. Não conseguia se lembrar do pai estar interessado na escola em que ela estudava.

— Que bom para ela — comentou Zoe, tomando um gole de vinho. Leslie pedira champanhe. E então Zoe quase engasgou com o que Leslie disse em seguida.

— Esta é uma noite especial para nós — anunciou Leslie com um sorriso tímido para Alex, e ele pareceu ligeiramente desconfortável. Mas a idéia de levar Zoe para jantar com eles fora dele. Queria que as filhas a conhecessem. — É nosso aniversário — contou Leslie, jogando o cabelo para trás do ombro enquanto Zoe olhava para ela.

— Mesmo? Que tipo de aniversário? — perguntou Zoe. Devia fazer um ou dois meses, o que para ela parecia patético.

— Estamos namorando há um ano. Hoje completa um ano do nosso primeiro encontro. — Alex ficou paralisado por um instante e então fingiu que não escutara. Não havia nada mais que pudesse fazer, e Zoe os encarou.

— Vocês estão namorando há um ano? — A voz de Zoe de repente estava exaltada.

— Não realmente — interpôs-se Alex. — Acho que Leslie quer dizer que nos conhecemos há um ano. Foi logo depois de ela começar a trabalhar na firma.

— Não é isso. Hoje é nosso aniversário de um ano de namoro. — Ela parecia magoada de ele nem ter se lembrado ou não querer admitir, e o rosto de Zoe ficou pálido.

— Isso é muito interessante já que meu pai só deixou minha mãe há dois meses. Parece que vocês dois já estavam saindo juntos bem antes disso.

— Estávamos sim. — Leslie sorriu, e com isso, Zoe se levantou e acidentalmente entornou seu vinho, que espalhou-se pela mesa enquanto Leslie se afastava para não se molhar.

— Que horror, pai — exclamou Zoe olhando para ele. — Como pôde me convidar para comemorar com vocês? Depois de todas as coisas que você disse sobre a mamãe e de ser culpa dela. Deprimente. Por que não tem a coragem de dizer a verdade para Eloise em vez de jogá-la contra a mamãe? Por que simplesmente não conta a ela que você estava aprontando e que já tinha uma namorada quase um ano antes de sair de casa? Isso pelo menos seria honesto.

O olhar de Alex estava enfurecido. Não esperava que Leslie fosse entregá-lo. Era óbvio que ela não era muito esperta. Estava totalmente enfeitiçado por ela e nem desconfiara que ela faria isso.

— Por que você não se senta para conversarmos? — perguntou ele tranqüilamente, enquanto a filha olhava para ele com desprezo. Mas ele estava preso atrás da mesa e não podia se mexer.

— Não, obrigada. Tenho outros planos — respondeu Zoe virando-se com uma segurança notável, dada a forma como se sentia, e saiu do restaurante. Assim que chegou à calçada, começou a correr, fez sinal para um táxi e foi para casa. Estava chorando quando entrou, e Faith estava no telefone com Brad. Ele estava falando sobre um caso com o qual estava preocupado, e ela dissera que Zoe tinha ido jantar com o pai. Ficou surpresa ao escutar a porta da frente bater, e Zoe entrou em seu escritório aos prantos.

— O que houve? — Faith parou de falar com Brad para olhar para ela. A maquiagem escorrera pelo rosto, e ela parecia de novo uma menina que apanhara na escola.

— Ele é um completo filho-da-puta, mãe. Por que não me contou sobre a garota? Você sabia?

— Que garota? — Faith parecia chocada. — Espere um minuto... Brad, ligo para você depois. — Ele podia perceber que uma crise estava começando e desligou na mesma hora. — O que houve? Do que você está falando?

— Papai levou uma mulher. Uma vagabunda de uns 14 anos de idade chamada Leslie. Ela tem cabelo comprido preto e peitos grandes, e teve o descaramento de me dizer que hoje era o primeiro aniversário de namoro deles e que estavam comemorando comigo. Que coisa nojenta de se fazer. Você sabia dela, mãe?

— Sente-se — disse Faith com tranqüilidade entregando um lenço para a filha. — Limpe seu rosto... acalme-se... Sim, eu sabia dela — confirmou Faith com calma, sem se oferecer para dar mais detalhes. Ele finalmente fizera isso sozinho. Mas fora de uma estupidez inacreditável.

— Por que não me contou?

— Porque não era da sua conta. Cabia ao seu pai lhe contar, se ele quisesse, e eu realmente achei que ele não contaria. — Não se ofereceu para contar mais detalhes para Zoe, nem se ofereceria.

— Foi por isso que ele deixou você?

— Acho que sim. Talvez isso e mais algumas coisas. Ele disse que queria uma vida e que se sentia entediado comigo. Ela é muito mais nova que eu, com certeza. E provavelmente muito mais divertida.

— Ela é uma completa idiota com peitos. O que ele está fazendo com ela? E como pôde deixar você por causa dela? Como pôde me levar para jantar com ela? — Fora o momento mais humilhante de sua vida. Zoe sentia-se lesada, traída e usada, e o pouco respeito que tinha pelo pai desaparecera por completo.

— Talvez ele esteja levando essa moça a sério — conjeturou Faith, parecendo deprimida. Sentia isso como um outro tapa na cara, depois de vários, mas desta vez ele dera um tapa em Zoe também. E Faith o odiava por fazer isso. Ele não devia incluir as filhas nos casos dele. A não ser que fosse mais do que um caso, e por isso ele estava dividindo com elas. Se fosse isso, Zoe teria de se acostumar e aceitar Leslie por quem ela era para o pai. Mas ainda era um pouco cedo, para dizer o mínimo, para ficar exibindo-a por aí.

— Se ele casar com ela, eu me mato, ou mato meu pai.

— Ele não vai se casar com ninguém por enquanto. Ainda está casado comigo. — Mas dentro de cinco meses não estaria mais. Não poderia imaginar que ele apresentaria a garota para as filhas tão cedo.

Levou uma hora para Zoe conseguir se acalmar, e então, antes que a mãe pudesse impedi-la, ela pegou o telefone e discou o número de Ellie em Londres, onde eram três da manhã. Faith tentou convencê-la a esperar até se acalmar mas Zoe só acenou em resposta. E Eloise deve ter atendido o telefone no meio do sono.

— Acorda — exclamou Zoe de forma abrupta. — Sou eu... não, não vou ligar depois... me escute. Você sabe o que o canalha do nosso pai fez esta noite? Ele me levou para jantar com a namorada dele, que parece ter uns 14 anos, para comemorar o aniversário de um ano de namoro deles. Um ano! Escutou? Ele está namorando essa mulher há um ano. E foi por isso que ele largou a mamãe. Agora o que você acha do seu herói? Depois de tudo que você fez a mamãe passar, deve a ela uma desculpa enorme. — Então, houve um longo silêncio no lado de Ellie, e Zoe continuou confirmando o que vira e escutara. Elas discutiram por um longo tempo, e Faith saiu do escritório. Foi para a cozinha e ligou para Brad da outra linha. Ele ainda estava no escritório, e ela explicou o que acontecera. Ele assobiou.

— Deve ter sido uma cena e tanto. Que coisa estúpida de se fazer. Em que ele estava pensando?

— Acho que ele é ingênuo e pensou que fosse conseguir vendê-la para Zoe. Ela está no telefone com Ellie. Acho que agora a sujeira vai começar a se espalhar.

— Eu diria que já se espalhou. — Ele riu. — Eu não o invejo. Nem o inferno tem tanta fúria quanto uma filha quando conhece a namorada do pai. Acho que você vai ser vingada. Não poderia acontecer com um cara mais bacana. — Brad parecia divertido e satisfeito.

— É, também estava pensando nisso — concordou Faith de forma discreta. Voltaram a conversar sobre o caso por alguns minutos e então ela desligou de novo. Um minuto depois, Zoe entrou na cozinha com um olhar superior. — O que Ellie disse? — perguntou Faith, intrigada. Tinha esperanças de que Zoe tivesse lhe dado evidências suficiente para fazê-la mudar de idéia. Não esperava que ela se virasse contra o pai, mas talvez pudesse perdoar a mãe agora, ou pelo menos tentar entender.

— Ela vem para casa este fim de semana para vê-la, mãe. Ela pediu para dizer que ama você. — Faith sorriu. Existia esperança. Finalmente.

Eloise veio para casa, como prometido, e passou dois dias chorando nos braços da mãe. Desculpou-se, soluçou, implorou perdão. Não podia acreditar no que o pai fizera. E ela e Zoe tiveram um confronto com ele. Faith não ficou sabendo exatamente como transcorreu, mas ambas ficaram com ela naquele fim de semana, e quando Alex ligou, nenhuma das duas quis atender. Ele caíra no desagrado delas, o que era merecido, no que dizia respeito à Faith.

— Você acha que o papai vai se casar com ela? — perguntou Eloise, parecendo em pânico, sentada perto da mãe. Nos últimos dias, o amor de Eloise pela mãe não apenas se tornou mais intenso como ela passou a ter um respeito que nunca tivera antes. Finalmente descobrira e compreendera a decência que estava na essência de Faith.

— Não faço idéia — respondeu Faith, sendo honesta. — Tem de perguntar a ele. — Mas nenhuma delas estava ansiosa para saber nem queria ligar para perguntar.

— Mãe — disse Eloise finalmente, em um momento sossegado em que estavam sozinhas, quando Zoe saiu do quarto. — Acho que nunca vou conseguir dizer o quanto sinto por todas as coisas que disse para você. Eu não entendia. Papai sempre me disse que eu era como ele, e acho que eu queria provar que era para ter a aprovação e o amor dele. Ele nunca disse abertamente coisas ruins sobre você, mas de alguma forma deixava implícito que ele estava certo e você, errada. Aprendi muito sobre mim mesma nesses últimos dois meses, sobre confiança, crença e manipulação. Eu me deixei acreditar que ele estava dizendo a verdade e você não. Eu não entendia e não queria aceitar que você estava dizendo a verdade. Fui muito injusta. Não sei como você ainda pode me amar depois de todas as coisas que eu disse. — Lágrimas escorriam de forma implacável pelo rosto dela enquanto falava com a mãe, que também estava chorando. — Eu nunca tinha percebido a pessoa boa que você é... e o canalha que ele é. Agora sinto como se tivesse perdido meu pai. Nunca mais vou conseguir confiar nele. — Mas Faith esperava que um dia ela conseguisse. Ele era pai delas e era bem provável que acabassem perdoando. Ou pelo menos Faith achava que deveriam, mas era assim que ela via tudo e todos, dignos de perdão, exceto às vezes ela própria. A pessoa com quem ela sempre era mais dura era consigo mesma. E o que estava escutando de Eloise cicatrizou as feridas de seu coração.

— Eu amo você, Ellie. Sinto que isso tenha acontecido com todos nós. Não sei por que seu pai fez o que fez, mas ele tem de viver com isso agora e resolver consigo mesmo. — Sabia que nunca mais sentiria o mesmo por ele, mas esperava que as meninas sentissem, para o bem delas. Já era difícil o bastante assistir ao casamento dos pais desmoronar, não queria que elas também perdessem Alex. Elas precisavam dele, mesmo com suas imperfeições.

As duas saíram do quarto de braços dados e, uma vez que o furor passou, as três se divertiram juntas. Saíram para comer hambúrgueres, e foram ao Serendipity comer *banana split*. Faith contou que tinha ido lá com Brad.

— Quem é esse? — perguntou Ellie, de volta ao rebanho. Estava de mãos dadas com a mãe, que estava muito aliviada. Tinha suas duas filhas de volta. Não desejava nenhum mal para Alex, mas estava grata por Ellie ter voltado a si e ter vindo de Londres para passar o fim de semana. Contou para a mãe que terminara com Geoff, mas tinha dois novos pretendentes dos quais parecia gostar bastante. Mas assim como Zoe, ela queria saber mais sobre Brad. Faith falava muito dele e parecia ter muito carinho também, mas sempre insistia que eram apenas amigos.

— Já disse, somos amigos. Ele era como um irmão mais velho quando crescemos. Ele era o melhor amigo do tio Jack quando éramos crianças. E é casado. Nunca seremos mais do que amigos. — Ela disse isso com tanta firmeza que Zoe ficou desconfiada.

— Ainda acho que ele está apaixonado por você, mãe. Ele tem de estar. Ninguém perderia tanto tempo ligando e mandando *e-mails*.

— Acho que ele gosta de conversar. Mas é só. — Tinha firmeza na voz.

— E você? — perguntou Ellie pensativa. — Está apaixonada por ele?

— Não. Eu não me apaixono por homens casados. — Como ela gostaria que isso fosse verdade, mas ia ser. Já rezara umas mil vezes e repetira para si mesma mais um milhão que mesmo ele sendo maravilhoso, não podia estar apaixonada por ele. E um dia, as orações ou o que repetia para si mesma funcionaria. Tinha de funcionar. Não tinha alternativa. E, felizmente, pelo que ela sabia, ele não estava apaixonado por ela.

— Você não tem sentimentos por ele? — prosseguiu Ellie.

— Só platônicos. — Faith foi enfática e estava impenetrável, para dizer o mínimo.

— Você está saindo com alguém?

— Não. E não quero. — Isso era verdade. Ainda não recuperara o fôlego depois da angústia do término de seu casamento, e não sabia se algum dia se recuperaria. Duvidava. Não suportava a idéia de sofrer de novo. Estava mais feliz sozinha, conversando com Brad e se divertindo com as filhas. — Nunca mais quero me casar.

— Você não precisa se casar — interveio Zoe. — Pode só sair, ter um encontro.

— Por quê? Estou muito feliz com vocês duas. — Mas as duas filhas concordaram mais tarde, quando estavam sozinhas no quarto de Zoe, que não era uma vida saudável para Faith. No final, elas decidiram que provavelmente era muito cedo para a mãe. Diferente do pai, que se precipitara convidando Zoe para o "jantar de aniversário" deles. Ambas ainda estavam horrorizadas por terem descoberto que ele traíra a mãe por quase um ano inteiro, se não mais, enquanto atribuía a culpa do final do casamento ao fato de Faith ter voltado a estudar. A faculdade não tinha nada a ver com isso, era apenas uma desculpa.

Mas em todo caso, quando Ellie voltou para Londres no domingo à noite, restabelecera seu relacionamento com a mãe. E quando Brad ligou para Faith tarde naquela noite, depois de as duas filhas terem ido embora, ele nunca a escutara tão feliz. Pelo menos parte do pesadelo tinha acabado. Tinha sua filha de volta.

Capítulo 22

TUDO ESTAVA BEM NA VIDA de Faith em maio, quando Zoe veio passar o verão em casa. Conseguira um emprego de verão em uma galeria de arte, e Faith estava feliz por ter férias antes de começar na faculdade de Direito. Suas aulas acabaram junto com as de Zoe. E Eloise estava falando sobre um dia desses vir de Londres. Estava começando a sentir saudade de Zoe e da mãe, principalmente depois do último fim de semana juntas. E as duas meninas estavam de mal com o pai por enquanto.

As coisas pioraram muito quando ele disse que estava planejando se casar com Leslie em outubro, depois que o divórcio saísse. E Faith odiou admitir, mas isso atingiu-a como outro golpe. Sentou-se em seu quarto e chorou por horas quando ficou sabendo. Contou a Brad em um *e-mail* no dia seguinte, mas ficara deprimida demais para ligar. Alex ainda estava tentando forçá-la a sair da casa, e agora era fácil entender por quê. Ele ia comprar um apartamento na Fifth Avenue para morar com Leslie e a filha. As meninas estavam furiosas com o pai.

Na semana seguinte, Faith estava em seu escritório tentando decidir para onde ir com as filhas em agosto. Estava pensando em Cape Cod ou talvez alugar um chalé nos Hamptons. Ellie prometera passar algumas semanas em casa, e Faith queria passar bastante tempo com elas antes de começar na faculdade de Direito no outono. Estava tendo uma manhã preguiçosa, vendo alguns panfletos e tentando se decidir sobre as férias, quando Brad ligou. Ela nunca o escutara assim, e então percebeu na mesma hora que ele estava chorando.

— Você está bem? O que houve? — Não podia nem imaginar uma situação que o deixasse tão perturbado. Ele parecia tenso e aterrorizado quando respondeu.

— É o Jason. Ainda não sei dos detalhes. Recebemos um recado de Dylan uma hora atrás. Houve um acidente. Eles estavam trabalhando na aldeia e uma estrutura caiu. Ele ficou preso embaixo dos escombros por sete horas. — E então Brad começou a chorar de novo. — Fred, você não sabe o quanto o atendimento médico é ruim lá. Só tem um médico que passa algumas horas por mês lá. Não sei nem se podem removê-lo. Não sabemos mais nada. Mandamos um recado para Dylan nos ligar. Mas ele tem de ir para a agência do correios para ligar, e mesmo se conseguisse uma linha, não deve poder deixar o irmão. — Ele soava como se o mundo tivesse acabado, e os olhos de Faith se encheram de lágrimas ao escutá-lo.

— O que você vai fazer?

— Vou para lá. Vou sair em uma hora. Meu vôo sai ao meio-dia para Nova York. Daí vou para Londres. É tão difícil chegar lá. Vou levar mais de 24 horas para chegar aonde ele está. Só Deus sabe se ele ainda vai estar vivo. — Ele estava em pânico, o que era justificável.

— Quando chega aqui? — Era só no que ela conseguia pensar. Queria vê-lo. Mesmo se Pam estivesse junto.

— Chegarei em Nova York às oito da noite. O vôo para Londres sai às dez. Tenho duas horas entre os vôos.

— Encontrarei você no aeroporto. Quer alguma coisa?

— Já tenho tudo. Pam está arrumando minha mala. Ela não pode ir agora. Tem julgamento amanhã. Vai logo depois — contou ele, e não mencionou com Faith, mas estava furioso por ela não ir agora.

Brad deu a Faith o número do vôo e desligou, e ela ficou sentada em seu escritório, olhando para o nada, imaginando o pior, assim como ele. Gostaria de poder ir com ele, mas sabia que não podia. Principalmente se Pam iria encontrá-lo.

E, em San Francisco, o assunto estava sendo discutido de forma calorosa.

— Pelo amor de Deus, ligue para o juiz e conte o que aconteceu. Ele pode esperar até você chegar. Isso é mais importante. — Ele estava frenético e com raiva de Pam.

— Não posso fazer isso com meu cliente — argumentou ela, fechando a mala. Parecia tão preocupada quanto ele, mas sentia como se sua responsabilidade fosse com seu cliente, o que para Brad parecia loucura, e soava como uma indireta. Mesmo se Jason estivesse bem, Brad queria que ela estivesse com ele. Era a primeira vez em anos que ele pedia algo para Pam, e isso era importante para todos eles. Os meninos precisavam do apoio dela, e ele também.

— Suas prioridades me ofendem — rebateu ele de forma abrupta. — Estamos falando de seu filho, não de seu cliente.

— Dylan não disse que ele estava morrendo — gritou ela. Ambos estavam nervosos, e Brad estava se vestindo enquanto um gritava com o outro.

— Ele tem de morrer para você fazer alguma coisa e adiar esse julgamento? Pelo amor de Deus, você não entende?

— Entendo. Estarei lá em dois dias. É o melhor que posso fazer.

— Não, não é. — Ela era como uma montanha que ele não conseguia remover, e ainda estavam brigando quando o táxi chegou para levá-lo ao aeroporto. Mas ele sabia que nunca esqueceria o fato de ela não ter partido com ele, nem a perdoaria se algo acontecesse com Jason. E sabia que ela também não se perdoaria se algo terrível acontecesse, mas ela parecia não entender isso também. Estava em total negação. — Mandarei um recado assim que estiver com ele — prometeu e saiu com sua mala na mão. Não fazia nem idéia do que ela colocara ali dentro.

O vôo foi um sofrimento para ele. Estava incomunicável no avião, e ligou várias vezes para Pam, mas ela não sabia de mais nada.

Quando saiu do avião em Nova York, parecia meio louco. Passara a mão no cabelo umas mil vezes e parecia assustado e amarrotado. E, como prometera, Faith estava lá esperando por ele. Estava usando *jeans*, uma camisa branca e mocassim. Parecia jovem, limpa e bonita. Mas ele só conseguia pensar em abraçá-la bem apertado, e ambos choraram ao caminharem até a lanchonete para tomar uma xícara de café. Ele contou o que sabia mais uma vez, mas ainda não sabia nada de substancial.

Eles conversaram e se deram as mãos por cima da mesa, e discutiram as intermináveis possibilidades. Mas sem mais detalhes, ela não podia fazer sugestões, e ele, muito menos, podia tomar decisões. Ele só esperava que Dylan fizesse as escolhas certas e, se precisasse, que conseguisse um avião para transportar o irmão para um hospital.

— Você não faz idéia de como é primitivo, remoto, como é impossível chegar a qualquer lugar. Ele teria de viajar em um caminhão por uma estrada cheia de buracos de duas a quatro horas. Isso poderia matá-lo. — O avião era a única esperança, se estivesse disponível e eles conseguissem encontrá-lo. Faith sentia-se impotente ao escutar, assim como ele.

Foram duas horas intermináveis enquanto ele esperava para embarcar, e estava grato por Faith ter ficado junto. Ligou para Pam de novo e ela não tivera mais notícias, e ele ficou louco de raiva quando ela disse que ia sair para jantar.

— Você está louca? Seu filho sofreu um acidente. Fique perto do telefone no caso de alguém ligar. — Ela insistiu que levaria o telefone celular e que Dylan tinha o número. Ele desligou e olhou para Faith em desespero. — Sabe, nessas horas a gente percebe o que não tem e vê como foi burro por achar que seria diferente. É a mesma porcaria que tem sido nos últimos vinte anos. — Pam simplesmente não conseguia ficar ao lado dele, nem dos filhos. E Faith, com sabedoria, preferiu não comentar. — Gostaria que você pudesse vir comigo — acrescentou ele. Sabia quanto apoio ela daria e precisava dela desesperadamente. O que quer que tenha acontecido a Jason, Brad estava aterrorizado que ele não sobrevivesse. Queria estar lá ao lado dele e de Dylan, independente da estupidez da mãe deles, ou talvez ainda mais por causa disso.

— Também gostaria de poder ir — disse Faith com calma. Mas ambos sabiam que ela não podia. Tudo que poderia fazer era estar em espírito lá, e eles sabiam, depois da viagem dele em março, que ele não conseguiria ligar para ela, apenas mandar um recado via pessoas e rotas tortuosas. — Mande notícias quando puder. — Enquanto isso ela ficaria sofrendo por ele.

— Prometo. — Anunciaram o vôo, e Brad pegou o passaporte e o cartão de embarque, e ela teve de deixá-lo no portão de embarque já que não viajaria com ele.

— Cuide-se, Brad. Tente relaxar. Não pode fazer nada até chegar lá. — Isso era o pior de tudo, e ambos sabiam que Jason poderia estar morto quando chegasse. Não podia nem pensar nisso. — Vou à igreja rezar por ele assim que você partir.

— Acenda uma vela para ele... por favor, Fred... — disse ele com lágrimas nos olhos enquanto se olhavam. O coração de Faith era dele, e não tinha como dizer isso.

— Pode deixar. Vou à igreja todos os dias. Apenas acredite que ele ficará bom... tente acreditar...

— Gostaria de poder. Ah, meu Deus... se algo acontecer com ele... — Tanto para silenciá-lo quanto para confortá-lo, ela se jogou em sua direção, e ele teve o mesmo instinto no mesmo instante dela. Sem hesitar, ele puxou-a para seus braços e beijou-a nos lábios. E por um instante, eles se esqueceram do mundo inteiro enquanto se abraçavam e beijavam. Ela parecia assustada quando ele a soltou, ele também, mas não se desculpou. Ela estava convencida de que tinha sido culpa sua, e então, sem dizer nenhuma palavra, ele a beijou de novo. — Eu amo você, Fred. — Era o desabafo de quase quarenta anos a amando e dos últimos sete meses de reaproximação. Ela também o amava, mas mesmo agora sabia que era algo que nunca poderiam ter.

— Não diga isso... Eu amo você também... mas não podemos dizer isso... não tenho direito de... — Ele a silenciou com outro beijo, e ela começou a chorar. — Vamos nos arrepender disso. Você vai me odiar quando tudo terminar. Não podemos mais fazer isso.

— Não ligo. Eu preciso de você, Fred. Mesmo. E te amo. Quero estar ao seu lado também. — Ele parecia o menino que era quando quebrou o braço aos 12 anos. Faith segurara sua mão enquanto a mãe o levava para o pronto-socorro, e ele fez com que ela jurasse que não contaria a ninguém que o vira chorando.

— Estou aqui do seu lado... Sempre vou estar... mas não posso roubá-lo de outra pessoa, Brad. É errado.

— Conversaremos sobre isso depois. — Ele não queria perder o vôo, não podia. Mas de repente tinham tanta coisa para resolver e para pensar, ele não fazia idéia de quando voltaria a vê-la. Poderia ficar lá meses, e agora isso ficaria em suspenso até que ele voltasse para casa, e só Deus sabia que horrores teriam acontecido então. — Só quero que saiba que posso estar um pouco fora de mim, Fred. Mas não estou louco. Queria fazer isso há muito tempo. Mas achava que não seria justo com você. — Não era com nenhum dos dois. Era o fruto proibido, para ambos.

— Rezei para que isso não acontecesse. É culpa minha. Eu não deveria ter... — E com isso, ele a beijou uma última vez e correu. Olhou para trás por cima do ombro uma vez e viu que ela estava chorando. Acenou e então se foi. E Faith chorou todo o caminho até a cidade no táxi. Eles tinham feito algo terrível, ela sabia. Ela permitira que ele cruzasse a barreira da amizade, não só permitira como provocara. Não tinha dúvidas de que o que acontecera era culpa sua. E ela sabia que, quando ele voltasse, eles teriam de retirar tudo que falaram e fizeram e prometer não fazer de novo, ou então nunca mais poderiam se ver. Era mais um desgosto para acrescentar às preocupações que já tinham com Jason. Tudo que podia fazer por ele agora era rezar.

Saiu do táxi na Catedral de St. Patrick. Eram quase onze da noite e ainda havia pessoas vagando, a maioria turistas, quando

Faith entrou. Foi direto para o altar de São Judas, acendeu uma vela, ajoelhou, abaixou a cabeça e chorou. Tinha nas mãos o terço que Brad lhe dera no Natal. Parecia um sacrilégio estar com ele agora, depois do pecado que acabara de cometer. Ele era um homem casado e ambos sabiam que continuaria assim.

Ela ficou ajoelhada por uma hora, rezando por Jason, e por sabedoria e coragem para Dylan, e paz para Brad enquanto estivesse a caminho de lá. Saiu da igreja depois da meia-noite e foi para casa de táxi. Entrou em casa e subiu para seu quarto, sentia-se como se alguém tivesse morrido. Estava arrasada por tudo que acontecera, a notícia terrível, a preocupação, o choque que viu nos olhos de Brad, e a besteira que ela fizera, que sabia que era tão errado. Independente do quanto o amava, tinha de sumir da vida dele. Soube disso depois de rezar. São Judas era o patrono das causas impossíveis. Ela não tinha escolha. Era perigosa para Brad. Ficou parada na escuridão de seu quarto por um instante e depois acendeu uma única luz, enquanto Zoe saía do próprio quarto, parava do outro lado do corredor e a observava. Não via sua mãe assim desde que Alex saíra de casa meses antes.

— Você está bem, mãe? — perguntou ela preocupada.

— Não — respondeu Faith triste, com um olhar de devastação total. E, sem nenhuma outra palavra, fechou a porta.

Capítulo 23

BRAD NÃO TEVE TEMPO de ligar para Faith quando trocou de avião em Londres. Teve de correr para outro terminal e quase não conseguiu chegar a tempo. Conseguira ligar para Pam, mas não havia notícias de Dylan nem de ninguém. E sentou-se no avião para Lusaka parecendo um homem ferido. Na maior parte do tempo, só conseguiu pensar em Jason. Sua imaginação estava correndo solta desde que soubera da notícia inicial e nada mais. E a outra parte do tempo, pensou em Faith e queria assegurar para ela que o que fizeram não era errado. Mas não havia nada que pudesse dizer. Ela teria simplesmente de agüentar firme e acreditar nele até que voltasse. Ele não fazia idéia do que fariam, mas não tinha dúvidas de que estava apaixonado por ela. Sabia disso em sua alma há muito tempo.

Dormiu parte do vôo e chegou pela manhã; trocou de avião de novo, para um que parecia uma caixa de ovo e que o levaria para a última parte de sua viagem. E desta vez, quando chegou a Kalabo, não havia *van* esperando por ele, nem Jason nem Dylan. Contratou um homem com uma caminhonete para levá-lo até a reserva de caça. Mas ao passarem pela cidade, viu o que acontecera. O telhado da igreja que eles estavam restaurando em Ngulwana caíra junto com a torre. Só de olhar, ele começou a chorar.

— Uma coisa horrível aconteceu, *Bambo* — contou o homem que estava dirigindo, quando Brad pediu para ele parar. — Homens se machucaram feio. Quatro deles. — Brad assentiu. O termo que o motorista usara significava "pai", um gesto de respeito.

— Eu sei. Um deles é meu filho. — O homem só assentiu em resposta, e Brad foi procurar por alguém que pudesse informar onde estavam os homens feridos. E finalmente encontrou alguém, um tribal usando *short* e chinelos, com cicatrizes no rosto, que apontou para o prédio para onde os homens foram levados. E assim que entrou, viu duas mulheres chorando e crianças atarracadas, e outros espantando moscas dos rostos dos feridos. Encontrou Dylan ajoelhado ao lado do irmão. Jason estava inconsciente e havia um curativo encharcado de sangue em sua cabeça. Dylan levantou na mesma hora e começou a soluçar nos braços do pai. Estava tão exausto que não conseguia parar de chorar. A única coisa boa que Brad podia ver era que Jason estava vivo. Mas parecia perto da morte, e Dylan disse que um dos outros morrera há algumas horas.

— Algum médico já o viu? — perguntou Brad, tentando lutar contra o pânico. Sabia que precisava ser forte por seus filhos, principalmente Dylan agora, que agira sozinho com coragem e sensatez nesses dois dias.

— Ele veio ontem, mas teve de ir embora.

— O que ele disse? — Brad parecia tenso.

— Não muito. Tentei conseguir o avião, pai. Mas não consegui.

— Você sabe onde ele está?

— Eles disseram que provavelmente nas Cataratas Vitória, mas ninguém parece ter certeza.

— Tudo bem. Vou ver o que consigo fazer. — Brad saiu para o dia ensolarado sem ter certeza de onde começar, e como se ouvisse a voz de Faith em sua cabeça, começou a rezar. Foi até a agência dos correios e perguntou ao único homem que trabalhava lá com quem deveria falar a respeito do avião. Ele deu um número para Brad e ensinou a ligar. Levou meia hora para conseguir uma linha local, e então lembrou-se do rádio na reserva de caça. Ninguém atendia no número que recebera, e o homem na agência disse onde deveria ir para encontrar um rádio. E de lá, Brad entrou em contato com a reserva e pediu para que chamassem o avião pelo rádio. E então voltou para Dylan, montando guarda ao lado de Jason. Continuava espantando as moscas do rosto do irmão e olhando para ele com tristeza. Mesmo com o bronzeado intenso, Brad podia ver que o filho estava cinza. Dylan dissera que ele não recobrara a consciência nos dois dias.

Levou seis horas até que a reserva de caça entrasse em contato com o avião. E então mandaram um rapaz de jipe para a cidade para avisar Brad que o avião estaria no aeroporto às onze daquela noite. Se ele conseguisse levar os feridos para lá, o avião os levaria para o hospital em Lukulu. Ele ajudou a colocar dois homens no jipe com seus parentes seguindo a pé. E conseguiram um caminhão para Jason, deitaram-no com cuidado em um cobertor e colocaram-no na carroceria, com Dylan ajoelhado ao lado dele, e Brad no banco da frente. Quando o avião chegou, duas horas depois do previsto, a tripulação era multicor.

Levou quase uma hora para acomodarem todos no avião. E, logo depois, levantaram vôo. Para Brad, era como uma experiência fora do corpo, em um lugar completamente primitivo, com pessoas que respondiam em seu próprio ritmo. O avião ia aterrissar em um terreno aberto com o qual o piloto estava familiarizado, e já havia uma ambulância esperando. Alguém já entrara em contato pelo rádio. A ambulância fez três viagens de ida e volta com os feridos, enquanto Brad pagava o piloto e junto com Dylan tirava Jason. E finalmente, quando chegaram ao hospital, ele soube que Jason estaria em mãos mais preparadas. A maior parte da equipe do hospital era britânica, e havia também um médico neozelandês e um australiano. Era fácil ver por que Jason queria estudar na área de saúde pública e voltar para um país como este. Eles precisavam de ajuda desesperadamente, e aqui ele poderia fazer diferença. Se sobrevivesse.

Depois de examiná-lo, o médico encarregado disse a Brad e Dylan que Jason tinha um ferimento na cabeça de certa gravidade e tinha fluido no cérebro, que estava inchado. E a única maneira de resolver o problema era drenando. Em circunstâncias normais, não era uma cirurgia complicada, mas até consertar um braço quebrado era complicado em um lugar como este. Brad deu permissão, e em segundos levaram Jason, enquanto Brad e Dylan ficaram sentados juntos, conversando e observando as pessoas indo e vindo. Foi um dia interminável.

O sol nasceu e eles ainda estavam sentados esperando notícias de Jason. Horas depois, ficaram sabendo que o procedimento tinha sido feito e que Jason ainda estava vivo, mas não houvera nenhuma mudança visível no estado dele até agora. E não sabiam mais nada quando o sol se pôs de novo.

Brad e Dylan se revezavam para sentar ao lado da cama de Jason, que nem se mexia. Ficaram sentados lá, nunca deixando-o, por três dias. Brad sentia-se cansado e imundo. Não trocara de roupa, não tomara banho, nem fizera a barba, mas não deixaria o filho nem por um minuto. Comiam o que as enfermeiras lhes davam, e no terceiro dia Brad percebeu que Pam não chegara. Perguntou-se se ela estaria esperando por eles na reserva de caça, mas não tinha como descobrir. Finalmente perguntou pelo rádio e o recado que recebeu foi que ela não viria. Mas não tinham mais detalhes. Era impossível ligar para ela de onde estavam.

E no quarto dia, finalmente, Jason gemeu de leve, abriu os olhos, sorriu para eles, suspirou e caiu no sono de novo. Por um momento de horror, Brad achou que ele tivesse morrido e agarrou o braço de Dylan, com olhos arregalados. Mas a enfermeira disse que ele saíra do coma e estava dormindo normalmente. Ele tinha conseguido. Ia sobreviver.

Ele e Dylan saíram, e choraram, riram e gritaram. Era o melhor dia de suas vidas. E a semana mais longa que Brad já tinha vivido.

— Você está cheirando a rato morto — Dylan implicou com o pai, enquanto estavam sentados do lado de fora, comemorando e conversando. Alguém trouxera para eles um pedaço de queijo e de pão. O hospital era muito primitivo e com poucas provisões, mas a equipe médica fora ótima e salvara a vida de Jason.

— O seu cheiro não é muito melhor. — Brad sorriu para ele.

Depois de verem Jason mais uma vez, Brad pediu a uma enfermeira e ela os levou até uma ducha externa. Só trouxera sua mala consigo e dividiu as roupas que tinha com o filho. Pelo menos estavam limpos quando voltaram para o lado da cama de Jason, que estava acordado de novo e tentando falar, e o médico estava satisfeito.

— Você sofreu um golpe e tanto — disse o neozelandês, sorrindo para Jason. — Deve ter uma cabeça muito dura. — E quando Brad afastou-se com o médico, este disse que tinha sido um milagre o jovem ter sobrevivido. Dos sobreviventes do acidente, ele fora o mais gravemente ferido.

Mais tarde, Brad perguntou se havia algum telefone em algum lugar, e todos riram quando ele disse que queria ligar para os Estados Unidos. O melhor que poderiam lhe oferecer era um telefone para ligar para a agência dos correios em Ngulwana, onde alguém disse que entraria em contato com a reserva de caça por rádio e pediria para entrarem em contato com a mãe de Jason nos Estados Unidos, se ela ainda estivesse lá. Levou mais um dia para receber uma resposta. Usaram a mesma rota tortuosa para ligar para Pam em San Francisco, e ela estava aliviada por saber que o filho estava "bem". Estava claro para Brad que ela nunca saiu de lá. E ele se perguntava o que ela achava que "bem" significava. Ela não fazia idéia do que eles passaram. Aos olhos de Brad, não havia desculpa para ela não ter vindo. Não importava o quanto ela odiava os países em desenvolvimento, ou a África quando esteve lá dois meses antes, ela devia ter estado lá. Brad não disse nada para os filhos, mas sabia que nunca a perdoaria por isso. Não havia nada que ela pudesse ter feito, mas devia aos filhos estar lá, assim como a Brad.

E um dia depois ele usou a mesma rota tortuosa de rádios e telefones locais para pedir para alguém ligar para Faith em Nova York e dizer que Jason estava vivo e agradecer as suas orações. Brad não tinha dúvida de que elas tinham feito a diferença, e estava muito triste por ele mesmo não poder ligar e falar com ela, mas não havia como enquanto estivesse ali.

Três dias depois, uma enfermeira contou que a mãe de Jason mandara um recado para eles. Ela não poderia vir mas estava feliz por tudo estar bem. Ela os veria quando chegassem em casa. Foi esse recado que fez a diferença para Brad. A não ser que ela estivesse em coma, não havia nenhuma explicação aceitável por não ter estado ali. Brad não comentou com Dylan, mas sabia que seu casamento morrera naquele dia. Disseram a Jason que a mãe ficara presa em San Francisco e que era muito complicado para ela chegar ali, e ele não questionou, mas Dylan podia ver no rosto do pai como se sentia sobre isso, e tentou tranqüilizá-lo da melhor forma que podia.

— Seria muito difícil para ela estar aqui — ponderou Dylan, gentil, e Brad assentiu. Não tinha mais nada para dizer. Eles tinham passado 25 anos juntos, e Brad sempre acreditara que nos momentos difíceis poderia contar com Pam. Mesmo que não oferecendo muito no dia-a-dia. Mas agora que tinha visto que não podia contar com ela, que ela falhara em lhe apoiar em um momento que realmente importava, ele percebeu tudo que tentara esconder todos esses anos. Pam não era mais sua esposa nem sua amiga. Era uma revelação devastadora e uma decepção tão enorme com o ser humano que ela era, que mesmo se pudesse ligar, não teria nada para dizer.

O médico estimou que Jason ficaria no hospital por um mês, e ofereceram duas cabanas para Brad e Dylan, que ficavam sentados com Jason por horas todos os dias e depois saíam para caminhar no frio das noites. Brad fazia longas caminhadas sozinho todos os dias quando o sol nascia. Nunca vira um lugar tão bonito quanto este, e era ainda mais bonito porque Jason não morrera ali, mas quase, e renascera. Brad sentia como se seu próprio espírito tivesse renascido com ele. De repente, sentia-se cheio de esperança, vida e promessas, o milagre não atingira só Jason, atingira os três. E era um vínculo e uma época que Brad sabia que nunca esqueceriam.

E ao voltar de suas longas caminhadas todas as manhãs, encontrava-se pensando não apenas nos filhos e agradecendo a Deus por eles, mas também em Faith. Gostaria que ela pudesse estar lá com eles para ver a beleza do lugar. Ela teria visto o esplendor disso tanto quanto ele. E teria entendido o que significava para ele.

Jason foi de avião para Kalabo um mês depois de entrar no hospital. Estava cansado e abatido, e perdera muito peso. Ainda estava muito fraco para viajar, mas o médico achava que depois de algumas semanas descansando na reserva de caça e comendo de forma apropriada, ele poderia fazer a viagem de volta para casa. Três semanas depois de Jason sair do hospital, disse que já se sentia bem o suficiente para fazer a viagem. As dores de cabeça que tivera por semanas finalmente sumiram.

Foi um dia emocionante quando foram embora da reserva de caça e começaram a longa viagem para casa. Brad fora à agência dos correios duas vezes para ligar para Faith, esperara horas por uma linha internacional e acabara desistindo. Não havia como ligar. Não se comunicara mais nem com Pam. Tinha muito para dizer para ligar de uma linha ruim em um telefone remoto na África.

Como quando Brad chegou, eles pegaram dois aviões para chegar a Londres, e os planos de Brad eram ficar lá por dois dias. Já estava fora há quase dois meses. E queria que Jason descansasse e consultasse um médico em Londres antes de terminarem a viagem para casa. E para espanto de todos, quando Jason foi ao médico, seus exames foram ótimos. Descreveram o acidente e o procedimento que o salvara e mostraram o prontuário, raios-X e a papelada que estavam levando. E o médico em Londres disse que ele era um jovem com uma sorte inacreditável. Poderia facilmente ter morrido dos ferimentos que sofrera. Os médicos não anteciparam nenhum efeito colateral a longo prazo, mas sugeriram que ele pegasse leve por uns dois meses. Até Jason concordou com um sorriso fraco. Sentia-se como se tivesse sido atropelado por um trem.

Quando chegaram ao Claridge's, Jason ligou para a mãe e chorou ao falar com ela. E então Dylan contou tudo a ela, e depois passaram o telefone para Brad, que pediu que ela esperasse e atendeu no outro quarto. Não sentia mais nem raiva dela. Não levantou a voz. Não a acusou de nada. E não queria escutar as desculpas que tinha certeza que ela daria.

— Graças a Deus ele está bem — exclamou ela, parecendo nervosa. E primeiro, houve silêncio do lado de Brad. Não queria que os filhos escutassem a conversa, que fora o motivo de ter ido para o outro quarto.

— O que você espera que eu diga, Pam? — Havia mais de mil coisas cruéis que ele poderia ter dito. Mas a situação parecia séria demais para fazer isso, que só faria sentido se ele ainda se importasse. E não se importava mais. O que ela fizera, ou não fizera, fora a gota d'água.

— Desculpe... não consegui ir, Brad. Fiquei presa aqui. — Pelo que Brad sabia, "não consegui ir" era algo que se dizia sobre uma festa ou um *ballet*, não a um filho que quase morreu em outro continente. — Eu tentei, mas quando eu poderia ir, ele já estava bem.

— Ele ainda não está bem, Pam. E não estará por meses.

— Você sabe o que quero dizer — respondeu ela. — Sabíamos que ele ia viver.

— Parece que isso era suficiente, não é?

— Não sei, Brad... talvez eu estivesse com medo... odiei aquele lugar... fiquei aterrorizada, e nunca fui boa quando os meninos ficavam doentes — confessou ela, honesta, mas sem remorso.

— Ele quase morreu, Pam. Uma ou duas vezes achei que tivesse. — Brad sabia que nunca esqueceria daqueles momentos, nem o irmão de Jason. — A pior parte é que, pelo resto da vida dele, ele saberá que você não fez a menor questão de ajudá-lo quando ele mais precisou. É um fardo pesado para ele carregar, para mim não faz mal. Você é mãe dele, pelo amor de Deus, mesmo tendo escolhido não agir como esposa.

— Sinto muito — desculpou-se ela com arrependimento no final. — Acho que ele entende.

— Se ele entender, você é uma mulher de sorte. No lugar dele, eu não perdoaria. E se ele perdoar, o que vai sentir?

— Não seja tão dramático, Brad. Você estava lá. — Foi a coisa errada de dizer. Só o deixou com mais raiva dela e mais enojado. Depois disso, ele tentou acabar logo com a conversa. Não tinha mais nada para dizer.

— É, eu estava. E você não. Acho que isso resume tudo.

— Como está a aparência dele? — Ela parecia preocupada. Era o mínimo que podia fazer.

— Como se tivesse sido atropelado por um caminhão. Mas acho que está feliz por estar vivo. Estará em casa em dois dias.

— Brad — ela escutou algo na voz dele que a assustou. Parecia completamente mudado. — Você está bem?

— Estou — respondeu ele com firmeza. — Jason está vivo, é só o que importa. Quando chegar aí, nos vemos. — A voz dele era gelada, e quando Pam desligou, franziu a testa. Não era que não se importava com o filho. Simplesmente não quisera ir. Sentiu-se culpada. Mas acabou se absolvendo. Sempre se absolvia.

Depois de desligar, Brad ligou para Faith e ficou decepcionado ao ver que ela não estava em casa. Ligou de novo tarde daquela noite, depois de acomodar Jason, e Dylan sair para encontrar alguns amigos. Brad esperou até ter tempo sozinho para conversar com ela. A ligação era muito importante para fazer menos do que isso.

— Brad — ela parecia perplexa por escutá-lo, como se ele tivesse voltado da morte. Estivera fora por sete semanas. Estavam no meio de julho. Ele não a via nem falava com ela desde maio. — Como está Jason?

— Recuperando-se incrivelmente bem. Senti saudade, Fred. — Ele pôde sentir toda a tensão ir embora quando escutou a voz dela.

— Ele vai ficar bem? — Ela rezara sem descanso por ele e fora à missa duas vezes por dia.

— Vai, ele vai ficar bem. — Brad riu pela primeira vez em anos. Quase chorou de felicidade por estar falando com ela. — Se for deixar uma torre de igreja cair sobre sua cabeça, faça isso enquanto é jovem.

— Fiquei tão preocupada com ele e com todos vocês. — Ela tomara uma decisão na ausência dele, e ele também. Uma vez que ela soubesse que ele estava são e salvo, não ia mais falar com ele. Fora uma decisão difícil. Mas a cena no aeroporto quando ele partiu mostrou a ela tudo que precisava saber. Não podia mais confiar em si mesma, nem nele. — Como está Dylan? — perguntou ela.

— Ele foi um verdadeiro herói. Passamos uma temporada surpreendente juntos. Foi extraordinário. Os médicos disseram que é um milagre Jason ter sobrevivido. Acho que tenho de agradecer as suas orações.

Ela sorriu, satisfeita.

— Quase gastei o terço.

— Posso imaginar. — Era tão bom escutar a voz dela.

— Pam conseguiu chegar lá bem? — Ela não fazia idéia do que acontecera. Não se falaram o tempo todo em que ele esteve fora.

— Ela não foi — respondeu ele simplesmente, e não fez mais nenhum comentário. Mas Faith entendeu tudo que ele não disse. Ela o conhecia bem, embora não tanto quanto achava. Muita coisa mudara nas planícies da África.

— Entendo. Deve ter sido difícil para você.

— Ficamos bem. Detestava não poder ligar para você. Como estão as coisas por aí?

— Bem. Tolices em comparação ao que você passou. Alex e eu chegamos a um acordo sobre a casa. Ele vai me deixar ficar.

— Que gentileza dele.

— Acho que ele se sente culpado por se casar tão rápido.

— Não é para menos.

— Quando você volta para San Francisco? — Era estranho conversar com ele, principalmente depois de tomar a decisão. Mas mesmo escutando-o agora, continuava certa. Ainda mais porque escutava na voz dele tudo que sentia por ele.

— Voltaremos em dois dias. Não quis exigir muito de Jason. É uma viagem longa. Ele precisa descansar. Ligarei amanhã. — Ele estava exausto e precisava dormir. E o que queria dizer para ela teria de esperar.

— Tenham uma boa viagem. — Ela não tinha nenhuma intenção de estar lá quando ele ligasse no dia seguinte. Deixaria o telefone na secretária eletrônica. Mandaria uma carta para ele em San Francisco. E nada que ele pudesse dizer a faria mudar de idéia. Sabia que estava fazendo a coisa certa, para ambos. Ela não era Alex. Ou Leslie. Não contribuiria para Brad trair a esposa nem causaria um divórcio, independente de quão infelizes eles fossem.

Era uma questão de respeito, por todos eles e por ela mesma. Conversara muito a esse respeito com um padre, e então tomara sua decisão. No final, era sua única alternativa. Para o bem de todos.

Brad caiu na cama exausto, e como fizera por semanas, pegou no sono sonhando com Faith. E em Nova York, ela foi à igreja e acendeu uma vela para fortalecer sua decisão. O simples fato de escutar a voz dele mostrou a ela como seria difícil.

Capítulo 24

O AVIÃO QUE BRAD, Dylan e Jason estavam aterrissou em San Francisco no dia 17 de julho. E Brad virou-se para sorrir para Jason, que estava sentado ao seu lado, e viu que o filho estava chorando.

— Achei que eu nunca mais viria para casa, pai — desabafou ele através das lágrimas, enquanto Brad apertava a sua mão. Não quis dizer ao filho que temera a mesma coisa. Mas estavam em casa, sãos e salvos. E Pam estava esperando por eles no aeroporto. Ela jogou os braços em volta de Jason e abraçou Dylan, e Brad deixou-os para pegar as malas sem dizer uma palavra para ela. Pam e os meninos conversaram incessantemente na limusine. Pam fez um milhão de perguntas e ficava olhando para Jason, como se quisesse ter certeza de que ele estava ali mesmo.

Era óbvio que os meninos ficaram felizes por ver a mãe, assim como ela estava por vê-los. E Brad disse muito pouco no caminho para casa na limusine. Ela esperou até que os meninos subissem, e então virou-se para ele.

— Você está realmente com raiva de mim, não está? — perguntou ela de forma abrupta. Ele não chegara perto dela no aeroporto, e quando Pam tentou abraçá-lo, ele se afastou. Não estava mais fazendo o jogo dela.

— Não, Pam. Na verdade, não estou. Para mim basta.

— O que isso significa? — Ela parecia perplexa.

— Exatamente o que pareceu. Não cabe a mim perdoá-la por não ir à África, e sim ao Jason. Mas eu sei que não posso mais continuar casado com você. Fomos loucos por ficarmos casados tanto tempo. Você nunca está ao meu lado quando preciso. Nem ao lado dos meninos. Não quero mais viver uma mentira. Vi nosso filho quase morrer em um lugar afastado da civilização. Todo mundo diz que é um milagre ele estar vivo˙ Sem esse milagre, eu não poderia ter feito nada para salvá-lo. Fiquei apenas lá sentado, assistindo ele escapulir entre meus dedos. Não sei onde você estava ou por que, ou por que não estava lá. Mas a verdade é que não me importo mais e nunca mais me importarei. Você merece mais de mim. E eu mereço muito mais de você. Se não temos mais o que oferecer para o outro, é melhor desistirmos. Devíamos ter feito isso há muito tempo.

— Brad, isso funciona para nós — argumentou ela, sendo sensata, mas ele conseguia perceber o tom de pânico em sua voz.

— Talvez. Por todas as razões erradas. Principalmente porque fomos muito preguiçosos ou medrosos para fazer outra coisa. Essa não é uma razão boa o suficiente para se ficar casado. Pelo menos, não para mim. — Ele finalmente cortara o vínculo com o que seus pais fizeram. Percebeu que não era sobre eles. E sim sobre ele e Pam. Mais ninguém. Nem mesmo Faith.

— Você tem alguma coisa melhor agora? — perguntou ela, com um tom insinuando acusação. Mas não funcionava mais com ele.

— Não faço idéia. Mas sei o que nós não temos. Você e eu não temos absolutamente nada um com o outro, Pam. Nosso casamento está morto há muito tempo. Está na hora de enterrarmos. Morreu anos atrás. E não estou mais disposto a morrer com ele. Você tem uma chance aqui. E nós temos desperdiçado as nossas chances. Percebi isso um dia por volta das cinco da manhã em uma aldeia africana cujo nome não sei nem pronunciar. E prometi a mim mesmo que quando voltasse para casa diria a você que estou fora. Está na hora de ser honesto.

— Você está emocionado por causa de Jason. Foi muito traumático para todos vocês — argumentou ela, esperando acalmá-lo. Não estava preparada para o que ele tinha dito, embora esperasse que ele estivesse chateado. Mas não a este ponto. Contava com a boa natureza dele para fazê-lo compreender.

— É verdade, foi traumático — concordou ele com calma. Ela não estava chegando a lugar nenhum. — Sorte sua não ter estado lá. Sendo que o engraçado é que sinto pena por você. Foi a experiência mais bonita da minha vida. E algo que nenhum de nós nunca vai esquecer. Você perdeu, Pam. Completamente. Ficou aqui sã e salva e confortável. Perdeu o bonde.

— Eu sei que perdi — concordou ela triste. Mas a verdade era que se sentira aliviada por não ir, e deixar por conta dele. Era algo que simplesmente não queria fazer. — Sinto muito, Brad.

— Eu também. — E ele sentia mesmo. — Provavelmente nem deveríamos ter nos casado. Mas pelo menos temos filhos maravilhosos.

— Você está falando sério? — Ela estava começando a compreender que ele realmente queria dizer aquilo, e a idéia a deixava em pânico. Estava acostumada a estar casada com ele. Era um hábito com o qual ela contara por todos esses anos, mas não mais do que isso.

— Nunca falei mais sério em toda minha vida. — O rosto dele dizia que isso era verdade.

— O que você vai fazer? — perguntou ela, com uma voz fraca.

— Mudarei quando voltar para casa. Vou para Nova York no corujão desta noite.

— O que você vai fazer lá? — Ela parecia desconfiada, mas ele não tinha nada a esconder.

— Vou ver Faith. Tenho muita coisa para perguntar para ela e para dizer.

— Eu sabia que você estava apaixonado por ela — disse Pam, parecendo tanto vitoriosa quanto irritada, mas só. Nada disso dizia respeito a seu coração há muitos anos.

— Você é mais esperta do que eu. Descobri há pouco tempo. Não faço idéia se ela me quer, mas vou tentar. Se eu tiver sorte, ela vai. — Pam estava parada encarando-o em silêncio e assentiu. Ela podia ver que não adiantava brigar.

— Já falou com os meninos?

— Pensei em fazermos isso juntos quando eu voltar.

— Por quanto tempo você vai ficar lá?

— Depende do que acontecer. — Ele fora completamente honesto. E ela sabia disso tão bem quanto ele. Brad sentia que devia isso a esposa. E era mais do que ela lhe dera. — Uns poucos dias, talvez uma semana. Vou resolver. Pode deixar que aviso.

— Gostaria de contar ao meu pai antes de contarmos aos meninos.

— Tudo bem.

— Ela sabe que você está indo? — Pam estava curiosa agora.

— Não, não sabe. — Pam assentiu, e um minuto depois saiu da sala. Parecia perplexa e infeliz, mas não derramou uma lágrima ou pediu que ele mudasse de idéia. Sabia que ele se fora.

Brad passou a tarde com Jason e Dylan e telefonou para os dois advogados que estavam cobrindo seus casos. Eles deram continuidade a tudo menos a um caso menor que correra bem. Prometeu a ambos que estaria de volta em uma semana. E então teria de colocar muita coisa em dia e se mudar. Como Alex fizera com Faith, mas com menos dignidade, Brad deixaria a casa para ela. Não valia a pena brigar pela casa. Nem por nada. Viveram uma ilusão por anos demais. Agora ele queria algo real.

Naquela noite, Brad disse aos meninos que iria para Nova York, e eles pareceram surpresos, mas não chateados. O pai passara os últimos dois meses com eles, dando tudo que tinha. E ele abraçou-os e disse que os veria em uma semana. E parou no quarto para ver Pam, mas ela saíra. Tinha um jantar com amigos marcado há muito tempo. Brad arrumou uma pequena mala e saiu para o aeroporto a tempo de pegar o corujão, e pegou no sono assim que o avião decolou. E a comissária de bordo o acordou pouco antes de aterrissarem em Nova York. Eram seis da manhã e o nascer do sol em Nova York estava espetacular.

Chegou à casa de Faith às sete horas. Não falava com ela desde Londres, mas acreditava que ela estivesse em casa. Não quisera dizer mais nada até que estivessem frente a frente. E, com uma sensação de tremor, tocou a campainha. Ao esperar ali, sabia que toda sua vida estava prestes a mudar, de um jeito ou de outro.

Ficou perplexo ao ver uma cópia da menina com quem crescera abrir a porta. Era como voltar no tempo. Era Zoe, a imagem de Faith na mesma idade. E ela parecia sonolenta, enrolada em um robe rosa.

— Oi, desculpe acordar você — desculpou-se ele, parecendo um pouco nervoso, e ela percebeu na mesma hora como ele era bonito. — Estou aqui para ver sua mãe. Meu nome é Brad Patterson. Acabei de chegar de San Francisco. Ela está acordada?

— O cara do terço — fez ela, com um sorriso sonolento, e abriu mais a porta para deixá-lo entrar. — Vou chamar. Ela sabia que você viria? — Não dissera nada para Zoe. E ele balançou a cabeça. — Ah... uma surpresa... — E então ela olhou para ele de uma forma peculiar. — Por que você mesmo não vai acordá-la? — Achou que a mãe gostaria disso. E sem nem mesmo conversar com ele, Zoe sabia que ia gostar dele. Parecia ser um homem bacana.

— Talvez eu faça isso — respondeu ele, aceitando o convite e torcendo para Faith não ficar aborrecida. Subiu as escadas, bateu de leve na porta do quarto e então abriu e entrou. Ficou parado lá enquanto ela virava lentamente na cama com os olhos fechados. Nunca vira nada mais bonito na vida. E, quando abriu os olhos, Faith o viu. Por um longo minuto, ela não sabia se ele era um sonho. E ele não saiu de onde estava. Ficou lá parado, sorrindo para ela.

— O que você está fazendo aqui? — Ela sentou-se na cama de camisola e olhou para ele.

— Vim ver você, Fred — respondeu ele simplesmente.

— Achei que você fosse voltar para San Francisco.

— E voltei. Ontem.

— Quando chegou aqui?

— Há uma hora.

— Eu não entendo.

— Eu também não entendia. Levei muito tempo para descobrir. Espero que você não seja tão lenta quanto eu. Desperdicei muitos anos. Eu deveria ter fugido com você quando tinha 14 anos.

— Jack teria matado você — ela sorriu sonolenta para ele.

— Ah, 18 então.

— Teria sido melhor. — Ela deu um tapinha na cama ao seu lado, por um momento esquecendo de sua decisão de não vê-lo mais. E ele aceitou o convite e sentou-se.

— Eu amo você, Fred.

— Também amo você — confirmou ela, honesta. — Mas isso não vai nos fazer bem. Não posso mais ver você. Ou conversar com você. Já resolvi.

— Isso é muito ruim. — Mas ele ainda não parecia decepcionado. Tinha muita coisa que ela não sabia — Por quê?

— Você é casado, e não quero arruinar a sua vida. Rezei por isso o tempo todo em que você esteve fora.

— Para que você rezou?

— Para ter sabedoria e coragem. Sabedoria para saber o que fazer. E coragem para fazer quando fosse preciso. Não temos outra alternativa.

— Estou me divorciando.

— Está? — Ela arregalou os olhos. — Como isso aconteceu... quando?

— Percebi na África quando Pam não apareceu. Não quero mais viver uma mentira. Não posso. Já disse para Pam. Para mim, basta. Como isso se encaixa nos seus planos?

— Não sei. — Ela parecia perplexa. — Achei que você fosse ficar casado a vida inteira. — Era o que ele sempre dizia.

— Também achei. Mas isso não faz mais sentido. Nós fazemos. Não foi o motivo para eu fazer isso, mas é o que eu quero, Fred. Você quer?... Pode?...

— Você esta falando sério? — Não conseguia acreditar no que estava escutando.

— Foi por isso que eu vim. Para ver você. Para resolver isso. Para fazer planos. Quer casar comigo?

— Você tem certeza? — Mas podia ver que ele tinha, assim como Pam vira na noite anterior. Ele não tinha mais dúvidas de que tudo que queria era Faith. Ela era a mulher que ele amava.

— Pare de me fazer perguntas e me dê uma resposta... agora! — exclamou ele, tentando parecer zangado, mas ela riu. Lembrava-se daquela cara de quando ele tinha 12 anos e ela, 10.

— Tudo bem... sim.

— Sim? — Ele parecia assustado.

— Sim! — Ele se inclinou para beijá-la, mas ela desviou dele e saiu da cama. — Você não pode me beijar.

— Por que não? — Ele parecia chateado. — Você vai casar comigo ou não?

— Já disse que vou... — Eles pareciam crianças de novo, e ela nunca tinha sido tão feliz em sua vida. Nem ele.

— Então por que não vai me beijar?

— Tenho de escovar meus dentes primeiro. Depois podemos ficar noivos.

Ela fechou a porta do banheiro, e ele deitou na cama e sorriu, e Zoe passou por lá e colocou a cabeça para dentro.

— Como foi?

— Tudo ótimo — ele sorriu para ela.

— Cadê a mamãe?

— No banheiro, escovando os dentes. — Zoe assentiu, sentia-se como se o conhecesse a vida toda. Ele era esse tipo de pessoa. E já escutava falar dele há meses.

— Boa sorte — disse Zoe, e voltou para seu quarto, enquanto Faith saía do banheiro com dentes limpos e cabelo escovado, e um robe por cima da camisola.

E com isso, Brad levantou-se, foi até ela e puxou-a para seus braços.

— Eu amo você, Fred — sussurrou ele, para que ela pudesse ter certeza. Queria que ela se lembrasse disso pelo resto da vida, porque era o que ambos queriam mas nunca tiveram.

— Também amo você — sussurrou ela em resposta. E ele beijou-a por um longo tempo. Era o que os dois esperaram e nunca desistiram de acreditar. Era a resposta para as suas orações. Às vezes as orações demoram um longo tempo para serem atendidas, mas as certas sempre são.

Este livro foi composto na tipologia AGaramond, em corpo 11,5/16, e impresso em papel off-set 63g/m² no Sistema Cameron da Divisão Gráfica da Distribuidora Record.